KB235200

현대시와 속도의 사유

이 도서의 국립중앙도서관 출판시 도서목록(CIP)은 e-CIP 홈페이지(http://www.nl.go.kr/cip.php)에
서 이용하실 수 있습니다. (CIP제어번호 : CIP2010001550)

푸른사상
PRUNSASANG

현대시와 속도의 사유

Modern Poem and Thinking of Speed

서 안 나

'정지는 죽음이다.' "속도의 폭력은 세계의 운명이자 세계의 목적이 되어 버렸다." 이 문장들은 현대가 곧 속도전의 장이 되었음을 보여주는 폴 비릴리오의 말이다. 끊임없이 질주해야만 하는 현대인들의 저주받은 운명을 이야기하고 있다.

자동화와 핵무기라는 현실 앞에서 현대인들은 쉽게 탈주할 수 없다. 그리고 규율과 관습과 법과 제도로 치장된 힘의 구도 안에서도 현대인들은 원자화 되어 시간을 소비하며 삶을 존속시켜야 하는 타자일 뿐이다. 자신만의 속도감을 지닌 존재만이 진정한 행복의 삶을 창조할 수 있을 것이며, 서로 공존 가능한 속도의 사유방식에서 인류는 속도의 침입에 대응할 수 있다.

속도라는 환한 불빛의 이면에는 교묘하게 위장된 위험이 도사리고 있다. 이데올로기와 자국의 이익을 위하여, 버튼 하나로 초음속의 전쟁기계들이 적진을 제압하고, 인류를 죽음으로 몰아넣고 있다. 속도의 기술력은 과학의 힘을 등에 업고 타자에게 죽음을 부여하는 힘으로 둔갑해 버렸다. 속도란 이미 우리의 생사를 좌우하는 힘이며, 힘의 원리로 내면화 되어 우리 삶의 근저에 전면화 되어 버렸다. 이 속도의 시대에 시인들 역시 자신만의 속도감으로 세계와 대결하고 있다. 시적 진실을 통해 속도에 대응하는 감속의 사유가 구현되고 있다.

그렇다면 현기증 나는 질주정의 시대에 시인들은 어떠한 사유방식으로 대응하고 있는가? 속도와 문명의 질주 속에서 그것들을 사유하고 시인들의 고민을 읽어보려고 하였다. 동시대를 살아가면서도 시인들의 시선은 늘 다르다. 그 "다르다"에 강조점을 찍어본다. 무엇이 그 다름을 조장하는

가? 어쩌면 그 '다름'이 곧 시의 본질일 것이다.

이 책은 총 5부로 구성되었다.

1부는 경계의 시학이란 타이틀 아래 5명의 시인을 대상으로 그들의 작품과 시 세계를 음미해 보았다. 이승훈, 이시영, 위선화, 차창룡, 정철훈을 대상으로 하여 경계에 서 있는 시인들의 시를 읽어 보았다.

2부는 현대시와 육체라는 제목을 붙여 보았다. 5명의 시인 유안진, 오세영, 이원규, 최금진, 오채운 등 시인의 작품을 대상으로 하여 시인들의 '몸'에 관한 개성적이고 깊이 있는 사유를 살펴 보았다.

3부는 현대시와 속도의 사유라는 제목으로 다섯 시인의 작품을 적극적으로 읽어 보았다. 최승호, 강준훈, 바제영, 이병일, 히린, 문징, 고경숙 시인의 시를 통해 물질문명의 속도로 말미암아 가속화 되는 현실에서 시인들이 속도에 대한 대응방식을 살펴 보았다. 그리고 속도와 그 이면에 감추어지고 잠재된 폭력의 정황을 읽어 보았다.

4부는 화해와 치유의 시학이란 제목 아래 이덕규, 변종태, 한광구 시인의 시를 집중적으로 해부해 보았다. 그리고 위선환, 이시영, 조현석, 박제영, 손한옥, 이인철, 박영희 시인들의 작품을 통해 최근 현대시의 현장을 살펴 보았다.

5부에서는 시인들과 대담을 통해 시인들의 작품을 조명하였다. 각 문학 잡지에서 특집으로 다룬 박현수, 박후기, 임혜신, 고명수, 고진하 등 시인들의 작품을 대상으로 삼았다. 시인들의 육성을 통해 보다 흥미롭게 시에 천착할 기회가 되었다. 또한, 시인들의 유년 체험은 물론, 작품에 관련된 일화와 체험을 중심으로 시를 진지하게 음미할 수 있었다.

나는 오랫동안 이 글을 짐처럼 어깨에 메고 다녔다. 전면적으로 수리하기에는 어렵고 그렇다고 한구석에 처박아 두기에도 어려운 이 짐을, 더 깊은 눈을 갖기 위해 미흡하지만 한 권의 책이라는 이름 아래에 내려놓는다. 원고를 교정하면서 많은 공부가 되었다. 시의 본질에 대해 더 많이 생각하는 시간이 되기도 했다. 미욱한 글이라 어디 가서 길을 잃고 헤매며 구박을 받을지도 모른다. 세상에 실수를 범하는 것 같아 부끄럽다.

끝으로 부족하고 모자란 원고를 출판하는 데 도움을 주시고 고생해주신 고마운 분들이 많습니다. 이 책에는 페이지마다 보이지 않는 손길이 많이 묻어 있습니다. 보이지 않는 고마운 손길들을 펼쳐 보면, 먼저 책을 내주신 푸른사상사 가족 여러분과 적극적으로 배려해주신 한봉숙 사장님이 계십니다. 그리고 속도가 더딘 지루한 교정 작업을 기다려주고 꼼꼼하게 도와준 마음씨 고운 김세영 편집장님과 김석환 교수님께도 고개 숙여 고마움을 전합니다. 그리고 늘 아끼지 않고 격려해주는 〈한양대 문화비평연구회 아카이브〉 스터디 동학들과 피곤하고 지칠 때 나에게 큰 힘이 되어주는 지인들에게도 고마움을 전합니다. 그리고 모자란 딸에게 늘 용기를 주시는 아버지와 어머니 그리고 가족에게도 감사한 마음을 글로 전합니다.

2010. 4
서안나

■ 머리말 • 4

제1부 경계의 시학

제2부 현대시와 육체

제3부 현대시와 속도의 사유

제4부 화해와 치유의 시학

제5부 대담 – 탈주와 상생

제1부

경계의 시학

이것은 시가 아니다, 반시의 미학

이승훈, 『이것은 시가 아니다』

1. 시가 무엇인지 고민하는 끝에 다가오는 시

이승훈 시인의 시집 제목은 『이것은 시가 아니다』(세계사, 2007)이다. 파격적인 시집 제목을 볼 때, 시집에 쓰여 있는 것들이 시가 아니라면 무엇이란 말인가? 시인이 시집을 통해 전달하려는 메시지는 무엇일가? "이것은 시가 아니다"라는 제목으로 출간된 시집은 어쩌면 시인이 이제껏 써온 자신의 시를 부정하는 것으로도 읽힐 수 있기 때문이다.

이승훈 시인의 시집 제목을 보면서 문득 떠오른 그림이 하나 있다. 바로 르네 마그리뜨의 〈이미지의 배반-이것은 파이프가 아니다〉이다.

이 그림에는 "이것은 파이프가 아니다(Ceci n'est pas une pipe)"란 문자 언어가 화폭 하단에 화가의 자필로 적혀 있다. 이 그림의 주석에 대한 다양한 해석들이 있어 왔지만, 마그리뜨의 말에 따르면 다음과 같다.

"이것이 파이프라면 파이프를 잡고 담배를 피워 보아라."

이 그림은 파이프를 정확히 묘사한 그림일 뿐 실제의 파이프는 아니라고 말하고 있다. 화면에 묘사된 사물은 실재가 아니라 이미지일 뿐이며, 그림의 제목이 '이미지의 배반'인 것처럼 즉, 이미지와 사물과 언어의 관계를 통해 언어의 한계성을 이야기하고 있다.

마그리뜨는 관람자들에게 자신의 그림을 있는 그대로 보아 달라고 요구하며 이미지의 해방을 강조하고 있다. 관람자에 대한 마그리뜨의 요구는 이승훈의 시집 읽기에서도 유효하다.

이 시집 제목과 관련하여 몇 년 전에 그가 발표한 한 편의 시를 보자. 흥미롭게도 이 시의 제목은 「모두가 시다」(『현대시학』 2004년 1월호)이다.

> 쓰는 건 모두 시다 원고지 뒷장에 갈기는 낙서 거리에 떨어지는 햇살 아스팔트에 뒹구는 낙엽 달리는 자동차 달리는 오토바이 해안에 부서지는 포말 새기고 사라지고 쓰고 다시 쓴다 낙서도 편지도 일기도 만화도 신문도 마침내 신문도 신문도 시다 시는 쓰는 것 새기는 것 흘러가는 것 그러므로 가을 오후 시청 앞 사람들도 시다 모두가 시다 시는 없으므로 이 시들을 사랑해야 하리 간판도 거리에 시를 쓰고 마네킹도 유리창에 시를 쓰고 이 저녁도 시를 쓴다 시를 쓰며 한 세상 산다 시는 없으므로
>
> ― 이승훈, 「모두가 시다」 전문

위 시에서 시적 화자는 "쓰는 것은 모두 시"라 하고 있다. 이번 발표

한 시집의 제목과는 상반된 제목이라 더욱 눈길을 끈다. 시적 화자는
"원고지 뒷장에 갈기는 낙서", "햇살", "낙엽", "오토바이", "포말",
"일기", "만화" 그리고 "신문"까지도 시라고 하고 있다. 뿐만 아니라
"쓰는 것", "새기는 것", "흘러가는 것", 혹은 "오후 시청 앞"의 "사람들"
도 다 시가 된다고 말하고 있다. 그러나 "모두가 시"라는 진술 속에는 한
가지 전제가 깔려 있다. "시는 없다"는 점이다.

> 가을 오전 은행 탁자에 고개를 숙이고 축의금을 썼지 글쎄 국민은행까지
> 가서 떨리는 손으로 글을 쓰고 지금은 방에서 쓰지 읽을 수 없어도 좋아 나오
> 는 대로 쓰는 거야 내 안에 아무것도 없지 이런 소리가 무슨 소린지 모르니까
> 좋아
>
> — 이승훈, 「손이 떨려도 좋아」 부분

이 작품에서도 시는 역시 은행에 가서 축의금을 쓰는 것과 별 차이
없는 행위로 전락하고 있다. 시적 화자에게 시는 "읽을 수 없어도 좋"
은 것이며, "나오는 대로 쓰는" 것이다. 그리고 시적 화자는 "내 안에
아무것도 없지"란 진술을 통해 시는 없는 것이란 점을 강조하고 있다.

> 과연 이해가 가능합니까? 우리는 타자를 이해할 수 있습니까? …(중략)… 욕
> 망은 환상으로 충족되고 환상은 허구입니다. 결국 공부한다는 건 우리의 앎이
> 허구라는 것 그러나 이 허구가 없다면 우리는 살 수 없다는 것을 깨닫는 과정
> 입니다. 난 칠판에 이해, 욕망, 환상, 허구라고 쓴다 한이 없습니다 이 정도로
> 끝냅시다 추운봄날 오전 첫 강의 시간
>
> — 이승훈, 「인간은 태어나서 살다 죽는다」 부분

인용시의 제목을 보면, 인간의 탄생과 성장 그리고 죽음의 통과의례
를 단 한 줄로 요약하고 있다. "인간은 태어나서 살다 죽는다." 우리는

이 부분에서 시적 화자가 왜 "시는 없다고 했는지"를 어느 정도 눈치 챌 수 있다. 모든 것은 허구이며 흘러가 버리고 사라져 버리는 것들, 그래서 없는 것들을 끊임없이 기록하는 시적 화자는 곧 시간과의 싸움이며 역사와 대결하는 자이다. 소멸하는 것들을 끊임없이 기록하는 시적 화자는 의미 없고 허무한 것을 기록함으로써 시간과의 결투에서 살아남는다.

곧 그런 행위 자체가 시인을 역사에서 존재할 수 있게 해준다. 무 혹은 죽음과의 대결에서 망각되어 버리는 것들의 흔적들을 기록하는 행위는 시의 범위를 무한정으로 확장시키게 된다. "모두가 시다"였던 것들은 곧 "이것은 시가 아니다"로 확장되고 있다.

> 학교 연구실에서 20년 매일 잡채밥을 시켜 먹는다 지치지도 않으십니까? 빗물 묻은 우비를 걸치고 배달 온 청년이 묻는다 다른 건 잘 못 먹어요 청년이 나가면 연구실 낮은 탁자에 등을 구부리고 앉아 맛없는 잡채밥을 먹는다 학생들이 연구실에 앉아 잡채밥을 먹는 걸 보면 실망할지 몰라 문을 잠그고 비가 오나 바람이 부나 오전 열한시 반 낡은 잠바 걸치고 앉아 고개 숙이고 잡채밥 먹는다 물론 다 먹지 못하고 남긴 그릇을 신문지에 싸서 연구실 문밖에 내놓는다
>
> — 이승훈, 「잡채밥」 전문

「잡채밥」이란 시를 보면 연구실에서 20년간 잡채밥을 혼자 먹는 이승훈 교수의 점심시간이 그려져 있다. 20년 동안 꾸준하게 잡채밥을 주문하는 이승훈 교수의 행위는 곧 그가 흘러가는 것들을 기록하는 시 쓰는 행위와 같다. 초를 다투며 변해가는 세상에서 한 가지를 고집하며 자신의 방식대로 삶을 살아간다는 건 곧 세상과의 싸움에서 존재하는 하나의 생존방식이다. 화려한 상아탑의 연구실 한 편에서 낡은 잠

바를 입고 잡채밥을 먹는 시적 화자의 쓸쓸한 심경이 나타나 있다. 교수 이승훈과 배가 고픈 이승훈 사이에 잡채밥을 먹으며 학생들에게 들킬까 걱정하는 이승훈이 있다.

「잡채밥」이란 작품에서도 볼 수 있듯 시적 화자는 현실을 있는 그대로 옮겨 적으면서 시간과의 사투를 벌이고 있다. 세상 도처에 가득 찬 달빛처럼 사소한 일상 속에서도 그는 시를 발견하고 시를 쓰고 시를 창조하고 있다. 그러나 그의 시가 삶의 일상을 담고 있다고 해서 그것들이 일상의 순간적인 인상이나 정서를 소묘하는 것만으로 끝나는 것은 아니다. 다음의 시를 읽어 보자.

이 시는 시의 고민이 사라지고 쓰는 시 아무렇게 써도 되고 안 써도 되는 시 비가 오면 아무 일도 못하고 비 때문에 비 때문에 이제 시는 끝났다 비가 올 때 끝나고 시의 문제는 철학의 문제로 넘어간다 아슬아슬하게 넘어간다 시와 산문의 전쟁도 끝나고 오늘부터 끝나고 시의 종말은 시의 죽음이 아니야 한 시대가 끝난 거야 이젠 무슨 시론도 본질도 없지 최근 젊은 애들이 쓰는 시를 욕해선 안 되지 이게 우리 시의 희망이고 미래야 본질주의자들은 엿이나 먹어라! 또 비가 오잖아? 사흘만 참으면 돼 사흘 뒤에 사흘 뒤에 너를 만나겠지

아니 나흘 뒤면 돼 나흘 뒤에 나흘 뒤에 너를 만나겠지 나흘 뒤에도 비가 오겠지 넌 이사를 간다고 했지 비가 오는데 이사를 가도 돼 새 집으로 이사를 가도 돼 돈이 들지만 돈은 빌리면 돼 한 시대는 끝나고 이젠 무슨 시도 예술도 없겠지 다만 너를 만나면 돼 뒤샹은 변기와 눈삽을 보여줬지 눈삽이 좋아 눈 치우는 삽이 예술이야 사유의 문제지 그러나 시도 사유도 모두 언어일 뿐이야 시 속에 시가 없고 사유 속에 사유가 없지 요컨대 시가 시를 삼키고 사유가 사유를 삼키네 이 저녁의 본질은 뭐야?

— 이승훈, 「개는 사람을 문다」 전문

개가 사람을 무는 범상치 않은 사건이 일어나는 저녁에는, 모든 가치가 사라져 버린다. 옳고 그름의 경계가 허물어지며 한 시대가 끝나고 시론도 본질도 사라져 버리는 저녁이다. 마그리뜨의 〈겨울비〉처럼 모자를 쓴 사내들이 허공에서 쏟아진다. 사내들이 허공에서 쏟아지는 밤이면 시적 화자는 비 때문에 시가 끝이 났다고 말하고 있다. 그런 저녁이면 "시가 시를 삼키고 사유가 사유를 삼"켜 버리고, "모두가 언어일 뿐"이라고 말하고 있다. '저녁의 본질은 무엇인가?' 라는 의문을 통해 세계를 부정하고 시 쓰는 행위와 현대시의 종말을 이야기하고 있다.

이러한 허무에 대한 시적 화자의 자각은 모든 것은 없는 것이라는 사유를 낳게 한다. 없는 것들을 씀으로써 시적 화자는 시인으로서의 가치를 찾고 있다. 없는 것들을 쓰는 시인의 시각은 곧 '모든 것들이 다 시다' 와 '모든 것들은 다 시가 아니다' 란 말과도 상통하는 것이다. '모든 것이 시가 아니다' 라는 것은 곧 시적인 것과 비시적인, 반시적인 것도 시의 범위 안으로 포함시킨다는 의미이다. 이런 광범위한 시 개념의 확장은 시적 화자로 하여금 "이 시는 시의 고민이 사라지고 쓰는 시 아무렇게 써도 되고 안 써도 되는 시"라는 사유에 도달하게 하고 있다. 이러한 사유의 여정 끝에 시적 화자는 짜맞추고 머릿속에서 만들어지는 시가 아니라, 언어만 남은 시, 시가 시를 삼켜 버리고, 사유가 사유를 삼켜 버리는 자리에 스스로 찾아오는 시를 말하고 있다.

순수도 서정도 폭력이다 순수는 불행을 모르고 고통을 모르고 타자를 모르고 서정도 서정도 허위다 서정시가 끝난 시대에 서정을 주장하는 건 불순하고 순진하고 천진하고 시가 갈 길은 무수히 많다 갈 데가 없으므로 갈 데는 많고

그러므로 갈 곳이 없고 지금 책상에 날아와 앉는 파리처럼 갈 곳이 없고
— 이승훈, 「서정시」 부분

　시적 화자는 주체의 눈으로 대상을 그리는 서정도 순수한 폭력의 일종이며, 서정이 끝난 시대에 서정을 주장하는 건 불순하고 순진하고 천진하다고 말하고 있다. 서정이 주체의 폭력적인 시선으로 세계를 읽는 독해의 위험성을 강조하고 있다. 책상에 날아와 앉은 파리를 시로 비유해 새로운 시 쓰기가 시작되어야 한다고 강조한다. 그 지점에서 시적 화자는 기교만 남은, 시의 이론과 실천이 따로 노는 관념만 남은 시인들에 대해 경종을 울리고 있다. 그래서 시적 화자는 사건들을 훼손시키거나 변형시키지 않고 마치 뒤샹이 '변기'를 옮겨 "샘"이라고 한 것처럼 현실 그대로 시를 옮기는, 실천의 측면을 강조하고 있다. 그래서 그의 시에는 곧 삶 자체가 시이며 시가 곧 삶이 되는 불이사상不二思想이 나타나고 있다.

　이승훈 자신도 시집의 뒤편에 실린 시론을 통하어 시인은 현실을 기록하는 사이며 전달하는 자라고 이야기하고 있다. 마그리뜨 그림의 제목처럼 이승훈도 그의 시집 제목을 '이것은 시가 아니다'라고 말하면서 결국 모든 것은 "시도 사유도 모두 언어일 뿐이야 시 속에 시가 없고 사유 속에 사유가 없지"(「개는 사람을 문다」)라며 허무에 대한 자각을 강조하고 있다.

　시간적으로 사라지는 것들을 적는 것이 시라면 그것을 공간화 하여 곧 양극의 것을 끌어안아 '모든 것은 시이면서 시가 아니다'란 사유로까지 확장시키고 있다. 이러한 그의 '모든 것이 시이고 모든 것이 시가 아니다'라는 극단의 정의 사이에는 변증법의 이항대립을 해체시켜 버리는 시인의 의도가 숨겨져 있다. 모든 곳에 존재하면서도 존재하지

않는 가득 차면서도 텅 빈. 하나도 아니고 그러면서 둘이 아닌 세계. 곧 이승훈 시인의 시 쓰기는 언어로 표현되는 모든 것들의 허무함을 이기기 위한 대결이라고 할 수 있다.

2. 현실의 커다란 구멍

김춘수 선생님 전화야요 난 아내가 건네주는 전화를 받는다 가을 오후인지 겨울 오후인지 기억이 안난다 선생님 목소리다 그러나 내용은 기억나지 않고 난 수화기를 놓고 말했지 이상해 돌아가신 선생님이 어떻게 전화를 했을까? 아마 누군가 김춘수 선생님이라고 속였을 거야요 아내의 말이다 아니야 선생님 목소리가 맞아 도대체 알 수 없군 돌아가신 선생님이 전화를 하다니! 난 오늘도 꿈을 꾼다

— 이승훈, 「바람 부는 날」 전문

인용시를 보면 시적 화자가 바람 부는 날 받은 전화 한 통에 대한 내용이다. 하지만 걸려온 전화는 죽은 이에게서 걸려온 전화이다. 아내가 장난전화라고 무마시키려 하지만 시인이 들었던 전화상의 목소리는 "선생님의 목소리가 맞"다는 것을 강조하고 있다. 시적 화자의 발화에 의해 시 속의 현실은 가상과 현실의 경계가 사라져 버렸다. 산 자와 죽은 자가 통화를 하고 있다. 삶과 죽음을 동시에 경험하고 있다. 이분법적인 논리로는 도저히 일어날 수 없는 상황이 펼쳐지고 있는 것이다. 바로 이런 경험이 현실 세계에 구멍이 뚫리는 지점이다.

현실에 뚫린 커다란 구멍이란 무엇인가? 커튼을 슬며시 들춰보면 거기엔 생각지도 못했던 늘 굳건하게 닫혀진, 금기의 비밀이 숨겨져 있다. 하늘에서 갑자기 수천수만의 사내가 비처럼 쏟아지는 겨울 저녁에는 비밀들이 폭로되고 사회를 떠받들고 유지시키던 구조의 허점들이

보이게 되는 것이다.

한양대 교수로 직장을 옮긴 1980년대 초 밤이면 김일성이 자신의 집을 폭파
하겠다고 전화를 하고 밤새도록 지붕 위엔 낯선 비행기가 떠 있다고 편지를 보
낸 제자가 있었다 춘천교육대학을 중퇴하고 결혼에 실패한 그는 대학 시절 서
울 집으로 간다며 철길을 계속 걸어간 적이 있지 어느 날은 그의 시집을 영국
에서 출판하게 되었으니 선생님이 평론을 쓰셔야 한다는 편지도 보냈다

— 이승훈, 「이것은 시가 아니다」 부분

오늘처럼 바람 부는 가을 중곡동 정신병원에 가면 복도 의자에 앉아 차례를
기다리고 이름을 부르면 문을 열고 들어갔지 담당 의사는 당시 알아주던 박사
이름이 생각나지 않는다 어느 날은 흰 가운을 입고 어느 날 문을 열고 들어갔
더니 의사는 신사복 차림에 머리엔 여성용 머리빗을 꽂고 있었다 아름다운 빗
을 이마 위 머리에 꽂은 채 이야기를 했지 그 의사는 그 후 경상도에 새로 생긴
정신병원 원장으로 떠나셨다고 한다

— 이승훈, 「중곡동 정신병원」 전문

「이것은 시가 아니다」란 작품은 이 시집의 표제작이기도 하다. 이승
훈 시인에 의하면 이 작품은 제자가 보낸 편지 일부를 인용하여 쓴 시
라고 밝히고 있다. 이 시에서도 현실과 꿈의 경계가 무너져 버리고 있
다. 이 시에서는 대학교육을 받고도 제대로 사회에 적응하지 못하는
소외된 자의 아픔이 배경으로 깔려 있다. 결혼에 실패하고 세상의 눈
길에서 제외된 자의 아픈 목소리를 통하여 한 권의 시집을 갖는다는
것이 얼마나 어려운 현실인지를 드러내고 있다.

「중곡동 정신병원」이란 작품에서도 환사가 정상인지 아니면 의사가
비정상인지를 알 수 없게 만들어 버리고 있다. 이런 시들을 통해 시적

화자는 일상적인 듯 보이면서도 우리의 뒷통수를 치는 날카로운 물음을 던지고 있다.

<blockquote>

올 겨울엔 이런 일이 있었다 진눈깨비 치던 오전 난 택시를 타고 공항터미널로 가고 있었다 그날 제주에서 제주대 대학원 박사 논문 심사가 있었기 때문이다 나는 기사 옆에 앉고 그는 50대로 보이는 남자 공항터미널로 가면서 그가 힐끗힐끗 곁눈으로 나를 보더니 조심스레 물었다 선생님은 무얼 하십니까? 난 검은 바바리를 걸치고 낡은 밤색 가방을 무릎에 놓고 있었다 글쎄 뭐 하는 사람 같아요? 그랬더니 기사 왈 철학하는 사람 같군요! 네? 철학이요? 왜 있잖아요? 풍수도 보고 예언도 하는 철학 말입니다 진눈깨비 치던 겨울 오전이었다

</blockquote>

— 이승훈, 「철학」 전문

<blockquote>

화장실 문이 잠겼네 화장실 문이 잠겼어! 난 화장실 앞에서 아내를 부르네 석준이 시키세요 아내는 말하지 그러나 거실에도 건넌 방에도 석준이는 없고 그럼 송곳을 구멍에 대고 여세요! 그러나 아무리 손을 대도 문은 열리지 않고 안 열려! 소리치면 한심하다는 표정으로 아내가 온다 이리 줘요! 아내는 쉽게 문을 연다

</blockquote>

— 이승훈, 「화장실 문」 전문

「철학」을 보면 검은 바바리를 걸치고 낡은 밤색 가방을 든 시적 화자는 택시기사에게 철학하는 사람쯤으로 보였을 법하다. 그날은 아침부터 진눈깨비가 내리고 있었다. 문득 기사가 던진 "철학 하는 사람 같아요"라는 말을 통해 대학교수라는 직함과 논문을 심사하러 가는 모든 행위의 의미가 사라지면서, 교수라는 사회적 지위와 위치가 만들어 놓은 이승훈은 사라져 버리고 "풍수도 보고 예언도 하는" 철학하는 이승훈만 남겨지는 것이다. 바로 이 지점에서 시적 화자는 세상을 가리고 있던 거대한 구조적인 허울이 벗겨짐을 경험하고 있다. 택시기사에 의

해 '풍수를 보고 예언하는 철학자'인 이승훈만 남겨져 버리고 시인과 교수의 위치에 있는 이승훈은 사라져 버리고 없다. 그렇다면 진짜 이 승훈은 어디로 사라져 버린 것인가?

「화장실 문」이라는 시에서도 역시 극적 아이러니가 드러나고 있다. 고장 난 화장실 문이 잠겨 버리자 시적 화자는 아내에게 소리친다. 화장실 문이 잠겼어! 그러자 아내는 어린 손자를 부르라고 한다. 그러나 손자는 집에 없다. 문을 열지 못한다고 다시 아내를 부르자 아내가 직접 와서 너무나 쉽게 화장실 문을 따 버린다. 시적 화자는 어린 손자가 딸 수도 있고 기계를 조작하는 능력이 서투른 아내도 열 수 있는 문을 열지 못함으로써 여성적이고 의존적인 인물로 나타나고 있다.

아내의 손에 의해 쉽게 열리는 문이지만 이승훈에겐 그 힘든 한 편의 시나 논문보다도 더 풀기 어려운 난관이다. 시적 화자는 이 지점에서 우리들의 기대를 무너뜨리고 있다. 가정에서 아버지라는 위치에 커다란 구멍이 생기는 순간이다. 순간적으로 가정에서의 아버지의 부재가 연출되고 있다. 아버지가 부재하는 상황은 곧 가정이라는 질서체계가 위협받는 상황이 된다. 그 위협받는 상황이 현실에 커다란 구멍이 뚫리게 만든다. 그 구멍은 우리들로 하여금 도처에 질문을 던지게 한다. 우리가 굳게 믿고 있던 모든 진리와 힘들에 대해 의문을 제기하게 만든다.

이처럼 일상생활 속의 사건들 속에서 "풍수도 보고 예언도 하는" 철학하는 이승훈과 화장실 문을 열지 못하는 또 다른 이승훈만 남겨지게된다. 교수로서의 이승훈과 아버지로서의 이승훈은 사라지고 만다. 우리는 어디를 가든 계급직인 서열에서 벗어나지 못한다. 가정 내에서 혹은 사회의 다양한 관계 속에서 계급체계에 의해 서열화 된다. 그 서열의 가장 정점에 위치한 이승훈이란 교수 혹은 아버지라는 인물이 사라져 버리므로써 시를 읽는 독자들에게 또 하나의 경이로운 체험을 맛보게 한다. 그 체험은 곧 이승훈이라는 교수가, 이승훈이라는 아버지가 사라지면서 가부장이라는 이데올로기가 무너지는 체험을 하게 되는 것이다. 바로 이 지점에서 이승훈의 시가 단단하던 세상을 뒤집어 버리는 힘을 발휘하고 있다. 이는 곧 현실에 드러나는 검은 구멍인 셈이다. 모든 제도와 규율에 저항하는 힘이 나타나고 사회를 전복시키는 힘으로까지 승화되는 것이다. 시의 첫 행에 나타나는 "진눈깨비"는 이 시의 핵심 장치인지도 모른다. 허공에 가득 찬 "진눈깨비"들은 눈앞의 가시적인 것을 흐리게 하고 숨겨졌던 사물의 본질을 밝혀주는 구실을 하고 있다.

3. 흘러가는 것들, 사라지는 것들

　시적 화자는 현실을 자연스럽게 시로 옮겨 놓으면서 시를 통하여 현실에 뻥 뚫린 검은 구멍들을 자각하는 아이러니한 상황을 지적하고 있다. 20년 동안 연구실에서 홀로 잡채밥을 먹는 시인처럼 변하지 않으면서도 "모두가 시이면서 모두가 시가 아니다"라고 강조하는 그의 중심에서 폭발하듯 분출하는 고요한 외침이 느껴진다.
　곧 이승훈 시인의 시 쓰기는 언어로 표현되는 것들의 허무함을 이기기 위한 대결의 형식성을 드러내고 있다. 시인은 이번 시집에서 시의 본질에 대한 사유와 시의 범위를 확장시키려는 내용의 형식으로써 세상을 향한 전복 의지를 드러내고 있다. "내 시의 종말(end)이 내 시의 목적(end)이고 내 시의 목적이 내 시의 종말"이라는 시인의 시론 내용처럼 이승훈 시인의 시는 자기 자신과 자신의 시에 대한 끊임없는 부정을 통해 새로운 시세계로 향하는 실험을 하고 있다. 이승훈과 이승훈이 아닌 것 사이의 흔적들을 통해 이론과 실천 그리고 그 관계성의 모호성을 몸으로 쓰는 시인이다. 이승훈처럼 때론 이승훈답지 않은 것 사이에서 자기 부정을 통해 자신을 전복시키고 세상을 향한 전복을 감행하고 있다.

그의 이번 시집은 관념적이고 추상적인 시어가 남발되고, 알 수 없는 의미의 나열로 축조된 시가 횡횡하는 이 시대에 고요한 전복, 고요한 파격으로 더욱 의미를 지닌다.

소외된 존재들을 아우르는 다성성多聲性의 시학

이시영, 『우리의 죽은 자들을 위해』

1. 로버트 카파의 〈전쟁과 여인〉 그리고 다성성多聲性

1944년 8월 18일 해방된 빠리의 거리, 삭발당한 한 여자가 독일군 애인의 아이를 안고 쫓겨가는 모습을 군중들이 에워싸며 조롱하고 있었다. 그때 한 젊은 레지스땅스 여성이 그들 앞을 가로막고 나서며 말했다. "이건 잔인하고 불필요한 짓이에요. 저들은 군인들의 여자일 뿐이에요. 내일이면 미군과 잠을 잘 여자들이죠." 그러나 흥분한 사람들은, 심지어 소녀들까지 흩어지지 않았고 바로 몇걸음 앞에선 초췌한 그 여자의 아버지가 딸의 짐 보따리를 안은 채 세상에서 가장 무거운 발걸음을 옮기고 있었다.

— 이시영, 「카파의 사진—전쟁과 여인」 전문

로버트 카파(Robert Capa, 미국, 1913~1954). 본명 안드레이 프리드만(Andrei Friedmann)은 포토리얼리즘 작가이다. 전쟁터를 따라다니며 전쟁으로 말미암아 죽음에 직면하거나 죽은 자들을 카메라에 담아내는 종군기자이기도 하다. 위의 시는 로버트 카파의 〈전쟁과 여인〉이란 사진의 내용을 시의 소재로 삼고 있다. 시의 내용 중에 알렉스 커쇼가 쓴『로버트 카파―그는 너무 많은 걸 보았다』(강, 2006)란 저서에서 알렉스 커쇼의 글을 인용하고 있다.

이시영 시인도 로버트 카파에 관한 알렉스 커쇼의 말처럼 "너무 많은 것"을 보고 듣고 적고 있는지도 모른다. 시인은 시집에서 관념적이고 추상적인 세계보다 구체적이고 직접적인 현실을 생생하게 담고 있다. 이시영의『우리의 죽은 자들을 위해』(창작과 비평사, 2007)를 읽다 보면 마음이 따뜻해지기도 하고, 콧날이 시큰해지다가 행복해지기도 한다. 시의 뼈와 근육이 만져지고 시의 육체가 만져진다. 이시영 시인의 시에는 우리의 목소리가 살아있기 때문이다. 일상적인 삶을 소재로 하는 화자들의 발화로 가득 차 있다. 시인의 목소리 대신 시에 등장하는 인물들의 발화에 무게를 싣고 있다. 시인의 목소리를 낮추는 곳에 세상이 들어서고 있다. 시인의 시선은 세밀하면서도 큼지막하다. 우울하다가도 재미있어진다. 세상을 닮아내는 방법론으로 시인은 '다성성'을 택하고 있다. 시적 화자의 목소리를 자제하는 대신 다수의 타자의 목소리를 시 안으로 끌어들여 총체성을 구현하고 있다.

시에서 타자의 발화로 가득 차 있다는 것은 '대화적'이 된다는 것이다. 대화적이라는 것은 곧 소통을 뜻한다. 시적 화자를 통해 발화되는 시인의 목소리보다 다양한 인간 군상들의 목소리가 많이 실려 있다는 것이며 곧 현실이 담겨 있다는 말과도 같다. 이처럼 시에서 '다성성'의 실현은 시적 화자의 개입 없이 타자들의 목소리를 전면으로 부각시키는 것이기도 하다.

문학용어 사전에 따르면 대화란 "인물과 인물 사이에 발생하는 화자에 의해 매개되지 않은 순수한 발화를 대화라 한다. 일반적으로 작품상에서 특정한 부호에 의해 묶이는 것을 말한다. 대화는 작중 인물의 성격, 기질, 개성 등과 함께 여러 정보를 제공해주며, 작가의 주관적이고 설명적인 개입을 차단시키고 사건을 극화, 장면화 시킴으로써 이야기의 사실감을 높이는 역할을 지닌다."라고 되어 있다.

위의 시 「카파의 사진(−전쟁과 여인−)」에서 시적 화자는 사진에 관련된 알렉스 커쇼의 이야기를 끌어들여 다양한 화자들의 발화를 통해 대화가 이루어지게 하고 있다. 이 시의 시적 화자는 청자의 위치에서 사진을 보며 묘사만 하고 있을 뿐이다. 서사적 구조를 효과적으로 형상화 하고자 다층적인 화자층을 동원하고 있기 때문이다. 이러한 바흐친의 '대화론' 혹은 '다성성'이 이시영의 시집에는 자주 목격되고 있다.

나이든 여성들의 노동수도공동체인 남원 동광원의 김금남 원장(79세)의 얼굴은 그렇게 깨끗하고 맑아 보일 수가 없었다. 그녀가 말했다.

"1949년에 동광원 식구들은 광주 방림동 와이엠씨에이 건물에 살다가 쫓겨났어요. 30여 명이 한겨울인데도 오갈 데가 없어서 방림다리 밑에 천막 세 개를 치고 살았습니다. 10여 명이 한 막 속에 들어가다보니 밤에 발도 뻗을 수 없었어요. 그 추위 속에서 옆 사람의 체온에 의지해 잠이 들곤 했습니다. 탁발하고 시장에서 주워온 푸성귀들을 다리 밑에서 물에 씻어 팔팔 끓여 먹으면 그렇게 맛있을 수 없었어요. 육체가 낮아지면 낮아질수록 영혼의 기쁨이 말할 수 없이 커지는 게 참으로 신비로운 일이지요."*

그리고 그녀는 그 노구가 땅에 닿도록 절을 했다. 정말 빛을 본 사람만이 그 빛에 먼지 같은 자신의 모습을 비춰볼 수 있는가.

* 한겨레, 2007년 1월 1일.

— 이시영, 「행복」 전문

「행복」이란 시에서는 "김금남 원장"이라는 등장인물의 발화가 시의
많은 비중을 차지하고 있다. 서사성이 강하게 드러나는 화자의 발화를
청자의 위치에서 듣는 시적 화자는 직접적인 발화를 억제하고 등장인
물의 발화를 직접적으로 기술하고 있다. 타자의 발화가 끝나고 나서는
자신과의 대화가 다시 시도되고 있다. "정말 빛을 본 사람만이 그 빛
에 먼지 같은 자신의 모습을 비춰볼 수 있는가." 이는 시적 화자가 자
신과의 대화를 통해 스스로 자신에게 질문하는 진술 형식을 취하고
있다. 시적 화자는 '−은 어떻다'라는 가치 평가를 유보하는 진술방식
으로 이 시를 읽는 독자들에게 대화를 걸고 있다. 이처럼 바흐친적인
비종결적 구조로 시를 끝맺음으로서 이 시의 시적 화자의 질문은 독자
들을 향해 메아리치며 하염없이 퍼져 나간다. 시가 열린 구조를 가짐
으로써 작품에 등장하는 화자의 발화가 끊임없이 생성되고 있음을 알
수 있다.

미하일 바흐친(Mikhail Bakhtin; 1895~1975)은 도스토예프스키의 작품
에서 폭력적인 작기의 힘을 빗어나 삭품의 작중인물들이 스스로 말하
게 히는 '대화싱'에 무게를 두었다. 이러한 바흐친의 이론에서 다성악
적인 '다성성'은 이시영의 시에서도 잘 드러나고 있다.

또한, 미하일 바흐친에 따르면 카니발적인 세계관에서 노동과 음식
관계의 분리를 부정한다. 바흐친은 음식이 노동과정과 분리되는 것을
비판한다. 이러한 분리는 바흐친에게 있어서 인간과 세계의 분리이거
나 상호관계의 상실을 뜻한다.[1]

이와 마찬가지로 「행복」이라는 시에서도 화자가 말하는 '푸성귀를
끓인 음식'은 남에게 피해를 끼치지 않고 노동의 대가로 마련한 먹을

---

1) 이득재, 『바흐찐 읽기』, 문화과학사, 2003년, 19~20쪽 인용.

거리이다. 노동의 결과로 얻어진 먹는 즐거움을 함께 나누는 소박한 '그들만의 카니발'이 되고 있다. 계급성에서 탈피하여 평등해진 공동 체 일원들의 즐거운 축제가 펼쳐지고 있다. 그래서 그들이 음식을 먹 는 행위는 신성한 노동과정과 분리된 것이 아니므로 값지다고 할 수 있다. 음식을 먹는 장소도 화려한 식탁이나 밥상이 아니라 초라하고 소외된 공간이어도 그들은 행복하다. 다리 밑의 세계가 존재해야, 다 리 위의 세상도 펼쳐지는 것이다. 사회의 밑바닥을 받쳐주는 소리 없 는 힘을 시적 화자는 "김금남 원장"의 발화를 통해 드러내고 있다. 세 상을 받쳐주는 힘이 없는 자들 그러나 가장 힘든 일을 하는 자들의 소 박한 음식은 지상 최대의 성찬이 되는 것이다.

대화성에 기초한 시는 시인이 가공하고 새롭게 질서를 부여하는 세 계가 아니라 타자의 목소리가 가득 참으로써 현실을 생생하게 전달하 고 담아낼 수 있다. 작품 안에 등장하는 타자들의 발화를 빌어 소외된 이들의 목소리를 담을 수가 있어 더욱 폭넓은 공감대를 확보할 수 있 다. 사회에서 삭제된 자들의 목소리가 실려 있어 더욱 감동적으로 다 가오고 있다.

2. 전쟁과 폭력에 저항하다

〈어느 인민전선 병사의 죽음〉이란 사진은 『라이프』지에 실렸던 로버트 카파의 작품이다. 스페인 내전에서 총을 맞고 쓰러지는 한 병사의 죽음 의 장면을 생생하게 담아놓은 사진이다. 스페인 내전부터 2차 세계대 전, 인도차이나 전쟁까지 최전선에서 종군기자로 활약하기도 한 로버 트 카파의 사진은 전쟁의 참혹성을 알리고 있다. 이러한 로버트 카파 의 현실을 포착하는 시선을 이시영 시인의 시에서도 읽어낼 수 있다.

'가디언'에 따르면 이스라엘이 레바논 공습시에 사용한 폭탄은 'M483A1'이라는 대량살상무기인 정밀유도폭탄이라고 하는데, 이는 미국에서 생산된 것이고 세계의 분쟁지역마다 즉각적으로 아주 비싼 값에 공급되고 있다고 한다. 그리고 부시는 라이스 장관이 중동을 이륙한 직후 가진 주말별장 회견에서 산뜻한 와이셔츠 차림으로 서서 전날 밤 남부 레바논 카나 마을에 밤새도록 퍼부어진 이 무차별 폭격을 새로운 중동 탄생을 위한 산통이라고 했다.

—「전쟁범죄자들」 전문

「전쟁범죄자들」이란 시에서는 전쟁에 사용되는 무기를 통해 미국의 이중성을 적나라하고 비판하고 있다. 몽타주 기법을 사용하여 『가디언』지의 내용을 그대로 발췌하고 있다. 기사를 통해 평화를 외쳐대면서도 이면으로는 무기수입으로 경제적 수입을 얻는 미제국주의의 탐욕성을 드러내고 있다. 더불어 잡지의 기사 내용을 가치평가 없이 객관적으로 진술하는 시적 화자의 발화형식도 눈길을 끌고 있다. 이는 곧 시적 화자의 개입보다 객관성이 강한 기사형식을 빌어 시의 리얼리티를 획득하고 있다.

다음은 10·26 당시 중앙정보부장의 수행비서였던 박흥주 대령이 1980년 3월 6일 경기도 소래의 한 야산에서 총살형으로 처형되기 직전 그의 부인에게 보낸 편지의 일부이다.

"아이들에게 이 아빠가 당연한 일을 했으며 그때 조건도 그러했다는 점을 잘 이해시켜 열등감에 빠지지 않도록 긍지를 불러넣어주시오……우리 사회가 죽지 않았다면 우리 가정을 그대로 놔두지는 않을 거요." 그리고 그는 아직 초등학생인 두 딸에게도 당부의 말을 잊지 않았다. "아빠는 조금도 부끄러움이 없는 사람이다. 주일을 잘 지키고 건실하게 신앙생활을 하여라."*

그는 당시 행당동 산동네 12평짜리 집에 살고 있었는데, 6년 후 천주교 측 인사가 찾아갔을 때 부인은 옆집에서 일하다 말고 나와 남루한 거친 손으로 그를 맞았다고 한다.

*김정남 칼럼, 茶山포럼, 2006년 11월 23일.

—「고故 박홍주 대령」 전문

「고故 박홍주 대령」은 "고故 박홍주 대령"이 유족들에게 남긴 편지의 내용을 소재로 하고 있다. 이 작품에서도 시적 화자의 목소리는 지극히 절제되어 있다. "고故 박홍주 대령"이 유족들에게 남긴 편지 텍스트를 인용하고, 시의 후반부에서는 사회의 무관심으로 불우한 삶을 살아가는 유족들의 이야기가 객관적으로 진술되고 있다. 그리고 시적 화자가 진술하는 내용에서는 "고故 박홍주 대령"의 어렵고 지난했던 삶의 한 부분을 그리고 있다. 거대한 역사 앞에서 개인들의 저항 의미를 퇴색시키는 현실을 객관적으로 비판하는 시적 화자의 태도가 이 시를 더욱 빛나게 하고 있다.

다음의 인용은 끔찍한 고문을 이겨내고 복도를 걸어나오는 두 여인을 묘사한 것으로 칠레 작가 루이스 쎄뿔베다의 것이다.

"검은 머리 여자와 금발 여자. 까르멘과 마르시아. 그들은 모든 것을 걸었던 여자들답게 당당하고 자랑스럽게 저쪽에서 걸어가고 있다. 사랑을 전한 몸들은 모든 패배자들의 사랑을 간직하고 있다. 키스를 유혹하는 입술들은 신음은 토해냈지만, 사람이나 나무, 강, 산, 숲, 꽃, 거리의 그 어느 이름도 말하지 않았다. 그들은 사형집행인들이 눈치챌 만한 정보는 아무것도 주지 않았다. 눈부신 전등 아래서 고문당하던 눈들은 우리의 죽은 자들을 위해 당당하게 눈물을 흘렸다"*

*쎄뿔베다 단편집 『소외』(열린책들, 2005)에 실린 서른다섯 편 중 하나인 「검은 머리 여인과 금발 여인」의 한 부분.

—「우리의 죽은 자들을 위해」 부분

시집의 표제작이기도 한 「우리의 죽은 자들을 위해」는 칠레 작가 루이스 쎄뿔베다의 단편집 『소외』(열린책들, 2005)에 실린 서른다섯 편 중 「검은 머리 여인과 금발 여인」의 한 부분을 인용하고 있다. 위의 작품은 「고故 박흥주 대령」에서와는 달리 시적 화자의 목소리는 소거되어 있다. 시적 화자의 발화보다 소설의 한 부분을 통해 시인의 의도를 전하고 있다.

세계에서 가장 가난한 나라의 대통령인 하미드 카르자이 아프가니스탄 대통령(49세)이 연설 도중 눈물을 떨구는 사진이 경향신문 1면에 실렸다. 다음은 기사의 일부.

"10분쯤 지났을까. 그는 연합군의 폭격으로 불구가 된 소년을 언급하다 눈에 고인 눈물 때문에 한동안 말을 잇지 못했다. 눈물을 감추기 위해 하얀 손수건을 눈에 대는 순간 한방울의 눈물이 오른쪽 뺨을 타고 흘러내리다 옷깃에 떨어졌다. 그는 아랫입술을 부르르 떨면서 '가장 잔혹하고 너무나 잔혹스럽다'고 되뇌었다."*

AP통신은 그의 연설로 청중석이 울음바다로 변했다고 전했다. 아프간에선 '테러와의 전쟁'으로 2006년에만 이린이를 포함하여 모두 4천여 명이 목슘을 잃었다.

* 경향신문, 2006년 12월 12일

— 「대통령의 눈물」 전문

시 「대통령의 눈물」도 신문기사를 인용하고 있다. 앞서의 시편들과 마찬가지로 객관성을 담보로 하는 발화형식을 빌어 가난한 나라의 대통령의 눈물과 강대국들의 잔혹한 전쟁상을 그리고 있으며, 이데올로기에 의해 무참하게 희생당하는 비극적인 인간상들을 제시하고 있다.

병점 지나 서정리 지나 평택 들판에 우뚝 솟은 느티나무 한 그루,
그 아래 방금 보습 대어 갈아붙인 찰흙 위로 쏜살같이 내리 꽂히는 제비 새

끼들의 강철 입이여!

—「평택 지나며」 전문

한모씨(33세)가 아이 둘을 보육원으로 데려가기 직전 켄터키 프라이드 치킨 점에 들러 아이들이 좋아하는 햄버거를 사주었다. 그리고 그들을 실은 차가 보육원 정문에 다다를 무렵 동생의 작은 손을 형의 손 안에 쥐어주며 말했다. "너희 둘은 형제다. 이담에 아빠가 데리러 올 때까지 이 손을 꼭 놓지 말거라!" 그러나 8년 후 아빠가 다시 찾았을 때 그들은 그곳에 없었다.

—「KFC」 전문

「평택 지나며」는 제비 새끼들의 움직임을 통해 미국의 폭력적인 제국주의 성향을 고발하고 있다. 평택에서는 미군기지 철수를 위하여 수많은 시위와 집회가 열린다. 이러한 정황을 시적 화자는 "제비 새끼들의 강철 입"을 통하여 날카롭게 꼬집고 있다. 서정성이 짙으면서도 이념의 문제를 적확하게 드러내는 시인의 시적 내공이 돋보이는 작품이다.

「KFC」는 다국적 기업인 KFC를 통해 인스턴트적인 자본의 논리에 의해 해체되는 인간 군상들의 이야기가 진술되고 있다. "한모씨"로 지칭되는 화자의 발화를 통해서 서민들의 실업과 가정이 해체되는 모습을 보여주고 있다. 사회의 구조적 모순의 단면을 날카롭게 보여주는 이 시는 "햄버거"로 상징되는 자본의 논리를 달콤하게 상징화 하고 있다. 그러나 그 달콤함은 모든 것을 단절시키는 힘을 지니고 있다. 형제라는 끈끈한 정도 무력해지고 그로 인해 고통 받는 현대인의 모습이 잘 드러나고 있다.

2005년 7월 27일 새벽 삼지연읍 베개봉 호텔 2층, 웬 술 취한 사내가 카운터 위에 고개를 묻고 앳된 커피점 아가씨에게 무어라 무어라 중얼거리고 있었는데 마지막 당부의 말은 대략 이러했다. "시집가면 생기는 대로 아이를 펑펑 낳

을 것이며 형제들과도 사이좋게 지내며 특히 아버지께는⋯⋯” 이 대목에서 사
내는 그만 참지 못하고 굵은 눈물을 보이고 마는 것이었다.

―「오라비」 전문

시에서 시적 화자는 새벽에 술에 취해 여동생을 찾아가 당부하는
“오라비”의 발화를 진술하고 있다. 아마도 호텔 커피숍에서 야간 근무
하는 여동생에게 당부를 하는 오빠는 맨정신으로는 자신의 이야기를
떳떳하게 하지 못할 만큼 무능력한 사내인지도 모른다. 가난한 오라비
는 술에 취한 채 어린 동생에게 행복하기를 당부하고 있다. 그러다 부
모님 이야기가 나오는 대목에서는 그만 목이 메어 버리고 만다. 가난
하고 힘든 자들의 삶의 한 면을 대화를 통해 보여주는 이 시에서 시적
화자는 다만 상황을 묘사할 뿐이다. 시적 화자의 시선이 사내의 눈물
에 가 닿고 폭풍처럼 휘몰아쳐 오는 격양된 감정을 말줄임표를 통해
감동의 최대치를 이끌어내고 있다.
  이처럼 이시영 시인의 시는 전쟁의 상처외 이데올로기에 의해 무참
하게 희생되는 인간의 비극성을, 자본의 논리에 의해 소외되는 인간들
의 삶을 적나라하게 드러내고 있다.

3. 따뜻한 시선과 세계와의 화해

  시집에서 시적 화자들의 감정을 절제한 진술과 다양한 타자의 발화
는 곧 평화를 추구하는 시인의 시 정신을 구현하는 데 일조하고 있다.

  독일에서 만난 허수경씨 남편은 뚱보에다가 사람 좋아 보이는 털복숭이 수
염을 달고 있었는데 허수경씨 옆에서 마냥 즐거워하는 그에게도 아픈 과거가

있었습니다. 그의 어머니는 노르망디 출신이고 아버지는 베를린 출신인데 말하자면 독일군 병사를 사랑한 죄로 종전 후 그의 어머니는 처녀의 몸으로 주소만 달랑 들고 베를린 애인 집을 찾아갔답니다. 그러나 놀란 것은 그 집의 식구들, 그들도 아들의 행방을 애타게 찾고 있었는데 웬 프랑스 처녀가? 애인도 없는 집에서 눌러산 지 7년. 어느날 아침 현관 밖에 쓰레기를 버리러 나갔다가 거기에 넋나간 표정으로 서 있는 귀환 장정을 보았답니다. 그러니까 그해가 1952년, 소련 전선에서 포로가 되었다가 그제야 풀려난 것이지요. 그 일년 후에 태어난 그가 모계인 프랑스계 유치원을 다니며 친구들에게 나찌의 자식이라고 손가락질당하며 자란 것은 지금도 지울 수 없는 가장 아픈 기억 중의 하나. 그러나 이제는 그들을 다 용서했다고 합니다. 왜냐하면 그는 아르뛰르 랭보를 너무나 좋아하는 반은 프랑스인. 오늘밤에도 그는 흑맥주잔을 높이 들고 먼 동방에서 온 아내의 친구들 앞에서 랭보의 시를 줄줄 외우곤 합니다. "오 계절이여, 오 성城이여,/어느 영혼이 잘못 없으랴?"

— 「어느 영혼이 잘못 없으랴」 전문

이 작품은 독일에 거주하고 있는 '허수경 시인 부부'와의 만남과, 그들 가족사에 얽힌 전쟁체험이 시적 화자에 의해 발화되고 있다. 사람 좋아 보이는 '허수경 시인 남편'의 아픈 유년시절의 체험과 그의 어머니와 아버지의 사랑에 관한 내력은 고통스러운 전쟁의 상흔을 드러내고 있다. 시인 남편의 프랑스에서의 어린 시절의 경험을 통해 대물림되는 전쟁의 흉터들을 서사적으로 노래하고 있다.

자신에게 상처를 준 과거와 세월들을 다 용서한 남편. 그것은 바로 예술의 힘이라고 강조하고 있다. "아르뛰르 랭보"라는 위대한 예술가의 힘 안에서 전쟁의 상처가 용해되고 있다.

시적 화자는 "어느 영혼이 잘못 없으랴"라는 랭보의 시 구절처럼, 시인 남편이 갈등의 늪을 지나 분노에 찬 세상을 향해 화해의 손길을 내미는 과정을 서사화 하고 있다.

이가 거의 다 빠진 합죽이 박봉우 시인이 내 손을 잡고 껄껄 웃으며 말했다. "시영이 자네를 팔아 술깨나 얻어먹었네그려!" 생애 후반의 대부분을 전주시립 도서관의 따분한 직원으로 얹혀지낸 시인은 술 생각이 간절한 저녁이면 인근 의 지인들에게 전화하여 "창비에 있는 이시영이가 자네 시집을 내주기로 했다" 고 속여 공술을 자주 대접받았다고 하는데 그 중에는 내 고등학교 때의 은사 이모某 선생님도 계셨다.

—「박봉우 시인」 전문

1964년 토오꾜오 올림픽을 앞두고 지은 지 삼년밖에 안된 집을 부득이 헐지 않을 수 없게 되었을 때의 일이라고 한다. 지붕을 들어내자 꼬리에 못이 박혀 꼼작도 할 수 없는 도마뱀 한 마리가 그때까지 살아 있었다. 동료 도마뱀이 그 긴 시간 동안 하루도 거르지 않고 먹이를 날라다주었기 때문이다.*

　*박호성 칼럼, 茶山포럼, 2007년 1월 11일

—「산다는 것의 의미」 전문

시에 등장하는 "박봉우 시인"은 도서관의 직원으로 근무하면서 이시 영 시인 이름을 팔아 주변 사람들에게 술대접 받는 인물이다. 시에 "박 봉우 시인"이라는 등장인물의 "시영이 자네를 팔아 술깨나 얻어먹었네 그려!", "창비에 있는 이시영이가 자네 시집을 내주기로 했다"라는 발 화가 직접적으로 드러나고 있다. 시적 화자는 청자의 입장을 유지하면 서 "ㅡ했다고 하는데" 등의 진술을 통해 박봉우 시인의 발화를 적극적 으로 전달해줌으로써, "박봉우 시인" 말을 대신해주거나, 화자의 외양 묘사 혹은 화자의 발화를 강조하고 있다. 시적 화자의 중심적 발화의 시가 아니라 작품에 등장하는 인물들의 발화를 통해 대화가 이루어지 고 있다. 그런 의미에서 이 시는 특이한 처세술을 갖고 있는 한 시인의 어리숙함과 순진성을 통해 골계미까지 아우르고 있다.

또 「산다는 것의 의미」란 시에서는 칼럼의 내용을 요약하여 진술하고 있다. 꼬리에 못이 박힌 도마뱀이 살아있으며, 친구 도마뱀이 먹이를 물어다 주었다는 감동적인 칼럼의 내용을 통해 시 형식의 새로움을 추구하고 있다. 시인이 자서에서 밝힌 것처럼 "한 줄의 기사가 그 숱한 '가공된 진실' 보다 더 시다웠다. 부디 그분들의 글이 더욱 빛나기를!" 처럼 시인의 말을 다시 한 번 되새기게 하는 작품이다. 실험적인 시 형식과 더불어 삶의 정면을 투시하는 시인의 날카로운 시선을 읽을 수 있는 시이다. 도대체 산다는 것의 의미가 무엇인지를 독자들로 하여금 스스로 질문하게 하는 힘을 발휘하고 있다.

> 마포초등학교 정문 앞 문구팬시전문점 앞 의자에 누가 보아도 어머니와 딸이 분명한 두 노인이 나란히 앉아 채송화 피던 날의 저녁을 도란도란 얘기합니다. 조무래기들이 무엇을 사러 왔다가 누구에게 물건값을 치러얄지 몰라 작은 머리통들을 이리저리 굴리고 있습니다.
>
> —「도란도란」 전문

> 말의 선량한 눈동자를 바라보고 있으면 바람이 불어오는 쪽의 가난한 저녁을 알 것만 같다.
>
> —「성읍 마을을 지나며」 전문

> 내가 만약 바람이라면
> 세상에서 가장 부드러운 미풍이 되어
> 저 아기다람쥐의 졸리운 낮잠을 깨우지 않으리
>
> —「평화」 전문

위의 두 편의 시 작품을 보면 평화스런 자연의 풍경들을 그려내고 있다. 시적 화자의 발화를 통한 시인의 계몽적이거나 교조주의적 발화는 보이지 않는다. 시적 화자는 대상이나 풍경을 그대로 묘사하여 절제된 진술의 힘으로 세상을 그대로 보여주면서 그 이면에 자리 잡은 작지만 따뜻한 평화의 힘을 말하고 있다. 평화는 커다란 것이 아니며, 곧 우리 주위에서 무수하게 존재하는 것임을 시적 화자의 목소리를 통해 깨달을 수 있다.

이시영 시인의 시집에서 시적 화자의 목소리 대신 다양한 화자의 발화가 가득한 이유도 바로 소외되고 사라져 버리는 타자들의 아픈 목소리를 부각시켜 리얼리티를 획득하려는 시인의 시 정신과 일치하기 때문이다. 이시영 시인의 시집은 아파트와 같다. 시의 현관문을 열고 들어가면 다양한 등장인물들의 이야기가 기다리고 있다. 불이 켜진 혹은 불이 꺼진 각각의 서사들이 천 개의 목소리로 중얼거리고 있다.

새의 초월 이미지와 화엄의 미학

위선환 시세계에 나타난 새의 초월 이미지와 화엄의 세계

1. 서정과 사유의 무게

'서정抒情'이란 동일성의 원리를 통해 주체의 목소리로 대상을 독해하는 것이다. 그 독해는 대상에 대한 주체의 정서적 반응이며 동시에 주체의 해석이 구조화 되어 덧입혀진다. 이때 의미 없이 나열되어 있던 대상들은 주체의 의도된 세계 속에서 의미화 되고 계열화 된다.

위선환 시인의 시편들도 주체의 시선이 강조되는 '서정'이 주를 이루고 있다. 서정시에 대한 모색과 검토가 이루어지고 있는 요즘 위선환 시인의 시세계에 주목한다는 것은 '서정'의 긍정적인 힘을 통해 현대 서정시의 미학적 요소를 탐색하는 일이기도 하다.

위선환 시인은 독특한 이력을 지닌 시인이다. 1960년대 시를 쓰기 시작한 이래 30년간 시를 접었다가 2001년 『현대시』 9월호에 「교외에

서」로 등단하면서 다시 시를 쓰기 시작했다. 시인의 나이 올해 예순여섯임을 감안한다면 시에 대한 시인의 열정에 고개가 숙여질 뿐이다. 시인의 첫 시집 『나무들이 강을 건너갔다』(한국문연, 2001)에 해설을 쓴 소설가 한승원 씨의 말을 빌리면, 위선환 시인은 고교재학시절부터 이미 시에 대한 자질을 인정받은 명민한 문학 소년이었다. 시인은 고교시절에 한승원을 비롯한 몇몇 학우들과 교지를 편집하고 제작하며 문청시절을 보냈다고 한다.

그리고 60년대에 〈용아문학상〉 1회 신인상을 수상하면서 문학의 길로 접어들었다. 그런데 모두가 시를 쓸 것이라는 예상을 뒤엎고 어느 날 갑자기 위선환 시인이 사라져 버렸다고 한승원 소설가는 술회하고 있다. 위선환 시인은 그때를 기점으로 사회생활로 접어들어 30여 년 동안 공직생활에 몸담아 시를 떠나 있었다.

30년 동안이나 시를 접었던 시인이 60이 넘어서 다시 창작의욕을 불태운다는 사실만으로도 시인은 박수 받을 만하다. 시의 길을 향해 멀리 돌아온 그의 시편들은 깊은 사유의 힘으로 사물의 본질에 가 닿고 있다.

2001년 첫 번째 시집인 『나무들이 강을 건너갔다』(한국문연, 2001)와 『눈 덮인 하늘에서 넘어지다』(한국문연, 2003)를 출간한 이래 진지하게 창작활동을 해 온 시인의 작품이 문단의 주목을 받기 시작했다. 2006년 위선환 시인의 시 「새떼를 베끼다」가 〈미당문학상〉 후보작으로 추천되면서 시인의 시세계에 실린 사유의 무게감과 '서정'에 시선이 모아졌다. 특이한 인연이라면, 1960년 〈용아문학상〉 신인상을 추천했을 때 당시 심사위원이 서정주 선생이었다. 2006년 미당문학상 후보작에 오른 것을 보면 두 시인의 인연은 생사를 뛰어넘어 질긴 인연으로 만나고 있는 셈이다.

이후 시인은 2007년에 발간된 세 번째 시집 『새떼를 베끼다』(문학과 지성사, 2007)에서 용암이 들끓듯 뜨거운 시의 열정을 토해놓고 있다. 시인이 시를 토해낸다는 표현에는 시를 떠나 있던 지난 30년 동안 시인의 내면에 쌓여 있던 시의 열망이 펼쳐진다는 의미가 깔려 있다. 위선환 시인은 시를 접었던 것이 아니라 시 밖에서 시의 온전한 몸을 향해 치열하게 걸어가고 있었던 셈이다. 세 번째 시집에서 시인은 30년 동안 삼키고 있던 울음을 침묵의 힘으로 풀어놓고 있다. 우리 주변에 산재한 사물들을 시적 소재로 다양하게 채택하여 시인만의 목소리로 노래하고 있다. 그가 평범한 사물들을 노래하고 있음에도 그의 시가 신선하게 읽히는 것은 바로 시인의 치밀한 관찰력과 상상력 그리고 사유의 힘 때문일 것이다.

시인은 시에 미쳐서 시로 말하고 시로 호흡하며 살아가는 천상 시인인 셈이다. 사물과 사물 그리고 사물과 인간, 인간과 우주 이 모든 관계를 새롭게 조명하는데 시인의 하루는 너무 짧기 때문이다.

2. 새의 모성성과 태초를 향한 비약의 의지

'서정성'이 강한 위선환 시인의 시편들에는 자연이 시의 소재로 많이 등장하고 있다. 자주 등장하는 대상을 간략하게 살펴보면 '강, 물, 바다, 새, 나무, 하늘' 등이다. 특히 이 자연물들은 시인의 세 권의 시집에 다양하게 변주되어 시인의 시세계의 특이성과 시정신을 드러내고 있다.

특히 '새'에 대한 시인의 관심은 지대하다. 시인의 첫 시집부터 세 번째 시집을 관통하고 있는 축이 바로 '새' 이미지이다. 위선환 시인의 시에서 '새'는 특별한 의미로 자리매김 되고 있다. 이때의 '새'들은 시인의 사유 과정을 드러내는 매개물이며, 시인이 '새'라는 대상에 관한 재현 여부가 바로 위선환 시인의 시의 핵심을 짚어낼 수 있는 근거이기 때문이다. 그만큼 위선환 시인의 시편들에서 '새'는 둔중한 의미를 지니고 있다. 위선환 시에서 자주 등장하는 '새' 이미지 분석은 곧 시인의 시정신과 사유의 궤적을 꿰뚫는 일이 될 것이다.

> 눈이 검고 꽁지가 희다. 손바닥을 펴 들자 새 한 마리가 올라앉는다. 작다. 부리와 눈자위와 등덜미가 젖었다. 발가락은 방금 젖는다. 내 발가락과 발바닥도 젖는다 …(중략)… 손바닥에 새가 잠들어 있다.
>
> ─「안개」 부분, 『새떼를 베끼다』

> 밤에는 별빛이 지상의 모든 둥지에 닿으며 새들은 솜이불처럼 두텁게 잠을 덮는다.
>
> ─「나무들이 강을 건너갔다」 부분, 『나무들이 강을 건너갔다』

「안개」라는 시에서는 안개에 "젖는다"란 공통적인 현상을 통해 '새'와 시적 화자의 동일시가 이루어지고 있다. 시적 화자의 손바닥에 앉아있는 새의 몸을 세밀하게 묘사하면서 새의 젖어있는 몸을 통해 시적 화자의 고뇌를 '새'에게 투사시키고 있다.

「나무들이 강을 건너갔다」란 작품에서도 '새'는 시인의 관념을 형상화 해주는 이미지이다. '새'는 "새들은 솜이불처럼 두텁게 잠을 덮는다."에서 시적 화자의 "잠을 두텁게 덮어 주"고 위로해주는 존재로 드러나고 있다.

> 살가죽을 벗어주고 뼛조각도 죄다 발겨 내주고 목숨 한 줄기만 남은 내 영혼도 새의 가슴털 밑에 몸을 묻고 떨면서 저 무한시공을 내다보고 있다.
>
> ─「눈짓」 부분, 『나무들이 강을 건너갔다』

인간은 오랜 시간동안 비상을 꿈꾸어왔다. 비행을 꿈꾸고 욕망해왔다. 창공을 가로지를 수 있는 새의 날개와, 시간과 공간의 경계를 통과하는 욕망을 꿈꾸어왔다. 노드럽 프라이의 원형이미지에서도 볼 수 있듯 "새"는 상승과 더불어 천상과 같은 영원의 세계에 도달하고자 하는 초월 이미지를 속성으로 하고 있다. 위선환의 시 「눈짓」에서도 또한 "새"는 초월의 이미지로 드러나고 있다.

시인의 제1시집에 수록된 작품 「눈짓」에서 시적 화자는 "살가죽과 뼛조각까지 죄다 발겨주고" 목숨만 남은 가련한 영혼의 소유자이다. 자기 연민이 강한 시적 화자는 새의 가슴 털 밑에 자신을 숨기며 "새"와 하나가 되려 하고 있다. 새의 가슴 털에 자신의 추운 영혼을 의탁하고 있는 시적 화자는 "무한시공"으로의 상승을 희망하고 있다. 곧 "새"라는 대상은 시적 화자를 보듬어 안아주는 존재이며, 우주로 나아가려는 시적 화자의 욕구를 실현해주는 매개물이다.

멧새 무리가 가지 끝에 앉아서 지저귀고 있다.
가지 끝에는 하늘이 푸르고
멧새 같은, 작은 새가 되어서는 작은 소리로 부르는 것을
속깃만 털어도 가벼워지는 것을
새소리가 울리는 맑은 하늘이면, 새의 혓바닥에 젖는
작은 하늘이면
아주 가까워도 되는 것을, 손가락으로
…(중략)…
아예 귀먹고
금새 어두워지는 하늘 밑에 서서
새들이 흔들어두고 떠난 빈 가지를 쳐다보는가
빈 가지보다 먼저 사람이 어두워지는가

                                —「빈 가지를」 부분, 『나무들이 강을 건너갔다』

"새"와 동일시 된 시적 화자는 '새의 있음/사라짐' 그 사이에서 갈등하고 고통스러워하고 있다. 새의 부재가 곧 시적 화자의 불안감을 조성하는 원인임을 알 수 있다. 새들이 앉아있는 "가지 끝"과 "하늘" 등은 마음이 "가벼워지"고 "맑은" 평화로운 공간으로 묘사되는 반면, 새들이 부재한 공간은 "귀먹고 어두워지는 하늘 밑"과 같이 쓸쓸하고 불안한 공간으로 드러나고 있다. 새의 부재로 인하여 "빈가지보다 먼저 사람이 어두워지는가"와 같이 침울해지고 우울해지는 시적 화자의 심리 변화 과정이 드러나고 있다. "새"가 사라져 버린 공간에 위치한 시적 화자는 곧 죽음과도 같은 어두운 심연 속으로 빠져든다. 이상이나 꿈이 사라져 버림은 곧 죽음과 같다는 시적 화자의 심리 상태가 드러나고 있다.

일찍 떠난 새들이 지금은
하늘 숨죽은 높이쯤을 건너가고 있는 듯,
잰 발놀림은 보이지 않지만
환하게 드러난 허공의 능슬기를 밟아가며
점점이
발자국들 찍힌다,

마지막처럼 아프다. 나는

— 「郊外에서」 부분, 『눈 덮인 하늘에서 넘어지다』

이 작품에서도 새들이 사라진 공간은 시적 화자에게 암울한 공간으로 변모된다. "일찍 떠나버린 새들"은 "환하게 드러난 허공의 등줄기를 밟아가"는 존재로 "새"는 허공으로 비상하는 존재로 묘사되고 있나. "새"의 부재로 인해 고통스러워하는 시적 화자의 쓸쓸한 내면이 "마지막처럼 아프다. 나는"의 진술로도 잘 드러나고 있다. 또한 "새"의 부재는 완전치 못하고 결여된 시적 화자의 불안감을 드러내고 있다. 지상에 홀로 남겨져 우주로의(허공으로의) 비상이 좌절되는 시적 화자의 내면이 선명하게 표현되고 있다.

새가 걸어서 하늘로 갔다 여러 번 헛디디고 넘어지다가 마침내 눕고 만 듯 뻣뻣하게 곱은 발가락과 퍼렇게 얼은 아랫몸이 눈 덮인 하늘 밖으로 튀어나와 있다

눈 더미를 쓸어 모아 꾹꾹 눌러서 묻어놓고

손자국 꾹꾹 찍힌 하늘의 한쪽이 새 몸뚱이 크기로 묻혀 있는 것 본다

새는 나를 헤쳐놓고 갔다 할퀸 발톱 자국과 쪼인 부리 자국과 파이고 찢긴 살점들이 내 등가죽 여기저기에 흩어져 있다

눈은 아직 내리고 나를 한 불 덮었고 길은 멀고

내 뒷등에 오른 새 한 마리가 종종대며 눈 싸라기들을 쪼고 있다 새의 가녀린 발목이 자주 내 등가죽 안으로 빠진다

—「동지 무렵」 부분, 『새떼를 베끼다』

이 시에서 "새"의 죽음이 시적 화자에게 전이되고, 곧 시적 화자의 부재를 확인하는 아픔으로 확대되고 있다. 새가 시적 화자의 몸에 상처와 흉터들을 남긴 것, 곧 시적 화자의 늙은 육체가 새가 남겨 놓은 상처라는 내용으로 결론지어지고 있다. 새와 시적 화자의 동일시를 통해 새의 현존과 시적 화자의 존재의 의미가 겹쳐지고 상처 난 하늘로 확대되고 있다. '새의 일생=시인의 상처 난 육체=상처 난 하늘'로 의미의 외연이 확장되고, 이러한 외연의 확장은 시에서 곧 지상과 천상

의 경계를 사라지게 하는 힘으로 작용되고 있다.

> 까마득하게
> 날아오르는 새는 날아오를 뿐
> 날아오른 높이를 재지 않는다
> 무한정 날아오르고 있는 하늘의
> 새의 머리가 겨우 닿는 높이에는
> 하늘의 덫이 깔려 있으므로
> 반드시
> 하늘 높이 나는 새는 하늘에서 죽는다, 지만
> 새가 죽어서 지상으로 추락하는 일은
> 절대로 없다
>
> 하늘에서 죽은 새는 하늘에 묻힌다
>
> —「새의 비상飛翔」 전문, 『눈 덮인 하늘에서 넘어지다』

> 허리를 쭉 편 참나무 둥치, 아스라하게 쳐다보이는 둥치 머리에서 큰 가지 나누었고 큰 가지가 잔 가지를 나누는 꼭대기 이림에 새둥지가 얹혀 있다. 거기쯤이면 벌써 하늘이지만, 둥지를 닫고 올라선 다리 긴 쇠백로, 모가지를 실게 빼서 하늘의 더 위쪽을 쳐다본다. 긴 깃의 댕기 날리고 머리 꼭대기에 은빛 댕기 나부끼는 우주가 얹힌다.
>
> —「댕기」 부분, 『눈 덮인 하늘에서 넘어지다』

　새의 부재를 통한 자아의 실존에 대한 불확실성은 새에 대한 시적 자아의 특별한 인식에서 비롯된다고 할 수 있다. 시「새의 비상飛翔」을 보면 "하늘 높이 나는 새는 하늘에서 죽는다, 지만/새가 죽어서 지상으로 추락하는 일은/절대로 없다"처럼 "새"는 '절대 추락하지 않는 존재이며 하늘에서 죽는' 존재라고 진술하고 있다. 곧 시적 화자에게 있어서 "새"는 초월적인 존재라는 믿음이 강하게 뿌리내리고 있다.

시 「댕기」에서도 새집이 위치한 곳은 "벌써 하늘"이며 새는 이에 만족하지 않고 "모가지를 길게 빼서 하늘의 더 위쪽을 쳐다"보고 있다고 진술하고 있다. "새"는 가시적인 세계 너머의 더 위쪽인 "하늘의 더 위쪽"과 같은 "우주"를 향하여 모가지를 길게 빼는 존재이다. "긴 깃의 댕기 날리고 머리 꼭대기에 은빛 댕기 나부끼는 우주가 얹힌다"와 같이 새는 시적 화자가 추구하는 이상적인 세계에 닿을 수 있는 존재이다. 곧 시적 화자는 이상적인 세계라고 믿고 있는 우주에 "새"를 통해 비상할 수 있다는 신념을 지니고 있다. 시적 화자는 우주로의 비상과 진입을 지향함에 있어 "새"를 매개물로 인식하고 있다. 반면, 새의 부재로 우주로의 수직적 상승의 좌절에서 시적 화자의 불안감이 조성되고 있음을 알 수 있다. 곧 새의 부재는 실존의 부재와도 직결되기 때문에 비극적인 태도를 보이고 있다. 그렇다면 시인에게 있어서 우주는 어떤 곳일까?

3. 무량한 세계 – 삶과 죽음이 뒤엉켜 있는 곳

새가 어떻게 날아오르는지 어떻게
눈 덮인 들녘을 건너가는지 놀빛 속으로
뚫고 들어가는지
짐작했겠지만
공중에서 거침이 없는 새는 오직 날 뿐 따로
길을 내지 않는다
엉뚱하게도
인적 끊긴 들길을 오래 걸은
눈자위가 마른 사람이 손가락을 세워서
저만치
빈 공중의 너머에 걸려 있는

날갯깃도 몇 개 떨어져 있는 새의 길을
가리켜 보이지만

—「새의 길」 전문, 『새떼를 베끼다』

새와 시적 화자가 닿으려는 하늘 혹은 "공중의" 길은 이상적인 공간
이다. "공중에서 거침이 없는 새는 오직 날 뿐 따로/길을 내지 않는다"
와 같이 길을 따로 내지 않아도 되는 경계가 사라진 공간이다. 시적 화
자의 시선은 허공에 길을 내지 않고도 날아다니는 새의 행보에 주목하
고 있다. 상처내지 않으며 허공을 나는 새의 비행에서 화엄의 세계를
보고 있다.

'새―시적 화자―하늘'로 연결되는 시인의 상상력의 증폭을 따라서
새롭게 탄생한 하늘 혹은 공중은 인간의 손끝과 눈으로는 만질 수도
없고 볼 수도 없는 비가시적인 본질의 세계이다. 형상의 둘레를 맴돌
기보다 눈에서 희미한 막을 걷어 버리고 형상 속으로 파고들어 막 저
편에 숨겨져 있던 세계를 강조하고 있다.

곧 새는 우주적이고 본질적이며 처음과 끝이 없는 무량한 화엄의 세
계를 지향하는 시적 화자의 이상을 실현시켜 줄 수 있는 대상이다. 시
적 화자에게 있어서 "새"는 화엄의 세계로 나아갈 수 있게 하는 매개물
로 드러나고 있다.

새떼가 오가는 철이라고 쓴다 새떼 하나는 날아오고 새떼 하나는 날아간다
고, 거기가 공중이다, 라고 쓴다

두 새떼가 마주보고 날아서, 곧장 맞부닥뜨려서, 부리를, 이마를, 가슴뼈를,
죽지를, 부딪친다고 쓴다

맞부딪친 새들끼리 관통해서 새가 새에게 뚫린다고 쓴다

새떼는 새떼끼리 관통한다고 쓴다 이미 뚫고 나갔다고, 날아가는 새떼끼리
는 서로 돌아다본다고 쓴다

새도 새떼도 고스란하다고, 구멍 난 새 한 마리 없고, 살점 하나, 잔뼈 한 조
각, 날갯깃 한 개, 떨어지지 않았다고 쓴다

공중에서는 새의 몸이 빈다고, 새떼도 큰 몸이 빈다고, 빈 몸들끼리 뚫렸다
고, 그러므로 空中이다, 라고 쓴다

—「새떼를 베끼다」 전문, 『새떼를 베끼다』

이 작품은 제3시집의 표제작이다. 새들이 만들어 놓은 길, 새떼들이
서로의 몸을 관통하는 상상력을 통해 시적 화자만의 특정한 공중이라
는 공간이 탄생하고 있다. 이 특정한 공간에서 새들은 공중을 관통하
지 않고 새들끼리 서로의 몸을 관통하여 새가 새에게 뚫리고 있다. 새
의 비상과 새의 스침을 통해 종, 횡의 움직임을 포착하는 시선에서 시
의 구조는 긴장감을 조성하고 있다. 시적 화자와 동일시 된 새들의 행
위를 통해 공중은 새로운 인식의 공간으로 전환된다. 즉 하늘과 새의
몸이 촉각적인 공간으로 변이되면서 시를 읽는 맛이 생겨난다.

시적 화자가 지향하는 허공 혹은 공중의 세계는 우주와 맞닿아 있는
세계이며 시작도 끝도 없는 무량한 초월적 세계이다. 스쳐도 스친 자
리가 없고, 뚫려도 뚫린 자리가 없다. 구멍도 생기지 않고 고통도 없
다. 이러한 공중과 하늘과 새를 바라보는 시적 화자는 "—라고 쓴다"
라는 진술을 통해 메타시 형식을 보이고 있다. 시적 화자의 진술은 곧,
초월에 대한 의지를 드러내고 있다고 볼 수 있다. "—라고 쓴다"라는 진
술에서 우리의 눈으로는 볼 수 없는 순수함의 세계에 대한 강조점을 찍
는 것이다. "—라고 쓴다"라는 진술을 통해 시적 화자는 모든 것을 부정
하면서 허무함에 대하여, 대상들에 대하여, 자연에 대하여 주도면밀하게

긴장감을 형성시키고 있다. "―라고 쓴다"라는 진술은 대상물을 유보시키고 독자들로 하여금 객관성의 유지와 긴장감을 조장하는 시적 화자의 전략으로 볼 수 있다.

> 지층이 뚝, 잘려나간 해남반도 끝에다 귀를 가져다 대면 느리게 길게 날개 젓는 소리가 들린다. 공룡 여러 마리가 해안에 깔린 너른 바위 바닥에 발목이 빠지면서 물 고인 바다 속으로 걸어 들어가던, 그때는 새가 돌 속을 날았다.
>
> ―「화석」 전문, 『새떼를 베끼다』

허공이 초월적이고 무량한 세계라는 시적 화자의 인식은 곧 주변 대상들에게도 수혜되고 있다. 허공뿐만이 아니라 공의 세계를 오고 갈 수 있는 새는 돌 속을 나는 신화적인 이미지로도 변용되고 있다.

> 가장 먼 바다를 건너온 날개 큰 새가 길고 느린 그림자를 끌며 머리 위로 지나가고, 그때 쳐다본 새의 눈빛이 붉게 빛났듯이, 발톱과 부리 끝이 반짝였듯이, 새에게 끌려온 어둠이 바다를 덮고 어둔 바다가 잠들 채비를 하듯이, 잠깐 뒤에는 나도 바다를 끌어 덮고 누우려 한다.
>
> ―「一泊」 부분, 『새떼를 베끼다』

> 이번 눈은 푸르고 깊다. 산자락에 묻힌 華嚴山林의 날들을 더욱 깊이 묻었다.
> 묻히고 묻힌 눈밭에다 만 개의 발자국을 찍어놓고, 눈 덮인 산허리를 스치고 가며 날개자국도 촘촘히 찍어놓고, 산새 무리는 무엇이 되어 어디로 갔는가.
> 눈 그친 마을 어귀에 오래 서 있어도 새 한 마리 없고, 지리산 등성이 너머 갠 하늘에 까맣게 흩어져 있는, 저 모래알 같은 새소리를, 무심하게, 그리고, 문득, 듣는다.
>
> ―「무엇이 되어 어디로 갔는가」 전문, 『나무들이 강을 건너갔다』

허공에 대한 시적 화자의 인식은 곧 경계의 사라짐으로 연결되고 있다. 먼 바다 너머에는 화엄의 세계가 펼쳐진다. 화엄의 세계를 건너온 "새"는 "새의 눈빛이 붉게 빛났듯이, 발톱과 부리 끝이 반짝"이는 신성한 존재이다. 시적 화자는 경계가 사라져 버린 세상에서 고요하고 평화롭다. 지리산에 혹은 바다에 있는 새소리를 무심하게 들을 뿐이다. 곧 화엄의 세계를 통해 만개의 발자국을 찍어놓고 사라진 새소리를 듣고 있다.

어느 쪽을 내다보아도 섬 밖은 바다다. 내민 목이 당장 젖는다.

새가 목을 늘여서 섬 밖으로 내밀고는, 그 목 적시고 더 내밀어서 온몸을 적신 다음 말인데

새는 내처 내밀어서 주둥이와 날개깃을 말렸고, 마저 내밀어서 새가 나는 높이를 날고 있다.

섬이 목을 늘여서 섬 밖으로 내민 다음을 물으면, 섬이 오래 기다린 것, 목 가늘어지고 숙었다가 꺾이던 것, 등가죽과 등줄기가 바짝 말라붙은 것을 말하겠다.

나도 야위었고, 등 뒤가 어두워졌고, 숙은 목덜미에서 뼈가 드러났고
내가 목을 늘여서 섬 밖으로 내민 것은 그런 다음이다.

한 번 더 내밀어서 풍덩 빠졌고, 지금은 목만 남기고 온몸이 잠겨 있다. 내 안에다 섬 하나 키운다. 그 섬에 새가 산다.

수평선이, 종일, 긋듯, 내 목에 걸려 있다. 새가 내리꽂고, 돌멩이 떨어지듯 내리꽂고, 내리꽂고, 마저 내리 꽂혔다. 목덜미에서 쩌억, 금 벌어지는 소리가 났다.

—「섬에서 내다보다」 전문, 『새떼를 베끼다』

경계가 사라져 버린 곳에 탄생되는 것은 상상력의 자유로움이다. 상

상력을 통해 시적 화자는 바다에서 혹은 섬에서 목을 내밀어 바다의 풍경을 읽는다. 거칠 것이 없는 세계. 그래서 "나는 더디고 햇살은 빨랐으므로 몇 해째나 가을은 나보다 먼저 저물"(「마디」 부분)기도 한다. "하늘 아래로 걸어가는 길이 참 조용하다"(「혼잣말」 부분)에서처럼 고요한 침잠의 세계로 걸어 들어가는 것이다.

> 누군가 내 오른쪽 팔꿈치를 끌고 나가더니 몸 바깥에다 내어 놓았다. 角지게 드러난 팔꿈치는 툭, 툭, 부딪히고 상처가 났다. 삼각붕대로 싸매서 목에 건 뒤에 오그려 매단 팔꿈치를 왼손으로 받쳐 든다. 오목하게 감싸 쥔 왼손바닥 안에 딱, 오른팔 팔꿈치가 들어맞는다. 사람의 마디들은 들어맞느니, 들어맞은 마디들이 사람을 지탱하거니, 사람은 몸 밖에도 마디가 있다.
>
> ─「마디」 전문,『새떼를 베끼다』

이 시는 시적 화자의 육체에 대한 관심을 통해 생명의 본질에 다가서려는 시인의 사유를 맛볼 수 있는 작품이다. 팔이 부러진 사건과 부러진 팔을 삼각붕대로 싸서 목에 걸면서 시적 화자는 몸 안의 마디와 몸 바깥의 마디에 생각이 미치고 있다. 즉 몸을 나무와 같이 "마디"가 있다는 것으로 식물적 상상력을 통해 상처가 곧 빛이 되기도 한다는 인식에 도달하고 있다. 팔이 부러진 시적 화자의 육체와 주변 대상의 경계가 사라진 자리에서 시인은 인간의 육체가 갖는 다양한 측면에 대하여 몸 바깥과 안을 통해 선명하게 드러내고 있다.

위선환 시인의 3권의 시집에서 자주 등장하는 "새" 이미지를 통해 위선환 시인의 시세계를 살펴보았다. 위선환 시인의 시세계에서 중점적으로 드러나는 "새"의 이미지는 초월적 이미지이며, 화엄의 세상을 지향하는 시적 화자의 이상을 실현시키는 매개물이다. 따라서 이상을 구현해주는 매개물인 "새"가 사라진 공간에서 시적 화자의 발화는 비극성을 띤다. 그러나 시적 화자는 새의 현존과 부재에 의해 실존의 의미를 고뇌하는 지점에서만 멈춰 서지 않는다.

"새"의 초월적 이미지를 통해 새가 하늘로 닿을 수 있는 존재라는 인식을 통해 "새" 이미지의 새로운 해석에 도달한다. 시적 화자는 새로운 독해의 힘으로 시간과 공간이 무한히 펼쳐지는 "무한시공" 곧 우주로 나아가는 "새의 길"을 통해 우주로 비상하고 있다. 경계가 사라져 시간과 공간이 무한히 열려 있다는 것은 모든 제약들이 사라져 버린 신성한 공간을 말한다. 그러한 세계를 꿈꾸는 시적 화자의 이상을 도와주는 새의 초월 이미지는 희망을 실현시켜 줄 수 있는 잠재태로 시에 기능하고 있다. 위선환 시의 시적 화자는 주체의 교조적인 목소리를 벗어나 "새에 깃들어 뚫려도 뚫리지 않고 통과해도 흔적이 남지 않는" 상상력과 사유를 통해 화엄의 세계를 지향하는 건강한 '서정'의 힘을 드러내고 있다.

풍자와 해학의 날카로운 칼날

차창룡, 『고시원은 괜찮아요』

차창룡 시인은 『나무 물고기』 출간 이후 『고시원은 괜찮아요』(창작과 비평, 2008)라는 독특한 제목의 4번째 시집으로 시세계를 펼치고 있다. 그의 전작 시집들이 인도기행과 불교적인 색체를 통해 사유의 깊이에 전착했다면, 이번 시집에서 시적 화자들은 보다 현실문제에 진지하게 다가서고 있다.

표제시인 「고시원은 괜찮아요」에서 다루고 있는 시적 소재와 인물들은, 이번 시집을 관통하는 주제와 긴밀하게 구조화 되어 있다. 원자화되고 개인화 되는 현대인의 소통단절과 고독에 대해 집중하고 있다. 또한, 자본주의의 병폐와 한미FTA 협정과 같은 현안 문제들을 시적 소재로 취하여 빈민층들의 빈곤한 삶의 애환을 다루고 있다. 자유와 평등과 같은 인간사회의 보편적이고 영원한 가치에 대하여 능숙한 해학적 어조로 풍자하고 있다.

1. 즐거운 고시원

이 선원의 선승들은 하늘과 땅 사이에서 오직 혼자이지요
홀로 존귀한 최고의 선승들입니다
108개의 선방에는 선승이 꼭 한명씩만 들어갈 수 있어요
여느 선방과 달리 방 안에서 무슨 짓을 해도 상관없습니다
잠을 자든 공부를 하든 밥을 먹든 자위행위를 하든
혼자서 하는 일은 무엇이든 괜찮습니다
가끔 심한 소음이 있어도 자기 일이 아니면 가급적
상관하지 않습니다 정 참지 못하면
총무스님에게 호소하면 됩니다
중국 일본 필리핀 말레이시아 방글라데시 그리고 한국
식탁에는 온통 외국인뿐입니다
이곳은 외국인을 위한 선원인 것이지요
금지된 것이 아님에도 불구하고
공양간에 함께 모인 선승들은 말이 없습니다
말은커녕 입도 벌리지 않고
그들은 밥을 몸속으로 밀어넣습니다
다년간 수행한 덕분이지요
오래 수행한 선승일수록 공양할 때 소리가 나지 않습니다
뱃속으로 고요의 강이 흐르고 흘러 바다에 이르면
가끔 화장실에 갑니다 화장실은 늘 만원입니다
괜찮습니다 참는 것이야말로 최고의 수행법이니
비가 와도 바람이 불어도 불이 나도 괜찮아요
13호실에 비상용 사다리가 있지만
서로 간섭하지 않는 미덕이 습관이 되어
나와 직접 관계되지 않은 일에는 끼어들지 않습니다
괜찮아요 불이 나도 어차피 열반에 들면
누구에게도 방해되지 않을 테니까요

—「고시원은 괜찮아요」 전문

고시원에 살고 있는 선승들은 그 각각이 지닌 사연들만큼 국적도 다양하다. "중국 일본 필리핀 말레이시아 방글라데시 그리고 한국" 노동자들이다. 고시원과 선방의 이중 구조를 통해 풍자와 위트로 일갈하고 있는 작품이다. 선방의 스님과 고시원의 고시생, 외국인 노동자들을 날실과 씨실로 구조화 하여 인간소외의 비극성을 강조하고 있다.

IMF 이후 고시원은 더 이상 고시생들만 거주하는 곳이 아니다. "108개의 선방에는 선승이 꼭 한명씩만 들어갈 수 있"는 감옥과도 같은 곳으로, 가정이 해체되고 경제적으로 극빈층으로 전락한 서민들의 거주지이기도 하다. 또 "이 선원의 선승들은 하늘과 땅 사이에서 오직 혼자"인 존재들로 구성되어 있다. '혼자인 존재' 들은 자신의 노동력을 자본과 교환하기 위해 이주해온 다국적 노동자들에서부터 경제적으로 파산한 신용불량자까지 벼랑에 선 인간들이다. 시적 화자는 닭장처럼 좁은 고시원 방이 곧 이들에겐 극락행을 보장해주는 선방이라고 일갈하고 있다.

또, 고시원은 "잠을 자든 공부를 하든 밥을 먹든 자위행위를 하든/혼자서 하는 일은 무엇이든 괜찮"은 밀폐된 공간이며 "자기 일이 아니면 가급적/상관하지 않"는 소통이 단절된 공간이다. "불이 나도 어차피 열반에 들면/누구에게도 방해되지 않"는 비극적인 공간이다. 시적 화자는 고달픈 현실을 반영하는 고시원이라는 특정 공간의 일상을 통해 경제적인 서열화가 이루어낸 양극화 현상 등 자본주의의 병폐를 지적하고 있다.

한미FTA 체결은 결국 다수를 위한 선택이었다는
전체가 잘되기 위해 소수의 힘없는 국민은
경쟁력없는 산업은 죽일 수밖에 없다느
온 국민의 눈을 제물로 삼아 더욱 성스러워진 신문을 배달하는
아쉬빈이여

눈 속에 사막이 들어갔나보다

…(중략)…

소년의 아버지는 한미FTA 반대 집회에 참가하기 위해 버스에 올랐다

소년과 아버지가 함께 뛴다

우사스를 깨우기 위해 소년은 신문을 돌리고

아버지는 소년이 돌리는 신문에 석유를 붙고 불을 지핀다

가장 밝은 시간의 불로 지은 옷을 입는다

그것은 아버지가 생애 처음이자 마지막으로 입은 값비싼 옷이었다

—「아쉬빈의 후예들」부분

　"한미FTA 체결은 결국 다수를 위한 선택"이며 개인보다 사회 전체의 이익에 더 중점을 두어 "소수의 힘없는 국민은/경쟁력없는 산업은 죽일 수밖에 없"는 문제점을 지적하고 있다. 전체 이익을 위해 소수의 희생을 강요하는 공리주의적 정책의 타당성을 문제 삼고 있다. "한미FTA 반대 집회에 참가"한 '신문배달을 하는 소년'과 '분신자살하는 아버지'를 통해서 한미FTA 협정으로 인해 고통 받는 소수자의 아픔을 그리고 있다.

강가에 물고기 잡으러 가던 고양이를 친 트럭은

놀라서 엉덩이를 약간 씰룩거렸지만

아무렇지도 않게 북으로 질주한다

숲으로 가던 토끼는 차바퀴가 몸 위를 지나갈 때마다

작아지고 작아져서 공기가 되어가고 있다

흰구름이 토끼 모양을 만들었다

짐승들의 장례식이 이렇게 바뀌었구나

긴 차량행렬이 곧 조문행렬이었다

시체를 밟지 않으려고 조심해도 소용없다

자동차가 질주할 때마다 태어나는 바람이

고양이와 토끼와 개의 몸을 조금씩 갉아먹는다

고양이와 토끼와 개의 가족들은 멀리서 바라볼 뿐
시체라도 거두려 가다간 줄초상 난다
장례식은 쉬 끝나지 않는다
며칠이고 자유로를 뒹굴면서
살점을 하나하나 내던지는 고양이 아닌 고양이
개 아닌 개 토끼 아닌 토끼인 채로 하루하루
하루하루 석양만이 얼굴을 붉히며 운다
…(중략)…
출판단지 진입로에서도
살쾡이의 풍장이 열하루째 진행되고 있다.

―「기러기의 뱃속에서 낟알과 지렁이가 섞이고 있을 때」 부분

이 시에서 시적 화자는 로드킬(Road Kill)이 일어난 현장을 지켜보고 있다. "고양이를 친 트럭"이 "엉덩이를 약간 씰룩거"린다라는 표현에서 죽음을 바라보는 능청스러운 시적 화자의 어조가 죽음의 비극성을 강하게 환기시키고 있다. 동물들의 시체가 자동차 바퀴에 깔려 죽고 그 시체의 흔적이 사라지는 과정을 '풍장' 이라는 장례의식과 연결시켜 자연 파괴로 인한 문제의 심각성을 고조시키고 있다. 이때의 죽은 짐승들은 고시원의 외국인 노동자들처럼, 혹은 가정이 해체되고 파산한 가장들의 모습과 다를 게 없는 존재이다. 먹이를 구하고 이동하는 생태 통로 파괴로 인해 죽어가는 동물들의 모습은 현대인들의 모습과 닮아 있다. 실업과 빈곤 그리고 가정 파괴로 인한 자살 등 목숨마저 무가치화 되는 현실의 직접적인 사회문제를 극명하게 수면 위로 부상시키고 있다.

돈이 없어서가 아니에요
…(중략)…
옥탑방이 하느님과 더 가깝다는 것 증명해 보일까요

　…(중략)…

천둥은 하느님의 목소리거든요
천둥이 옥탑방을 뒤흔들면
옥탑방은 부르르 떨림으로써 신의 강림을 환영합니다

―「내가 옥탑방을 선택한 이유」 부분

달동네에서는 웬만한 소리는 공유해도 좋지만
옆집에서 신음소리라도 들려오는 날이면
　…(중략)…
알몸의 여자를 그리워하고 마는 것이다
하느님이시여 신음소리라도 만들지 않으셨어도

―「성교에 관한 몽상」 부분

　차창룡 시인의 풍자와 해학성이 잘 드러나고 있는 작품들이다. 시적 화자는 옥탑방과 달동네의 고단한 삶을 해학적으로 진술하고 있다. 시적 화자가 옥탑방을 선택한 이유는 "돈이 없어서가 아니"고 "옥탑방이 하느님과 더 가깝다는 것"을 증명하기 위해서라고 반어적으로 진술하고 있다. 옥탑방은 고시원처럼 경제적으로 궁핍한 빈곤층들이 몸을 눕히는 주거 공간이다. 또, 달동네라는 공간 역시 개인의 사생활이 보장되지 않는 "웬만한 소리는 공유"할 수밖에 없는 비참한 곳이다. 가장 비밀스런 사랑의 행위마저 들키고 공개될 수밖에 없는 참담한 현실을 통해 경제적 빈부의 격차가 유발하는 문제점을 들추고 있다. 이와 같이 차창룡 시인의 시 속의 해학은 비극적인 서사가 배경으로 자리 잡고 있어 사회의 구조적인 문제점을 날카롭게 드러내는 힘으로 작용하고 있다.

2. 상처를 치유하는 강江

아스팔트에 굴러다니는 도토리를 주워
죽어가는 관음죽 화분에 올려놓았더니

도토리의 대가리를 뚫고
나무 한 마리 솟아올랐다

저러이 둥근 알 속에 사방으로 가지치는
인연이 숨어 있었다니

벌레들 허공 그리고 흙은
도토리에서 연방 내장을 끄집어내고 있다

그것이 아픔인 줄 알면서도

—「그것이 아픔이라는 걸 모르고」 전문

   시적 화자의 시선이 아스팔트에 굴러다니는 "도토리"라는 사소한 대상에 낳아 있다. 시적 화자는 "도토리"라는 작은 열매를 "죽어가는 관음죽 화분에 올려놓"고 있다. 잎을 튀울 토양을 벗어나 아스팔트에 떨어진 도토리는 죽어가는 관음죽과 유사한 상황, 즉 죽음의 지점에 위치하고 있다. 시적 화자는 도토리 속에서 "나무 한 마리"와 "사방으로 가지치는/인연"을 발견하고, 벌레와 허공과 흙도 도토리에서 내장을 끄집어내고 있다고 진술하고 있다. 이러한 시적 화자의 발견은 순환론적인 세계관을 통해 삶과 죽음은 곧 하나이며, 삶은 곧 고통 그 자체라는 불교적 색채를 짙게 드러내고 있다. 도토리라는 하나의 사물은 곧 생명체를 담고 있는 거대 공간이란 해석을 통해, 생명 만물의 이치가 숨어 있는 소우주임을 강조하고 있다. 일상 속의 사소한 대상에서 삶

의 핵심을 짚어내는 시인의 관찰력은 보이지 않는 세계를 관통하는 힘
으로 연결된다.

　　　　　　　　　　　　　　　　　　—「고양이가 보이기 시작하는 시간」 부분

이 시에서는 세상의 강한 것들에 둘러싸여 보이지 않던 것들이 존재
의 형상을 드러내는 시간에 집중하고 있다. "계곡물 소리"의 이미지를
통해, 계곡물은 시적 화자의 귀를 갉아먹어 버리고, 시적 화자는 소리
를 들을 수 없게 된다. 그리고 주위가 어두워진다. 시적 화자는 빛과
소리가 사라진 어둠과 고요 속에서 침묵의 존재들을 자각하고 있다.
빛이나 소리가 사물의 본질을 가리고 있었다는 점을 터득한 시인의 사
유는, 계곡 물소리를 통해 '강'과 '물'을 고통을 치유하는 매개물로 해
석하고 있다.

엑스레이가 지워지지 않도록
나는 차가운 물에서만 사노라
내 마음의 병 치료할 날 기다리며
고행에 열중하다보면

어느 날 하늘이 열리고
천사들이 내려주는 동아줄
입에 물고 하늘로 오르네
하늘의 의사는 나의 꼬리를 붙들고

너의 뜻 알았다는 듯
덜덜 떨고 있는 내 몸에 빨간 약을 바르고
포드닥 흔들어대는 나의 머리부터
자신의 입속으로 집어넣고

내 마음의 내장을 내 마음의 뼈를
치료하고 있네 오물오물
내 몸을 지움으로써

「빙이」진문

얼음은 죽어가면서
밤새 노래부르더니
열린 어항 속에서
버들치로 되살아난다
…(중략)…

버들치는
상처가 무슨 집인 줄 알고
상처의 문인
딱시를 뗀다

—「버들치」부분

"이제는 달라져야겠다//한강이 내려다보이는 방에/화분을 새로 들여놓는다/이제는 달라져야겠다."(「3월」)에서도 시적 화자가 자신을 반성하고 자각하는 곳이 강이 바라다보이는 아파트이다. 「빙어」에서도 물은 곧 인간의 고통과 상처를 치유하는 매개물로 나타나고 있다. "차가운" 물이 흐르는 곳은 시적 화자가 "내 마음의 병 치료"를 하는 곳이며 동시에 유토피아인 "하늘"로 오를 수 있는 가능성이 열린 공간이다. 또, "죽어가면서/밤새 노래부르더니/열린 어항 속에서/버들치로 되살아"나는 곳이기도 하다.

차창룡 시인이 인도 여행 후에 쓴 여행기를 참고해 보면, 제목이 "모든 강은 하늘에서 내려왔다"이다. "말 없는 강물은 어디에서 온 것일까?"라는 물음을 시작으로 인도의 갠지즈 강에 얽힌 신화를 인용하여 강과 물에 대한 시인의 사유를 잘 드러내고 있다.

"강의 발원지는 하늘"이며 물은 "바위는 비켜가면서 돌멩이는 닦아주고 모래는 쓰다듬으며" "바다로 흘러"가 상처를 치유하는 매개로 파악하고 있다. 또한, "서로의 성기를 성기로 막고" "호수에 빠진 당신과 나의 나체는/젖은 아랫도리가 부끄러워"(「4월」)하는 성과 속이 혼재된 공간이기도 하다. 시인은 더 나아가 "강"은 "삶과 죽음이 소용돌이치"고 "차안과 피안의 경계"이며 "건설과 파괴의 경계에 존재하는" 조화로운 공간이라는 깊은 사유를 드러내고 있다.

"하늘"을 유토피아적으로 해석하는 시인은 비상과 수직 상승의 행위를 통하여 "어느 날 하늘이 열리고/천사들이 내려주는 동아줄/입에 물고 하늘로 오르"기를 희망하고 있다. 시인은 "나무의 찢어진 가랑이 틈으로/꽃가루 휘날리는 아침"과 같은 고단한 현실의 고통을 해결하고 치유하는 매개로 강물을 노래한다.

차창룡 시집에서 시적 화자들은 「고시원은 괜찮아요」 등의 일련의 작품에서 자본주의의 병폐와 한미FTA 협정과 같은 현안 문제들을 통해 빈민층들의 빈곤한 삶의 애환을 다루고 있다. 또한, 호수나 강에서는 현실 속에서 받는 상처와 병을 치유받고 안착하는 관조적인 태도를 보이고 있다. "몸부림을 치며 물속에 숨는 오리/그렇게 여행자의 하루는 스노클링으로 마감한다"(「긴 여행」)처럼 삶이란 긴 여정을 물의 힘에 깃들어 있는 치유력을 통해 삶의 고단함을 치유하여, 유토피아에 도달하고자 하는 진지한 사유를 보여주고 있다.

집과 길, 그 경계의 미학

정철훈, 『개 같은 신념』

1. 귀가하지 못하는 시적 화자

정철훈의 시집 『개 같은 신념』(문학동네, 2004)은 시인의 세 번째 시집이다. 시인은 1997년 『창작과 비평』에 「백야」를 발표한 이후 세 권의 시집을 발간하였다. 해설을 쓴 문학평론가 유성호의 글에서처럼 시인의 첫 시집과 두 번째 시집이 거대한 스케일의 '북방'에 관한 시와 '광주항쟁'에 관련된 시들을 주로 썼다면, 이번 시집에서 시인은 자신이 겪는 일상과 가정사를 시적 소재로 취하여 놀랍도록 진솔하고 담담한 어조로 진술하고 있다.

이번 그의 시집은 일상의 편린들이 곳곳에 박혀 있다. 그 편린이 우리에게 감동적으로 다가서는 이유는 바로 우리 자신의 모습이기 때문이다. 거대담론에 의해 묻힌 일상의 모습들을 미시적 시선으로 포착하여 수면 위로 부각시키고 있다.

시집 1부의 시편들이 피폐화 되는 현대인의 고독과 절망을 노래하고 있다면, 2부와 3부에서 시인은 자신과 인류 그리고 세상을 끌어안아 우주적인 시선으로까지 확대시키는 화해의 몸짓에 집중하고 있다.

특히 이번 시집에선 집으로 귀가하지 않는 시적 화자가 많이 등장하고 있다. 시집 자서에 쓰인 것처럼 시적 화자들은 끊임없이 길을 배회한다. 그렇다면 시적 화자들은 왜 집으로 돌아가지 않는 것일까? 시적 화자들에게 있어서 집이란 어떤 공간으로 인식되고 있는 것일까?

밖에는 비가 오고 아내는 지금 샤워를 하고 있다
모든 것이 젖어드는 칠월 장마철
비애의 강이 안팎으로 흘러가는데도
나는 내가 젖지 않는 이유를 모른다

빗줄기와 샤워 물줄기 사이에 서 있으면서도
물 한 방울 묻지 않는 내가 죽이고 싶도록 밉다 하지만
아내는 죽기도 쉽지 않다는 것을 내게 보여주지 않았던가
어젯밤 아내는 늦도록 귀가하지 않는 나를 기다리다
화장실 문고리에 넥타이를 걸어놓고 목매는 시늉을 했더랬다

—「개 같은 신념」 부분

이 작품은 시집의 표제시이기도 하다. 시의 내용을 보면 시적 화자에게 집이란 공간은 시장논리가 통용되는 공간이다. 또한 시를 쓰기 위해 밤거리를 헤매는 시적 화자의 부재를 견디지 못한 아내가 자살을 감행하여, 시를 쓰는 남편에게 "시인 죽이기"를 결심하게 만드는 공간이다.

그리고 이 작품 이외에도 "집"에 관련한 내용이 드러나는 작품들에서 살펴보면, "슬픔이 앙상한 야윈 허벅지"의 아내(「아내의 잠」)가 기

다리는 곳이며, "집문서를 저당 잡혀 현금카드 빚을 저금리로 돌려놓는" 가난의 냄새가 구석구석 배여 있는 공간으로 묘사되고 있다. 그래서 아내가 "장기라도 팔아야겠다"(「생활의 배반」)라고 말하는 장소이다. 그리고 가난이 생명을 위협하고, 신체를 상품화 하려는 결심이 실행되는 고통이 밀집된 공간이다. "가난"이 인간에게 물리적인 힘을 발휘하기 시작하는 지점을 시는 잘 드러내고 있다.

곧 현실적인 소득이 없는 시 쓰기의 행위에 몰두하는 시적 화자에게 가정이란 공간은 꿈과 이상을 포기해야만 하는 공간이다. "집"에서 무능력한 가장인 "나"는 존재의 부재를 확인당하게 되고, 이로 인하여 "집"을 고통의 공간으로 인식하게 된다. 이러한 시적 화자의 고통은 아내와 자식들이 기거하고 있는 집으로의 귀가를 지연시키고 유예시킨다. 시적 화자는 집 근처에 도착해서도 집에 들어가지 않고 대신 집 근처에 있는 포장마차를 찾아 술잔을 기울인다. 아니면, 동네 목욕탕 안에서도 '돌아온 나'와 '돌아오지 않'고 분열되는 수많은 "나"(「외박」)를 만나고 있다. 그렇다면 시적 화자가 집에 귀가하지 못하고 길 위를 서성거리는 이유는 이러한 현실적인 문제에서 기인하는 것일까?

한 마음이 한 마음으로부터
지워지고 있네
해도 달도 저만치 멀어져 가네
알고 있던 모든 것이
희미해지네
살았던 시간들이
뿌옇게 흐려지고
지난밤 울며 꾸었던 꿈이
기억나지 않네

흘러간 날들이 바다 속에 가라앉고
폭풍에 으깨진 하얀 거품만
미친 듯 떠도네
내가 나로부터 잊혀지고 있네
살아갈 날들이 우두둑
부러지고 있네

— 「견딜 수 없는 나날들」 전문

　시적 화자에게 세상은 혼돈이며 카오스 그 자체이다. 시적 화자에게 있어서 길 위에서의 방황이 경제적 궁핍으로 인한 고단함에서의 도피라기보다는 보다 근원적인 문제에 직면해 있음을 엿볼 수 있다. "마음"과 "마음"이 지워지는 소통의 단절감과 "알고 있던 모든 것이/희미"해지는 불명확한 혼돈 속으로 시적 화자나 내동댕이쳐지고 있다. 그리고 현실은 "내가 나로부터 잊혀지고 있"는 "견딜 수 없는 나날들"의 연속일 뿐이다. 시적 화자는 카오스적인 세계와의 맞대면으로 인해 살아 온 시간마저 희미해지고 "뿌옇게 흐려지고" "미친 듯 떠도"는 "으깨진" 자신과 대면하고 있다. 나로부터 잊혀지는 실존적 회의가 길 위에서 배회하는 이유임을 눈치 챌 수 있다.

2. 자신 지우기

세 살배기 요크셔테리어가
베란다 창가에 눌러붙어 밖을 내다본다
…(중략)…
모든 게 이미 폐허라는 걸
녀석도 알고 있는 표정이다.

— 「개 한 마리의 명상」 부분

시적 화자는 "요크셔테리어"의 눈빛을 통해서 모든 것들이 이미 "폐허"이며 "우리는 쬐끄만 존재"(「목수를 엿듣다」)라는 점을 인식하고 있다. 이러한 회의와 갈등의 체험은 "사람은 어디로 와서 어디로 가는가"(「아버지의 등」)라는 실존에 대한 중얼거림으로 이어지며, '자신 지우기' 형식으로 드러나게 된다.

그러나 자신을 지우는 시적 화자가 집과 반대편에 위치해 있는 길에서 평온함을 얻는 것은 아니다. 이분법적인 구도로 집과 길을 대비시키기보다 시적 화자는 집과 길의 그 경계에 서서 "집"과 "길"의 틈을 지켜보고 있을 뿐이다.

> 사내의 시선 밖에서 내가 사내를 지켜보듯
> 내 시선 밖에서 또한 나를 지켜보는
> 무참한 눈이 있다는 느낌이 드는 것은
> …(중략)…
> 꼼지락대는 발가락처럼 나 자신이며 내가 아닌
>
> —「눈 반짝 골목길」 부분

시적 화자는 사람과 사람 사이의 경계, 나와 집 사이, 집과 길 사이, 사내와 나 사이 그리고 나와 나 사이 그 경계의 틈에서 세계를 응시하고 있다. 또 시적 화자 자신마저도 보이지 않는 그 누군가에 의해 감시당하는 현대인의 불안한 심리 상태를 경험하고 있다. 이러한 경계의 틈 사이를 응시하며 본질에 대한 물음을 스스로에게 던지는 시적 화자의 시선은 사소하고 소박한 것들에 닿고 있다.

> 텔레비전 화면에 비가 내렸다
> 자카르타 빈민촌
> …(중략)…

하루 1달러 이하로 살아가는 네 식구

…(중략)…
물살을 가르는 자동차를 향해
소년이 조막손을 내밀 때
다리를 절며 건너편 차도를 걸어가던 사내
틀림없는 나였다

…(중략)…
소년의 눈망울이 반짝이고
나는 슬며시 밥상을 밀었다.

— 「밥상을 밀다」 부분

시적 화자는 식사를 하며 티브이에서 외국 빈민촌에서 동냥하는 소년의 모습을 지켜보고 있다. 시적 화자는 단지 바라보기에서 그치지 않고 그 아픔을 통감하고, 대상과의 동일시를 통해 밥상을 밀어 버리고 있다. 즉, 온몸으로 회오리치럼 디져오르는 확산된 사랑의 힘을 체험하고 있다.

"갑자기 사는 것이 뜨거워지네"(「저문 햇살에 찔려」)라는 고백을 통해 "간장에 달달 볶아 반질반질 윤기 나는/까만 눈동자들/한 콩 한 콩이/내 식솔들의 눈동자였다"라며 비로소 자신 외부의 존재들을 껴안게 된다. 이러한 깨달음은 안데스 산맥 고원지대의 양의 젖을 빠는 아이들과 "식탁을 보라/죽지 않는 것이 어디 있는가/…(중략)…/남의 입에 들어가기 직전인데도/그들은 생글생글 웃고 있다"에서처럼, 순환되는 생명과 자연이 일체감을 느끼는 우주적인 시선으로 확대된다. 그가 꿈꾸는 유토피아는 길 위에 널려 있는 소박한 것들 안에 내재해 있음을 시적 화자는 집과 길 그 경계의 노정에서 몸으로 터득하고 있다.

시적 화자는 "눈은 나로부터 시작 되었네/내안에 눈이/꼿꼿한 11월의 눈이 쌓이네/뽀드득뽀드득 눈을 밟으며/나는 돌아왔네"라며 자신을 껴안는다. 이는 '자기 지우기'에서 '자기 정체성' 확인으로 궤도를 수정하면서 존재의 의의를 획득하고 있다. 외부로까지 시선을 확대시켜 화해와 포용의 미덕을 발휘하고 있다. 즉, '자신 지우기'는 소멸이 아니라 창조성을 잉태하고 자신의 빈 공간에 주위 사물의 작은 숨결들을 끌어와 채우는 행위이다. 그럴 때 시적 화자는 제 몸 안에 유토피아를 건설하게 되는 것이다.

정철훈의 시는 소박한 일상과 미시적인 시선으로 경계 사이의 아름다움을 노래하고 있다. 소박한 일상의 언어들과 툭툭 던져지는 풍자와 아이러니가 맞물려 시적 긴장을 내뿜는 구조적인 힘으로 작용하고 있다.

제2부

현대시와 육체

창백한 육체의 시학

기계화 된 비극적 신체

몸으로 쓴 시집

익숙함 속의 기이함

자발적 유폐의 미학

창백한 육체의 시학

유안진, 『거짓말로 참말하기』

1. 비틀린 신체

데카르트의 "나는 생각한다, 고로 나는 존재한다"라는 말은 서구의 형이상학적 이원론을 대표하는 것으로, 육체보다 이성에 그 무게중심을 두고 있다. 데카르트의 경우, 육체는 이성 혹은 정신의 통제가 있어야만 올바르게 기능하고 작동할 수 있는 것으로 파악하고 있다.

그러나 니체, 사르트르 그리고 메를로 퐁티를 거치면서 '몸담론', '몸철학' 혹은 '살의 존재론'이 새롭게 부각되기 시작했다. 이성을 육체의 우위에 놓는 서구의 이원론적 사고에 제동을 걸면서, 영혼을 담는 그릇 혹은 정신의 하위로 폄하되고 배제되었던 육체가 새롭게 탄생하기 시작한 것이다.

몸은 사회적 관계와 개인을 이어주는 장소이며, 동시에 다른 몸이나 정신들과 의사소통하는 수단인 동시에 권력이 행사되는 장소이자 저항의 시발점이다.[1] 유안진의 13번째 시집 『거짓말로 참말하기』(천년의 시작, 2008)에서는 이러한 몸의 속성을 통한 시인의 치열한 '몸으로 시 쓰기'가 시집 전체에 펼쳐지고 있다.

편두통이 생기더니
한 눈만 쌍꺼풀지고 시력도 달라져 짝눈이 되었다
이명도 가려움도 한 귀에만 생기고
음식도 한쪽 어금니로만 씹어서 입꼬리도 쳐졌다
오른쪽 팔다리가 더 길어서 왼쪽 신이 더 빨리 닳는다
모로 누워야 잠이 잘 오고 그쪽 어깨와 팔이 자주 저리다
옆가리마만 타서 그런지 목고개와 몸이 기울어졌다고 한다

기울어진다는 것
그리워진다는 것
안타까워진다는 것
사랑한다는 것
아프고 아픈 것

아픈 쪽만 내 몸이구나
아플 때만 내 마음이구나
남이 아픈 줄은 내가 어찌 알아
몸도 마음도 반쪽만 내 것이구나
그림자도 반쪽이구나
그런데 나머지 반쪽은 누구지?

―「그림자도 반쪽이다」 전문

　신체의 여러 부위 중에서 얼굴은 개인이 경험한 시간의 양과 질이

---

1) 이정우, 「미셀 푸코에 있어 신체와 권력」, 『문화 과학』 제4호, 1993년 가을.

구체화 되어 나타나는 공간이다. 시에 드러나는 얼굴과 육체는 우리가 일상적으로 말하는 아름다운 몸과는 거리가 멀다. 주름진 눈가와 입가 그리고 저하된 시력과 편두통, 부실해지는 치아와 저린 팔과 다리는 비틀린 신체의 전형을 보여주는 몸이다. 시적 화자는 "아픈 쪽만 내 몸이구나/아플 때만 내 마음이구나"라는 진술을 통해 통증을 느끼는 반쪽의 육체만이 내 몸이라고 진술하고 있다.

유가에서는 몸은 곧 마음의 거울과 같아서 마음의 모든 것이 몸으로 드러난다고 생각했다[2]는 것처럼 시적 화자의 '아픈 몸'은 곧 '아픈 마음'에서 기인하고 있음을 알 수 있다. "마음"이 아프기에 "마음"의 고통이 몸을 통해 드러나는 것이다. 몸은 정신이 존재하기 위한 물적 근거이며, 몸을 통해 접촉하고 느끼고 소통할 수 있기 때문에 비틀린 신체는 곧 아픈 마음을 드러내는 창구 구실을 하고 있다. 이때의 아픈 마음이란 몸을 둘러싼 현실의 부조리함이 만들어내는 결과물이기 때문이다. 즉 시적 화자의 "몸도 마음도 반쪽만 내 것"이라는 자각과 더불어 "그런네 나머지 반쪽은 누구지?"라는 질문은 부재하는 자아를 몸을 통해 전략적으로 구체화 하고 있음을 알 수 있다.

2. 자아의 부재와 자아의 대상화

모임에 갔더니 먼저 와서 웃고 떠드는 내가 있지 않는가
그는 나보다 더 잘 웃고 숫기도 좋아
내가 그의 못난 짝퉁 아닌가 의심마저 들었다
정신 차리고 끼어들어 인사를 해도 다들 본체만체
있는 내가 없는 내가 되어 버렸는데

---

2) 이승환, 「'몸'의 기호학적 고찰-유가전통을 중심으로」, 『기호학연구』 3, 1997, 42-75쪽.

눈길이 마주친 그는 얼른 외면해 버린다

팔 거라고는 그림자 밖에 없어서
그림자에게도 흰머리가 돋거나 주름살이 생기기 전에
얼른 팔아야 제값 받을 것 같고
팔고 나도 쉽게 또 생길 줄 알았지
햇빛 눈 부시는 날 빌딩을 지날 때나
네온 불빛 현란한 밤거리에서도
떼지어 나와서 따라다녔으니까
비 올 때나 어두운 곳에서는 안 보이다가도
어떤 때 어떤 곳에서는 한꺼번에 몰려나왔으니까
하나쯤 없어도 괜찮을 줄 알았지
유령이 사 갈 줄은 꿈에도 몰랐지
대신 내가 유령이 될 줄은 더 더욱 몰랐지
흉내내며 조롱하며 따라다니던 검은 감시자가
썩어문드러진 고통의 얼룩이 내 넋인 줄 몰랐지

이럴 순 없다고 달려가자
그는 어느새 반대쪽에서 웃고 떠들었다
그의 웃음소리에 한 번 더 뒤돌아섰을 때는
출구로 사라지는 뒷모습이 고작이었고
잘 가라고 흔들어대는 손들 사이로
한 번 더 눈길이 마주쳤던가
나는 이미 절반 너머 녹아버린 얼음조각이었다.

—「그림자를 팔다」 전문

앞의 시의 경우, 몸을 통해 분열된 자아를 경험했다면, 이 시에서는 분열된 자아가 "그"라는 대상으로 구체화 되고 있다. 모임에 미리 참석해 타인들과 대화를 나누고 있는 "그"는 대상화 된 또 다른 "나"의 모습이다. 삼인칭으로 명명되는 "그"를 바라보는 "나"는 그림자처럼

타인의 눈에는 보이지 않는 지워지고 삭제된 존재이다. 지워지고 숨겨
진 "나"는 "그"와의 소통을 시도하지만 좌절될 뿐이다. "나"와 "그" 사
이의 소통의 부재는 뒤틀리고 변형되는 몸의 고통스러움만을 극명하
게 드러낼 뿐이다. 시인은 소멸하는 몸의 경험을 통하여 자아의 부재
와 대상화를 구사하고 있다.

옷 속에 몸을 쑤셔 넣는다
옷이 몸을 토해낼 때마다
오기와 억지가 편들어 준다
수년 전 옷이니까
당연히 딸애보다 더 젊어진다
숨 막힌다 거북하고 고통스럽지만 참는다
숨 막히고 거북하고 고통스럽지 않던
어느 무엇 하나 있었던가
요만큼이라도 질겨진 건 오히려 덕분이지
구멍 더 뚫리고 더 닳아도 괜찮아
더욱 질겨질 수 있을 테니까

손등의 힘줄까지 시퍼레진다
버린 몸 안 버리려고
버린 청바지 청조끼 청코트에 몸을 쑤셔 넣고 보니
갑자기 姓이 바뀐다
드디어 블루 진(blue-jean)이다
유안진이 아니라
멍든 진이 되었다.

—「블루 진이다」 전문

　　"블루 진"은 시적 화자에게 있어서 젊음과 동일한 가치를 지닌 대상
이다. 젊음을 욕망하는 시적 화자는 블루 진을 착용함으로써 일시적으

로나마 젊음을 회복하려 하고 있다. 이때의 "블루 진"은 여성의 몸을 억압하고 옭아매는 남성의 시선이 드리워진 상징물이다. 오랜 시간 동안 여성의 육체는 비이성적이고 판단력이 결여된 대상으로 전락하여 남성에게 하나의 상품으로 취급돼 왔다. 아름다움과 젊음을 욕망하는 시적 화자는 몸에 맞지 않는 "블루 진"을 입음으로써 "숨 막히고 거북하고 고통스러"워하는 육체를 경험하고 있다. 비대해지고 "버린 몸"을 회복하려는 시적 화자의 몸은 급기야 "손등의 힘줄까지 시퍼레"지고 "姓"마저 바뀌어 버린다. 남성으로 대표되는 외부의 시선과 억압에 의해 몸이 멍들고 비명을 지르고 있다. 시적 화자의 욕망을 해결하기 위해 선택한 "블루 진" 입기는 변해 버린 체형을 체험하게 하고 더 나아가 시적 화자의 정체성 상실까지 초래하고 있다. 시적 화자는 블루 진 입기를 통하여 현실의 억압과 금기를 몸으로 재현하고 있다.

3. 무염시태와 자가생식

누구의 유전자에도 오염되지 않은
무염시태無染始胎의 나는
내가 잉태하기로 했다
다시 태어나야 진정한 내가 될 수 있거든
나는 자궁을 가졌거든

누구의 간섭 어떤 의무도
어떤 관습에도 감시당하지 않고
어떤 규범에도 검토당하지 않는
모든 순치馴致를 거부한 나를 살며
처음부터 끝까지 나로서만 살게 될 새로운 나는
아무도 낳아 줄 수 없으니까

―「나는 내가 낳는다」 부분

시인의 몸을 통해 현실의 억압과 금기를 드러내는 "몸"에 대한 사유는 "나"를 내가 낳기에까지 이르고 있다. "다시 태어나야 진정한 내가 될 수 있"다는 시적 화자의 진술에서도 엿볼 수 있듯이 새로운 "몸"의 탄생을 욕망하고 있다. 이러한 시적 화자의 욕망은 "자궁"을 갖고 있기에 가능하다. 여성의 자궁은 은밀한 공간인 동시에 생명을 잉태하는 유기체적 특성을 지닌 열린 공간이다. 여성 고유의 공간으로 남성의 법과 질서에 의해 유린당하지 않는 순수한 모성 공간이다. 시적 화자의 "누구의 유전자에도 오염되지 않은/무염시태無染始胎의 나는/내가 잉태하기로 했다"라는 진술은 기존의 남성의 질서에 순응과 편입을 거부하고 해체, 전복시켜 여성의 "몸"을 재발견하고 있다.

남성중심주의의 질서를 전복하려는 화자의 의지, 즉 내가 나를 낳으려는 이유는 시의 2연에 더욱 구체적으로 잘 드러나고 있다. "간섭"과 "의무", "관습에도 감시당하지 않고/어떤 규범에도 검토당하지 않는/모든 순치馴致를 거부"하기 때문이다. "처음부터 끝까지 나로서만 살게 될 새로운 나는/아무도 낳아 줄 수 없으"므로 내가 나를 낳는 것이다. 남성과 여성의 결합으로서의 생명 탄생이 아닌, 여성 스스로 자가 생식을 통해 기존의 질서를 해체하는 새로운 몸으로 탄생하려는 시적 화자의 결연한 의지를 읽어낼 수 있다. 몸은 권력이 행사되는 장소로써, 남성으로 표상되는 권력이나 질서와 관습에서 탈피하려는 자의식을 몸의 사유를 통해서 드러내고 있다. 즉 금지에 대한 저항을 여성의 몸을 통해 극명하게 보여주고 있다.

1977년 아르헨티나 정부가 정해준 탱고의 날
헤어 못날 가난과 체념의 늪 같은 하층민의 가슴이 고향이었고
고독과 향수에 찌든 바닥 모를 분노와 독약 같은 비애가 부모였다
부에노스아이레스의 격정이었다, 탱고는

―「탱고 탱고, 탱고를 위하여」 부분

탱고는 "눈길은 눈길과/다리는 다리와/맞물리다 얽히다가 풀리다가 되감기는" 역동적인 몸의 활동을 통해 "불꽃 튀"듯이 전개되는 춤이다. 이때의 몸은 열린 몸이 된다. 서로 호흡을 감지하며 상대방의 몸속으로 빨려 들어가고 통과하며 풀리다가 되감긴다. 두 몸이 이루어내는 합일의 충만함은 하층민이 고통스러운 삶의 무게와 분노와 격정마저도 뛰어넘을 수 있다. 몸의 역동적인 움직임을 통해 고통스러운 현실을 탈출할 수 있기에 탱고는 억압에 대한 저항 의지로 확대되고 있다. 정신과 육체가 합일된 체화 된 몸으로써 금지에 대항하는 몸짓으로 승화되는 것이다.

금붕어 한 마리를 어항에 넣었더니
어항 주둥이가 지느러미가 되었다

장미 한 송이를 꽃병에 꽂았더니
푸드득 소리가 났다
꽃병 손잡이가 날개가 되었다
나비가 앉았던 풀잎도 꽃잎이 되었다
빨갛게 상기 된 채 꽃향기까지 진동했다

정말이지, 눈 깜짝 할 사이였는데.

―「눈 깜짝 할 사이」 전문

여성의 몸을 통해 저항과 전복 의지를 드러내는 시적 화자의 시선은 주변의 사물에게도 확장되고 있다. 즉, 몸을 통해서 세계와 상호조화의 관계를 꾀하고 있다. 이는 곧 사물의 숨겨진 역동적인 날것의 힘을 몸의 사유를 통해 발견하는 시도이기도 하다. 금붕어가 담긴 어항에 지느러미가 달리고, 꽃을 꽂은 화병의 손잡이가 날개가 되고 나비가 앉았던 풀잎이 꽃으로 확장, 변화되면서 몸의 사유는 곧 세계의 숨겨진 역동적인 몸짓을 발견하고 있다.

4. 몸, 생성의 공간

위문편지를 써 보냈던 국군아저씨들이
삼촌처럼 보이다가
연인처럼 보이다가
동생처럼 보이다가
어느 새 막내아들 같은데

세상이 눈 덮힌 듯 하얗게 보이는지
또래들은 백내장白內障이라고 눈 수술을 하는데
내 눈에는 왠지 신문에 방송에 나오는 분들도

눈 코 입 귀 모두 너무 새파랗다

눈곱과 눈썹이, 오월의 풀밭이 되는지
물안개 자욱한 강기슭이 되는지
산마루를 넘어가는 양털구름도
초록 스카프보다 시끄럽게 펄럭거린다

그래 그래, 나이란 확실히 먹는 것이야
먹는 족족 소화되어 없어지는 것이야
세상이 점점 푸르러지는 게 분명하고
푸르다 못해 점점 어려진다는 거야 확실히.

—「녹내장」 전문

　　시적 화자가 몸이 사유를 통해 세계를 역동적으로 파악하면서 신체의 노쇠함에 관해서도 긍정적인 시선을 보이고 있다. 시신경이 훼손되어 실명까지 초래하는 "녹내장"을 시적 화자는 오히려 긍정적으로 노래하고 있다. 시적 화자의 눈에는 "국군아저저씨들"이 점점 어려져 "막내아들"같아 보이고, "방송에 나오는" 사람들의 눈과 코와 입이 점점 새파랗게 젊어지고, 눈곱마저 푸르른 "오월의 풀밭"과 "물안개 자욱한 강기슭"으로 비추어지고 있다. 기계론적인 시간관을 파괴하여 존재의 시원을 향해 거슬러 가는 존재들로 파악하고 있다. 선형적 시간관을 벗어나 세계를 생성의 장으로 확장시킴으로써 시적 화자는 몸에 나타나는 질병의 비극성을 강조하기보다, 훼손되어 가는 몸을 긍정적 시선으로 바라봄으로써 몸을 통해 순환론적인 세계관을 드러내고 있다.

토막 난 낙지다리가 접시에 속필로 쓴다
숨가쁜 호소呼訴 같다

장어가 진창에다 온몸으로 휘갈겨 쓴다
성난 구호口號 같다

뒤쫓는 전갈에게 도마뱀꼬리가 얼른 흘려 쓴다
다급한 쪽지글 같다

지렁이도 배밀이로 한자 한자씩 써 나간다
비장한 유서遺書 같다

민달팽이도 목숨 걸고 조심조심 새겨 쓴다
공들이는 상소上疏 같다

쓴다는 것은
저토록 뜨거운 육필肉筆이란 말이지
몸부림쳐 혼신을 다 바치는 거란 말이지.

—「겁난다」 전문

세계를 재생의 속성으로 파악한 시적 화자의 순환론적인 세계관은 "토막 난 낙지다리", "장어"의 몸부림, "도마뱀꼬리", "지렁이", "민달팽이"의 몸의 움직임도 예사로 보아 넘기지 않고 있다. 사소하고 작은 생명체들이 온몸으로 꿈틀거리는 '날것'의 생의 에너지를 발견하고 있다. 그 생의 에너지는 곧 몸의 역동성이며 이는 곧 시를 쓰는 행위와 연결되고 있다. 시적 화자는 시란 곧 몸으로 쓰는 "육필"이라는 점을 강조하면서 몸으로 느끼고 몸으로 실천하는 몸의 시학의 전형을 보여 주고 있다

우리는 몸으로써 존재하고 몸으로써 세계와 관계를 맺고 몸으로 타인과 소통한다. 유안진의 시에서는 서구의 형이상적 이원론에 근거하여 폄하되고 배제됐던 몸의 중요성이 부각되고 있다. 유안진의 시에서

몸은 시적 소재의 차원에서만 머무르는 것이 아니라 몸으로 시 쓰기 그 자체를 보여주고 있다고 할 수 있다. 몸의 사유를 통해 자아와 자아 간의 소통을 시도하며 실존에 관한 질문을 우리에게 던지고 있다. 소진되어 가는 여성 육체의 경험이 곧 아픈 마음에서 출발하는 것이며, 그 아픈 마음은 곧 현실의 억압과 금기에 의한 것임을 드러내고 있다. 유안진 시인은 여성의 비틀린 몸을 통하여 남성중심주의의 질서에 편입하거나 순응하지 않고 전복하는 전략을 구사하고 있다. 그리고 더 나아가 몸의 사유를 통해 생성하고 재생하는 순환적인 세계관을 추구하고 있다.

현대시와 속도의 사유

기계화 된 비극적 신체

오세영, 『봄은 전쟁처럼』

1. 부품화 된 신체

근대 서양철학은 육체와 영혼을 이분법적으로 해석히었디. 플라톤과 데카르트를 이어오는 동안 육체와 영혼의 상호관련성보다, 이 중 영혼이나 정신을 우위를 둠으로써 육체를 영혼이나 정신보다 열등한 것으로 간주하였다. 하지만, 현대에 들어서면서 열등한 것으로 취급하던 육체에 관해 그 중요성이 부각되기 시작했다. 오세영 시인 역시 시집 『봄은 전쟁처럼』(세계사, 2004)에서 그간 폄하되었던 육체에 관해 깊은 성찰을 보여주고 있다.

한 밤의 고층 빌딩
인터넷 키보드를 두드리다 문득 창밖을
내려다본다.
꽃들인가, 계곡에 난만히 핀

네온의 불빛,
강물인가, 까마득히 아래에서 반짝거리는
헤드라이트 물결,
일순, 도시는 원시의 정글인데
홀로 홈페이지를 검색하는 나는
야행성 동물.
말에 굶주린 숲 속의 타잔 같이
늘어진 한 가닥 코드에 매달려
절벽과 절벽을 건너뛴다.
생명이란 구리줄에 흐르는 한줄기 전류,

―「타잔」 부분

늦은 밤 시적 화자는 고층 빌딩 사무실 안에서 인터넷으로 홈페이지를 검색하고 있다. 인터넷 검색을 하고 있던 "나"는 창밖의 저녁풍경에 시선을 두고 있다. "반짝이는 네온의 불빛"을 "계곡에" "핀" "꽃"으로, 자동차의 "헤드라이트 불빛 행렬"을 "강물" 등으로 상상하면서 도시 전체를 기계가 통제하는 곳이 아닌, 야생성이 살아 숨 쉬는 거대한 정글로 인식하고 있다.

시적 화자의 이러한 상상력의 발동은 곧, 인터넷 검색이란 행위가 "말에 굶주린" 타잔이 소통을 지향하는 의지임을 자각하고 있다. 즉, 소통이 차단되고 질서와 규칙으로 가동되는 거대한 시스템 속에서 일탈하려는 "타잔"과 "인터넷 검색"이란 행위의 이질적 조합을 통해 문명과 야생이라는 상반되는 이미지를 겹쳐놓고 있다. 이런 이미지의 폭력적인 겹침은 생명이란 것조차 "구리줄에 흐르는 한줄기 전류"로 전락시키는 것이며, 생명의 존엄보다 기계의 부품처럼 전락한 육체를 통하여 소통이 부재한 사이버 시대의 단면을 강조하고 있다.

즉, "생명이란 구리줄에 흐르는 한줄기 전류"라는 자조적인 고백을 통해 기계론적인 물질문명의 허무함을 강조하고 있다.

> 스스로 움직이는 것 같지만
> 아니다.
> 리모컨의 조종으로 작동하는 로봇처럼
> …(중략)…
> 이 세계는 어느새 자동 제어되었는가.
> …(중략)…
> 그 궤도 이탈을 방지하려 오늘도
> 휴대폰을 든다.
> 가라면 가고, 오라면 오고……
>
> —「궤도 이탈」 부분

> 냉혹한 자본의 공개 시장에서
> …(중략)…
> 오늘도 나의 하루는
> 인터넷과 팩스를 체크하며 시작된다.
> 예쁘다고,
> 착하다고,
> 덫에 걸린 먹이를 놔 주어서는
> 진짜 사나이가 아니다.
> 정이란 삶의 부도수표 같은 것,
> 그 갈 곳은 다만
> 철창뿐이다.
> 감옥에 갇혀 삐삐 우는
> 다마곳치의 운명,
>
> —「다마곳치」 부분

　　엄격하게 통제되고 규율화 된 현대 사회는 이미 "자동 제어"화 된 세계이다. "휴대폰"과 "인터넷" 그리고 "팩스" 등의 기계에 의해 현대인들은 원자화 된다. "스스로 움직이는 것 같지만/아니다./리모컨의 조종으로 작동하는 로봇처럼" 혹은 "아침에 몸을 푸는 것은/걸린 덫에서 빠져 나오는/예행연습,//최대한 몸을 낮추어 보는 세상은/온통 함정이다."(「덫」)에서처럼 "궤도이탈"을 감행하여 탈주를 꿈꾸지만, 현실에서 이탈은 용납되지 않는다. 현대인들은 생활 속으로 깊숙하게 침투한 견고한 "덫"과 같은 메커니즘에 갇혀 "다마곳치"처럼 훈육되고 국가에 의해 조정되는 기계적인 신체를 지니고 있을 뿐이다. 시적 화자는 기계화 된 신체의 비극성을 통해 자본주의의 맹점을 날카롭게 비판하고 있다. 이러한 시인의 자각은 다음 시에서도 나타난다.

어디에도 비밀이 쉴 곳은 없다

이제 거대한 아우슈비츠 수용소가 되었구나.
각기 주어진 번호표를 가슴에 달고
부르면 즉시
알몸으로 서야 하는 삶.

…(중략)…

지체 없이 달려가야 할 나의 수용소 번호는
016−909−3562.

—「휴대폰 2」 부분

이 시대의 노래는 모두
기계의 모방뿐이로구나.
인생이 죽고 예술이 죽은
기계들의 나라에서 어찌
감미로운 노래를 들을 수 있겠다더냐.

—「꿈꾸는 랩송」 부분

현대인들은 거대한 "아우슈비츠 수용소"에 감금된 수인과 다를 바 없다. 휴대전화기가 울릴 때마다 수인처럼 핸드폰의 부름에서 벗어날 수가 없다. 국가에 의해 분류된 주민번호 혹은 휴대전화기 번호를 통해 거대한 타자의 감시망에서 결코 피할 수 없게 되었다. 찰리 채플린이 주연한 영화 〈모던 타임즈〉에서처럼 인간은 자본주의 사회에서 생산성의 극대화를 위한 수단으로 전락해 버린 것이다. 시적 화자는 "인생이 죽고 예술"마저 "죽은" 이 "기계의 나라에서", "이 시대의 노래는 모두/기계의 모방뿐이로구나"라는 자조적인 고백 통해 자연스럽게 "영원"에 대한 향수를 노래하게 된다.

> 〈영원〉이란 말은 이제
> 사라져 버리고 없는 것일까.
> …(중략)…
>
> 그리고 나는 오늘 너에게
> 간단히 문자메시지를 보낸다.
> "사랑해"
> 그러나 또 다음의 메시지를 보내기 위하여
> 지울 수밖에 없는 그 "사랑해".
> 그래도 나는 시가 사라진 시대의 시인
> 양피지 대신
> 휴대폰의 모니터에
> 시를 쓴다. 지운다.
>
> ——「휴대폰 3」 부분

시적 화자는 휴대전화기를 사용하면서 사랑하는 이에게 "사랑해"라는 문자 메시지를 보내고 있다. 하지만, 또 다른 메시지를 전달하기 위해 앞서 썼던 "사랑해"라는 메시지를 지울 수밖에 없는 안타까움을 진술하고 있다. “사랑해”라는 단어를 쓰며 실었던 감정의 무게감과는 상관없이 단 한 번의 버튼 조작으로 쉽게 지워져 버리는 사이버 시대의 속도의 경박성을 강조하고 있다.

인간적인 체취가 사라져 버린 시대에 “시”쓰기 또한 커다란 의미가 없다고 진술하고 있다. 물밀듯이 몰려오는 거대한 물질문명시대에 시적 화자 역시 편승할 수밖에 없듯 “나”는 휴대전화기와 모니터에 시를 쓰고 지우고 있다. 이러한 시적 화자의 행위는 인스턴트적인 속성으로 전락한 “사랑”의 진정한 의미를 다시 한 번 더 생각하게 한다.

절대 순종,
절대 성실,
절대 신뢰의 이 기특한 기계야말로
우리들의 기쁨이 아닌가.
…(중략)…
드디어 인간 사랑의 시대를 넘어서,
애완기계의 시대가 왔구나.

—「휴대폰 4」 부분

조간신문을 접고 출근길, 막 현관을 나서는데
아내가 재빨리 목에다 채워준다.
멸종 방지를 위해
시베리아 황새의 목에 걸어주던
그 전파 발신기.

—「휴대폰 5」 부분

“인간 사랑의 시대를 넘어서/애완기계의 시대”에 조류의 멸종방지를 위해 걸어주던 전파 발신기와 같은 기능을 지닌 휴대폰을 목에 걸고 출근하는 시대가 되었다. 문명에 의해 여지없이 추락해 버린 인간

존엄의 실종을 섬뜩하도록 형상화 하고 있다. 이러한 인식은 「사이버
인간」이란 작품으로 이어지고 있다.

상품권 당첨을 확인하기 위해서
주민등록번호를 대라는 전화가 왔다.
관념과 허무의 중간에서 배회하는
사이버 인간
호출번호 1408997.

—「사이버 인간」 부분

편지란
쓰인 내용보다도 그 필체와 행간의
흔적들이 더 소중한 법,
쓰다가 막히면 지우고
당신을 배려해서 다시 고쳐 쓴
그 아픈 상처.

깨끗히게 프린트된
A4 용지의 인쇄체 활자보다
원고지에 삐뚤빼뚤 꾹꾹 눌러쓴
그 필기체 연필 글씨.

—「이메일」 부분

특히 자본주의시대의 인간의 몸이란 소비의 주체로 자리하게 된다.
개인 신용정보가 각종 통로로 흘러나가 광고전파의 그물망 속에 갇히게
되는 것이다. "관념과 허무의 중간에서 배회하는/사이버 인간/호출번호
1408997"에서처럼 사이버 시대의 몸은 유기체적인 몸을 벗어나 가상공
간과 연결되면서 더욱 확장된 시간과 공간을 경험하게 된다. 온라인
상에서 물리적인 육체를 벗어나 빛의 속도로 빠르게 온갖 정보들을 접

하고, 가상의 이미지로 다시 형상화 되곤 한다.

　시적 화자는 사이버 시대의 신체에 대한 사유를 통해 현대 문명의 결핍을 지적하고 있다. 곧 시인의 "연필 글씨"인 "글쓰기"는 물질문명에 대항하는 행위로서의 의미를 지니게 된다. "깨끗하게 프린트된/A4 용지의 인쇄체 활자보다/원고지에 삐뚤빼뚤 꾹꾹 눌러 쓴/그 필기체 연필"을 강조하면서 "상처"를 노래하고 있다. 즉, 물질문명의 폐해로 가득 찬 도시적 서정을 통해 시적 화자의 "연필 글씨"의 글쓰기는 물질 문명과 속도의 경박성에 대항하는 상징적인 행위로 확장되고 있다.

2. 봄, 기계적인 상상력

　기계적인 상상력으로 현실을 파악하는 시적 화자의 시선은 주변 사물로까지 확대되고 있다. 94년 〈남북대화회담〉에서 북한이 서울을 "불바다"로 만들겠다는 발표가 있었다. 이 뉴스를 통해 시적 화자는 꽃을 (「서울은 불바다 시리즈」) 기존의 식물적이고 수동적인 자연물보다는 무기의 이미지를 통해 신선하게 구체화 하고 있다.

산천은 지뢰밭인가
불이 밟고 간 땅마다 온통
지뢰의 폭발로 수라장이다.
대지를 뚫고 솟아오른, 푸르고 붉은,
꽃과 풀과 나무의 여린 새싹들.
전선엔 하얀 연기 피어오르고
아지랑이 손짓을 신호로
은폐 중인 다람쥐, 너구리, 고슴도치, 꽃뱀……
일제히 참호를 뛰쳐나온다.

한 치의 땅, 한 뼘의 하늘을 점령하기 위한
격돌.

—「봄은 전쟁처럼」 부분

적 일개 군단
남쪽 해안선에 상륙,
전령이 떨어지자 갑자기 소란스러워지는
전선戰線,
참호에서, 지하 벙커에서
녹색 군복의 병정들은 일제히 하늘을 향해
총구를 곧추세운다.
발사!
소총, 기관총, 곡사포, 각종 총신과 포신에
붙는 불,
지상의 나무들은 다투어 꽃들을 쏘아 올린다.
개나리, 매화, 진달래, 동백…….
그 현란한 꽃들의 전쟁,
적기다!
서울의 영공에 돌연 내습하는 한 무리의
벌 떼!
요격하는 미사일
그 하얀 연기 속에서
구름처럼 피어오르는 벚꽃.

봄은 전쟁인가,
서울을 불바다로 만든
이 봄의 핵 투하.

—「서울은 불바다 1」 전문

이 세계가
물 대신 불로 살게 된다면

지상의 모든 생물은 기계가 되고
기계는 반대로 생물이 되리라.
…(중략)…
사람들은 물 대신 술을 들고, 불 대신 물로 담배를
필 것이다.
공장에서 사과를 딸 것이다.
…(중략)…
오히려 수분이 끊긴 나무와 새와 짐승들이
인간에게 와서
기계가 되기를 바랄 것이다.

— 「서울은 불바다 4」 부분

시적 화자는 봄을 맞아 약동하는 대자연의 현상을 "지뢰의 폭발로 수라장"이라고 노래하고 있다. 꽃과 풀과 여린 새싹의 이미지들을 지뢰로 표현하고, 겨울잠에서 깨어나 참호를 뛰쳐나오는 동물들을 병사로 이미지화 하여 봄의 풍경을 전쟁의 한 장면으로 묘사하고 있다.

"녹색 군복의 병정들은 일제히 하늘을 향해/총구를 곧추세운다./발사!/소총, 기관총, 곡사포, 각종 총신과 포신에/붙는 불,/지상의 나무들은 다투어 꽃들을 쏘아 올린다./개나리, 매화, 진달래, 동백……/그 현란한 꽃들의 전쟁,/적기다"에서처럼 자연물을 무기의 이미지로 재해석하고 있다.

더 나아가 시적 화자는 "이 세계가/물 대신 불로 살게 된다면/지상의 모든 생물은 기계가 되고", "공장에서 사과를 딸 것이다."라는 극단의 기계적 상상력으로 밀고 나가고 있다. 이러한 기계적 상상력의 시발점은 "하늘에다 펑펑 대포를 마구 쏘아대는 것은/정녕 신의 죽음을 믿거나/그 신성神性에 토대한 인간의 존엄을/부정한 이후부터의 짓거리 일 것이다."(「짓거리」)라고 하면서 인간의 존엄성이 부정되는 현실

때문임을 알 수 있다. 이처럼 자연물을 전쟁의 이미지와 결합시키는
독특한 상상력은 기존 사물을 성공적으로 재해석하고 있다. 시적 화자
는 이런 기계적인 상상력을 통하여 역설적으로 자연의 건강한 생명력
회복을 시도하고 있다.

3. 인간성 회복으로의 도시인의 의지

아파트로 이주한 이후부터 항상
코가 막힌다.
실내 공기가 건조해서 그러니
가습기를 틀라 한다.
시멘트 벽은 숨을 쉬지 못하기 때문,
그렇다.
생명은 항상 숨쉬는 곳에서만 태어나는 것,
그래서 풀과 꽃과 나무도 흙에서만
자라지 않던가.
생명은 물기,
마른 공기만이 가득 찬 도시의
아파트는
생선 건조장일지도 모른다.

바싹
말린 좌판의 명태

—「아파트」 전문

도로 한복판에 넙죽 누워 버린 승용차 한 대
의 피리힌 모습,
깜빡거리는 비상등도 곧
꺼질 것만 같다.

벚꽃 분분히 지는 봄날 아침,
권력의 정상에서
털썩 뇌졸중으로 쓰러진 그.

―「자동차에 대한 명상」 부분

　폐쇄적이고 교류가 단절된 아파트 공간으로 이주하면서, 시적 화자는 자연의 생명력에 관심을 기울이게 된다. 성공을 향해 달려가는 현대인들의 삶을 "자동차"라는 사물에 비유하여 돈과 권력과 명예를 움켜잡으려다 욕망의 덫에 걸려 죽음을 맞는 인간존재의 비극성을 강조하고 있다.

빈 공간에
무심히 진입하려다 나도 모르게
브레이크를 밟는다.
바닥에 눈부신 꽃잎 꽃잎,
내 어찌 그 위에 타이어 자국을
낼 수 있단 말인가.
차창 밖으로
무연히 흩날리는 벚꽃을 바라본다.
자연은 버릴 것이 없느니
이 아침 수거함에 내다 버린
내 쓰레기 봉지를 생각한다.

―「주차장에서」 부분

짙푸른 녹음은 얼마나 무서운가.
메뚜기 한 마리 날지 않는 그
절대의 침묵은……
…(중략)…
꽃씨는 손으로 심는 것

꽃들은 결코 동색일 수 없다.

컴퓨터를 버리고 펜을 잡는다.
아직도 펜을 들어야만 쓰여지는
나의 시.

—「꽃씨는 손으로 심는다」 부분

시적 화자의 자연에 대한 새로운 자각은 물질문명과 기계에 의해 파괴되고 짓밟혀지는 자연을 감싸안는 태도로 드러나고 있다. 사이버문명과 기계문명에 의해 파편화 되고 부품화 되는 인간상을 통해 푸코의 말처럼 "권력의 의도와 제도, 그리고 법규 질서 등이 인간의 위치를 더욱 고립화"시키는 구조적인 모순을 날카롭게 지적하며 펜글씨로 "글쓰기"는 곧, 이러한 것들에 "저항하는" 행위로 의미를 지니게 되는 것이다.

몸으로 쓴 시집

이원규, 『강물도 목이 마르다』

1. 발바닥으로 쓴 시학

이원규 시인의 출간한 시집 『강물도 목이 마르다』는 독특한 사연이 담겨 있다. 그 독특함이란 시인의 행보에 있다. 이원규 시인은 잡지사 기자생활을 접고 서울에서 지리산 자락으로 들어가 산사람이 되었다. 모든 것을 접고 산사람이 되었다는 이 문장에는 커다란 결의와 자유로운 영혼의 무게가 들어 있다. 언어라는 추상화 된 문자로 담아내기엔 너무나 심오한 시인의 정신세계와 개성이 깃들어 있기 때문이다.

시인의 시를 제대로 이해하기 위해선 이원규 시인의 행적을 알아야만 시의 진면목에 다가설 수 있음을 느꼈다. 시인의 삶의 자취를 따라가는 것은 시작품을 보다 진지하게 이해하고 시인의 세계관을 면밀하게 파악하는데 많은 도움을 얻을 수 있는 작업이기 때문이다.

이원규 시인은 올해 수필집과 시집을 동시에 출간했다. 한 권의 수필

집과 시집 그리고 여러 신문의 인터뷰 기사를 찾아 읽으면서 지리산에 살고 있는 산사람의 일상과 삼보일배로 국토순례에 오른 사연을 접할 수 있었다.

　이원규 시인은 길과 인연이 많은 시인이다. 2000년 시작된 도보 순례를 시작으로 만 리 이상을 걸어온 시인이다. 2000년 지리산 실상사의 수경스님과 태백산에서 을숙도까지 1300리 길을, 2002년에는 문규현 신부님 등의 종교인들과 전라북도 새만금에서부터 서울까지 만 리를 걸어 삼보일배로 생명과 평화의 순례길에 오르기도 했다. 또 2008년 봄에는 '한반도 대운하 건설 반대'라는 주제 하에 시인과 문인, 종교인, 환경운동가들이 함께 하는 '생명평화탁발순례단'과 한강과 낙동강, 영산강과 금강 일대를 100일 이상 걸었다.

　　　노숙자 아니고선 함부로
　　　저 풀꽃을 넘볼 수 없으리

　　　바람 불면
　　　투명한 바람의 이불을 덮고
　　　꽃이 피면 파르르
　　　꽃잎 위에 무정처의 숙박계를 쓰는

　　　세상 도처의 저 꽃들은
　　　슬픈 나의 여인숙

　　　걸어서
　　　만 리 길을 가본 자만이
　　　겨우 알 수 있으리
　　　발바닥이 곧 날개이자
　　　한 자루 필생의 붓이었다는 것을

─「족필足筆」 전문

발바닥은 우리 몸의 가장 낮은 부분이다. 잠을 자거나 누울 때가 아니면 발바닥은 늘 제 몸을 바탕 삼아 묵묵하게 육체를 받치고 있다. 가장 낮고 겸허하게 자신의 육체를 구부려 오체투지하는 히말라야 고원의 승려처럼 길바닥의 사연들을 몸으로 맞대면하고 있다.

이원규 시인이 걸었던 "만 리"라는 수치는 쉽사리 입에 올릴 수 있는 거리 개념이 아니다. 4,000km란 긴 여정이다. 서울에서 부산까지 425km인 점을 감안한다면 어림잡아도 서울과 부산을 열 차례 이상 삼보일배를 하면서 걸었다는 이야기가 된다. 이와 같이 생명평화와 상생과 조화를 실천적으로 보여주고 있기에 「족필足筆」이란 시는 의미심장하게 다가온다. 뜨거운 햇살과 물과 바람과 꽃과 함께 걸었을 부르트고 물집 잡힌 고단한 발자국들이 고스란히 담겨 있는 셈이다. 저녁나절 섬진강변의 차가운 강물에 시인이 뜨거운 발바닥을 식히는 풍경이 떠오르는 듯하다.

길 위의 노정에서 시적 화자는 "걸어서/만 리 길을 가본 자만이/겨우 알 수 있"으며, "발바닥이 곧 날개이자/한 자루 필생의 붓이었다"라는 인식에 도달하고 있다. 이름 없는 풀꽃과 같이 비루한 자들의 애환과 노숙의 서글픔을 노래하고 있다. 그리고 바람으로 이불을 삼고 꽃잎으로 세상에 숙박계를 쓰는 낮고 낮아진 자들의 삶을 조명하면서 풀숲에 숨어 있는 생명과 평화의 덕목을 전하고 있다.

> 먼 길을 걸어보면 알리라
> 길이 오히려 길을 막고 있다는 것을
> 고속 질주의 도로에 사람의 길이 막히고
> 사람의 길에 야생동물의 길이 막히고 있다는 것을
> 그대의 마을까지
> 걷고 걸어서 가려면 위험천만
> 먼저 목숨부터 내놓아야 하나니

그대 또한 내게로 오는 길이
그러하고 또 그러하리라는 것을
허공의 새들에게도 길이 있고
물속의 고기들에게도 길이 있듯이
무심한 바람에게도 길이 있어
아무 절에나 들어가 아무 풍경을 울리지 않고
지상의 수많은 별들이 떠올라도
아무 십자가 위로 떠오르는 게 아니라는 것을
달마다 천 리 길 해마다
만 리 길을 걸어보면 알리라
길이 없는 곳에 길이 있고
종교가 없는 곳에 종교가 있고
농민과 아이들이 없는 곳에 농촌이 있고
정치인이 없는 곳에 국회가 있고
대통령이 없는 곳에 청와대가 있다는 것을
고속도로에 당산나무가 쓰러지고
골프장 그린 홀 속에 어머님의 무덤이 있고
대형 댐 깊은 물속에 살구꽃 피는 고향이 있나니
길이 길을 막아
그 길 위에서 목 놓아 우는 이들이
어찌 생명평화의 탁발순례단뿐이랴
밥을 주면 밥을 먹고
돌을 던지면 돌을 맞는 순례자가
지치고 아플 때마다
손짓하는 여인이 있었으니
밤마다 머리맡에 다가와 우는 여인이 있었으니
노고단의 마고선녀신가
백록담의 설문대 할망이신가
여전히 맨발의 어머님이신가
마침내 걷고 걸어서
일체 원융의 동그라미를 그렸나니

지리산에 그 둘레가 천오백 리인

거대한 동그라미 하나 그리고

다시 한라산에 천리의 동그라미를 그렸나니

무시무종의 먼 길을 걸어보면 알리라

길이 길을 막는 게 아니라

길이 길을 부르고 있었다는 것을

한 걸음 또 한 걸음

이보다 더 빠른 길은 이승에 없나니

발바닥이 곧 날개였다는 것을

―「길이 길을 막다」 전문

「길이 길을 막다」란 작품에서 시적 화자는 '세상의 평화를 원한다면 내가 먼저 평화가 되자' 라는 원융무애의 사상을 통해 개발논자들이 논리에 무저항과 비폭력 정신으로 맞서고 있다. 길 위에서 바라본 파괴된 자연과 산짐승들이 로드킬의 현장과 더 나아가 황폐화 된 인간과 부패한 정치와 현실상에서 문명화의 속내를 날카롭게 지적하고 있다.

「족필足筆」은 시집 제일 첫 장에 수록 된 작품이며,「길이 길을 막다」는 시집 마지막에 실린 작품이다. 결국 시집은 길에 대한 사유의 과정을 통해 "발바닥이 곧 날개"였으며, "길이 길을 막는 게 아니라/길이 길을 부르고 있"다는 인식에 도달하는 노정의 시작과 끝의 구조를 보여주고 있다.

강물도 흐르다 목이 마를 때가 있다

차가운 바위 위에서 잠을 자다

입이 돌아간 사람들

몸의 칠 할이 물이라지만 내내 목이 말라

습이 빠져나간 벼랑의 돌들이 자꾸 뛰어내린다

늦가을 푸른 잎들이 시들고
목구멍이 칼칼한 해소 천식의 산이 울면
뒷집 할머니의 무릎 관절도 삐거덕
군불 지피는 흙집도 따라서 운다

―「강물도 목이 마르다」 부분

황지연에서 을숙도까지
걷고 걸어 스물닷새
민족의 젖줄을 따라가다 보았다

시커먼 폐수의
얼굴 뭉개진 사내들이 지나간 자리마다
우는 돌이 있고
우는 여자가 있고
우는 아이가 있다는 것을

홀로 걷고 또 걷다가
내 그림자에게 길을 물으니

새는 날며
저의 보드라운 깃털로
공중의 길을 지우고
물고기는 헤엄치며
저의 지느러미로 물속의 길을 지우고.

―「내 그림자에게 길을 묻다」 전문

　인간에 의해 파괴된 자연은 말이 없다. 문명화로 인한 과학의 발전은 자연을 동반자이기보다 개발의 대상으로 파악하고 있다. 깎고 부수고 뚫는 동안 자연은 그저 묵묵히 인간의 삶을 위해 변형되고 파괴되었다. 파괴된 자연은 곧 인간에게 커다란 재앙으로 다가온다는 것을 눈이 짧은 인간들은 알지 못한다. "습이 빠져나간 벼랑의 돌들이 자꾸 뛰어내리"고 "흙집도 따라서 울"고 "강물도 흐르다 목이 마"른 것이다. 또, 「내 그림자에게 길을 묻다」란 작품에서도 폐수 등의 오염물질에 의해 돌과 사람과 우리의 미래가 파괴되는 현실을 지적하고 있다. 시집의 표제시이기도 한 이 시에서 시적 화자는 파괴되는 자연이 곧 생명의 숨결임을 강조하고 있다.

2. 상생과 조화의 공간

아슬랑아슬랑 개밥을 노리는 고양이
졸다 깬 개가 짖는다 짖다가
느닷없이 굶주린 도둑괭이에게 뺨을 맞는다
나는 돌멩이를 들다 말고
난감하다 누구 편을 들어야 할지
아로록다로록 점박이 고양이
그때 형은 도둑놈이었다

내가 중3일 때 또 하나의 학교
형은 충주경찰서 유치장에 있었다
사부랑삽작 쪽지를 건네며
내게 쌀 한 말의 거짓말을 시켰다
쌀집에서 훔친 게 아니라
가출할 때 집에서 가져온 것이라고

하지만 어머니의 쌀통은 텅텅
죽은 아버지처럼 비어 있었으므로
형은 분명 도둑고양이였지만
난감했다 누구 편을 들어야 할지

그 때 형사가 나의 뺨을 때렸다

그리고 개가 짖었다
형은 구치소로 가고 나는
밥만 축내는 개집으로 돌아왔다
형과 교도소와 형사와
도둑고양이와 나와 집과 세상 사이
문신처럼 커다란 발자국들이 찍혔다
아로록다로록 점박이 도둑고양이

—「도둑고양이」 부분

　진정한 적은 누구인가? 누구를 돌로 칠 것인가? 「도둑고양이」라는 시에서는 누가 죄인인지 판단할 수 없는 상황이 설정되어 있다. 가난한 어린 날의 삶과 그 누추한 기억 속에서 "형은 도둑놈이었다". 개의 밥을 빼앗는 고양이처럼, 그 다툼의 이면에는 생존의 문제가 직결되어 있다. 가장 본능적인 문제 앞에서 양자 간의 죄의 유무를 판별하기는 힘들다. 오히려 형을 도둑으로 내몬 건 가난이었음을 고백하고 있다.

중견의 불독과 검정 피트불테리어
두 눈에 번쩍 할로겐램프가 켜지면
채 3분도 지나지 않아 너덜너덜
살가죽에 검붉은 모란꽃이 피고
필사적으로 숏다리의 불독이
피트불테리어의 목울대를 물었으니
이미 전투는 끝장이 났지만
유전자적 증오 혹은 용병들의
자학적인 유희마저 끝난 것은 아니었다
다급해진 대머리 사육사가
하얀 타월의 긴 혓바닥으로 욕설의 한 바가지

뜨거운 물을 퍼붓고 쇠파이프를 휘둘러도
어금니 앙다문 요지부동의 불독,
이미 충견이 아닌 不dog의 치명적인
자물통은 열리지 않았다

그때서야 슬슬 눈썹이 짙은 구경꾼
벙어리 박씨가 철문을 열고 들어섰다
마치 애무라도 하는 듯
불독의 열꽃 피는 머리를 쓰다듬더니
스리슬쩍 왼손으로 찢어진 귀를 들추고는
귓구멍 가까이 입술을 오므리고
무어라 귓속말을 건네는 것이었다
풍로처럼 푸웃 풋,
귓속에다 풀무질을 하는 것이었다

바로 그 때 핏발 선 불독의 두 눈에
물안개 같은 것이 아른아른
아지랑이 같은 것이 피어오르는가 싶더니
철커덕, 불독의 아래턱이 열리고
벙어리 박씨의 귓속말에

─「귓속말이 세상을 바꾼다」 부분

「귓속말이 세상을 바꾼다」에서도 두 마리의 투견이 서로를 물고 놓아주지 않는다. 끓어오른 분노로 가득 찬 투견의 아래턱은 상대의 찢어진 몸을 물고 있다. 이때 투견의 아래턱을 열게 하는 것은 벙어리의 속삭임이다. 개의 귀에 대고 풀무질하듯 부드럽게 내뱉는 소리에 슬며시 투견의 아래턱이 열리는 것이다. 이러한 시적 상황들은 서로 상처 내고 흠집 내는 관계가 아니라 부드럽게 사람을 달래주고 안아주는 자연의 미덕을 드러내고 있다.

서로 부둥켜안고
칠팔백 년은 족히 살아왔건만
천연 기념물 88호
송광사 천자암의 쌍향수
가까이 실눈 뜨고 살펴보면
온몸을 꽈배기처럼 88 꼬면서도
알몸의 살갗 하나 닿지 않았다

…(중략)…

그 참, 절묘하다
굳이 맨살을 맞비비지 않고도
두 몸 아슬아슬한 경계에
저리 희푸른 아침 구름이 오르고
저물녘 향내의 안개비가 내리다니!

—「운우지정」 부분

"서로 부둥켜안고/칠팔백 년은 족히 살아"오면서 "온몸을 꽈배기처럼 88 꼬면서도/알몸의 살갗 하나 닿지 않았다"라는 발견은 곧 나와 너의 경계를 넘나들면서도 상처주지 않고 동행하는 평화의 본질과 미덕을 그리고 있다.

앞마당의 두 그루 낭구
싱싱한 그 이름을 잘 모르지만
너는 누구냐 묻지 않았다

한 그루 먼저 흰 꽃을 피웠으나
매화 낭구도 아니요
살구 자두 낭구도 아니요
또 한 그루가 이파리를 내밀며

스리슬쩍 연분홍 꽃을 피웠으나
산사과 복숭아 낭구도 아니요
끝내 열매 하나 외등처럼 내걸지 않으니

약초를 캐러 가시는
호호백발의 어르신도 모르고
검색창의 백과사전을 뒤져도 알 수가 없다

시치미 뚝 떼고
그저 가까이 가까이서
더불어 싱싱하면 그만일 뿐
잘 모른다고, 내 새끼 아니라고
그만 베어버리고야 말겠느냐

산행길에서 사람을 만나면
환하게 웃으며 안녕하세요
교행의 철새처럼 인사를 하듯이
밤마다 창녀들이 또한 그러하듯이

너는 누구냐 굳이 출처를 묻지 않았다

— 「너는 누구냐 묻지 않았다」 전문

　마당가에 꽃 핀 두 그루의 나무를 바라보는 시적 화자의 심정이 담겨 있다. 약초 캐러 가는 동네 나이 든 어르신도, 인터넷이라는 초유의 검색기능으로도 파악하지 못하는 신비스러운 자연의 모습이 포착되고 있다. 거대한 자연은 "바람이 태어나고 죽는 곳"(「물안개」)이며, "징한 것들, 격정의 날들이 가고, 물이 차고 뼈마디가 시려지는"(「물안개」) 자신을 인지하는 곳이기도 하다. 이름을 모른다고 함부로 베어낼 수 없으며, 환하게 웃으며 살을 부딪치고 사는 세상의 정을 나무 두 그루를 통해 말하고 있다.

또 "산"은 삶과 죽음이 함께 하는 곳이기도 하다. 도시를 떠난 지리산이란 공간에서 살아가는 노인이 "오늘도 생의 마지막인 듯 아침 인사를 하며, 매화나무 가까이 미리 봐둔 무덤자리, 한참 쪼그려 앉았다가" "고무신 벗어놓고 절룩절룩 하산하는 곳"이다. 자신의 죽음을 미리 손으로 쓸어보며 촉각으로 감지하는 공간이기도 하다.

용서받지 못하고, "용서할 수 없었던 젊어서 죽은 아버지가"(「찔레꽃」) 스스로 꽃으로 피어 시적 화자와 대화를 시도하는 공간이며, "혁명은 분노의 가시가 아니라, 용서의 하얀 꽃이더라"고 아버지의 혼령을 통해 시적 화자가 진술하는 화해의 공간이다. 삶과 죽음이 단절되고 폐쇄된 곳이 아니라, 한 개체의 삶이 죽음으로 다시 삶의 동인으로 작용하는 유기체적 세계관이 드러나고 있다.

저기 저 당산나무
팽나무 그늘 아래
돌탑 속의 깨진 돌멩이 하니

저도 언젠가는
새처럼 날아오른 적이 있으리

누구인가
장난삼아 던진 돌팔매가 아니라
스스로 날아오른 적이 있으리

파경破鏡의 화석을 보면 알리라
물고기처럼
뼈만 남도록 헤엄치던 시절과
고사리 푸른 이파리처럼

아주 낮은 목소리에도
자주 흔들리던 시절이 있었다는 것을
내 몸속의 담석 하나
사리, 진사리도 아닌 것이
아주 천천히 반역의 날개를 펴고 있다

―「돌」 전문

길이 길을 막아
그 길 위에서 목 놓아 우는 이들이
어찌 생명평화의 탁발순례단뿐이랴
밥을 주면 밥을 먹고
돌을 던지면 돌을 맞는 순례자가
지치고 아플 때마다
손짓하는 여인이 있었으니
밤마다 머리맡에 다가와 우는 여인이 있었으니
노고단의 마고선녀신가
백록담의 설문대 할망이신가
여전히 맨발의 어머님이신가
마침내 걷고 걸어서
일체 원융의 동그라미를 그렸나니
지리산에 그 둘레가 천오백 리인
거대한 동그라미 하나 그리고
다시 한라산에 천 리의 동그라미를 그렸나니
무시무종의 먼 길을 걸어보면 알리라
길이 길을 막는 게 아니라
길이 길을 부르고 있었다는 것을
한 걸음 또 한 걸음
이보다 더 빠른 길은 이승에 없나니
발바닥이 곧 날개였다는 것을

―「길이 길을 막다」 부분

이원규 시인의 시집에서 독특한 점은 자연이 미분화 된 신화적 공간으로 확대되고 있다는 점이다. 「돌」과 「암수 한 몸의 시절이 있었다」에서도 '산'은 "돌"이 스스로 날개가 돋힌듯 날아오르거나, "암수" 한데 어우러진 미분리된 원초적인 세계이다. 자연이 스스로 주체가 되어 활동하고 살아 숨 쉬는, 기계문명 이전의 거대한 신화적인 공간이다. "돌"은 날개 없이도 스스로 날아오르는 주체이며, 밤나무처럼 여성과 남성이 한데 어울려 있는 암수 한 몸처럼 생과 사와 어우러지는 신비스런 세계이다. 이러한 신비스러움은 곧 모성신화로 확산되기에 이른다.

특히 "지치고 아플 때마다/손짓하는 여인이 있었으니/밤마다 머리맡에 다가와 우는 여인이 있었으니/노고단의 마고선녀신가/백록담의 설문대 할망이신가/여전히 맨발의 어머님이신가/마침내 걷고 걸어서/일체 원흉의 동그라미를 그렸나니"(「길이 길을 막다」)와 같이 모든 것을 품어주는 생명의 원천인 자연은 마고선녀나 설문대 할망 등의 모성신화와 연결되고 있다. 설화 속의 모성신화처럼 품어주고 안아주는 공간으로 확대되고 있음을 알 수 있다.

이와 같이 이원규 시인의 시세계는 자연과 인간의 분리가 아닌 조화를 통해 상생하는 생명시학의 한 전형을 보여주고 있다. 이러한 상생의 범주 안에서 시인은 평화를 강조하고 있다. 몸으로 행하는 삼보일배를 통해서 현실에 참여하는 앙가주망의 시학을 실천하고 있다. '지리산생명평화서약'엔 다음과 같이 글귀가 쓰여져 있다고 한다. 시인의 목소리를 대변하는 것 같아 옮겨 본다. "생명평화의 길은/자신과 세상에 대한 신념이요,/깨어 있는 선택이며, 지금 여기서의 행동하는 삶입니다."

익숙함 속의 기이함

최금진, 『새들의 역사』

1. 익숙함 속의 기이함

90년대 이후 한국 현대시의 다양한 경향 중 최금진 시인의 시세계는 그로데스크라는 아이콘으로 요약할 수 있다. 최금진 시에 자주 등장하는 괴기한 장면들과 엽기적인 이미지들은, 평론가 김현이 기형도의 시를 두고 언급한 "그로데스크 리얼리즘(Grotesque realism)"을 떠올리게 한다. 최금진의 시들은 히치콕 영화의 장면들처럼 끊임없이 그로데스크한 장면들을 전면에 내세우고 있다. 파편화 된 신체이미지와 후각(악취를 풍기는)과 관련된 죽음의 이미지를 만날 수 있다.

최금진의 시편들은 그로데스크한 이미지들의 잦은 출현에도 불구하고 소통의 장애를 유발하지 않는다. 그 이유는 단단한 시의 구조와 뛰어난 묘사의 힘을 문법적인 틀 안에 배치시키고 있기 때문이다. 비현실적 이미지들을 착실하게 문법적인 문장과 구성형식 속에 용해시켜

넣음으로써, 익숙함 속의 기이함의 독특한 시세계를 형성하고 있다.

이러한 특징들을 보여주고 있는 최금진 시인의 시집『새들의 역사』(창작과 비평, 2007)는 시인이 등단 10여 년 만에 엮어낸 첫 시집이다. 등단 후 첫 시집을 내기까지 10년이 소요되었다는 점에서, 시에 대한 시인의 고뇌와 미적 완성도에 대한 치열성을 엿볼 수 있다. 그만큼 이번 그의 시집엔 수작이 많다.

이번에 출간된 시집『새들의 역사』에서 몇 가지 징후들을 통해 최금진 시의 매력을 음미해 볼 수 있을 것이다. 바로 고향, 족보 혹은 집에서의 탈주와 죽음에 대한 낯선 시선, 그리고 소외된 자들의 비루한 삶의 풍경들이다.

2. 집에서의 탈주

웃음은 활력 넘치는 사람들 속에 장치되어 있다가
폭발물처럼 분시에 터진다
웃음은 무섭다
자신만만하고 거리낌없는
남자다운 웃음은 배워두면 좋지만
아무리 따라해도 쉽게 안되는 것
열성인자를 물려받고 태어난 웃음은 어딘가 일그러져
영락없이 잡종인 게 들통난다
계층재생산, 이란 말을 쓰지 않아도
얼굴에 그려져 있는 어색한 웃음은 보나마나
가난한 아버지와 불행한 어머니의 교배로 만들어진 것
…(중략)…
못나고 부끄러운 이비지들을 뚝뚝 떼어
이 사람 저 사람의 낯짝에 공평하게 붙여주면 안 될까
술만 먹으면 취해서 울던 뻐드렁니

> 가난한 아버지의 더러운 입냄새와 땀냄새와
> 꼭 어린애 같은 부끄러움을 코에 귀에 달아주면
> 누구나 행복할까
>
> ―「웃는 사람들」부분

　시집에 첫 작품으로 수록된 「웃는 사람들」에서는 시적 화자인 "나"가 마음껏 웃을 수 없는 이유가 드러나고 있다. 그 원인은 "나"가 "가난한 아버지와 불행한 어머니의 교배"로 "열성인자를 물려받고 태어났"기 때문이다. 부모의 비루한 열성인자들만 물려 받고 "교배"된 "나"의 웃음은 "못난 웃음"이며, 바로 '못난 아버지와 어머니'가 그 출발점이기 때문이다. "나"에게 아버지란 "못나고 부끄러운 아버지들을 뚝뚝 떼어/이 사람 저 사람의 낯짝에 공평하게 붙여주면 안 될까"와 같이 육체를 훼손시켜 타인들에게 나누어줘 버리고 싶을 만큼 저주스러운 대상으로 드러나고 있다. 또 "술만 먹으면 취해서 울던 뻐드렁니/가난한 아버지의 더러운 입냄새와 땀냄새"와 같이 '더러운 냄새'로 각인된 '못난 아버지'는 "나"의 탈주의지를 극대화시키는 요인으로 작동하고 있다. 이와 같이 출신성분에 기인한 부끄러움은 부모에 대한 부정으로 나타나고 있다.

> 밤길을 걸어 집으로 가는데 죽은 아버지 부르는 소리
> 애야, 오늘은 마을에 제사가 있구나
>
> 목구멍이 빨대 같은 풀들이
> 피 묻은 꽃들을 혓바닥처럼 밖으로 꺼내어놓을 때
> 빠드득 빠드득 이빨 갈며 풀벌레가 울고
> 소년의 굽은 어깨 위로 뛰어내리는 나무그림자
> 귀를 틀어막아도 따라오는
> 애야, 아비랑 가서 실컷 먹고 오자

어둠이 허방다리를 놓아주는 늦은 귀갓길에
배고플까봐, 배곯고 다닐까봐, 소년을 올라타는 소리

아비랑 가자, 아비랑 함께 가자

— 「소년 가장」 전문

"입냄새와 땀냄새"를 풍기는 못난 아버지는 살아있는 자가 아니라 죽은 자이다. 소년 가장이 체감하는 세계는 풀이나 풀벌레, 나무 등의 주변 대상물들마저 "피 묻은" "혓바닥처럼" 아버지의 죽음을 더욱 환기시키고 있을 뿐이다. 죽음의 이미지에 포위된 현실은 소년으로 하여금 끔찍한 공포를 체험하게 하고 있다.

엄마는 오지 않았다
누나는 추워서 노루처럼 자꾸 웃었다 밤새
쥐들이 사람의 목소리로 문고리를 잡아당겼고
누나는 초경을 했는데 받아낼 그릇이 없었다
두부 같은 누나의 살들이 부시질까봐 나는
자꾸 이불을 끌어 덮어주었다
대접 속에 얼어붙은 강은 녹지 않았다
나는 벽에 걸린 엄마사진이 부끄러웠다
뒷문을 열고 내다보면 하얗게 늙은 애들
군가를 부르며 지나갈 때마다
누나는 콩나물처럼 말갛게 속살이 익어갔다
밥상을 차리며
나는 눈물이 나왔다, 군불을 때면
아지랑이가 눈알 속에 피어오르고
거뭇거뭇해진 내 입 주위에도
변성기가 우르르 사나운 눈발처럼 달라붙었다
아아, 엄마, 나는 무엇을 잘못한 걸까요

밤이면 몰래 손톱으로 가려운 몸을 긁어댔다
엄마는 오지 않았고
겨울밤의 흰문종이를 뚫고 몽유병처럼
신음소리를 흘려보내는 누나를 부둥켜안고
나는 오지 않는 봄을 향해 달려나갔다
엄마야…… 누나야……(제발)
강변 살자……

―「엄마야 누나야 강변 살자」 전문

　이 시에서도 어머니가 부재하는 집은 시적 화자인 "나"에게 불안감을 증폭시키는 공간으로 드러나고 있다. "나"가 '두부처럼 속살이 여린 누나를' 보호하기엔 주변의 외부 환경은 공포스러움 그 자체이기 때문이다. "나"는 외부현실의 중압감으로 인해 강변으로의 탈출을 지향하고 있다. 제목에서도 드러나듯이 김소월의 「엄마나 누나야」를 패러디한 것으로 읽혀지는 시에서 누나는 남자들에게 윤간당하기 쉬운 연약한 대상으로 나타나고 있다. 봄이 당도하지 않는 폐허와 같은 집은 피폐한 공간이다. 누나를 지켜야 하는 의무만 남겨진 고향 혹은 집에서 나는 끊임없이 탈주를 시도하고 있다.

노파는 파리약을 타 마시고 죽었다
광목으로 지어 입은 속옷엔 뭉개진 변이 그득했다
입 속에 다 털어넣고 삼키지 못한 욕설들이
다족류처럼 스멀스멀 벽지 위를 오르내렸다
어디 니들끼리…… 한번 잘살아봐라……
스테인리스 밥그릇처럼 엎어진 노파의 손엔
사진 한장이 구겨져 있었다
손아귀에 모아진 마지막 떨리는 힘으로
노파는 흙벽을 긁어댔으리라, 뒤집혀진 손톱

그 핏물을 닦아내는 여자의 완고한 표정을
노파는 허연 게거품을 물고 맞서고 있었다
호상이구만 호상, 닭 뼈다귀 같은 노파의 몸을
꾹꾹 펼쳐놓으며 남자는 신경질적으로 코를 막았다
서랍장 곳곳에서 몰래 먹다 남긴
사과며 과자부스러기들이 쏟아져나온 것 말고도
썩은 장판 밑에선 만원짜리 몇장이 더 나왔다
발가벗겨진 노파의 보랏빛 도는 입엔
서둘러 쌀 한줌이 콱 물려졌다
복날이었고
뽑힌 닭털처럼 노파의 살비듬이 안 보이게 날아다녔다

—「조용한 가족」 전문

　시적 화자가 집 혹은 고향에서 탈주를 감행하려는 이유는 못난 아버지와 어머니 덕분에 가정이 황폐화 되었기 때문이다. 「조용한 가족」에서 살펴보면, 죽은 노파와 노파의 죽음을 수습하는 식구들이 나타나고 있다. "노파는 파리약을 타 마시고" 자살했으며, "손아귀에 무아진 마지막 떨리는 힘으로", "뉘십혀진 손톱"으로 "노파는 흙벽을 긁어댔"고, "입 속에 다 털어 넣고 삼키지 못한 욕설들이/다족류처럼 스멀스멀 벽지 위를 오르내"리는 끔찍한 죽음의 풍경이 그려지고 있다. 며느리인 듯한 "그 핏물을 닦아내는 여자의 완고한 표정"을 통해 고부간의 불화도 읽어낼 수 있다.

　마치 죽음의 현장을 직접 목도하듯 묘사된 광경 안에서 시적 화자의 감정은 삽입되지 않고 있다. 이러한 시적 화자의 태도는 독자들에게 죽음의 끔찍한 광경을 더욱 생생하게 전달해주고 있다.

내 꿈속에 오는 빼빼 마른 조상들은
왜 둘씩 셋씩 숨죽이고 앉아

한국식으로 육회를 먹나
피 묻은 쇠고기를 허겁지겁 맨손으로 떼어먹나
손등까지 싹싹 핥아먹고
굶주린 개들처럼 나를 뚫어지게 바라보다가
다들 어디로 가나
…(중략)…
육촌 형님은 죽어서도 홀아비고
할머니는 날 전혀 모른다는 듯 웃고 있고
왜 조상들은 제사가 있는 날이면 꼭
상반신만 남아 꿈속으로 몰려다니나
…(중략)…
왜 나는 한번도 본 적 없는 증조부와 닮았나
…(중략)…
서른다섯 해를 살아도 내 몸엔 온통
가난하게 살다 죽은 최씨들 뿐이다
최씨들은 왜 모두 얼굴이 길고
왜 웃을 때 당당하게 남을 똑바로 못 보고 웃나

—「다들 어디로 가나」 부분

　이 시에서 조상을 바라보는 "나"의 시선은 냉소적이기까지 하다. 제 삿날 모여드는 조상들은 모두 빼빼 말라 있고 맨손으로 날고기를 먹는 배곯은 자들이다. 죽어서도 가난과 배고픔을 벗어나지 못하는 존재들이다. 그리고 그들은 굶주린 개처럼 나를 바라보고 있다. 다음 세상에서 몸을 바꾸어 다시 태어나는 윤회를 이야기하면서도 시적 화자의 시선은 싸늘하다. 무능력하고 가난한 가족과 친척이란 혈족의 관계에서 벗어나려는 시적 화자의 욕망이 드러나 있다. 이러한 혈연 관계에서의 탈주는 시적 화자의 혈족에 대한 부담감, 곧 의무를 지니고 있기 때문이다.

솔밭에 납작한 돌멩이 하나씩 깔고 앉아
사타구니 아래로
꼬리처럼 그림자를 축 늘어뜨리고
돌아가며 노래 한자락씩 하는 최씨 종친회
…(중략)…
묏자리 잘못 옮겨 망한 가족사를 남루하게 걸치고 모여
옛족보에 나오는 유복한 조상의 함자나
퍼즐처럼 제 돌림자에 애써 끼워맞춰보다가
…(중략)…
언제부터 저 둥글고 쓸쓸한 테두리
유전자 배열처럼 서로서로 꼬인 것들이
저들을 엮어놓고 있었던 걸까

꼬리에 꼬리를 물고 수건돌리기를 하는 최씨들
그 푸석한 혈통의 새끼줄 따라
돌고 도는 햇무리, 해의 무리들

어디 살든 서로 잊지 말자고 내년에 또 보자고
낡은 표정 한장씩 서로의 품에 끼워주며
사진을 찍으면
눈알마다 어김없이 흘러나와 번지는 붉은 색

과부와 홀아비와 고아와 노인만 모였다가 가는
최씨 종친회

— 「최씨 종친회」 부분

　"나"의 아버지와 어머니 그리고 할머니에 대한 거부는, "나"가 소속
해있는 "종친회"까지 적용되고 있다. 시에서 드러나듯 "나"는 "최씨
종친회"의 일원이나. 최씨 종친회는 "묏자리 잘못 옮겨 망한 가족사를
남루하게 걸치고 모여/옛족보에 나오는 유복한 조상의 함자나/퍼즐처

럼 제 돌림자에 애써 끼워맞춰보다가" "원을 그리"고 앉아 수건돌리기를 하고 있는 모임이다. 또 "과부와 홀아비와 고아와 노인"들만 남은 쇠락한 일족이기도 하다. 초라한 종친회의 풍경을 지켜보고 있는 "나"는 "저 둥글고 쓸쓸한 테두리"를 바라보며 탈주를 꿈꾸고 있다. 집안 남자들이 단명한 최씨 집안에서 "나"는 아버지가 없는 공간을 메꾸어야 하고 슬픈 가족의 내력을 견뎌내야만 하는 고독한 존재이기 때문이다. 이와 같이 종친 등의 모임을 거부한다는 점에서 관습에서 탈주하려는 시적 화자의 의지가 드러나고 있다.

옛날 고향집에 앉아서
산 능선마다 무덤들이 길게 줄지어 달리는 것을 본다
외양간이 있던 곳에
목에 칡넝쿨을 잔뜩 감은 썩은 기둥이 사육되고 있다
마을로 통하는 길은 풀들에게 점령당했다
전신주 통뼈를 감아 먹은 후
지붕에 앉아서 입맛 다시는 덤불들
뒤뜰에 묻힌 내 탯줄을 파먹은 덩굴 하나가
나를 알아보고는 혓바닥으로 손등을 핥는다
가느다란 실금 뱅뱅 돌다가 꼬인 손바닥,
저희들이 보기에도 콩이파리 같을까
물려받은 거라곤 달랑 이 집이 전부고
여기서 나는 아버지와 할아버지와 할머니를 묻었다
공동묘지를 질질 끌면서 덤불들은 마을로 향한다
낡은 서까래에 이빨을 박고 늘어지던
풀줄기의 작은 대가리 하나가
육식공룡처럼 고개들어 저무는 하늘을 휘휘 둘러본다
아무도 없다, 나는 다른 사람처럼 나를 바라본다
그리고 마침내 나는 내가 무섭다

― 「물려받은 집 있다」 전문

아버지와 어머니와 할머니 그리고 종친회와 더불어 "나"가 찾아간 고향의 집은 죽음이 엄습해 있는 공간이다. 식물성인 풀마저 고향에선 집과 사람들과 조상들을 삼키는 육식성의 대상으로 변모되고 있다. 이와 같이 기존의 대상의 속성을 바꾸어 형상화 하는 데서 최금진의 시는 그로데스크한 분위기를 조장하고 있다. 괴기스럽고 비현실적인 면이 바로 최금진 시의 특징이기도 하다.

3. 불결한 냄새와 죽음

> 아버지는 나를 업고 신작로에 서 있었다. 커다란 달이 아버지 머리통을 삼키고 있었다. 짚가마니 썩은 냄새가 났다. 미루나무 아래 한 여자가 누워 있었다. 아버지 검은 뒤통수에 대고 나는 물었다. 저기, 죽은 여자는 언제 부활할까요. 아버지가 고개를 홱 돌리셨다. 아버지는 구멍 숭숭 뚫린 메주통, 곰팡이 포자들이 어지럽게 날아다녔다. 미루나무 꼭대기에 매달린 까치집에서 달이 돋았다. 받아라 네 어미다, 아버지는 지푸라기로 여자를 엮어 내 목에 걸어주셨다.
>
> —「월식 1」부분

「월식 1」에 드러나는 어머니와 아버지의 모습 또한 괴기스럽다. "나"를 "업고" 있는 아버지는 '머리통이 없고' "짚가마니 썩은 냄새"가 나며 "곰팡이 포자들이 어지럽게 날아다"니는, "구멍 숭숭 뚫린 메주통" 같은 형상을 하고 있다. 시체가 썩는 시취의 후각적 이미지를 빗대어 아버지를 비유하고 있다. 그리고 "어머니"는 미루나무 아래 누워 있고, "나"는 어머니의 부활을 고대하고 있다.

이 시의 제목이 "월식"인 것처럼 어머니는 월식이 끝나면 다시 볼 수 있는 대상으로 아버지에 의해 가려졌다가 재생하는 존재이다. 월식이 끝나고 "달이 돋"으면 "아버지는 지푸라기로 여자를 엮어 내 목에 걸어주”고 있다. 이와 같이 그로테스크한 장면에서 죽음은 후각을 통해 감각화 되고 있다. ‘고약한 냄새’를 통해 아버지의 부재를 연상하고 짚가마니로 엮어진 그로데스크한 어머니의 이미지 등은 ‘가계에 대한 부정적 이미지’가 기존의 고정된 사물의 속성과 형태를 일그러뜨리거나 과장함으로써 새롭게 창조되고 있다.

차는 계곡에서 한 달 뒤에 발견되었다
꽁무니에 썩은 알을 잔뜩 매달고 다니는
가재들이 타이어에 달라붙어 있었다
너무도 완벽했으므로 턱뼈가 으스러진 해골은
반쯤 웃고만 있었다
접근할 수 없는 내막으로 닫혀진 트렁크의
수상한 냄새 속으로 파리들이 날아다녔다
움푹 꺼진 여자의 눈알 속에 떨어진 담뱃재는
너무도 흔해빠진 국산이었다
함몰된 이마에서 붉게 솟구치다가 말라갔을
여자의 기억들은 망치처럼 단단하게 굳었다
흐물거리는 지갑 안에 접혀진 메모 한 장
‘나는 당신의 무엇이었을까’
헤 벌어진 해골의 웃음이
둘러싼 사람들을 물끄러미 올려다 보고 있었다
나는 무엇, 무엇이었을까…… 메아리가
축문처럼 주검 위에 잠시 머물다가 사라졌다

—「사랑에 대한 짤막한 질문」 전문

시인의 등단작이기도 한 「사랑에 대한 짤막한 질문」에서도 죽음은 후각적 이미지와 긴밀하게 연관되고 있다. 서사적 기법이 돋보이는 이 시는 마치 죽음의 경위를 조서를 꾸미듯 자세하게 진술하고 있다. “썩은 알”, “수상한 냄새” 등의 죽음의 이미지들은 “냄새”를 통해 죽음을 부각시키고 있다. 특히 죽음에 대한 엄숙하고 두려운 기존의 시선과는 달리 "움푹 꺼진 여자의 눈알 속에 떨어진 담뱃재", "함몰된 이마에서 붉게 솟구치다가 말라갔을/여자의 기억", "헤 벌어진 해골의 웃음"과 같이 이질적인 죽음과 웃음을 한 장면 속에 배치함으로써 그로데스크한 분위기를 연출하고 있다.

> 할머니 무덤 이장하다가 보았다.
> 꽃과 나무 들이 육식성이라는 것 강아지처럼 귀여운
> 솜털의 뿌리가 무덤을 향해 입을 내밀며 쭉쭉
> 빨아대는 소리가 들렸다 할머니
> 흐물흐물한 몸에서 손톱과 발톱과 머리털을 뻗어
> 관을 후벼파고 기어나왔다
> 할머니, 하얗게 피어난 꽃이었다
> 구덩이 속에 뱀처럼 엉겨붙은 뿌리들은
> 햇빛이 닿는 순간에도 웃음을 참지 못하고
> 흙속에 흘러든 검은 체액을 빨아대고 있었다
> 향을 피우고 독한 술을 부었다
> 땅 속의 썩은 입냄새를 감추기 위해
> 무덤의 꽃들은 현호색을 입고 덩실덩실 춤을 추었다
> 아가, 나다, 할미다, 피 묻은 입술과
> 멍든 살코기 같은 입술을 매달고
> 나는 식은땀을 흘리며 삽으로 뿌리를 찍었다
> 할머니 허연 머리털이 뽑혀나갔다
> …(중략)…
> 화장품을 바르고 향수를 뿌리고
> 내가 누군가의 몸에 꽃피우고 싶은 것도 그 때문
> 삽날에 찍힌 아카시아 뿌리들이 드러났다
> 나는 미친 듯이 할머니를 흔들어 깨웠다
> 할머니! 제발! 이제, 그만 하세요!

―「악의 꽃」 부분

이 시는 할머니의 산소를 이장하는 사건을 소재로 삼고 있다. 죽음을 동물적이고 육식적으로 이미지화 하면서 할머니를 '종족보존의 집착이 강한 존재'로 그리고 있다. 아버지와 어머니가 무능력하고 냄새 나는 존재인것처럼, 이 시에서 할머니도 '죽음의 입냄새'를 풍기며 죽어서도 무덤 밖을 기어나오는 엽기적 존재이다. 구수하고 따뜻한 할머니 대신 "흐물흐물한 몸에서 손톱과 발톱과 머리털을 뻗어/관을 후벼 파고 기어나"오는 할머니가 있을 뿐이다. 그리고 "피 묻은 입술과/ 멍든 살코기 같은 입술을 매달고" 나타난 할머니를 "나는 식은땀을 흘리며 삽으로 뿌리를 찍"어 버리고 있다. 할머니를 찍어 버린다는 것은 곧 종족본능의 욕망으로 가득 찬 할머니를 부정하는 것으로 관습과 질서와 규칙을 벗어나려는 주체의 욕망 의지를 볼 수 있다.

이와 같이 최금진의 시에서는 동적인 것과 정적인 대상들의 속성과 운동성이 바뀌어 버리는 점을 알 수 있다. 정적인 것들, 죽은 것들, 풀들 혹은 연약한 것들이 동적인 것들을 공격하는 그로데스크의 미학을 보여주고 있다. 그로데스크한 이미지들은 우리에게 익숙한 것들을 낯설게 바라보게 하여 사물의 이면에 숨겨져 있던 새로운 세상을 확연하게 드러내준다.

밤이면 저수지에선 말조개들이 울었다
거품을 물고 수면에 거꾸로 매달려 이리저리 떠다녔다
시멘트가루 잔뜩 눌어붙은 익사자 살가죽을 벗겨먹으며
우렁이들은 저수지에서 토실토실 여물었다
동굴에서 나온 박쥐들이 몰래 사람들과 어울려 살았다
노인들은 젊은이들보다 오래 살았다
오래 사니까 검은 머리가 돋는다며 생선가시 같은 이빨을 보이던
노파는 자주 뒷산 동굴 구멍으로 들어갔다
농약을 먹은 개들이 논둑을 뛰어다녔고

…(중략)…
동네는 석회암 지대여서
…(중략)…
손톱에 봉숭아물을 들인 누이들은
얼굴 시커먼 청년들에게 제물로 바쳐지곤 했다
분지를 덮고 있는 동그란 하늘에 이따금 꽃이 피기도 했는데
그건 상여가 뒷산을 오르는 거였다
마을의 한가운데엔 구멍 숭숭한 묘지가 있었고
사람들은 그쪽을 향해 잔뜩 허리 조아리는 대문을 내고 살았다
잠을 자는 동안에도 화악, 확, 땅 꺼지는 소리가 들렸다

—「석회암 지대」 부분

시멘트 가루가 잔뜩 눌러 붙어있고 익사자들이 떠다니는 공간은 문명의 발전에 의해 파괴된 곳이다. 인간에게 죽음의 손길을 뻗쳐오는 근대문명에 대한 반성이 읽혀지고 있다. 시에 나타나는 공간은 괴기스럽다. 삶과 죽음이 겹쳐진 공간이며 죽음이 삶보다 더 성한 공간이다. 노인의 머리에 섬은 머리가 놓아나고, 동네가 활발해질 때는 상여가 오르내릴 때뿐이다. 마을의 한가운데 묘지가 있고 사람들은 모두 그 쪽을 향해 대문을 내고 있다. 이와 같이 탄생과 성장 그리고 소멸을 거치는 기계적인 시간관이 파괴되어 버린 곳이기에 시작과 끝, 삶과 죽음의 경계 또한 사라져 버린다.

저수지의 잉어들은 빠져죽은 사람 얼굴과 닮았지
건져올려놓고 보면 영락없이
작년에 죽은 누군가의 이목구비가 달려 있었지
…(중략)…
잉어들이 좋아하는 새끼제비를 놀로 찧고 다져 미끼로 쓰곤 했지
유서도 못 쓰고 죽은 신원미상의 젊은 여자와
병들어 앓다가 엉금엉금 기어와

신발만 겨우 벗고 뛰어든 할망구
물 먹고 죽은 그들의 너덜너덜한 얼굴 조각들이 흘러다니는 저수지
…(중략)…
친구가 따먹은 어떤 여자애도 거기서 빠져죽었는데
…(중략)…
지느러미를 치면서 미친 듯이 몰려드는 잉어들 중에는
몸통에 알을 통통하게 밴 것들도 있었지
…(중략)…
우리는 저수지 속으로 일제히 뛰어들었지
…(중략)…
어디선가 낯익은 잉어떼들이 툭툭,
우리들 종아리와 발가락을 지그시 깨물고 지나갔지

—「잉어떼」부분

고향마을 저수지의 잉어들은 물에 빠져 죽은 익사자들의 얼굴을 닮아 있으며, 임신한 여자아이가 빠져 죽은 저수지에는 알이 통통하게 밴 잉어들이 있다. 또한 제비새끼의 머리를 짓찧어 낚시 미끼를 만드는 아이들의 놀이 또한 죽음의 행위의 연속선상에 있다. 이러한 그로데스크한 이미지의 나열을 통해 죽음과 삶이 얼크러진 독창적인 공간을 창조해내고 있다. 그리고 죽음과 삶이 혼재된 양상은 공포의 상황과 아이들이 키득거리는 웃음 등 두 개의 이질적인 사건을 결합시켜 긴장감을 고조시키고 있다. 최금진의 시는 기이함, 경이함 등을 불러일으키는 데뻬이즈망 기법을 통해 세계의 부조리함을 드러내고 있다.

4. 방랑길에서 만나는 비루한 삶의 풍경

"나"의 여행과 방황의 이유는 곧 고향과 깊이 연결되어 있다. 고향

은 "나"에게 수없이 많은 의무감을 요구하는 공간이기 때문이다. 이러한 관습과 제도 혹은, 집에서의 탈주는 "나"의 방랑으로 이어지고 있다. 과거 유년체험을 통해 이야기하던 가난이 주로 유년시절의 고향체험을 노래했다면, "나"의 방황 길에서 만나는 "가난"은 구체적인 가난이다.

> 여행용 컨테이너처럼 그의 몸은 조립식
> 그는 몸을 펼쳐 텐트를 친다
> 발목사슬에 달고 질질 끌고 온 세월은
> 문 밖 기둥에 白旗처럼 걸어놓는다
> 여기서 물고기를 잡아먹고 조개를 건져먹고
> 어느날은 패총처럼 굳어
> 자신의 묘비가 될 것이다, 그는 그렇게 편지를 쓴다
> 하이에나처럼 낄낄거리는 꽃들
> 그 먹이피라미드의 맨 밑바닥에 몸을 눕힌다
> 무너져오는 어둠의 네 귀퉁이를 손발로 들어올리고
> 인녕, 너무 늦은 시간이나, 그는 몸을 끄듯 눈을 감는다
>
> ―「여행자」부분

"나"에게 있어 아버지와 어머니 혹은 할머니로 대표되는 가족이란 "고통"과 같은 존재이다. 위안과 평화를 주기보다 죽음과 분노와 욕망이 뒤엉켜 있는 곳이 바로 집이며 고향이기 때문이다. 이런 이유로 "나"는 끊임없이 여행을 떠나게 된다. "여행용 컨테이너처럼 그의 몸은 조립식"이며 "몸을 펼쳐 텐트를 치"는 길 위의 삶을 욕망하고 있다. 안주하지 못하고 방황하는 길 위의 영혼은 발 닿는 곳에 몸을 텐트처럼 펴고, "물고기를 잡아먹고 조개를 건져먹고/어느날은 패총처럼 굳어/자신의 묘비가 될 것이다."라고 진술하고 있다.

우리 집안 남자들은 난생설화 속에서 태어나기 때문에
배꼽이 없다
그러니 탯줄 없는 남자들을 무슨 수로 잡아매나
밤하늘엔 연줄 끊어진 연들처럼 별들이 떠돌고
우리집 나그네,라는 우리 친척 여자들의 말 속에는
모계사회의 전통가옥과 거미줄과 삐걱거리는 툇마루뿐
멀리 강원도 탄광에 갔다가 돌아오지 않는
우리 당숙도 죽어서는 새가 되어
가지 않고 날마다 숙모의 꿈속에 내려와 운다
티베트에선 죽은 사람을 독수리 먹이로 던져준다는데
누가 우리 집안 여자들을 부려 새를 키우나
배꼽이 없는,
그래서 세상에 아무 인연도 까닭도 없이
엄마는 부엌에 쭈그리고 앉아 피똥 싸듯 나를 낳았다
어서어서 자라서 훨훨 날아가라고 서둘러
날개옷 같은 하얀 배냇옷 한 벌을 지어놓았다
서른일곱에 정착도 못하고 나는 지금도 어딜 싸돌아다닌다

—「새들의 역사」 전문

　　시적 화자는 "나"의 방랑의 근원을 난생설화에서 끌어오고 있다. 집안의 내력을 통해 "서른일곱에 정착도 못하고 나는 지금도 어딜 싸돌아다닌다"라고 진술하고 있다. 이렇게 길 위에서의 삶은 자신의 존재에 대한 길 찾기라 할 수 있다. 이러한 존재의 길 찾기 행위는 개인의 신세한탄에만 머물지 않고 더 나아가 방황 속에서 접하는 소외된 대상들을 포옹하는 미덕으로 발휘되고 있다.

　　가난한 사람들의 아파트엔 싸움이 많다
　　건너뛰면 가닿을 것 같은 집집마다
　　형광등 눈밑이 검고 핼쑥하다

누군가는 죽여달라고 외쳤고 또 누구는 실제로 칼로 목을 긋기도 한다
밤이면 우울증을 앓는 사람들이
유체이탈한 영혼들처럼 기다란 복도에 나와
열대야 속에 멍하니 앉아 있다
여자들은 남자처럼 힘이 세어지고 눈빛에선 쇳소리가 울린다
대개는 이유도 없는 적개심으로 술을 마시고
까닭도 없이 제 마누라와 애들을 팬다
아침에는 십팔평 칸칸의 집들이 밤새 욕설처럼 뱉어낸
악몽을 열고 아이들이 학교에 간다
운명도 팔자도 모르는 아파트 화단의 꽃들은 표정이 없다
동네를 떠나는 이들은 정해져 있다
전보다 조금 더 살림을 말아먹은 아내와
그들을 자식으로 두고 죽은 노인들이다
먼지가 풀풀 날리는 교과서를 족보책처럼 싸짊어지고 아이들이 돌아오면
아파트는 서서히 눈에 불을 켠다
이빨이 가려운 잡견처럼 무언가를 깡아먹고 싶은 아이들을 곁에 세워놓고
잘사는 법과 싸움의 엉성한 방어자세를 가르치는 젊은 부부는
서로 사랑하지 않는다
밤이면 아파트가 울고, 울음소리는
근처 으슥한 공원으로 기어나가 흉흉한 소문늘을 갈기치럼 세우고 돌아온다
새벽까지 으르렁거린다
십팔, 십팔평 임대아파트에 평생을 건 사람들을 품고
아파트가 앓는다, 아파트가 운다
아프다고 콘크리트 벽을 쾅쾅 주먹으로 머리로 받으면서 사람들이 운다

— 「아파트가 운다」 전문

가난한 이웃을 감싸 안으려는 "나"의 시선이 잘 드러나고 있는 작품이다. 최금진 시 작품의 특징인 뛰어난 묘사력을 통해 이 시대의 가난하고 소외된 이웃들의 삶을 사실적으로 포착하고 있다. 시 안에서 유년기 체험에 연유하는 관념적이고 그로테스크한 "가난"의 이미지가 강

했다면, 고향을 떠난 길 위에서 만나는 구체적인 빈곤한 서민들의 삶을 통해 현대인들의 우울함과 소외를 비장하게 노래하고 있다.

<blockquote>

대책없이 거리에서 크게 웃는 사람들이 있다
어깨동무를 하고 넥타이를 매고
우르르 몰려다니는 웃음들이 있다
그런 웃음은 너무 폭력적이다, 함께 밥도 먹고 싶지 않다
계통이 훌륭한 웃음일수록,
말없이 고개숙이고 달그락달그락 숟가락질만 해야 하는
깨진 알전구의 저녁식사에 대한 이해가 없다
그러므로 아무리 참고 견디려 해도
웃음엔 민주주의가 없다

—「웃는 사람들」 부분

</blockquote>

시적 화자는 "크게 웃는 사람들", "어깨동무를 하고 넥타이를 매고/ 우르르 몰려다니는 웃음들"은 "함께 밥도 먹고 싶지 않"을 정도로 "너무 폭력적이다," 라고 진술하고 있다. "계통이 훌륭한 웃음일수록,/말 없이 고개숙이고 달그락달그락 숟가락질만 해야 하는" "저녁식사에 대한 이해가 없다"라고 말하고 있다. 결국 "웃음엔 민주주의가 없다"라는 진한 페이소스를 통해 불합리한 계층간의 권력구조와 위계질서화되는 현대 사회의 병폐를 비판하고 있다.

<blockquote>

역전 광장에 앉아 있는 거지 여자의 하루가
신신파스처럼 욱신거린다
멍은 그녀의 오갈든 잎사귀
얼굴과 팔과 가슴에 매달고 그녀는 웃는다
담배를 입에 물고 숨을 쉬며
죽은 새의 영혼 같은 입김을 꺼내 놓는다

</blockquote>

가끔 도넛을 만들어 집어먹는 시늉을 하며
추억의 허기로 바싹 마른 여자의 젖가슴이 흔들린다
침을 삼키며 시비를 걸어오는
덕지덕지 피딱지가 앉은 사내의 흐릿한 눈
서로의 추운 몸을 깊이깊이 박아넣고 쉬어 가자고
헤헤헤, 남자의 술병에 매달리는 여자의
등 위로 꽁지 뽑힌 비둘기들이 난다
광장에 달라붙은 껌자국처럼 어둑해진 눈으로
오후 여섯시의 시계탑이 그들을 내려다 본다
불빛 켜지는 뒷골목마다 깨진 소주병이 퍼렇다

—「무엇이 그녀를 역전에 박아놓았나」 전문

이 작품은 역전 광장에서 일어나는 떠돌이 사내와 여인의 사랑을 소재로 삼고 있다. 세상의 금 밖에 존재하는 소외된 이들의 사랑은 초라하지만 뜨거운 사랑이다. 사랑을 통해 가난의 발생지점에 대한 고민을 독자들에게 던져주고 있는 작품이라 할 수 있다. "불빛 켜지는 뒷골목마다 깨진 소주병"의 퍼런 날카로움처럼 이 시는 우리 사회의 구조적인 모순을 여실하게 드러내고 있다. 이외에도 「아파트가 운다」, 「무법자」, 「무엇이 그녀를 역전에 박아놓았나」 등에 나타난 세계는 죽음보다도 더한 가난과 소외와 고독에 물들어 있는 아웃사이더들의 일상에 관심을 기울이고 있다.

최금진의 시집에서 주요하게 대두되는 몇 가지 특징들에 대하여 살펴보았다. 그로데스크한 이미지로 제시되는 가난한 집과 고향 혹은 탈출과 죽음에 대한 새로운 해석, 그리고 방랑의 길 위에 드러나는 소외된 이들을 향한 따스한 시선들을 볼 수 있었다. 최금진의 시에서는 유년과 고향에 대한 기억들이 죽음과 삶을 분명하게 한계짓기보다는 얼크러져 있음을 알 수 있다. 시에서 등장하는 공간은 죽음과 삶이 혼재된 공간이며, 공포와 웃음과 같은 두 개의 이질적인 감정이 결합되어 있다. 이러한 부조화의 조화를 통해 드러나는 그로데스크한 이미지들은 소외된 계층의 삶을 드러내면서 기존 제도의 굴절된 구조를 날카롭게 포착하고 있다. 또 시에 나타나는 "나"가 고향을 떠나 길에서 방황하는 체험들은 죽음 대신에 따스한 시선으로 소외된 자들을 향한 미덕을 발휘하고 있다.

자발적 유폐의 미학

오채운, 『모래를 먹고 자라는 나무』

1. 모래와 자발적 유폐

현대 예술의 특징은 진정성이 사라진 인간관게, 소외된 주체, 관계로부터 절연된 타자에 대한 불안감을 표시한다. 오채운 시인의 시집 『모래를 먹고 자라는 나무』(천년의 시작, 2009)에서도 '모래내' 라는 공간으로 숨어드는 절연된 시적 주체를 만날 수 있다. 이때의 숨어드는 시적 주체는 자발적 유폐를 감행하고 있다.

오채운 시집의 시적 주체들은 주류 사회로의 편입을 욕망하지 않는다. 내면에 집중함으로써 스스로 과거로의 도약을 감행하고 있다. 자발적 유폐에 의하여 시간은 정지되고, 정지된 시간 속에서 시적 주체의 과거에의 집중과 집착은 시의 내적 긴장감을 높이고 있다. 이러한 과거로의 도약은 상치 난 내면의 풍경들을 고스란히 드러낼 뿐만 아니라, 동시에 자기 치유의 시발점을 찾게 한다. 시집 제목에서도 알 수 있듯이 자발적 유폐의 출발점은 "모래" 혹은 "모래내"이다.

—「모래내」 전문

　　모래는 커다란 바위가 부서지고 돌멩이가 되고 그마저 자잘하게 부서져 최후에 남는 결정물이다. 흙이 되기 직전의 입자를 지니고 있다. 즉, 모래는 바위와 돌과 자갈의 흔적과 거친 시간의 여정이 고스란히 배어 있는 사물이다. 또 매개물 없이는 다른 것들과 섞이지 못하기에 수분을 저장할 수도 없으며, 식물들을 키울 만한 자양분 또한 갖고 있지 않다. 이 시에 나오는 "모래내" 또는 "사천沙川" 역시 하천 본류에 모래가 많이 쌓여 이루어진 곳으로 생명이 자라기 힘든 불모의 공간이다.

그러나 시적 주체는 이러한 불모의 공간에 도착했을 때에만 '마음이 놓인다'고 진술하고 있다. 시적 주체가 이 황폐한 불모의 공간에서 안도감을 느끼는 이유는 '첫사랑에서 마지막 사랑의 추억'과 같은 개인적인 체험들로 채워진 공간이기 때문이다. 시적 주체는 "사막을 걷는 것처럼/푹푹 빠지고 넘어지"고 "앞이 보이지" 않는 암담한 공간에서 탈출하기보다 "모래 속에서 길을 잃고/모래 속에서 밥을 먹"(「사막의 터널」)으며 고통의 순간들과 직접 대면하는 자발적 유폐幽閉의 태도를 보이고 있다.

사천교하면 너무 먼 곳처럼 들리고
모래내다리 하면 내 것인 양 느껴지는 다리
…(중략)…
어머니와 나는 모래내를 벗어나지 못한다
빈지하 자취빙의 가스렌지에 사욱한 번시와
화장실을 배회하는 집게벌레 한 미리를 외면힌 채
우리는 모래를 먹기 시작한다
물이 말라 건널 수 없는 모래내에 갇혀

— 「끝물 참외」 부분

내 안은 말라가고만 있답니다
어쩌면 그것은 모래
그래요, 모래나 흐르겠지요

— 「오카리나 여자」 부분

더불어 시적 주체에게 "모래내"는 "반지하 자취방의 가스렌지에 자

욱한 먼지"처럼 가난한 유년시절 체험이 묻어 있는 곳이기도 하다. 시
적 주체가 모래를 먹는 행위 또한 자신의 뼈마디에 속속들이 파고든
"내 안은 말라가"는 아픔을 자각하며(「오카리나 여자」), 이를 스스로 치
유하려는 의지로 나타나고 있다.

이른 아침 전화를 받았지
화초에 물을 주다가
겨울강으로 이끄는 목소리를 들었지
당신의 죽음을 전하는
친구의 목소리에
꽃잎마다 얼음이 맺히고
내 혀는 굳어버렸지
누군가 자꾸 내 머리에 못을 박았지

—「드라이브의 끝」 부분

강 너머에서 그는 나를 보았지
피를 토하듯
모래를 토해내
하얗게 강물을 메우고 있었지
강물에 버리지 못하고
나무로 자란 내 사랑을
오래 전부터 알고 있었다는 듯
나를 향해 다리를 놓으려 했지
하지만 모래로 만들어진 다리는
내 몸에서 떨어진 가랑잎처럼
금방 허물어지고 말아
사랑아, 너는 강 너머에 있지
내가 건너지 못하는 강 저편에
사랑아, 너는 내 속에 있지

내가 갖지 못하는 내 속

—「허방다리」 전문

　"모래"를 먹으며 자기 치유를 시도하는 시적 주체의 고통은, 과거 어느 날 애인의 죽음을 알리는 한 통의 전화에 기인하고 있음을 알 수 있다. 사랑했던 연인의 죽음을 전해 들으면서 시적 주체는 "꽃잎마다 얼음이 맺히고" "혀"가 "굳어버"리고 "누군가 자꾸 내 머리에 못을 박"는 것 같은 심리적 충격을 경험하고 있다. 애인의 죽음, 곧 사랑하는 대상의 부재는 시적 주체에게 있어 사랑의 종말이며, 세계의 종말과도 같은 상처의 무게를 지니고 있다. 시적 주체는 "물이 말라 건널 수 없는 모래내에 갇혀"(「끝물 참외」) "내가 건너지 못하는 강 저편에" 서서 "피를 토하듯" "모래를 토하는" 죽은 애인을 그리워하고 있다.

　죽은 애인이 죽음 저편인 강 너머에서 뱉어내는 "모래"는 시적 주체의 내면을 상징함과 동시에 사랑의 추억과 등가의 의미를 지니고 있다. 시적 주체가 "모래내"라는 공간을 나서지 않고 그 안에 집착하고 정착해 있으면서 편안함을 느끼는 이유가 더욱 명확하게 나타나고 있다. 애인의 죽음으로 인하여 황폐해진 시적 주체에게 "모래"는 애인의 분신이며, 애인과 합일되지 못하는 메마른 시적 주체 자신이기도 하다. 그러한 이유로 시적 주체는 모래를 먹고 자라나는 나무처럼 바싹 마른 모래 속으로 뿌리를 내리면서 외부와의 소통을 단절한 채 자신 안으로 파고들어가고 있다. 즉, 시적 주체는 끊임없이 타자인 애인과 하나가 되려 하지만 주체의 욕망은 애인의 죽음으로 인하여 좌절되고 있다. 오직 과거로의 회귀만이 애인과의 완전한 사랑을 완성시킬 수 있기 때문이다.

2. 건너지 못하는 강, 건너편의 사람

초인종이 울린다
누구세요?
대답이 없다
현관문을 연다
대문 밖을 본다
총명한 개는 짖지 않는다
아무도 없다
방문을 열고 들어와
거울 앞에 선다
거울 속의 얼굴을 본다
초인종이 낮게 울린다
대문 밖에는 남자가 서 있다
삼년 전에 죽은 내 애인이 분명하다

—「초인종 소리가 들린다」 부분

버려진 젓갈 항아리를 주워와
베란다에 엎어놓고
선인장 화분을 올려놓는다
머리만 비대해져 그 무게로
몸통이 휘어지는 가시 선인장
몸통을 잘라 심으면 몸통에 뿌리가 나고
머리를 잘라 심으면 머리에 뿌리가 나는
질긴 기형의 생명
매일 아침 항아리가 흠뻑 젖도록
물을 주어도 선인장 뿌리는 썩지 않는다
선인장은 사막을 떠나온 지 오래다
잘라내면 대여섯 개씩 새로 생겨나는 선인장 머리들
지금 선인장을 자르고 있는 나는

히드라의 머리를 자르는 병약한 헤라클레스

—「젓갈 항아리 위의 선인장」 부분

　죽은 애인은 시적 주체의 주위에서 쉽사리 사라지지 않는다. 애인의 죽음으로 홀로 남겨진 시적 주체는 물리적인 애인의 육체 대신 "모래 내"라는 공간에서 애인의 영혼과 조우하고 있다. 심지어 일상생활에서도 "삼년 전에 죽은 내 애인"은 수시로 그녀를 방문하곤 한다. 일반적으로 거울은 거울을 들여다보는 대상을 정확하게 비추는 기능을 한다. 그러나 위의 시 「초인종 소리가 들린다」에서 거울은 애인을 찾아 헤매는 시적 주체의 내면을 드러내주고 죽은 애인의 부재를 더욱 강력하게 확인시키는 매개물일 뿐이다.

　"선인장" 역시 죽은 애인을 형상화 하는 상징물이다. 선인장은 머리가 대 여섯 개씩 돋아나고 몸통과 머리에 다시 뿌리가 돋는 대상이다. 매일 물을 주면서 죽은 애인을 기억하는 시적 주체는 끊임없이 돋아나는 애인에 대한 기억과 고통에서 자유로울 수 없다.

　　남자는 우네
　　눈물 속에 잠기네
　　둘이서 물속에 쌓았던
　　성이 허물어지자
　　남자는 떠나네
　　남자의 얼굴에 매달려 있던 눈물을
　　모래바람이 쓸어가 버리네
　　젖어 있던 사랑이 말라버린 후
　　울음이 되지 않는 울음으로

—「물속을 달리는 기차」 부분

제2부 현대시와 육체

시적 주체가 애인을 사랑하는 이유는 자신에게는 없는 "물(강)"이 애인에게 있기 때문이다. "모래"와 같이 건조하고 버석거리던 시적 주체는 생명의 근원인 물줄기를 지닌 애인과의 만남에서 비로소 세상과 소통이 가능해지고 심정의 안식을 찾게 된다. 그러나 "둘이서 물속에 쌓았던/성이 허물어지"면서 사랑은 파국으로 치닫게 된다. 홀로 세상에 남겨진 시적 주체는 더 이상 존재의 의미를 찾지 못하고 모래더미와 같은 삭막한 자신을 확인할 뿐이다.

나를 내보내기로 했어요
당신이 숨어버린 이 지구 어디서든
눈만 뜨면 보이도록
나무마다 나를 매달고, 독수리들이 내 눈을 파먹고
전봇대마다 나를 매달고, 까치들이 내 머리에 집을 짓고
강물마다 나를 띄우고, 물고기들이 지느러미로 내 뺨을 때리고
바다마다 나를 띄워요, 불가사리가 내 몸에 붙어 피를 빨아요
그래도 당신이 나를 찾지 않으니

삭아가네요 내 몸이
썩어가네요 내 몸이
온몸의 피가 고름으로 터져
나무마다 서글픈 진물이 흐르고
가쁜 숨으로 모여든 오작교 까마귀들은
날개가 부서지네요 다리가 부러지네요
조울증에 시달리던 당신 어디에도 없네요
죽은 것도 아닐 텐데 어디에도 없네요

— 「당신은 없다」 부분

그 방에는 서해를 향한 창이 있다
쳐다보면 멀게 느껴지고
앉아보면 물이 쏟아지는 의자가 있다

울컥 내 몸에서 물이 쏟아져 나와
아무것도 할 수 없는 의자가 있다
이미 의자를 떠난 사람을 가슴에 품고
물 속에 잠겨야 하는 의자가 있다
의자는 편안하다
의자는 가라앉는다
물 속으로 가라앉는다

―「물이 나는 의자」 부분

시적 주체에게 애인의 죽음은 곧 자신의 존재의 의미까지 상실할 만큼 커다란 충격이며 동시에 자기 부정에 이르게 하고 있다. "삭아가네요 내 몸이/썩어가네요 내 몸이/온몸의 피가 고름으로 터져/나무마다 서글픈 진물이 흐르"는 것과 같이 파편화 된 신체를 통해 자기 소멸을 꿈꾸는 시적 주체의 참담함을 비극적으로 잘 드러내고 있다.

건조한 현실을 벗어나려는 시적 주체는 물이 차오르고 물을 뿜어내는 의자에 앉음으로서 편안함을 느끼고 여정의 힘든 발길을 쉬고 있다. 하지만 애인의 죽음으로 이별을 경험한 시적 주체는 곧 메마른 자신의 생을 윤기 나게 적셔 줄 "물이 쏟아지는 의자"인 애인과 다시 하나가 되려 하지만 의자가 물속으로 가라앉아 버리고 마는 비극적인 정황을 맞고 있다.

오채운 시인의 시집에는 이처럼 시적 주체의 내면이 "모래내" 혹은 "모래"란 대상으로 전이되고 있다. 어떤 시인에게 사랑이 아름답고 부드럽고 달콤한 것이라면, 오채운 시인의 시에서 사랑은 관계 속에서 타자와 절연된 시적 주체의 처지를 잘 드러내주는 매개물로 작동하고 있다. 건조한 사랑의 노래는 강 건너편의 사랑을 향하는 뜨거운 절규이며 피맺힌 고통의 외침이다.

사랑은 변한다. 가난한 유년 시절의 체험과 부재하는 애인의 추억으로 가득 찬 "모래내"라는 공간을 탈출하기보다, 그 공간으로 숨어드는 자발적 유폐의 태도를 통해 시적 주체는 사랑하는 이의 죽음으로 오히려 가장 고귀한 사랑의 완성을 이루고 있다. 오채운 시인은 자신만의 "사랑"의 사유와 속도로 스펙타클한 현대의 속도에 대항하는 저항의지를 절묘하게 드러내고 있다.

제3부

현대시와 속도의 사유

고비사막에서 생성과 소멸을 읽다

최승호, 『고비』

1. 최승호와 자코메티

최승호 시인은 『진흙소를 타고』(민음사, 1987), 『나는 숨을 쉰다』(문학과 비평사, 1988), 『회저의 밤』(세계사, 1993), 『대설주의보』(민음사, 1995), 『반딧불 보호구역』(세계사, 1995), 『눈사람』(세계사, 1996), 『고슴도치의 마을』(문학과 지성사, (1997), 『세속도시의 즐거움』(세계사, 1997), 『여백』(솔, 1997), 『그로테스크』(민음사, 1999), 『모래인간』(세계사, 2000), 『아무것도 아니면서 모든 것인 나』(열림원, 2003) 등의 무게감 있는 시집들을 출간했다. 이외에도 다수의 산문집과 동시집 ,어린이용 그림책 등 활발한 창작활동을 하며 우리 문단의 비중이 큰 문학상을 거머쥐기도 한 저력 있는 시인이다. 간단하게 써놓은 그의 저서 복목민 보더라도 그가 얼마나 창작에 몰두하는 시인인지 알 수 있다.

　나는 시집 『고비』(현대문학, 2007)를 읽으면서 최승호 시인의 또 다른 시집인 『나는 숨을 쉰다』(문학과 비평사, 1988)의 자코메티 조각상을 떠올리곤 했다. 시집을 넘길 때마다 뼈대만 앙상하게 남은 〈걸어가는 남자(walking man)〉와 고비를 횡단하는 시인이 교차되곤 했다. 열정 혹은 눈물과 기쁨 같은 수사들을 버리고 자유로워진 영혼으로 우주와 교통하며 고비사막을 걸어가는 시인과 자코메티를 시집에서 자주 만날 수 있었다. 최승호 혹은 자코메티가 황사바람이 자욱한 사막에 발자국을 내딛을 때마다 시집에서 한줌의 모래가 흘러나오기도 했다. 그 발자국의 방향은 곧 그들 자신을 향해 있다. 자신 안의 원초적 공간인 고비 안으로 걸어 들어가고 있다.

지갑이 없다
휴대폰이 없다
주머니에 손을 넣어보면
모래알 몇 개
그게 내 전 재산이다
나는 지금 가난하다
카드가 없다
현금이 없다
주머니엔 모래알 몇 개
알몸에 옷을 걸쳤지만
나는 지금 거지다
고비 사막에 나타난 거지
흙먼지를 뒤집어쓰고
때때로 혼자 뭐라고 중얼거리기도 하는
인생을 모르는 거지
사막을 모르는 거지

— 「거지」 부분

"지갑도 없고" "휴대폰"도 무용지물이 되는 "고비사막"에서 "주머니"엔 "모래 몇 알"이 있을 뿐이다. 카드를 처리해줄 기계도 없다. 몸에 걸친 것이라고는 옷 한 벌. 그 곳은 물신주의의 손길이 무력해지는 곳이기 때문이다. 모든 허구를 다 벗어 버리고 도시의 불안한 영혼들이 알몸으로 돌아와 선 곳이 "고비"이다. 시적 화자인 "나"는 지금 아무 것도 소유하지 않은 자, "거지"이다. 이런 시적 화자의 몸에 흙먼지가 쌓인다. 인간의 육체가 결국 흙이나 먼지로 돌아간다는 점을 생각해보면 "흙먼지를 뒤집어" 쓴 나는 결국 "나"의 본질과 만난 셈이다. "나"의 본질과 대면한 시적 화자는 비로소 흙먼지 속에서 반짝이는 수많은 생성의 기운을 감지하고 있다. 고비는 어떤 생물체도 자랄 수 없는 폐허와 같은 공간이지만 그 속을 자세히 들여다보면 생명체들이 숨쉬고 있으며 "나"인 대우주와 소우주인 "흙먼지"와 "모래"가 동시에 존재하는 공간이다.

2. 생성과 소멸이 혼재한 공간 "고비"

최승호 시인의 『고비』 이전의 시집들에서 죽음과 도시문명에 물든 현대인의 모습을 사실적이고 냉철하게 다루었다면, 『고비』에서는 몽골의 사막 고비에 대한 시인의 사유가 가득 차 있다. 특히 이번 시집의 표지와 시집 중간마다 삽입된 고비의 풍경사진들은 언어문자와 그림문자의 결합을 통해 독자들과의 소통을 원활하게 한다는 점에서 긍정적인 구실을 하고 있다. 이제 시집 표지를 장식하고 있는 최승호 시인의 고비 사막 속으로 들어가 보자.

고비에서는 고비를 넘어야 한다
뼈를 넘고 돌을 넘고 모래를 넘고
고개 드는 두려움을 넘어야 한다

고비에서는 고요를 넘어야 한다
땅의 고요 하늘의 고요 지평선의 고요를 넘고
텅 빈 말대가리가 내뿜는 고요를 넘어야 한다

고비에는 해골이 많다
그것은 방황하던 엉덩어리들의 잔해

고비에서는 없는 길을 넘어야 하고
있는 길을 의심해야 한다
사막에서 펼치는 지도란
때로 모래가 흐르는 텅 빈 종이에 불과하다

길을 잃었다는 것
그것은 지금 고비 한복판에 들어와 있다는 것이다

— 「고비의 고비」 전문

시적 화자가 여행하는 "고비" 사막엔 '위험스런 고비'들이 가득 차 있다. 죽은 동물의 "뼈를 넘고 돌을 넘고 모래를 넘"으며 시적 화자는 자신의 내면에서 "고개 드는 두려움"까지 넘어야 한다고 진술하고 있다. 시적 화자가 거대한 사막에 펼쳐진 자연을 넘으며 만난 것은 바로 두려움이다. 그 두려움 속에서 시적 화자는 자연이라는 대상을 통해 보다 죽음 가까이에 접근하고 있다. 죽음을 멀리서 바라보는 것이 아니라, 죽음의 실체와 맞대면하고 있다. 길을 잃고 사막 가운데 서 있을 때 시적 화자는 나뒹굴고 있는 해골덩어리들이 곧 "엉덩어리들의 잔해"임을 인식하고 있다. 고비 사막이 죽음을 넘어서는 공간으로 확장되고 있음을 알 수 있다. 죽음과의 거리가 가까워지면서 시적 화자에게 죽음은 두려운 대상이 아니라 삶 속에 용해되어 있는, 미처 우리 자신이 인지하지 못했던, 우리의 내부에 이미 내포되어 있던 죽음이 되고 있다. 시적 화자는 사막에 널린 사물과 보이지 않는 것들의 소리까지 들을 수 있는 귀와 눈이 열린다. 보이지 않는 것을 인식하는 눈과 귀를 지니게 되면서 고비는 시적 화자에게 새로운 공간으로 변모되고 있다.

사막 고비는 눈에 보이지 않는 "없는 길을 넘어야 하고" 모든 "길을 의심"해야 하는 공간으로 확장된다. 사막에서의 "지도" 혹은 지식이란 단지 "모래가 흐르는 텅 빈 종이"이며 "길을 잃었다는 것"은 "고비 한복판에" 서 있다는 구절처럼, 기존의 지식 체계에 대한 회의를 드러내고 있다.

즉 죽음에 대한 새로운 인식을 통해 시적 화자의 두려움은 "땅의 고요 하늘의 고요 지평선의 고요를 넘고/텅 빈 말대가리가 내뿜는 고요를 넘"을 수 있는 긍정적인 인식의 동력으로 작동하고 있다.

생성과 소멸이 혼재하는 고비 사막은 고생대와 중생대가 혼재하는 공간(「공룡계곡」)이며 풀들에게도 풀의 유령들이 웅크려 있는 곳이며, 눈 둘 데도 없는 공간이며, 이름들도 언어도, 말이 필요 없는 곳(「덜컹거리는 시간」), 풍경도 시간도 공간마저도 잠깐의 모래바람으로 다 덮이고 마는 곳이다. 또한 있는 듯 없고, 없는 듯 있는 곳이다. 보이는 것보다 보이지 않는 것들로 붐비는 곳(「덜컹거리는 시간」)이다. 그래서 사막에서 다투는 일은 우스꽝스런 일이(「덜컹거리는 시간」) 되어버린다.

사막에서는 길도 증발한다. 어제 있었던 길이 오늘은 없다. 그 길들은 어디로 증발한 것일까. 증발접시의 무수한 균열처럼 사막의 길들은 천 갈래 만 갈래로 갈라진다 …(중략)… 우리는 거대한 증발 접시 안에서 속이 타는 물방울 같은 존재들인지 모른다.

—「증발」부분

어느 날 내가 눈을 떴을 때
사방이 텅 비어 있었다
아무것도 없었다
나는 놀랐다
어떻게 사방에 아무것도 없을 수 있단 말인가
지평선의 충격은 그렇다
아무것도 없는데 아득한 곳에 선 하나가 있었다
그것은 직선이 아니었다
나를 둘러싸고 있는 그 커다란 선은 둥글었고
그 텅 빈 원 속에
원의 중심에
내가 있었다

—「지평선」부분

만약 당신이 사막에 시체로 내버려져 있었다면 아마 당신도 뼈밖에 남지 않았을 것이다. 가죽도 때, 내장도 때, 한 점 영혼이 있다면 그 영혼도 때다. 남는 것은 건조된 뼈, 그리고 그 뼈도 덩어리진 광물, 쪼개진 광물, 점점 더 잘게 부서지는 광물들 속으로 물거품처럼 사라졌을 것이다.

—「빨래」부분

생성과 소멸이 함께 이루어지는 사막 고비는 텅 빈 무화의 공간이다. 시적 화자의 시야를 가로막는 것들도 없으며 내가 누군가를 가로막지도 않는 공空의 세계이다. 모든 것들이 사라지고 증발해 버리는 커다란 "증발 접시"와 같은 곳이다. 어제의 길들이 사라져 버리고 오늘은 새로운 길이 생기는 곳이다. 그래서 천 갈래 만 갈래로 찢겨지는 새로운 공간이 탄생되기도 한다. 죽음만 가득한 공간이 아니라, 그 생명의 분신인 모래로 인하여 끊임없는 생성작용이 일어나는 곳이다.

고비에서 죽음은 곧 탄생의 다른 이름이기도 하다. "만약 당신이 사막에 시체로 내버려져 있었다면 아마 당신도" "점점 더 잘게 부서지는 광물들 속으로 물거품처럼 사라"지며, "한 점 영혼이 있다면 그 영혼도 때"일 뿐인 곳이다. 모든 것들의 경계가 사라진 곳에서 진리는 한낱 종이에 불과해지며, "사막에서 펼치는 지도란/때로 모래가 흐르는 텅 빈 종이에 불과"(「고비의 고비」)한 것이 되고 만다.

자본의 위대한 힘이 발현되지 못하는 문명 이전의 공간인 고비 사막에 서 있는 시적 화자의 눈길은 모든 가식들을 벗으면서 자유로워지고 깊어진다. 눈 둘 곳 없어 막막한 사막에서 시적 화자는 부재와 실존의 흔적을 사유한다. 사막은 사라진 것들의 부재의 흔적인 것이다. 시간의 연속적인 선조성을 파괴해 처음과 끝이 공존하며 양방향으로 나아가는 새로운 시간 개념이 시에 존재하고 있다. 그러한 시간은 고비 사막이라는 공간과 교차하며 단단한 직물 같은 시세계를 직조해내고 있다.

3. 미분화 된 공간 "고비"와 새롭게 태어나는 사물들

만약 내가 고비였다면 나에겐 아무 두려움이 없었을 것이다. 눈도 귀도 코도 없이 나는 늘 삼매에 빠져 있었을 것이고 돌의 혀가 있었다 해도 침묵했을 것이디

모래들이 흘러나오는 유방

붕괴된 궁둥이에서 흩어지는 돌 조각들

만약 내가 고비였다면 너무나 많은 것들을 죽였다고 누가 나를 비난한다 해
도 나는 죄의식에 시달리지 않았을 것이다. 양들 수 천 마리, 낙타 수백 마리가
내 품 안에서 죽어가도 나는 그저 무심, 내가 고비였다면 나는 기쁨도 슬픔도
없이 그저 무심과 무자비로 일관했을 것이다. 그러나 나는 고비도 아니고 돌도
아니다.

붉은 해가 훨훨 솟아오른다
마치 박제처럼 건조한 밤을 불사르듯이
사막의 하루가 다시 시작 된다. 바늘 없는 텅 빈 시계처럼 돌아가는 사막의
하루.

— 「고비」 전문

모든 것들의 경계가 사라진 고비라는 공간은 두려움이 없는 공간이
다. 눈도 귀도 코도 없이 늘 삼매에 빠져 있는 곳이다. 돌의 혀가 있다
고 해도 아무런 말을 하지 않는 공간이다. 눈도 귀도 코도 구분이 되지
않는 세계. 사막 고비는 모든 신체 기관들이 서로 분리되지 않은 채 하
나의 덩어리로 뭉쳐 있는 미분화 된 공간이다. 곧 가능성으로 가득 찬
공간이다. 그래서 고비는 자궁과 같은 여성의 육체의 형상을 취하고
있다. 모래가 쏟아져 나오는 유방과 붕괴된 돌 조각과 흩어지는 엉덩
이가 있다.

시의 3연에서 고비는 살생이 죄가 되지 않는 원초적인 공간으로 확
장되고 있다. 죄의식에 시달리지 않아도 되는 곳이며, 도덕성이나 윤
리 혹은 그것들을 관장하는 규범이나 제도의 손길이 미치지 못하는 곳
이다. 기쁨이나 슬픔도 없이 무심과 무자비로 일관하는 곳이기에 시적
화자는 고비도 돌도 아니므로 해가 솟아오르는 사막의 하루를 다시 돌

고 돌 뿐이다. 시계가 없는, 기계문명이 물들지 않은 공간에서 모든 것들의 죽음과 생성과 소멸이 자연스럽게 이어지고 연결되는 공간이다.

시인의 고비에 대한 인식은 종교적 상상력이 탁월한 「입적」이라는 시로 연결되고 있다.

> 꽃이 없으면 어떻게 하느님이 피어날 수 있으며
> 새가 없으면 어떻게 하느님이 노래할 수 있을까
> 나는 하느님을 믿지 않는데
> 하느님은 나를 믿고 나무들을 믿고 물고기들을 믿는다
> 그렇지만 이 사막에서
> 하느님은 그저 입적入寂해 있을 뿐이다
> 거친 모래
> 태양에 그을은 돌들
> 십자가도 없다 교회도 없다 구원도 없다
> 예수는 아마 이런 곳에서
> 홀로 영혼의 고비들을 넘겼으리라
>
> —「입적」 전문

이 시에서 시적 화자는 "하느님"을 생명력을 부여하고 탄생을 관장하는 존재이기보다는, 생명체들이 존재하기에 하느님이란 존재가 중요해지고 의미를 띤다고 진술하고 있다. 만물이 약동하기에 비로소 하느님이란 존재의 의미가 있다는 전복적인 종교적 상상력이 작동되고 있다.

시적 화자는 고비에서 젊은 예수가 거쳤을 고비들을 상상해본다. "그저 입적해 있"는 하느님은 거친 모래와 태양에 그을린 돌들과 십자가도 교회도 없고 구원도 없는 이곳에서 영혼의 고비를 넘겼을 것이라고 상상하고 있다. 고비는 "나" 혹은 "예수"의 고독 속으로 어느 누구

도 침범할 수 없는 절대 고독의 공간이기 때문이다. 혼자만의 성을 만들고 그 성에서 수많은 고비들을 넘어 스스로에게 구원을 감행하는 곳이기도 하다. 생성과 소멸이 동시에 이루어지는 공간에서 시적 화자는 자신만의 젊은 예수를 만나고 있다. 죽음과 삶이 분리되지 않는 고비는 율법 이전의 세계인지도 모른다. 삶과 죽음이 분리되지 않은 태초 이전의 공간에서 시적 화자는 젊은 예수처럼 절대 고독의 공간을 떠돌며 스스로를 구원하고 세상을 향해 화해의 손길을 내밀고 있다.

이 말라빠진 똥들은
낙타의 항문괄약근이 밀어낸 것이다
우리가 대도시의 미로들과 기호들 속을 걸어갈 때
혹은 수렁 같은 술집에서 희론戱論들을 늘어놓으며
부생浮生의 얼굴들로 해롱거릴 때
낙타의 긴 이빨에 씹히고 위액에 삭아버린
풀
풀은 구불구불하고 어두운 창자들을 지나서
비로소 뿌리 박았던 땅으로 돌아왔다
아무도 거들떠보지 않는 똥이 되어
한때 꽃과 열매를 꿈꾸었던 고향으로 돌아온 것이다
똥의 슬픔이란 그런 것이다
늙어 나타난 환향녀還鄕女처럼
이제는 자신을 곱게 보는 이가 없을 뿐만 아니라
마주치기를 꺼려하고 역겨워하는 것이다
그리워했던 고향에서조차
버림받은
똥
그것은 태양 아래 말라간다
그것은 점점 딱딱해진다
돌멩이처럼

—「똥」 전문

　이 시에서 시적 화자는 낙타의 배설물인 낙타의 똥을 보면서 삶과 죽음이 분리되지 않는 순환론적 세계관을 노래하고 있다. 시적 화자는 낙타의 "똥"을 보면서 삶의 진리를 강조하고 있다. 순례의 길을 돌아온 "똥"은 곧 시적 화자와 겹쳐지고 있다. 낙타의 위액에 삭고 낙타의 몸을 돌아 배설된 "똥"에 돋은 풀은 원초적 고향인 고비로 회귀한 시적 화자와 같은 존재이다. 시적 화자나 풀은 나이 들어 다시 돌아온 환향녀처럼 고향에서도 버림받은 비루한 존재들이다. "고비"는 시적 화자에게 고달픈 삶을 돌고 돌아 상처 입은 몸으로 도달한 원시의 공간이다. 이런 비루한 존재들도 고비에서는 누구도 함부로 할 수 없는 존귀한 존재가 되면서 새로운 육체로 탄생하고 있다.

　시집『고비』에서 최승호 시인은 사막 고비에서 자신을 덮쳐 오는 두려움을 긍정적인 동력으로 삼아 모든 삶의 고비를 넘어서고 있다. 시인이 두려움을 극복하고 죽음을 새롭게 해석하는 사유의 노정은 곧 자신의 내면을 향해 걸어가는 길이기도 하다. 그 여행길에서 시적 화자는 대우주의 소우주의의 만남을 통해 주변 것들에게 화해의 시선을 보내고 있다. 모든 사물들의 생성과 소멸이 하나로 이루어진 공간에서, 경계와 경계가 사라져 버린 곳에서 시적 화자는 낡고 비루한 존재들에게도 따뜻한 눈길을 주고 있다.

생의 끝자락에서 울려 퍼지는 상처의 힘

이덕규, 『다국적 구름공장 안을 엿보다』

1. 청춘의 막차 혹은 첫차

이덕규 시인은 이미 여러 권의 시집을 펴낸 것으로 생각될 만큼 왕성하게 작품 활동을 해 온 시인이다. 이덕규 시인의 『다국적 구름공장 안을 엿보다』(문학동네, 2003)는 시인의 20대부터 40대까지의 삶이 씨실과 날실로 엮어진 촘촘한 한 필의 옷감과도 같다. 한 권의 시집 안에 시인의 청년기와 중장년기의 세월이 녹아 있다는 점에서 시집의 순도를 짐작하고도 남음이 있다. 시집은 모두 4부로 구성되어 있다. 완성도 높은 시들이 시집 곳곳에 복병처럼 숨어서 단번에 독자를 시의 포로로 삼는다. 우선 시인의 시집 자서가 눈에 들어온다.

스무살 가을밤이었다. 어느 낯선 간이역 대합실에서 깜박 잠이 들었는데 새벽녘, 어떤 서늘한 손 하나가 내 호주머니속으로 들어왔다.
순간 섬뜩했으나, 나는 잠자코 있었다.

그때 내가 가진 거라곤 날선 칼 한 자루와 맑은 눈물과 제목 없는 책 따위의
무량한 허기뿐이었으므로.
그리고, 이른 아침 호주머니 속에선 뜻밖에 오천원권 지폐 한 장이 나왔는데,
그게 여비가 되어 그만 놓칠 뻔한 청춘의 막차표를 끊었고 그게 밑천이 되어
지금껏 잘 먹고 잘 산다.

그때 다녀가셨던 그 어른의 주소를 알 길이 없어……, 그간의 행적을 묶어
소지하듯 태워 올린다.

화성에서 이덕규

—「自序」

이쯤에서 남은 것이 없으면
반쯤은 성공한 거다,
밤을 새워 어둠 속을 달려온 열차가
막다른 벼랑 끝에 내몰린 짐승처럼
길게 한 번 울부짖고
더운 숨을 몰아쉬는 종착역
긴 나무의자에 몸을 깊숙이 구겨넣고
시린 가슴팍에
잔숨결이나 불어넣고 있는
한 사내의 나머지 실패한 쪽으로
등 돌려 누운 선잠 속에서
꼬깃꼬깃 접은 지폐 한 장 툭 떨어지고
그 위로 오늘 날짜
별 내용 없는 조간신문이
조용히 덮이는
다음 역을 묻지 않는
여기서는 그걸 첫차라 부른다

—「막차」 전문

자서에 써놓은 내용이 「막차」라는 한 편의 시에 고스란히 녹아 있다.

이덕규 시인이 첫 시집을 출간하고 모 신문에 인터뷰한 기사를 참조해 볼 때 이 시의 시적 화자가 곧 시인 자신임을 유추할 수 있다. 「막차」에서 시적 화자는 스스로를 "실패한 삶"이라고 진술하고 있다. 생의 마지막에 서 본 자만이 알 수 있는 좌절의 고통이 작품 전면에 세밀하게 드러나 있다.

시적 화자와 같이 절박한 상황에 처한 자들이 만나는 것은 두려움이다. 두려움의 실체를 감지했을 때 인간은 두 가지 방식으로 대응하게 된다. 두려움에 맞서지 못하고 좌절하든가 혹은 두려움을 넘어서서 자신의 내면에 있던 강렬한 힘과 조우하는 것이다. 내면의 그 강렬한 힘은 커다란 의지의 기둥이 되어 다시 자신을 떠받쳐 세상을 구원하는 힘으로 발현되는 것이다.

2. 속도와 불안

"희망은 더 이상 슬퍼할 수 없는 지경에 이르러서야 비로소 완성되는 것이라고."(「그해 겨울」)에서 시적 화자는 희망을 노래하고 있다. 지난한 삶의 고통을 극복하고 넘어섰을 때만이, 우리는 희망에 도달할 수 있다고 진술하고 있다. 이러한 곤궁한 삶의 터널을 거치면서 시적 화자에게 "막차"는 곧 "첫차"가 될 수 있음을 알 수 있다. 즉, "이쯤에서 남은 것이 없으면 반쯤은 성공한 것이다"라는 한 구절의 깨달음을 고백하고 있다. 더 이상 떨어질 수 없는 최후의 나락, 그 절망의 끝에 닿은 자의 고백과 더불어, 누군가 주머니 깊숙하게 찔러 준 지폐 한 장의 힘으로, 삶의 의지의 빛을 발견하고 희망의 빛을 품는다는 내용이다. 그렇다면 "막차"를 탔어야만 하는 시적 화자의 방황의 근원은 무엇인가?

허공에 발판을 놓고 길을 내는 그는
비계공飛階工이었다 고층으로 올라갈수록
거대한 자본의 산맥을 넘어오는 높새바람 속에서
중심을 잡기 위해 지상과 연결된 안전 고리를
수시로 확인해야만 하는
지상에선 날마다 더 높은 곳을 주문했다
현장사무실 앞 풍향계는
늘 한 곳으로 고정된 채 첨단의 극점을 가리키고 있었고
촉박한 예정공정의 천후표에는
기후와 상관없이 늘 해가 떴다
이윽고, 그는 지상의 통제권이
도달할 수 없는 높이까지 올라갔다

— 「구름궁전의 뜨락을 산책하는 김씨」 부분

"한 세계에서 한 세계로 마음만 이사 가기 위해 제공된 천민자본주의 출처는/역사 기록 어디에도 없다"(「다국적 구름공장 안을 엿보다」)와 같이 시적 화자는 인간이 수단화 되는 불신주의에 대해 냉소적으로 비판하고 있다. "현장사무실 앞 풍향계는/늘 한 곳으로 고정된 채 첨단의 극점을 가리키"는 물질문명의 속도에 상응하지 못한 현대인의 불안감이 곧 시적 화자의 사유의 출발점이며 동시에 방황의 이유임을 드러내고 있다.

속도에 관한 시적 화자의 인식 태도는 "거대한 자본의 산맥을 넘어오는 높새바람 속에서" 언제나 "중심을 잡기 위해 지상과 연결된 안전 고리를/수시로 확인해야만" 하는 위기감을 드러내고 있다.

하지만 자본의 시대는 "지상에선 날마다 더 높은 곳을 주문했다/…(중략)…/촉박한 예정공정의 천후표에는/기후와 상관없이 늘 해가" 뜰 뿐이다. 시적 화자는 "지상의 통제권이/도달할 수 없는 높이까지 올

라”가야만 하는 생존경쟁의 치열한 현실을 담담하게 드러내고 있다. 인간생명의 존엄함이 상실된 비극적 현실에서 시적 화자는 유토피아로의 지향을 꿈꾸고 있다. 속도의 시대에 물신의 힘을 최고의 가치 덕목으로 삼는 천박함을 비판함으로써 인간 생명의 존엄성을 강조하고 있다. 이러한 시적 화자의 의지는 다른 시에서도 살펴볼 수 있다.

썩고 썩은 나머지
마르고 말라서
진즉 일축해버린 무통의 고밀도 꿈 한 덩어리를
정교하게 다듬은
무균질성의
빛나는 금속공예품들이
부패해가는 자본이 타임캡슐 속에서
유일하게 반짝이고 있다
…(중략)…
손을 넣어 더듬어 보면 순도 0.1퍼센트의
눈물이 말라가는
당대의 뒷자리가 축축하다

— 「純度, 0.1퍼센트의 눈물」 부분

상처 많은 이곳에서 건강한 두 다리로도 온전한 영혼의 무게를 떠받치기가
그리 쉽지 않다는 걸
이미 오래전에 깨달았다
그리하여 나란히 마주 보며 굴러가던

— 「물 위의 발자국」 부분

시적 화자가 맞닥뜨려야 하는 현실은 “썩고 썩은 나머지/마르고 말라서/진즉 일축해버린 무통의 고밀도”인 “부패해가는 자본이 타임캡

술 속"일 뿐이다. "상처 많은 이곳에서 건강한 두 다리로도 온전한 영혼의 무게를 떠받치기가 그리 쉽지 않다는 걸/이미 오래전에 깨달"았다는 시적 화자의 진술을 통하여 인간이 기계의 부품처럼 전락해 버리는 현실을 극명하게 드러내고 있다.

3. '독' 이라는 문명의 이기와 '칼' 의 세계 대결

꼬리지느러미가 푸르르 떨린다
그가 열심히 헤엄쳐 가는 쪽으로 지상의 모든 시선이 집중되고 있다
그러나, 그 꼬리 뒤로 빛의 속도보다 더 빠르게 더 멀리 사라져가는
초고속 後爆風의 뒷통수가 보인다
그 배후가 궁금하다

—「풍향계」 전문

시적 화자는 "풍향계" 라는 기계를 통하여 속도의 흐름을 시각적으로 구체화시키고 있다. 그리고 "시대의 배후"에 관한 궁금증을 통해 유령같은 "자본주의"의 속성을 날카롭게 부각시킴으로서 우리에게 삶의 진정성과 진지함을 사유하게 한다.

오랫동안 독을 삼켜왔다
조금씩 조금씩 먹어온 독에 의해
나는 길들여졌다 이제 치사량의
독성이 나를 살게 한다
아니 그 고통을 지우기 위해
날마다 더 깨끗하게 정제된 독이
필요하다 이제 내 몸 속엔
독 이외의 다른 성분은 없다

나는 독이다
밤새도록 허공중에 떠돌던
절망의 투명한 미세 입자들이 모이고 모여
더 이상 그 무게를 견딜 수 없을 때
비로소 기척 없는
이른 새벽이 되어 지상에 내려앉는 독
…(중략)…
나는
풀잎 끝에 맺힌
눈 흡, 뜨고 사라져가는 아침이슬이다

—「毒」부분

위 시에서도 시적 화자는 자본의 논리에서 벗어나지 못하고 갈등하는 내면 심리를 토로하고 있다. 오랫동안 "독"과 같이 달콤하고 안락한 문명의 이기를 삼켜왔다고 진술하고 있다. 풍족한 물질에 기댄 현실은 어느 사이에 우리를 자본의 힘에 휘둘리게 하고 말았다. 독을 치유하기 위해선 그보다 더 강력한 독성분이 필요하게 된 것이다. 정신과 영혼이 괴리되어 버린 현실에서 세상이란 이미 기울어 질대로 기울어진 비틀린 기형적 공간이기 때문이다. 하지만 시적 화자의 의지는 "독"에 감염되어 현실에 굴복하는 것이 아니라, 이를 "칼"이라는 소재로 상징화 하여 세계와의 대결 양상을 드러내고 있다.

심심하면 나는 칼끝을 보며 놀지
칼끝을 정면으로 오랫동안 보고 있으면
…(중략)…
사막을 건너온 얘기를 해주지
모래바람 얘기를,
발밑에서 독오른 방울뱀이 울고
전갈이 내 등을 타고 오르고 내 머리 위로

대머리 독수리가 낮게 낮게 날며
내 눈동자를 노리던 얘기를, 관자놀이에
소름이 돋고 귀가 먹먹해질수록
눈을 더 크게 뜨고
칼끝을 노려보던 사막을 들려주지

더러는 그 칼끝에 맺힌
마지막 눈물에 대해 말해주지
그 마지막 눈물이 떨어지고
벌겋게 핏발이 선, 마른 강바닥을 건너온
사람들의 분노에 대해 얘기 해주지
모든 헛된 꿈들이
처형되는 비명 소리를, 뒤틀린 기형의
꿈들이 거세당한 얘기를 들려주지
몇몇 꿈의 조직들이
암세포처럼 칼날에 묻어 나와
현실이 된 얘기를
현실이 다시 꿈이 되는 얘기를 들려주지

칼끝을 오랫동안 보고 있으면
마침내 천둥이 치고 석달 열흘 비가 내리고
비로소 칼끝이 열리어
나는 칼 속으로 들어갈 거라고
심심한 나는 칼끝에 앉아
아무것도 모르고 슬픔의 샘으로
아슬아슬하게 놀고 있지

—「칼끝에 맺힌 마지막 눈물」 부분

　　"독"의 이미지와 결부되는 소재가 있다면 그것은 곧 "칼"이다. "칼"
은 시적 화자의 세계에 대한 인식 태도를 구체적으로 드러내주는 소재이다. "칼을 보며 논"다는 시적 화자는 "비로소 칼끝이 열리어" "나는 칼 속으로 들어갈 거라고/심심한 나는 칼끝에 앉아/아무것도 모르고 슬픔의 샘으로/아슬아슬하게 놀고 있지"라고 진술하고 있다. 시적 화자에게 있어 "칼"은 생명을 해칠 수 있는 흉기이면서 동시에 삶에 긴장감을 조성하는 이중적 의미의 도구이다. 이러한 양면적인 속성을 지닌 "칼"은 직접적으로 현실을 지시하기보다 "칼"이란 상징적 의미를 통해 시적 화자의 세계 대응 방식을 드러내고 있다.

이른 아침이었습니다

뒷산을 오르다가

밤새 가만히 서 있었을

가시나무 가시에

이슬 한 방울이

맺혀있는 것을 보았습니다 밤새

아무 생각 없이 쿨쿨 잠만 잤을,

아직도 잠이 덜 깬

그 가시나무 가시에

맑고 투명한

이슬 한 방울이 매달린 채

바르르 떨고 있었습니다

—「自決」 전문

이 시에서 우리는 "독"과 "칼" 그리고 "이슬" 과 같은 시어에 주목할 필요가 있다. 시인은 작품 여러 편에서 "독"과 "이슬"을 대비함으로써 순백색의 이슬을 통해 투명함과 순결성의 세계를 강조하고 있다. 시인에게 있어서 "독"은 "이슬"이 되기 이전의 혼란스런 상태의 세상을 의미한다. 여기서의 "독"은 사람을 죽음에 이르게 하는 유해한 독성물질이 아니라 "밤새도록 허공중에 떠돌던/절망의 투명한 미세 입자들이 모이고 모여/더 이상 그 무게를 견딜 수 없을 때 비로소 기척 없는/이른 새벽이 되어 지상에 내려앉는 독"이며 이슬이 되기 이전의 과정에서 생기는 결과물이다. 즉, 세상의 온갖 부패를 온몸으로 정화시켜 이슬방울이란 초극적인 의지의 힘으로 재현되는 과정을 드러내주는 상징적 소재이다.

즉, 시집에서의 "독"과 "칼" 그리고 "이슬"은 시적 화자의 의지를 드러내는 상징성을 획득함으로써, 젊은 날의 어둡고 음울한 터널을 지나면서도 세상의 불결함과 타협하지 않고 초극하려는 입장을 결연하게 드러내고 있다. 이러한 시적 화자의 의지는 다른 작품에서도 발견할 수 있다. 그리고 "이슬"과 "독" 그리고 "칼"과 "빛"들이 시인의 시집에서 주요한 화두임을 알 수 있다.

인용한 시들 외에도 지면이 모자라 언급하지 못한 좋은 시편들이 많다. 「천사의 가슴」, 「청정해역」, 「경운기 속으로 들어간 아버지」, 「어떤 장기 기증지」, 「誤差의 진실」, 「숙박계」, 「단검치럼 스며드는 지녁 헷실」, 「길」, 「딜출기」, 「골다공증」, 「어떤 장기 기증자」, 「새복숭아」, 「엉웅일기」, 「흙의 조직을 와해시키다」, 「꺽정이 같은 수상한 날에」, 「어처구니」, 「우리집 식구 중에는 귀신이 더 많다」, 「양수기」, 「무지렁이」, 「유언」 등과 같은 시들이 그것이다.

더불어, 시인의 시집을 전체적으로 살펴볼 때 심미적 거리에 따라 공간에 대한 시인의 인식 태도가 달라진다는 점이다. 시적 화자가 도시 공간 안에 있을 때는 불안의식과 긴박감을 갖게 되어 긴장감을 취하고 있다. 반면에 시의 공간적 배경이 농촌이거나 흙에 관련된 경우 시석 화자가 심성석으로 여유롭고 해학적이면서 화해적인 포즈를 취하고 있음을 알 수 있다.

이는 곧 공간에 관한 시인의 인식 태도를 엿볼 수 있다는 점에서 흥미롭다. 시인의 작품에서 도시 공간이 시적 배경이 되고, 3인칭의 화자들이 등장할 때 대상들과의 심미적인 거리가 멀어짐에 따라 냉소적이고 시니컬한 모습을 취하게 되고 그런 시편들이 완성도가 높다. 따라서 시적 화자는 도시는 대립적인 공간으로, 농촌은 화해의 공간으로 인식하고 있음을 볼 수 있다.

이 시집에서 농촌을 배경으로 한 작품들에서는 생태주의적인 경향을 읽을 수 있고, 서사성이 강한 작품들에서는 신화적인 요소들도 읽을 수 있다. 또한 '독'과 '칼'과 '이슬' 등을 통해 禪적인 세계로까지 승화시킨 시인의 역량을 읽어낼 수 있다.

『다국적 구름공장 안을 엿보다』(문학동네, 2003)에는 물신주의 시대에 인간 소외에 대한 아픔과 삶의 근원을 향해 다가가는 목소리가 절절하게 스며 있다. 시적 화자들이 부딪치는 고뇌 또한 우리가 겪는 현실에 뿌리를 두고 있어서 그 감동의 크기는 더해진다. 동시에 긴장감과 서정성이란 두개의 커다란 축이 그의 시를 감동으로 일으켜 세우는 힘이 되고 있다. 다음 시집에서 보여줄 시인의 시적 행보가 무척 기대된다. 근간에 볼 수 없었던 건강한 육체와 정신의 힘이 번뜩이며 살아 숨 쉬는 시집을 대하게 되어 기쁘다. 시인에게 무한한 시의 샘이 솟아나기를 빈다.

버려진 자들의 얼굴

박제영, 『뜻밖에』

　시인은 시대의 아픔에 어떻게 동참할 것인가? 박제영 시인의 제3시집 『뜻밖에』(애지, 2008)는 부조리한 세상을 향해 외치는 시인의 목소리가 절절하게 담겨 있다. 2번째 시집 『푸르른 소멸』(문학과 경계, 2004) 출간 이후 4년 만에 펴낸 시집 『뜻밖에』에서 신자본주의의 구조적인 모순과 고통 받는 소외된 자들의 현실을 리얼하게 포착함으로써 시인은 시대의 아픔에 적극적으로 동참하고 있다.

　박제영 시인은 1992년 『시문학』으로 등단 이후 자신만의 개성적인 시세계를 펼치고 있다. 특히 소외된 타자들의 아픔을 풍자와 위트, 아이러니를 통해 다루고 있다. 마치 안주머니에 칼을 감춘 것처럼 섬세하고 예리한 시인의 통찰력이 시집 전반에 긴장감을 불러일으키고 있다.

　이번 시집을 거칠게 요약해 보면, 크게 두 개의 축으로 나누어 볼 수 있다. 그 첫째는, 가족사를 통해 드러나는 현내사의 비극성이며, 둘째는 버려진 자들의 얼굴과 전쟁의 폭력성이다. 거칠게 나누어 본 두 가

지의 속성들은 소외된 자들의 아픈 곳을 어루만지는 시인의 따스한 손
길이기도 하다.

1. ( )안의 사람들, 모퉁이의 시학

떠나는 것들은 모두 모퉁이를 돌아서 갔다
첫(사랑)도 가출한 (아내)도 죽은 (할머니)도
저 모퉁이를 돌아 떠나갔다

그러나 어쩌랴
떠난 것들이 돌아오는 것도 저 모퉁이인 것을
술 취한 (아버지)가 비틀거리면서도 매일 저 모퉁이를 돌아 왔듯이
월남에서 죽었다던 (삼촌)도 저 모퉁이를 돌아 왔듯이

사는 일이 사막을 견디는 일이라면
모퉁이는 사막 위에 세워진 간이역
피할 수 없는 일이라면 덤덤히
모퉁이를 돌아 가고 오는 것

(나)는 오늘도 모퉁이를 돌고 있다
떠나고 있는 것인지 돌아가고 있는 것인지
그게 무슨 상관이랴
…(중략)…
( )안을 무엇으로 채운들 또한 무슨 상관이랴

—「모퉁이」 부분

시에 등장하는 인물들은 바로 우리의 초상화이기도 하다. 괄호 안에
어떤 인물을 기입해 놓아도 문맥은 아프게 완성된다. 괄호 안에 쓰인
인물들은 "술 취한" 가장, "첫사랑", "가출한 아내" 그리고 전쟁에서

상처 입거나 죽은 "외삼촌" 혹은 시인 자신일 수도 있다. 모두가 힘 없고 실패한 자들이거나 중심의 힘에서 멀리 떨어져 서 있는 자들이다. "모퉁이"가 대로변과 골목을 연결시키는 통로임을 생각할 때, 중심에서 배제된 자들이 거처하는 소외된 곳이며 또한 삶과 죽음이 교차하는 장소로 증폭되고 있음을 알 수 있다.

따라서 모퉁이를 돌아 사라지거나 출현하는 인물들의 모습은 쓸쓸하고 애처롭다. 그러나 화려한 중심이 있기 위해선 구석과 같은 모퉁이가 존재해야 한다. 시적 화자는 존재론적인 각성을 통해 중심의 역사에서 삭제되거나 소거된 역사 뒤편의 소박한 존재들의 흔적을 기록하고 있다. 시적 화자는 모퉁이를 삶의 행로에서 "간이역"과 같이 느림의 미학이 남겨진 공간으로 인식하면서 동시에 모퉁이를 통해서 숨겨진 힘의 논리를 지적하고 있다. 즉, ( )를 통해 힘의 이면에 감추어진 모퉁이와 중심 그 역학관계에 관하여 날카롭게 짚어내고 있다.

죽어리죽어라 살아야 한다.
유전된 누대의 기억,을 더듬어 온 일생
짐작이 가고도 남을 저 흰 허리.
늙은 사내는
제 몸보다 더 큰 박스더미를 싣고
제 삶보다 더 무거운 리어카를 끌고
일요일 오후 세 시
뙤약볕 좁은 언덕길을 꾸역꾸역 오르고 있다.

내려오던 마을버스, 올라오던 승용차, 그 뒤로 줄지어 선 자동차들, 경적소리, 욕지거리, 비키라고 빨리 좀 비키라고, 성난 개처럼 으르렁거린다, 뭐야, 뭔 일 났대? 씸 닌 줄 알고 무여든 구경꾼들, 난장 한 기운데 꼼짝 없이 끼어버린,

이제 넘어지면 다시 못 일어날지도 몰라

죽어라죽어라 중심만은 놓지 않고 있는
저 늙은 사내

일요일 오후 세 시를 지나고 있다.

— 「일요일 오후 세 시」 전문

이 시의 시적 화자 역시 권력의 중심에서 벗어나 있는 인물이다. 모퉁이나 세상의 구석에서 고된 삶을 연장하는 결핍된 타자이다. 사내는 고된 노동으로 훼손된 신체와 구차한 삶을 이끌고 지난한 시간을 살아내고 있다. 휘어질 대로 휘어진 허리만큼 사내의 어깨를 짓누르는 현실은 고달프기만 하다. 앞뒤에서 치고 올라오는 자동차로 은유화 된 힘의 구조 사이에 갇혀 꼼작 없이 곤욕을 치르는 사내를 통해 물질적인 가치만을 중시하는 각박한 현실 세태를 그리고 있다.

늙은 개가 졸고 있다.

200승 30패의 전적마저 지워버린
마침내 단순해진 저, 늙은 투견의 졸음

어떤 짐승의 울음도
그의 졸음을 깨우진 못 한다.

아버지의 귀는 이미 순해졌다.

— 「늙은 투견」 전문

세상의 모든, 아비들이 실은
꼭꼭 숨겼던, 남근들이 죄다
저리도 속절없이, 흔들리고 있는 것이다

뻣뻣하게 거드름 피운 것도 생각해보면
가늘고 무른 속이, 흔들리는 제 뿌리가
드러날까 두려웠던 것

세상의 아비들은 다만
살기 위해 딱딱해져야 했던
무골無骨의 가계家系를 숨기고 싶은 것이다

—「남탕」 전문

직업군인인 남편 따라 서울 와서 남의 집살이 시다살이 파출부살이 수십 년 이골 붙여 자식 셋 대학 보내고 시집 장가보냈으니, 환갑 넘어서도 저리 억척이시다. 이번에 내 시집 나왔구만 하면, 이눔아 시가 밥인겨 돈인겨 니 처자식 제대로 먹여 살리고는 있는겨 하신다. 당연하다.

—「어머니는 참 무식하시다」 부분

피고름 파낸 저 귀,

기죽 뿐인,
뼈란 뼈 전부 녹고 사은,

안팎의 모진 욕이란 욕
수십 년 묵혀 마침내 다 품은,

터엉텅
빈
북이다.

네 시간의 수술이 끝나고, 마취에서 막 깨어났는데, "바쁠텐데 왜 왔니" 하신다. 자식 셋 데리고 모질고 독한 사막익 건기를 그보다 모질게 그보다 독하게 건너온 저 늙은 북.

—「어머니의 만성중이염」 부분

시적 화자인 "나"에게 아버지는 "무골無骨의 가계家系를 숨기고 싶"
어 하고, 화려한 싸움의 전력만 소유한 늙은 투견과 같은 존재이다. 시
적 화자는 늙은 아버지를 통해 현대를 살아가는 가장의 추락한 위치를
여실하게 보여주고 있다. 젊은 날 가족을 위해 싸움판에 나가서 전력
투구하던 몸, 그리고 목욕탕에서 나신으로 드러난 앙상한 몸에서 이
시대의 "아버지"라는 이름 안에 새겨진 힘든 상처들을 짚어내고 있다.

그리고 시적 화자의 "어머니" 역시 교육의 혜택을 제대로 받지 못하
고 자식을 위해 자신의 육체를 소모시키며 주변부의 삶을 살아온 인물
이다. 자식을 걱정하는 모성성의 발견은 곧 시적 화자인 "나"의 인식
을 확대시키는 지점이다.

시에 나타나는 아버지와 어머니는 생산성이 제거된 육체를 지니고
있다. 중이염에 걸린 어머니나, 투견처럼 졸고 있는 순한 귀를 지닌 아
버지의 몸은 곧 상처 입은 현대인들의 영혼의 얼굴을 드러내고 있다.
그 상처의 자리에서 시인은 눈물과 고통을 읽어내고 있다. 결국 가난
은 개인의 죄가 아니라 관계와 관계 사이의 결과물이라는 점에 힘을
주고 있다.

2. 버려진 자들의 얼굴과 전쟁의 폭력성

양재천을 사이에 두고,
동편, 도곡동 467번지에는 마천 철옹 타워팰리스가 서있고
서편, 포이동 266번지에는 뗏목 같은 비닐하우스가 떠있다.
그게 공존이다.
지진이 나진 않겠지만 타워팰리스는 지진을 견딜 수 있다.
바람이 불어도 비가 내려도 비닐하우스는 전복될 수 있다.
그게 공학이다.

동편으론 날마다 해가 뜨고, 서편으론 날마다 해가 진다.
그게 상식이다.
해 뜬 곳에 사람이 살고, 해 진 곳에 유령의 보트피플이 산다.
그게 행정이다.
어느 누구도 양재천을 가로질러서는 안된다.
그게 법률이다.

서울은 오늘도 그렇게 안녕하시다.
서울은 그렇게 오늘도 무사하시다.

빌어먹을 럭키, 오, 럭키 서울

—「럭키 서울」 전문

양재천을 사이에 두고 "타워팰리스"와 "포이동 266번지"는 대각선으로 마주 보고 있다. "타워팰리스"와 "포이동 266번지"가 만들어내는 극단적인 풍경은 쉽게 접합시키지 못할 만큼 이질적이다. 그만큼 두 곳은 양극단의 삶이 펼쳐지는 공간이기 때문이다. 타워팰리스가 부와 명성과 권력의 상징이라면, 타워팰리스 맞은편에 위치한 포이동 266번지는 보트피플처럼 도시에 뿌리 내릴 수 없는 자들이 살고 있는 곳이기 때문이다. 곧 포이동 266번지는 우리 사회에 숨겨진 일그러진 풍경의 한 부분이다. 우리 사회가 감추고 싶어 하는 상처와 치부의 목록이기도 하다. 시적 화자는 그 극단의 풍경의 상징적 대비를 이용하여 "럭키 서울"이라는 제목을 통해 시의 주제를 환기시키고 있다. "서울은 그렇게 오늘도 무사하시다.//빌어먹을 럭키, 오, 럭키 서울"이라는 냉소적인 시적 화자의 발화에서 도시의 풍경을 통해 양극화 되는 자본주의의 구조적 모순을 신랄하게 꼬집는 시선을 볼 수 있다.

죽음 앞에서 제 죽임을 망설인 흔적,
망자의 사인(sign).
그것은 스키드 마크다.
고속도로에 무수히 찍힌 스키드 마크.
제 삶에 급브레이크를 걸어야했던 절박의 흔적들.

주저흔이란 방어흔이다.
자살은 없다.
모든 자살은 타살이다.

─「주저흔」 전문

시에 드러난 내용처럼 "주저흔"이란 자살을 감행했던 자의 손목에
남은 흔적을 가리킨다. 고속도로에 찍힌 스키드 마크를 통해 시적 화
자는 "주저흔이란 방어흔이다"라며 자살에 대한 새로운 해석을 내리고
있다. 새로운 질서나 법은 이미 범죄자를 내포하고 있다고 하듯 자살
은 곧 타살이라는 결론에 도달하고 있다. 개인의 과실이나 실패가 아
니라 곧 자본주의의 부조리한 모순으로 자살할 수밖에 없는, 그 망설
임의 극적 순간을 드라마틱하게 묘사하고 있다.

K와 L과 S는 당분간 내 밥줄이므로. 당분간 저들이 내 목을 쥐고 흔들면 흔
드는 대로 흔들려야 하므로. 오전 골프를 마치고 예약한 사슴목장을 찾았다.
"박형, 내가 전국 다 가봤는데 이 집 엘크가 최고야. 시커먼 불알을 봐. 엄청나
네. 오늘은 저 놈으로 하자구." 마취된 숫사슴의 뿔 밑둥에 고무줄을 단단히 감
고 능숙한 솜씨로 톱질을 하는 주인 남자. 순식간에 뿔이 잘리고 고무줄을 풀
자 솟구치는 붉은 피. "워메 진국이구만. 한 잔씩 돌리지." "뜨끈뜨끈한 게 아
랫도리에서 벌써 신호가 오는데." "박형 뭐해. 빨리 마시라구. 사내란 말이여
모름지기 좆심으로 사는 거 아니겠어. 우린 말이여 좆심 없는 놈한텐 십 원도
안 빌려줘." 까짓 거 눈 딱 감고 들이켰다.

화장실은 사육장 바로 옆에 있었는데, 마취 풀린 녀석이 비틀거리고 있었는
데, 암컷들 무리 속으로 들어가다 말고 잠시 눈을 마주쳤는데, 그날 밤 아내와
그짓을 하는데 도무지 심!이 서질 않는 거였다.

—「심」 전문

그룹화 되고 무리지어 권력의 실체에 접근하려는 샐러리맨들의 고
단한 하루가 잘 표현된 작품이다. 시적 화자는 접대를 위해 골프장에
서 운동을 마치고 일행들과 함께 사슴농장에 도착해서 사슴피를 마시
고 있다.

『감시와 처벌』에서 푸코의 말처럼, 권력과 지식은 항상 보폭을 같이
하고 있다. 권력의 주체와 권력의 힘의 구조 속에서 파생되는 역학관
계에는 수많은 음모가 숨어 있다. 사슴피를 마시는 공범의식을 통해
힘을 가진 권력자들이 행하는 부도덕한 야만성을 드러내고 있다. 그
'힘' 이 기득권자들의 야만적인 폭력이라는 것을 시적 화자는 본능적으
로 감지하고 있기 때문이다. 시에서 드러나는 "사슴"이나 "피" 또는
"동류들"은 보이지 않는 권력의 손길로 알레고리화 되어 문맥의 깊이
를 더해주고 있다.

충무로의 허름한 여인숙에서 50대의 사내가 죽은 지 7일 만에 발견되었다.
그는 〈바보들의 행진〉의 구두닦이였고, 〈영자의 전성시대〉의 깡패였고, 〈바람
불어 좋은 날〉의 식당주인이었고, 〈만다라〉의 걸승이었고, 〈칠수와 만수〉의 페
인트공이었고, 〈남부군〉의 인민군 18이었고, 〈하얀전쟁〉의 베트공 13이었고,
〈악어〉의 포주였고, 〈실미도〉의 버스승객 7이었고, 그 사이 한 여자를 만나 동
거를 할 때도, 그 여자 아들 데리고 떠나갔을 때도, 그는 스크린 속에서 우리와
함께 있었지만, 지금 촬영 중인 영화의 택시기사역이 일주일 전에 다른 사람으
로 바뀌었지만 촬영장 어느 누구도 그 사실을 알지 못한 것처럼, 우리가 그의
필모그래피를 모르는 것처럼, 그의 죽음은 무연고자로 처리되었다.

—「어느 필모그래피의 죽음」 전문

미국식으로 말하자면, 존 도우는 신원미상의 남자 시체. 존 도우란 그러니까, 그가 죽었다는 것과 그가 남자라는 사실 외에는 그를 알 수 있는 어떤 연고도 단서도 없다는 뜻. 한국식으로 말하자면, 존 도우란 그러니까, 가판대 앞에서 복권을 찢고 있는 아니 전화를 걸다말고 장기매매 전단지를 차마 버리고야 마는 아니 질주하는 바퀴 속으로 뛰어들고 있는 그 남자. 일테면 인도를 잃어버린 그 남자. 우리가 내다버린, 잊어버린 검은 비닐봉지 같은. 지리멸렬한 진술은 지루하다. 이쯤에서 끝장내자. 우리들이 씹다버린, 우리들이 밟고 지나간, 보도블록의 저 무수한 껌, 껌, 껌댕이들, 존 도우들.

—「존 도우」 전문

두 편의 시에 등장하는 인물은 모두 우리의 기억에서 지워진 자들이다. 비정규직과 해고된 노동자들 혹은 경제적 파탄으로 절망에 빠진 인간들은 결국 죽음을 향해 걸어갈 뿐이다. 그리고 그들은 죽어서야 세상의 관심을 받는다. 소외계층에 대한 무관심은 인간생명에 대한 경시 풍조를 불러온다. 그리고 이내 화려한 사건의 뒤편으로 사라져 버린다.

위의 시편들에서는 무연고자처럼 길바닥에 눌어붙은 껌과 같은 존재들의 비극적 삶을 조명하고 있다. 죽음을 통해서만이 존재를 증명받고 관심을 받을 수 있는 버려진 자들의 이야기이다.

> 네이버 백과사전은 빨래를 이렇게 정의하고 있다. "의류나 침구용품·식탁용품·가구류 등의 피륙 따위에 묻은 때를 적절한 세제와 기계적인 힘을 가함으로써 물리적·화학적 작용을 촉진시켜 제거하는 일." 네이버 뉴스는 지금 이스라엘이 빨래중이라고 전한다. "8일 레바논 남부 가지예의 한 병원 시체안치소에 이스라엘군의 공습으로 숨진 3살짜리 소년 마날 알—후세인의 사체가 안치돼 있다."

그러니까 세 살짜리 마날 알—후세인은 때다.
무슬림이란 적절한 세제와 기계적인 힘을 가해 제거해야 하는 묵은 때다.

—「빨래, 빨래스타인」 전문

'빨래'는 더러워진 의류를 청결하게 하는 행위이다. 그러나 이 시에 나타나는 "빨래"라는 행위는 자신과 이데올로기가 다른 대상을 적으로 간주하고 제거해 버리는 폭력적인 행위로 나타나고 있다. 이스라엘의 세 살 난 꼬마의 죽음을 전하는 기사에서 촉발된 시상은 전쟁의 참상과 폭력을 우회적으로 드러내고 있다.

푸코는 그의 저서 『감시와 처벌』에서 권력의 주체와 주변이 형성하는 관계와 상호작용을 강조하고 있다. 그리고 권력의 양상은 권력을 행하는 기구나 양식의 특수성을 통해 드러날 뿐이라고 강조하고 있다. 전쟁이라는 이름 뒤에는 무수한 자국의 이익이 내포되어 있다. 자신과 의견이 다름을 틀린 것으로 판단하는 이분법적인 흑백논리 속에서 때처럼 제거되어 버리는 자들이 있기 때문이다. 이 시의 시적 화자는 빨래라는 행위를 통하여 괴물적인 속성으로 변화된 민족주의와 전쟁의 폭력성을 신랄하게 고발하고 있다.

역사는 단 두 줄의 지루한 반복이다.

···(중략)···

앞면과 뒷면의 전쟁이 역사의 외록外錄이라면

켜켜이 쌓여있는 옆면의 죽음은 전쟁의 내록內錄이다.

뒷면과 앞면의 평화가 역사의 외록이라면

옆면의 희생이 겹겹층층 쌓여있음 또한 평화의 내록이다.

―「세계사」 부분

역사란 권력과 함께 해왔다. 가진 자의 역사, 권력자들의 시각이 강요된 허구의 역사이다. "앞면 혹은 뒷면"만 있을 뿐 흑백논리에 벗어나는 일탈의 흔적과 고뇌들은 결코 기록되지 않는다. 시적 화자는 "역사"란 이데올로기 속에 감추어진 폭력성을 신랄하게 비판하고 있다.

박제영 시인의 3번째 시집 『뜻밖에』에는 가족사를 통한 현대인들의 비극과 버려진 자들의 얼굴과 전쟁의 폭력성에 집중하고 있다. 골목이나 모퉁이에 사는 소외된 타자들의 이야기들로 가득 차 있다. 그 수많은 타자는 바로 우리들의 아버지 혹은 어머니일 수도 있으며 바로 나 자신일 수도 있다. 화려한 도시의 불빛의 이면에 감추어진 그 아픈 사연에 집중하는 시인의 그 마음이 눈물겹다.

속도에 대응하는 몇 가지 방식

이병일, 문정, 하린

1. 속도의 폭력

폴 비릴리오는 그의 저서 『속도와 정치』(그린비, 2004)에서, 속도는 운송혁명과 더불어 시작한 과학기술 자체의 속도가 가속화 되어 벌어진 현상이며, 세계를 하나의 공간으로 밀착시킨다고 말하고 있다. 더욱이 "핵무기의 등장으로 서로를 겨냥해 수행되는 전쟁을 그만두었지만, 군비경쟁, 우주경쟁, 정보수단의 발전을 통하여 서로 더욱더 위협하고 있다."라고 말하고 있다. 즉 핵 억지력이 개인이나 사회 혹은 문명의 종말뿐만 아니라 인류라는 종 자체의 종말을 야기하는 것이며, '또 다른 수단'을 통한 포염 없는 전쟁의 지속이라고 말한다. 따라서 현대인들은 늘 초고속의 가속도 안에서 불안과 직면한 체 살아갈 수밖에 없다고 말한다. 폴 비릴리오는 속도의 가속화는 소멸로 가는 노정임을 강조하면서 전쟁과 관련한 속도의 사유를 통해 가속화 된 질주정의 현대 사회를 비판하고 있다.

G. J. 휘트로 역시『시간의 문화사』(영림카디널, 1999)에서 자본주의 사회는 시간의 이용 정도에 따라 자본과 부를 축적하며, 시간을 절대적 가치의 개념으로 승격시키고 있다고 보았다. 그렇다면 시간을 절대적 가치로 삼는 자본주의 사회에 내재하는 폭력과 질주정의 속도의 시대에, 시인들은 물량화 된 '속도의 힘'을 어떻게 지각하고 어떠한 방식으로 대응하는 것일까?

> 북극에 크랙이 생길 때마다/우니코르가 온다/와서 초록 이마를 가진/봄빛 속을 거닐면서/별안간 한번 공중을 향해 살짝 뛰노는//우니코르 울음소리가 꽃 지고 잎 돋듯 필 때/봄날은 창에 별 돋듯이 사냥꾼의 잠 속으로/들어가 예언적인 고래의 꿈을/새떼들이 읽어주는 바다 저편의 소식을/마른 혀에 군침을 묻히듯 자꾸만 엿듣게 하는지//⋯(중략)⋯//우니코르는 뿔을 가진 예민한 짐승,/늘 사냥은 바다 위의 빙산마냥 멀뚱거리다가/기교도 없이 노닥거리다가/단 한번의 작살로 등허리에 꽂아야 하는 법,/허나 때를 놓치는 순간/총총히들 빙산의 內部로 사라진다//오늘도 사냥꾼의 잠꼬대 속에서/수없이 몸을 엎치락뒤치락, 회한도 환멸도 없이/우니코르가 온다, 와서 겨울의 끝자락을/어부바 하며! 업고 가는데/그만 고삐 풀린 봄볕에 홀려 있다가/사냥꾼에 잡혀 물 밖으로 끌려 나올 때//우니코르를 북극에서만 피는 봄꽃이라 칭하기로 하자,/우니코르를 북극에서만 지는 봄꽃이라 칭하기로 하자.
>
> — 이병일, 「우니코르가 온다」 전문

위 시의 소재로 다루어지는 〈북극의 눈물〉이란 다큐멘터리는 지구의 온난화가 인류에게 미칠 비극적 상황을 통해 기계문명의 속도에 대한 경각심과 반성을 주요 골격으로 삼고 있다. 이누이트들이 삶의 터전이던 북극의 빙산이 붕괴하고 부서지고 균열하는 이미지와 과학문명의 잉여이며 기계문명의 불온한 선물인 폭력적인 속도 이미지를 겹쳐놓고 있다. 온난화 현상의 밑그림에는 지구의 끓어 넘치는 속도의 폭력이 은밀하게 숨겨져 있기 때문이다.

"크랙이 생길 때마다", "온다", "거닐면서", "뛰노는", "꽃 지고 잎 돋듯 필 때", "노닥거리다가", "잠 속으로 들어가", "때를 놓치는 순간", "빙산의 內部로 사라진다", "업고 가는데", "물 밖으로 끌려나올 때" 등의 시어에서 속도에 반응하는 시적 주체의 태도를 읽을 수 있다. 시적 주체는 북극이 붕괴하여 이뉴이트들의 삶의 터전을 잃게 하는 소멸의 속성으로 속도를 인식하고 있다. 위의 시어들은 생성과 도약의 방향성을 지니기보다는, 곧 소멸을 향하여 나아가는 붕괴의 속성을 띠고 있다. "정지는 죽음이다"라는 폴 비릴리오의 말처럼 속도는 정지 상태와는 정반대의 속성을 지님으로써 끊임없이 틈이 생기거나 균열의 지속을 통해 파괴를 향해 달려가는 과정 그 자체이기 때문이다.

또, "북극에서만 피는 봄꽃이라 칭하기로 하자,/우니코르를 북극에서만 지는 봄꽃이라 칭하기로 하자."라는 언술은 시적 주체가 "우니코르"를 새로운 존재로 명명하여 속도의 아찔한 현기증에서 벗어나려는 의지를 드러내고 있다. 기계문명의 속도로 밀미암아 온난화 현상 속에서 "우니코르"는 북극이란 공간에 존재할 수 없는 대상이기 때문이다. 오직 북극이라는 공간에서만 피고 지는 꽃이라 부르기를 강조하는 시적 주체의 소망은 곧 속도의 가속을 제어하려는 의지를 드러내고 있다.

북극의 빙하가 녹아 사라지는 것은 곧 파괴되어 가는 지구의 미래에 대한 예언적 은유이다. 문명의 속성은 곧 속도에 기초하고 있다. 이러한 속도의 침공에 대한 대응방식을 이병일 시인은 「프로펠러」라는 작품에서 자연의 시간이 갖는 속도감각으로 대응하고 있음을 알 수 있다.

한 줄기 바람을 피우기 위해/오늘도 어둡고 환한 여름산은 프로펠러를 돌리나보다//…(중략)…//당신은 오래된 숲그늘 속으로 들어가 삶을 충전하고 싶어/

삽짝 위에 윗도리를 걸쳐놓고 충만한 낮잠에 든다//구멍 숭숭 뚫린 나무그늘로 땡볕이 들이치는데,/바람은 어둑어둑 흐린 빛으로 불어와서/우물 속 고요가 소용돌이치듯이 당신의 잠을 다독여준다/그때 은빛 생선들처럼 파닥이는 나뭇잎들이/차디찬 녹음 수렁으로 깊어져간다//나는 바람이 어디에서 불어오는지 측량할 수 없다/그러나 프로펠러를 몸 안에 지닌 나무가/여름산에 크고 작은 바람들을 빽빽이 채우는 걸 안다//저만치 공중부양을 좋아하는 바람이 자꾸 불어온다/과열을 지닌 당신의 몸에 얼음산을 세우려고/저속으로, 고속으로 푸른 갈기를 휘날리며 불어온다/불끈거리는 백혈구가 당신의 몸속을 누비듯이//여름산은 어디쯤에서 프로펠러를 돌리고 있을까/먼 골짜기를 휘감고 나온 녹음이 당신을 껴안고 있을 때/성한 데 없는 늙은 뼈마디마다 푸른 연골이 가득 차오를 때//이제 당신의 몸은 프로펠러만큼 단단하고 날렵해진다

— 이병일, 「프로펠러」 전문

현대시와 숨고의 시학

　“한 줄기 바람을 피우기 위해/오늘도 어둡고 환한 여름산은 프로펠러를 돌리나보다”란 내용처럼 “여름산”을 기계적인 상상력을 가동시켜 새롭게 재해석하고 있다. 이때의 “프로펠러”는 동력을 생산하여 기계의 각 부분으로 전달하여 물체를 움직이게 하는 속도 발생 장치이다. 시적 주체는 초록 여름 산의 나무에 동력 추진 장치가 숨겨져 있다고 노래함으로써, 자연의 생태 복원 능력으로 문명과 기계의 속도로부터 탈출하려는 의지를 확고하게 다지고 있다.

　“푸른 여름 산”의 “바람”은 곧 문명의 속도와 휘몰아쳐 가는 현실에서 우리를 위로해주고 껴안아주는 크고 믿음직한 구원의 손길과도 같다. 비인공적이고 유기체적인 특성이 있는 “여름 숲”이 만들어내는 바람은 생의 에너지와 같다. 속도로 “과열 된” “당신의 몸”을 차갑게 식혀주고, “성한 데 없는 늙은 당신의 뼈마디마다 푸른 연골이 가득 차오르”게 하는 존재로 치환된다. 그래서 “여름산”의 “바람”을 맞은 “당신의 몸은 프로펠러만큼 단단하고 날렵해”지는 것이다.

이러한 이병일 시인의 여름 숲이 만들어내는 바람은 곧, 한겨울 비닐 속에서 싹이 돋는 '마늘'에까지 생명 창조의 원동력이 되어 닿고 있다. "비쭉비쭉 대가리를 쳐든 마늘들아,/너무나 많은 너무나 높은 너무나 무구한 사랑을 알고 있느냐"(「한겨울 마늘 밭에서」)라는 시의 첫 행에서도 알 수 있듯이, 자연의 싱싱한 에너지의 충만함은 문명의 속도로 고갈된 우리의 몸과 영혼을 복원시키는 힘으로 작용하는 것이다. 물질문명의 속도의 폭력성으로 훼손된 신체를 순환적인 세계관을 통해 복구함으로써 시적 주체의 속도에 대한 대응 방식을 엿볼 수 있다. 이러한 시적 주체의 자신만의 속도 지향은 곧 미시적인 세계에까지 느리고 소박한 사랑의 충만함으로 확대되고 있다.

2. 첩첩산중 복숭아나무의 의지

> 누군가 첩첩산중을 지나다가/더는 갉아먹을 살이 없을 때 내던져버렸을 것이다/복숭아씨 하나/의문부호처럼 문득 싹을 틔우고 은근슬쩍/오는 봄에도 싹을 틔우고는 하여 저렇게/그늘 몇 폭 붙잡아 올려쳐놓게 되었을 것이다/새살림의 설계도인 양/마음으로 매만지고 그려나가는 일생의 꼭지인 양/지나가는 이 아무도 없는 첩첩산중에/꽃을 피워놓고 몇날며칠 누구인가를 기다리는//일력에 손잡이도 쪽문도 없는/더욱이 편지지도 전화기도 없는 복숭아나무
>
> — 문정, 「첩첩산중 복숭아나무」 부분

문정 시인 역시 속도에 관한 시인만의 진지한 사유를 보여주고 있다. 「첩첩산중 복숭아나무」 작품에서 '누군가 먹고 버린 복숭아 씨앗'이 "복숭아나무"가 될 때까지의 과정을 순차적인 시간적 구성을 통해 서정적인 아름다움을 드러내고 있다.

시에 나타나는 '복숭아 씨앗'은 누군가에 의해 과육이 깨끗이 먹혀

버린 상태이다. 누구에게도 관심거리가 되지 못하는 '씨앗' 이라는 초
라한 존재가 깊은 숲 속에서 고통을 감내하고 "꽃을 피워" "그늘을 몇
폭 올려치는" 의지를 지닌 "복숭아나무"란 존재로 확장되고 있다. 이
때 복숭아나무가 처한 공간은 "손잡이도 없고, 쪽문도 없으며 전화기
도 없는" 세계이다. 주위가 울창한 나무와 험한 산길로 이루어진 곳으
로 주변과 소통을 가능하게 할 매개인 "길"이 사라진 곳이다. 길이 없
다는 것은 곧 속도의 흐름에서 벗어나 있음을 의미한다. 도시가 주변
의 도로와 연계되고, 그 도로망을 통해 각종 자원을 교류하는 속성을
지닌다면, 복숭아나무가 위치해 있는 공간은 이미 속도의 힘에서 벗어
나 온전히 자신만의 내면을 들여다볼 수 있는 속도가 제거된 공간인
셈이다.

　꽃을 피우고 누군가를 끊임없이 기다리는 복숭아나무가 존재의 의
의를 지니는 것은 소통되지 않는 길이 사라진 공간 속에서도 좌절하거
나 생의 의지를 지워 버리지 않는다는 점이다. 누군가를 끊임없이 기
다리는 복숭아나무의 기다림에 광폭한 속도의 힘이 미처 기능하고 있
지 못하다. 그 긴 기다림 속에서 온몸으로 속도의 흐름을 막아서는 '복
숭아나무의 씨앗' 을 통해서 시인의 속도를 자각하고 대응하는 의지가
잘 드러나고 있다. 전광석화처럼 몰려오는 문명의 속도에 살짝 빗겨
서 있기에 복숭아나무는 그 자체로 자신만의 존재의의를 완성하려는
시적 주체로 거듭나게 된다.

　　노파 혼자 사는 집에 장맛비가 내린다 함석지붕이 낙숫물을 휘둘러 줄곧 숫
　자 1을 처마 끝에 쓴다 그녀도 텃밭을 앞들과 뒷골인양 호미로 깔짝깔짝 밟아
　나가며 몸통으로 빗물을 받아 숫자 1을 쓴다 간혹 대문이 삐거덕 열리며 그녀
　의 내려앉은 늑골을 끼워 맞춰준다 텃밭이 먼저 어둡고 배고픈 저녁 밥상을 차
　린다 입을 커다랗게 벌린 부엌을 향해 그녀가 엉거주춤 일어선다 처음으로 글

자를 썼다, ㄱ이다, 기우뚱, 지붕이 걸어간다

― 문정, 「걸어다니는 지붕」 부분

「걸어다니는 지붕」이란 작품에서도 시에 등장하는 "노파"는 '길' 즉, 세계와의 관계와 소통이 차단된 곳에서 혼자 삶을 영위하는 존재이다. 속도의 질주에서 벗어나 자신만의 속도로 살아가는 "노파"의 모습이 묘사를 통해 잘 드러나고 있다. "노파"의 일상은 농경생활에 바탕을 둔 자연의 리듬과 조응하는 느린 속도가 삶의 축을 이루고 있다. 자연과의 연속적인 세계관 속에서 시적 주체는 느리고 아름다운 "1"의 세계에 초점을 두고 있다. 이때의 "1"은 아날로그적이다. 바람이 대문을 흔들거나, 호미로 텃밭을 일구고, 차츰 노쇠하며 기울어가는 노파의 신체와 함석지붕이 유지하는 속도이다.

"1"로 드러나는 "노파"의 삶의 속도는 질주적인 속도를 벗어나 있기에 쉽사리 꺾이거나 상처받지 않는다. 다만 "ㄱ"의 형상과 닮은 '부드러운 휘어짐'이 있을 뿐이다. 이와 같은 시적 주체의 의지는 「송사리들의 겨울」에서도 잘 드러나고 있다. "아, 산이 최후의 결심을 해버린 듯 얼음장을 끌어다가/꿈도 얼어버릴 동면 속으로 송사리들을 밀어 넣어버렸구나/낙엽들 모아 한 겹 덮어준다"는 내용에서도 확인할 수 있다. 자연과 인간이 동일화 된 순환론적 세계관 속에서 자연적인 시간관은 속도의 질주에서 벗어나 더욱 주체적인 삶을 영위할 수 있는 하나의 방식이기 때문이다. 이 또한 노파의 부드러운 꺾임과도 동일한 맥락의 속도 지향 방식이다. 시인이 속도에 대응하는 방식은 곧 느릿느릿 흘러가는 시간 속에 서 있는 "복숭아나무"와 스스로 얼음으로 메워 버리는 "산속의 웅덩이"에서 드러나고 있다. 외부와의 소통이 단절된 상황 속에서 내면으로 깊이 침잠하는 힘으로 거대한 질주의 속도에 대항하는 시인의 의지를 엿볼 수 있다.

3. 패스트푸드와 질주의 파노라마

너는 계단을 삐게 하는 발목을 사랑하지/숨을 헐떡거리는 발목만을 좋아해/각이 잡힌 발목을 끌고 너는 오늘도 출근을 하지/어제 보다 더 까칠해진 시멘트 길을 지나/기우뚱 기우뚱 흔들리는 육교를 오르면/불량 무지개를 구매한 사람이/가장 높은 옥상에서 번지점프를 했다는/전광판 뉴스를 듣게 되지/넌 아주 잠깐 닦지 않는 유리에/무지개의 파편이 흘러내리는 것을 상상하다/왼발과 오른발이 갖는 시차를 놓칠 뻔하지//계단의 장단에 맞춰 지하로 지하로 흘러들지/넌 오래된 청년이므로/실업률에 상관없으므로/애인이 미래에 대한 초대장을 보내지만/너는 미래에 대한 판단중지/무지개로 만든 팽이를 배당받아/지하철 바닥에 풀어놓고 돌리기만 하면 되지/구름 위에서는 한 개에 3000원/구름 아래에서는 두 개에 1000원//넌 요원들에게 끌려가면서도 웃고 있지/계절에 따라 다국적 기업이/재빠르게 패스트푸드 무지개를 만드니까/그러다 넌 문득 발견하게 되지/계단이 각목을 닮았다는 생각/한쪽 다리가 어제보다 더 짧아졌다는 생각

— 하린, 「아웃사이더」 전문

노을의 낭만적인 알리바이 따윈 기대하지 마/저녁의 구질구질한 변명 속에/어둠이 끈적끈적한 혀를 내밀뿐이야/뾰족한 통신탑 꼭대기에 달의 엉덩이가 걸려/달빛이 치즈처럼 흘러내리는/배고픈 밤은 항상 오고 마는 거야/너는 거세된 고양이가 되어/생선 내장처럼 던져진 도시로 출근만 하면 돼/옥탑방을 나와 누추한 골목길을 구기며/촌스럽게 작아진 학교를 지나/24시간 문을 여는 패스트푸드점으로 알바를 먹으러 가면 돼/너는 절대 태양의 젖은 손바닥 따윈 보려고 하지 마/자동차가 시속 100킬로로 늙어가는 것을 바라보다/불면증 걸린 인간들이 유령이 되어/진열된 상품을 간택하는 마임만 즐기면 돼/너는 바코드가 찍힌 방부제야/움직일 수 없는 성기를 가진 마네킹처럼 유리문 안을 견디면 돼

— 하린, 「패스트푸드」 부분

이병일 시인과 문정 시인이 질주의 속도에 대항하여 느림의 충만함으로 대응한다면, 하린 시인은 도시의 비극적인 일상을 통해 속도의 폭력성을 드러냄의 방식으로 보여주고 있다.

하린 시인의 「아웃사이더」와 「패스트푸드」에서 드러나는 시어들 역시 속도감을 나타내고 있다. "발목", "더 까칠해진 시멘트 길을 지나", "흔들리는 육교", "옥상에서 번지점프", "전광판 뉴스", "시차", "지하로 지하로 흘러들지", "실업률", "미래에 대한 초대장", "패스트푸드", "시속 100킬로", "전선", "통신탑", "출근", "24시간 문을 여는 패스트푸드점", "진열", "상품", "바코드", "방부제", "마네킹". 그리고 거대한 문명의 속도 속에서 "자동차가 시속 100킬로로 늙어가는 것을 바라보"는 시적 주체는 비인간화 되는 도시 속에서 "불면증 걸"린 현대인들의 일상을 냉소적으로 언술하고 있다. 이러한 시적 주체의 씨니컬한 시선은 곧 비인간적인 일련의 현상들을 파생시키는 속도에 대한 거부의 태도로 볼 수 있다.

현실의 속도 흐름에 부합하지 못하는 시적 수체의 속도감각은 곧 시적 주체의 실존 위기와도 직접적으로 연결되기에 이른다. 시적 주체는 "배고픈 밤은 항상 오고 마는 거야/너는 거세된 고양이가 되어/생선 내장처럼 던져진 도시로 출근만 하면 돼/옥탑방을 나와 누추한 골목길을 구기며/촌스럽게 작아진 학교를 지나/24시간 문을 여는 패스트푸드점으로"에서처럼 거침없이 달려오는 현기증 나는 속도의 전면에서 존재의 쪼그라짐을 경험하고 있다. 이러한 시적 주체의 상실감은 "유령이 되어/진열된 상품을 간택하는 마임만 즐기면" 되는 "바코드가 찍힌 방부제"와 같은 존재의 비극성과 허무감을 강력하게 환기하고 있다.

「8일째 날」에서도 속도의 질주에 합류하지 못하는 주변인의 삶과 소통이 끊긴 채 소멸해 가는 일상을 통해 속도의 폭력성을 미학적으로 드러내고 있다.

> 신상품을 설명하던 점원의 입술은/3일째 되던 날 시들고 말았다/매몰된 후 체온이 되어 주던 여자는/전달되지 않을 유언을 내게 맡겼다/누난 내 여자니까 누난 내 여자니까……/어린 애인이 자주 불러주던 노래라고 했다/멜로디는 점점 부패되어 악취를 풍겼다/5일째가 지나자/목마름이 오줌을 받아먹었고/6일째가 지나자/배고픔이 여자의 몸을 뜯어 먹으려다 멈추었다//나의 지층은 무슨 색깔로 기록될까?/관 뚜껑이 열리듯 빛이 들어오는 순간/발견될 죽음의 자세를 7일째 날 생각했다/똥과 오줌으로 얼룩진 삶의 최후라니/뉴스는 죽음마저 팔아먹겠지//8일째가 되어도 불 꺼진 세일은 계속되고 있다/꿈속에서 죽은 여자가 뺨을 때려도 일어날 수 없다/희미한 정신이 화석의 마음을 이해한다

— 하린, 「8일째 날」 전문

「8일째 날」 작품에서는 우리 사회에 충격적인 파문을 던졌던 삼풍백화점 붕괴사건이 주요 소재로 다루어지고 있다. 붕괴된 건물 잔해 속에 파묻혀 죽음을 눈앞에 둔 "여자"와 "남자"를 통해 긴박한 죽음의 상황이 재현되고 있다. 여성 화자는 절박한 상황 속에서 지상에 남은 연하의 연인을 추억하며, "남자"에게 자신의 유언을 연인에게 전해 달라고 부탁하고 있다. 그러나 "남자"에게 체온을 따스하게 전해주던 여자는 죽음을 맞게 되고 홀로 남아 죽음의 순간을 맞아야만 하는 남성 화자의 무능한 육체만 남아 있을 뿐이다.

하린 시인의 「8일째 날」은 곱고 아름다운 것을 통해 미를 추구하는 것이 아니라, 속도에 의해 파괴되어 가는 인간의 무력한 신체에 배설물과 같은 이질적인 추의 이미지를 삽입함으로써 속도의 폭력성을 신랄하게 고발하고 있다.

삼풍백화점의 붕괴는 곧 속도의 힘이 부른 참극이다. 우리에게 끊임

없이 상처를 각인시키는 흉터와도 같다. 효율성의 극대화를 중시하는 자본의 논리와 개인적이고 이기적인 속도의 속성이 결국 건물 붕괴라는 비극적 상황을 결과물로 남겨 놓았기 때문이다. 그리하여 자본의 세계에선 "죽음"마저 하나의 상품이 되고 마는 것이다. 시인은 질주정의 사회에서 무가치하게 죽음을 맞는 현대인의 죽음을 통해 속도에 대한 자각과 속도의 폭력성을 시인만의 실존의 위기 극복 방식으로 승화시키고 있다.

죽음을 해석하는 새로운 방식

고경숙, 『달의 뒤편』

1. 상징적 죽음과 상처의 극복

고경숙 시인은 2001년 계간 『시현실』 신인문학상으로 등단한 이후 제1시집 『모텔 캘리포니아』(문학의 전당, 2005), 제2시집 『달의 뒤편』(문학의 전당, 2008)을 출간했다. 고경숙 시인은 상복 또한 많은 시인이다. 〈하나 · 네띠앙 인터넷 문학상〉 대상, 〈수주문학상〉 우수상 등을 수상하면서 둔중한 시의 저력을 보여주고 있다.

원고 청탁을 받으면서 고경숙 시인이 2008년도 〈두레문학상〉을 수상한다는 반가운 소식을 접했다. 〈두레문학상〉은 부산에서 출간되는 문학지인 『두레문학』에서 제정하는 상으로, 2007년 박봉준 시인과 이민화 시인에 이어 고경숙 시인이 2009년 수상자로 선정되었다. 시 창작에 몰두하는 시인들에게 창작의욕을 자극하고, 문학 저변확대를 꾀하는 의미로 제정된 의미 있는 문학상이다.

2008년도에 2번째 시집을 출간하고 〈두레문학상〉까지 거머쥔 고경숙 시인의 시세계는 사회 비판적인 소재들과 더불어 현대 사회의 구조적 문제점을 날카롭게 짚어내고 있다. 제1시집인 『모텔 캘리포니아』를 통해 가난과 비극적 현실을 질타했다면, 제2시집 『달의 뒤편』에선 삶과 죽음에 대한 심도 있는 시세계에 천착하고 있다.

간이침대에 머문 8월은
언제 떠날지 말하지 않았다
습기를 머금고 떠돌다 온 구름은
열린 숙박계 빈칸을 꽉 채우고도
비를 뿌렸다
섬은 파업 중이다
고깃배들도 갈매기 떼도 방파제에 늘어서 있는 하루,
불거진 관절을 끌고 포구로 피신할 때면
장기투숙객들은 골방으로 안채로
썰물처럼 밀려나야 했지만
세상 밖으로 나가지 않아도
들숨 따라 소식이 전해왔나
자고 나면 부푸는 해안선에
수초로 흔들리는 사람들
젖어서 메마른 바다를 지켜본다
습관처럼 음식을 시키고
그들이 내놓은 그릇이 섬처럼 떠오른다
돌아갈 수 없는 것과 갇힘 사이를
흐르는 비,
나도 해안도로를 흘러내리며 폐곡선으로 갇힌
내 안의 길을 더듬는다
이대로 사나흘만 더 내려준다면
저 잡념으로 거품 문 파도를 끌어안고
바다 건너 가 닿을 수 있을까

손에 든 새우깡을 갈매기에 모두 털리듯
불량한 카드는 자꾸 기한을 독촉받고,
모텔 캘리포니아
비에 떠밀려 조금씩 바다로 간다.
그가 서 있던 곳은 새로운 섬이 된다.

—「모텔 캘리포니아」 전문, 『모텔 캘리포니아』

위 작품은 고경숙 시인의 제1시집 『모텔 캘리포니아』의 표제작이며 그녀의 대표작이다. 시의 정황상 '모텔 캘리포니아'는 섬 한쪽에 자리 잡은 숙박업소의 이름임을 알 수 있다. 일반적으로 '모텔'이란 단어의 속성이 유희적이고 일회적인 성의 향락과 매매가 이루어지는 퇴폐적 공간인데 반해, 시 속에 드러난 "모텔 캘리포니아"는 "파업 중"인 "섬"에 자리한 황폐하고 고독한 공간으로 제시되고 있다. 그리고 "모텔 캘리포니아"에 투숙한 시적 화자 역시 "손에 든 새우깡을 갈매기에 모두 털리듯/불량한 카드는 자꾸 기한을 독촉받"는 절박한 상황에 부닥친 신세임을 알 수 있다.

타관의 여관방에 몸을 의탁한 장기 투숙자인 시적 화자는 현실에서 퇴출당한 자이다. "고깃배들도 갈매기 떼도 방파제에 늘어서 있는" 피폐한 섬에 몸 하나만을 이끌고 도착하여 자신과 비슷한 처지의 타자들을 만나고 있다. 세상을 향한 마음의 문이 "폐곡선"처럼 닫혀 버린 시적 화자는 "메마른 바다를 지켜"보는 절망에 빠진 타자와의 동질성을 통해 과거를 반추하고 있다.

이때 내리는 비는 소통이 단절된 시적 화자와 세상과의 교류를 가능하게 해주는 매개물로 제시되고 있다. "돌아갈 수 없는 것과 갇힘 사이"에서 시적 화자는 현실의 압박에 갇혀 있는 자신의 지나온 삶을 되돌아보게 된다. "이대로 사나흘만 더 내려준다면/저 잡념으로 거품 문

파도를 끌어안고/바다 건너 가 닿을 수 있을까”라는 고백과 함께, “흐르는 비”의 ‘스밈’과 ‘흐름’을 통해 자신이 건너와 버린 지난한 삶 속으로 다시 건너가려는 의지를 내보이고 있다.

이렇듯 “모텔 캘리포니아”는 시적 화자의 현재의 심경이 투사된 “바다”라는 거친 현실을 건너려는 의지의 발현 공간이며, 시적 화자의 희망과 의지를 드러내주는 공간으로 묘사되고 있다.

산동네 비는 가난처럼 공평했다
들이치는 빗줄기가
천장 가득 잔잔한 꽃무늬로 스미면
빈 대야를 들이대고
아비는 지붕 위로 올랐다
깨진 기왓장과 구멍 난 슬레이트를
얼기설기 덧댄 시간들이
사선으로 구른다
사방은
빛의 속도에 실려 우주로부터
밀려오는 푸른 바나
뗏목처럼 흔들리는 지붕에
피할 곳은 어디에도 없었다
차라리 어서 와 나를 쳐라
심장이 터지도록 찌릿한 전류가
아비의 몸을 세차게 타고 흐르는 동안
불빛은 희희낙락했다
무허가 투성이 산동네에서
유일하게 허가된 아비라는 그 이름
폭우가 쏟아지는 밤마다
흠뻑 젖는 피뢰침은, 자꾸
척추가 아프다.

—「피뢰침」 전문, 『모텔 캘리포니아』

이 작품에서는 산동네의 비극적인 삶의 현장이 리얼하게 묘사되고 있다. 「모텔 캘리포니아」의 시적 화자가 독백적이며 정적인 인물이라면, 「피뢰침」에 나타나는 '아비'는 세상의 모든 극악한 손길에서 식구들을 보호하려는 적극적인 인물로 제시되고 있다. 그러나 이러한 시적 화자의 적극적인 의지는 오히려 작품의 비극성을 강조하고 있을 뿐이다.

산동네 무허가 판자촌에 내리는 "비"는 가난한 가장의 무능력을 각인시키는 소재이다. 비가 새는 지붕을 고치려고 지붕 위에 오른 "아비"는 번쩍이는 천둥과 번개를 온몸으로 맞으며 속절없이 표류하는 나약한 한 척의 "뗏목"일 뿐이다. 이때의 천둥과 번개는 사회적 약자들을 여지없이 밟고 지나가는 유무형의 폭력의 손길이다. 그 거대한 손길 앞에서 가난하고 무능한 "아비"는 온갖 고통과 수모를 당하는 "피뢰침"으로 형상화 되고 있다.

그러나 그런 강인한 "아비"는 현실 속에서는 비루한 위치에 서 있는 존재일 뿐이다. 신자유주의 사회에서 한정된 자원을 점유하지 못한 빈곤 계층들은 가난의 세습이라는 악순환의 고리에서 쉽게 탈출할 수 없다. 구조적인 가난을 벗어 버릴 수 없는 무능한 가장의 아픈 속내가 척추를 타고 흐르는 통증으로 묘사되고 있다. 험난한 삶을 지속할 수밖에 없는 아웃사이더들의 비극적인 삶이 "피뢰침"을 통해 잘 드러나고 있다.

길은 퉁퉁 붇은 면발처럼 끈기를 잃고
슈집 지붕에 백기 하나 내걸려 펄럭였다
구청 철거반이 다녀갈 때마다 녹색의 잎들은 무리져 떨어지고
동네는 한 뼘씩 산으로 올라갔다
단풍은 노을 속에서만 빛났다
제일 먼저 어린이집이 문을 닫고
뿔뿔이 흩어진 아이들은 비닐하우스 속에서 쑥쑥 자랐다

누우면 별이 보일거라고 좋아하던 아이는

밤마다 별을 찾았다

어미는 아예 눈을 감았다

애들 조잘거리는 소리 비닐창에 부딪쳐

주르르 이슬로 맺히는 아침

어른들은 못 본체 툭툭 물기를 털고 일을 나갔다

불 피우지 마라 절대로,

생라면에 스프 뿌려먹고 물 한 대접 들이키면

아이들 뱃속엔 차가운 강이 흘렀다

어쩌다 재수 좋게 빈병이라도 주워 판 날,

바닥 가득 쏟아진 삶을 따라 올라오는 계단엔

하나 둘 별이 떴다

내 팽이 따먹을 놈 어디 나와봐

야광팽이 따조를 신나게 돌리며 아이들이

화려하게 가을밤을 점령했다.

—「또 다른 가을」 전문, 『모텔 캘리포니아』

「또 다른 가을」은 위에 인용된 「피뢰침」과 같이 산동네의 실상이 손에 잡힐 듯 드러나는 작품이다. 산동네에 구청 철거반이 다녀가고 난 뒤 삶의 희망처럼 푸르던 나뭇잎들이 떨어지고 있다. 철거되어 버린 어린이집을 다니지 못하는 아이들의 꿈은 아침이면 비닐하우스의 비닐창에 물방울로 맺혀 흘러내린다. 동네가 한 뼘씩 산으로 올라가고, 점집엔 흰 깃발이 백기처럼 걸려 있다.

이때의 "백기"란 경제적 자본의 불평등한 분배로 우위를 점하지 못한 소시민들의 비극적 현실을 상징적으로 드러내고 있다. 곧 현실에서의 경쟁력 상실로 인한 상징적 죽음을 의미하고 있다.

산동네의 실상은 우리 사회의 "구멍"이나 "얼룩"인 셈이다. 자본주의 모순이 극명하게 드러나는 지점이기 때문이다. 계층 간 양극화의 심화 속에서 상위 계층만을 중점적으로 보호하는 성장우월주의 정책의 결과로 산동네의 주민들은 인권의 사각지대에 놓여 있다. 교육의 혜택에서 소외되고 경제적인 고통에서 탈출하지 못하는 그들은 이미 싸움의 의지마저 상실해 버린 지 오래다. 기본적인 의식주가 해결되지 않는 이상 그들의 삶은 푸른 잎사귀들이 떨어진 죽은 나무와 다를 바가 없기 때문이다.

철거된 집 대신 몸을 누인 비닐하우스와, 배울 권리마저 빼앗긴 산동네 아이들이 생라면에 스프를 뿌려 고픈 배를 채우는 참혹한 현실을 통해 시인은 특권층을 비호하는 제도의 폭력적인 손길을 날카롭게 지적하고 있다.

> 파내도 파내도 피 나지 않는 몸에선
> 탄력 있는 풍경이 하나씩 튀어나온다
> 한때
> 완충역할에 충실했던 습관 때문일까
> 상처가 깊으면 깊을수록
> 많으면 많을수록
> 판화가 찍어내는 세상은 상대적으로 환하다
> 지나온 생, 먹물 뒤집어쓰고
> 수없이 죽었다 살아나는
> 고무판화, 그 물컹한 젖무덤.
>
> —「고무판화가 찍어내는 세상」 부분, 『모텔 캘리포니아』

시적 화자는 검은 고무판화에 세상의 풍경을 새기고 있다. 고무판화는 음각과 양각을 통해 풍경을 재현한다. 조각칼로 파낸 음각의 면적이 넓을수록 대상들은 또렷하게 환해지고 구체화 한다. 이러한 고무판화의 속성은 상처의 속성과 연결되고 있다. "상처가 깊으면 깊을수록/…

(중략)…/판화가 찍어내는 세상은 상대적으로 환하다"라고 진술하고
있다.

그리고 "파내도 파내도 피 나지 않는 몸에선/탄력 있는 풍경이 하나
씩 튀어나온다"와 같이 "상처"의 속성을 확대시켜 깊을수록 단단해지
고 "수없이 죽었다 살아나는" "탄력"을 통해 소시민들의 애환을 아름
답게 승화시키고 있다. '상처가 깊을수록 세상은 환하다' 라는 의미의
등가를 통해 타자의 고단한 삶을 아우르는 시인의 예리한 직관과 깊은
사유의 여정을 엿볼 수 있다.

2. 죽음을 해석하는 방식

눈이 어두워지자 가장 먼저
부호의 구분이 어려웠다
나도 모르는 사이
좀 더 정직히 말하면 의도적으로
. 를 , 로 읽고 있었다
중심에서 한 발짝씩 멀어지는
생성도 재생도 아닌 소멸로 가는 길은
유쾌한 여행은 아니다
다 익어 떨어지는 사과꼭지도
낙엽에 매달린 잎자루도 모두
세상에 살다간 흔적을 남기려는 몸부림
점의 한 귀퉁이가 삐침으로
소용돌이치는 구심求心을 벗어나고 싶은
소박한 욕망이다
진행형이고 싶다
그들과 함께 열거되고 싶다
만약 그도 저도 허락되지 않는다면

차라리 말줄임표(……)로 남겨주든가
응어리진 마침표는 세상 마감하는 날
오직 한번 모질게 찍고 싶다.

—「문장부호에 관한 짧은 비망록」 전문, 『달의 뒤편』

고경숙 시인의 제2시집 『달의 뒤편』에 수록된 표제작이다. 시적 화자는 문장부호와 자신의 삶의 여정을 연결하여 독특한 방식으로 죽음을 해석하고 있다. 시적 화자가 문장부호들을 의도적으로 오독함으로써 문장부호들은 새로운 의미로 시적 화자에게 내면화 되고 있다.

시적 화자가 자신의 내면으로 시선을 향한 이유는 "죽음"의 자각 때문이다. 나이가 들면서 육체의 각 기능이 쇠약해지고 병에 노출되기 마련이다. 이러한 육체의 변화를 시적 화자는 문장부호의 오독을 통해 죽음과 연결하고 있다.

시적 화자는 어두워지는 눈으로 ". 를 , 로 읽고 있었다"라고 고백하고 있다. 그리고 그러한 독해 역시 "의도적"인 행위라고 고백하고 있다. 문장부호인 마침표(" . ")가 문장의 의미를 종결짓고 완성하면서 정지시킨다면, 쉼표(" , ")는 종결이 아니라 의미의 연속이며 유예이며 지속이며 진행형이며 나열이며 열거이다.

시적 화자는 쉼표(" , ")를 마침표(" . ")의 "한 귀퉁이가 삐침으로" 인해 "소용돌이치는 구심求心을 벗어나고 싶은/소박한 욕망이다"라고 진술함으로써, "중심에서 한 발짝씩 멀어지는/생성도 재생도 아닌 소멸로 가는 길"이라고 해석하고 있다.

쉼표는 문장의 종결을 통해 의미가 확정되는 중심에서 끊임없이 이탈하여 "구심을 벗어"나려는 행위로 볼 수 있다. 즉 시적 화자는 죽음을 정지나 종결이 아닌 '과정'으로 해석하고 있다. 기존의 죽음에 관련된 이미지와는 달리, 죽음을 단절이나 소멸 등으로 해석하기보다 시

작이며 동시에 진행형이라는 '과정'으로 보는 독창적인 해석 방식은
고경숙 시인의 시세계의 특징으로 볼 수 있다.

> 입이 의지와 멀리 떨어져 있다는 것을
> 우연히 알았을 때
> 어금니 한 구석에 있던 낱자들이 달아났다
> 검은 편도 부근에서
> 사소한 자음 모음이 얽혀
> 담痰은 더욱 폭력적이 되고
> 갈아끼운 먹끈도 곧잘 거짓말을 했다
> 치아들이 우글거리는 소리를
> 퍼즐처럼 조립해본다
> 우주로의 귀환이 멀지 않았음을
> 친절한 닥터에게 듣지 않아도
> 본시 단발적인 직감은 늘 어긋났으므로
> 잘 죽는 방법을 생각해 보는 동안에도
> 몇 번의 사랑이 찾아왔다
> 그것은 언제나 외부자의 낯선 침입이어서
> 주책없는 큰 입이 삼성을 주체 못하고
> 또 기침을 쏟아냈다
> ㅅㅏㄹㅁㅏㅇ
> 얼른 두 손으로 입을 막았다
> 조립의 과정은 더 이상 반복 말자
> 정지가 때론 영원永遠으로의 회귀이거늘,
> 실리카겔 한 봉지 검은 입에 물고
> 쉿! 입을 다문다.
>
> — 「봉인된 입―수동타자기에 부쳐」 전문, 『달의 뒤편』

수동타자기는 외부의 힘, 즉 누군가의 의지에 의해 글자가 찍혀지는
도구이다. 낡은 수동타자기로 비유되는 시적 화자는 "입이 의지와 멀

리 떨어져 있다는 것을" 인식하면서 언어와 의지 사이의 간극을 좁히려고 침묵하고 있다. 의지와는 상관없이 먼저 입을 뛰쳐나오는 발화 속에서 '떨어져 나간 낱자' 등을 통해 침묵하려는 시적 화자의 의지가 수동타자기로 형상화 되고 있다.

낡아서 더는 사용할 수 없는, 스스로 죽음을 감지한 낡은 수동타자기이지만 그 타자기로 하여금 다시 입을 열게 할 때가 있다. 바로 "몇 번의 사랑"의 도래이다. "사랑"은 언어의 힘에 휘둘리는 일임을 알면서도, 또다시 기침처럼 터져 나오는 사랑의 감정에 휩싸이고 만다. 그리고 시적 화자로 하여금 "ㅅㅏ ㄹㅁㅏ ㅇ"이라는 조합되지 못한 단어가 터져 나온다. 즉, 삶과 사랑과 사망(죽음)은 멀리 떨어져 있는 것이 아니라 단지 단어의 다양한 조합이란 사유에 도달하고 있다. 곧 "정지가 때론 영원永遠으로의 회귀"와 상통한다는 점을 강조하고 있다. 즉, "잘 죽는 방법을 생각해보는 동안에도" "사랑"은 찾아오는 것이며 죽음과 사랑과 삶은 혼재된 형식으로 우리 삶 속에 녹아 있다는 인식을 드러내고 있다.

현대시와 숨도의 사유

젖은 빨래를 탁탁 털어널고 들어간 아내에게
방망이로 흠뻑 두들겨 맞은 날은
일수도장을 찍은 것처럼 후련하다
빨랫대가 그나마 중심을 잡아주었기 망정이지
하마터면 접어진 허리며 정강이가
부러질 뻔 했다 용케도 죽지 않고
정신을 차려 세상을 보면 불똥처럼
외곽순환도로 위 차들이 거꾸로 붙어간다
그맘때쯤
겨울볕도 내 늘어진 팔뚝에서 목 솔기에서
오색영롱한 빛으로 뜬다

늘어진 전선들이 달 한가운데를 지나는
기타 구멍처럼 후미진 이곳에선
일 다녀온 아내들에게 매일 밤 얻어맞는
일 없는 남자들이 나처럼 빨래줄에 얹혀져
궁시렁 궁시렁 달을 한 잔씩 비운다
옥탑방까지 무단으로 올라온
빈 은행나무 가지들이
바람부는 대로 달의 표면을 쓸고 있다
쓸어갈 것도 쓸려가는 것도 모두 초라한
달의 뒤편에 기울었던 해는 뜰까
새벽밥 지으러 아내 쪽문 열고 나올 때까지
양 팔뚝에 고드름 차고 뜬 눈으로 밤을 샌다
쥐새끼 한 마리 못 지나가도록 말이다.

— 「달의 뒤편」 전문, 『달의 뒤편』

　빨랫줄에 매달린 빨랫감인 바지의 '거꾸로 보기' 행위를 통해 시인의 상상력이 돋보이는 작품이다. 시적 화자는 가장의 역할을 제대로 수행하지 못하는 실직자이다. 시적 화자는 아내에게 "방망이로 흠뻑 누늘겨 맞은 날은/일수도장을 찍은 것처럼 후련하다"처럼 성역할이 전도된 인물이다. 아내의 구타를 흔쾌히 수용함으로써 자신의 무능력에서 기인한 불안감을 해소하고 안도감을 느끼는 심리 상태를 지닌 존재이다.

　따라서 가족 내부의 관계설정에서 아내와 수직적 서열관계에 위치한 시적 화자는 스스로는 중심을 잡고 설 수도 없다. 아내에게 구타를 당한 후에 "빨랫대가 그나마 중심을 잡아주었기 망정이지/하마터면 접어진 허리며 정강이가/부러질 뻔 했다"라는 진술처럼 수시로 아내에게 가장의 위엄과 권위를 위협받는 입장이다. 이처럼 성역할이 전도된 처지의 시적 화자가 바라보는 세상은 "불똥처럼/외곽순환도로 위 차들이 거꾸로 붙어" 달리는 곳이다. 또한 '거꾸로 보기'를 통해 현실과 비현실적인 경계를 넘어서 "빨래줄에 얹혀서/궁시렁 궁시렁 달을 한 잔씩 비우"는 인물이기도 하다.

"달의 뒤편"이란 곧 시적 화자의 처지이기도 하다. 생계를 꾸려나가는 아내가 환하게 빛나는 달의 앞면이라면, 빨랫감처럼 '거꾸로 세상을 바라보는' 남편은 달의 뒷면이다. "쓸어갈 것도 쓸려가는 것도 모두 초라한/달의 뒤편에 기울었던 해는 뜰까"라는 시적 화자의 자조적인 진술 속에서, 달의 뒷면처럼 어둡고 컴컴한 자신에게도 희망의 빛이 비칠까라는 존재론적 회의를 읽을 수 있기 때문이다.

그러나 시적 화자는 결코 좌절하지 않는다. "쥐새끼 한 마리 못 지나가도록" "뜬 눈으로" 가족의 "밤을" 지키는 결단력을 보이고 있기 때문이다. 어둠 속에서 달의 앞면을 단단하게 받쳐 주려는 시적 화자의 서글픈 '가장의 의지'를 읽어낼 수 있다. 즉, 고단한 삶에 절망하기보다 실존의 위기를 극복하며 더 큰 사랑으로 가족을 감싸려는 고결한 의지와 정신을 드러내고 있다.

2008년 〈두레문학상〉을 수상한 고경숙 시인의 두 권의 시집을 거칠게나마 읽어 보았다. 고경숙 시인은 우리 주변의 소외된 풍경들에 시선을 주고 있다. 중심에서 이탈한 주변부의 비루한 자들의 고통스러운 젖은 목소리들을 노래하고 있다. 그리고 그 풍경 속에서 시인은 절망 대신 희망을 상기시키고 있다.

소외된 삶을 껴안는 따스한 시인의 시선은 '죽음의 자각'을 통하여 시인의 내면으로 시선을 향하고 있다. 삶과 죽음의 이분법적인 경계를 넘어서서 죽음은 곧 '과정'이라는 독특한 죽음의 해독을 통해 새로운 시세계를 지향하고 있다.

다만, 한정된 지면 때문에 시인의 깊은 사유와 힘을 내비치는 작품들을 많이 다루지 못한 점이 안타깝다. 이 글에 인용한 작품 이외에도 「개명改名」이란 작품에서는 원조교제하는 여학생과 노숙자, 구두닦이, 노점상 등의 소외된 계층들의 이름을 '개명의 의지'를 통해 현실을 변화시키려는 시인의 의지 또한 읽어낼 수 있었다. 그리고 발랄한 상상력이 돋보이는 「꽃 기름 주유소」 역시 시인의 개성적인 시세계를 잘 드러내고 있다. 이외에도 고단한 삶의 여정 속에서도 희망을 놓지 않는 강인한 여성상들이 제시되는 시편들도 다수 접할 수 있었다.

시의 경향이 서정과 반서정이라는 양극단의 편향성 속에서, 주류에서 빗겨난 소외된 자들의 고통에 귀 기울이는 시인의 시적 태도가 무척 소중하다. 고경숙 시인의 두 권의 시집을 통해서 깊은 사유와 혜안의 눈길을 접할 수 있었던 점은 큰 기쁨이기도 하다. 서투른 글을 마치며 고경숙 시인에게서 기침처럼 터져 나올 거대한 시세계를 기대해 본다.

제4부
화해와 치유의 시학

호모 사케르, 추방된 타자들

강중훈, 『날아다니는 연어를 위한 단상』

1. 4 · 3과 호모 사케르와 희생양의 계보

강중훈 시인은 『한겨레문학』(1993) 시 부문 신인상 수상으로 문단에 등단한 이래 세 권의 시집을 상재했다. 그리고 이번 시집이 네 번째 출간하는 시집이다. 첫 시집인 『오조리, 오조리, 땀꽃마을 오조리야』(지문사, 1996)부터 『가장 눈부시고도 아름다운 자유의지의 실천』(다층, 2000)과 『작디작은 섬에서의 몽상』(다층, 2006)에 이은 『날아다니는 연어를 위한 단상』(다층, 2010)이 그것이다. 이들 네 권의 시집 모두는 각각의 개성과 독특한 어법으로 그만이 갖는 시세계를 선보이고 있지만 그럼에도 불구하고 그의 작품의 중심은 한결같이 4 · 3 문제에 천착하여 타자 시학을 구현하고 있다. 즉 시인은 4권의 시집에서 제주 4 · 3 문제를 통해 비극적 역사 속으로 추방된 타자들을 소명하고 있다.

타자는 주체의 동일성이나 공동체의 동일성을 혹은 국가나 공동체의 지속과 강화를 위해 탄생되어야 하는 존재이다. 이러한 타자에의 요구성은 공동체의 강화를 위한 필수적인 요건이 된다. 르네 지라르의 "희생양 메커니즘"과 같이 "죽는 자는 언제나 전체 공동체에 대하여 희생물과 유사한 관계에 있으며, 단 한 사람의 죽음으로써 살아 있는 모든 이들의 연대성이 강화된다고 말하고 있다. 이처럼 희생물이 죽는 것은, 죽음의 위험에 처한 공동체가 새로운, 문화, 질서 속에서 재생하기 위한 것과 같다."(르네 지라르, 박무호 역, 『폭력과 성스러움』, 민음사, 2000, 395쪽)라고 말하고 있다.

르네 지라르가 말하는 "희생양 메커니즘"은 공동체의 질서를 위협하거나 결속을 약화시키는 타자는 "죽음" 혹은 "배제와 추방"을 통해 법질서 외부로 쫓겨나 괴물화 된다는 의미이다. 이처럼 타자를 배제하는 국가 권력 즉, 주권 권력은 법의 작동을 중지시키는 "예외상태"를 통하여 끊임없이 타자를 생산하고 있다.

조르지오 아감벤(Giorgio Agamben)은 그의 저서 『호모 사케르(Homo Sacaer)』(박진우 역, 새물결, 2008)에서 우리 시대에는 "예외상태"가 근본적인 정치적 구조로 전면에 부각되고 있으며, 궁극적으로 스스로 법칙(rule)이 되려는 경향을 보인다."고 진단하고 있다. 조르지오 아감벤은 벤야민의 "벌거벗은 삶"과 슈미트의 "주권", "예외" 개념을 끌어와 "호모 사케르"란 모호한 존재를 설명하고 있다. 그리고 "예외상태"를 근본적인 정치적 구조로 전면에 부각시키는 것이, 국가 권력 혹은 주권 권력의 본질임을 밝히고 있다. 아감벤은, "예외상태"를 발동시킨 주권자가 호모 사케르란 존재를 어떻게 탄생시키며, 공동체의 강화를 위하여 어떠한 방식으로 그들을 활용하는지에 집중하고 있다.

조르지오 아감벤은 『호모 사케르』에서, 그는 현대 사회에서 법의 힘 밖으로 축출되어 쓰레기처럼 버려지는 자들이 곧 "호모 사케르"라고 말하고 있다. "호모 사케르"는 로마법에 등장하는 개념으로 '희생양(제물)을 삼을 수 없지만, 그를 죽여도 살인죄가 성립되지 않는 신성한 자'로 신의 영역과 인간의 법질서 모두에서 이중으로 배제된 자를 말한다. 즉, "호모 사케르"는 죽음에 노출된 '벌거벗은 자'로써 배제되는 조건 하에서만 공동체 안에 포함되는 예외적인 존재이다. 아감벤은 이런 예외적인 조건을 선포하는 능력이 바로 국가 권력의 본질이라고 말하고 있다. 즉, "호모 사케르"는 권력이 법의 체제 바깥으로 추방한 자인 셈이다.

조르지오 아감벤을 길게 말하는 이유는, 제주 4·3의 희생자들이 아감벤의 "호모 사케르"를 가장 잘 나타내주는 예이기 때문이다. 즉, 호모 사케르는 희생양인 타자들의 계보에 속하기 때문이다.

〈제주 4·3연구소〉는 4·3을 "제주 4·3 사건은 1947년 3월 1일 경찰의 발포사건을 기점으로 하여, 경찰·서청의 탄압에 대한 저항과 단선·단정 반대를 기치로 1948년 4월 3일 남로당 제주도당 무장대가 무징봉기한 이래 1954년 9월 21일 한라산 금족지역이 전민 개방될 때까지 제주노에서 발생한 부상대와 토벌대간의 부력충놀과 토벌대의 진압과정에서 수많은 주민들이 희생당한 사건"이라고 정의하고 있다.

"……제주에는 달콤함과 떫음, 슬픔과 기쁨이 뒤섞여 있다. 초록과 검정, 섬의 우수를 우리는 동쪽 끝 성산 일출봉 즉 '새벽바위'라 불리는 이곳에서 느낄 수 있다…… 1948년 9월 25일(음력) 군인들이 성산포 사람들을 총살하기위해 트럭에서 해변으로 내리게 했을 때 마을 사람들 눈앞에 보였던 게 이 바위다. …(중략)… 오늘날 이 잔인한 학살의 기억은 지워지고 있다…… 아이들은 바다에서 헤엄치고 자신들 부모의 피를 마신 모래에서 논다. 매일 아침 휴가를 맞은 가족들은 바다에서 솟는 해를 보러 바위로 오르다 숙청 때 아버지 삼촌, 할아버지 할머니를 잃은 시인조차 시간의 흐름에 굴복했다. 그가 아무것도 잊어버리지 않았다면—그의 시 한편 한편이 그 9월 25일의 끔찍한 흔적을 지니고 있

다-그걸 뛰어넘을 필요성도 알고 있다……." 〈J. M. G. Le Clézio〉가 세계를 향
해 던진 고발장이 일부를 우리는 유럽의 잡지 『GEO』에서 접한다.

　여기, 가을 햇살이

　예순 한해 전 일들을 기억하는 그 햇살이

　그때 핏덩이 던 할아비의 주름진 앞이마와

　수수깡 같은 노파,

　죽은 자의 등에 업혀 목숨건진 그 젖먹이의 잔등위로

　무진장 쏟아지네.

　거북이 등짝 같은 눈을 가진 무리들이 바라보네.

　'성산포 앞바르터진목'

　바다물살

　파랗게 질려

　아직도 파들파들 파들파들 떨고 있는데

—「섬의 우수憂愁」 부분

　　시인의 삶의 내력을 살펴보면 시인은 일본에서 태어나 네 살 되던
해 성산포 오조리로 돌아왔다. 그리고 오조리에서 4·3으로 아버지 삼
형제와 조부와 조모 등 온 가족이 학살당하는 참혹한 경험을 했다. 그
리고 학살의 참혹한 현장에서 어린 나이에 그 비극적인 광경을 목격했
다고 한다.

　　2008년 〈노벨문학상〉 수상자인 소설가 르 클레지오(Jean Marie Gustave
Le Clézio)는 시인과 함께 제주를 여행하던 중에 성산포에 얽힌 4·3에
관련된 이야기를 들었다. 그 후 클레지오가 유럽의 잡지 『GEO』에 쓴
기고기사를 보고 시적 화자는 그동안 잊고자 했던(물론 '르 클레지오'
는 "그(강중훈)의 시 한편 한편이 그 9월 25일의 끔직한 흔적을 지니고

있다”라고 표현하고 있지만) 4·3의 악몽을 되살리고 있다.

클레지오가 쓴 글을 인용한 1연에서 나타나듯이, 르 클레지오가 보는 “제주”는 “달콤함과 떫음, 슬픔과 기쁨이 뒤섞”인 감정의 스펙트럼이 넓은 공간이다. 그에게 제주는 “초록과 검정”이라는 두 가지 색채로 이미지화 하고 있다. 일반적으로 “제주”는 “초록”의 이미지로 연상되는 곳이다. 그렇다면 르 클레지오에게 “제주”가 “초록”의 이미지만이 아닌 “검정”의 이미지까지 폭 넓게 인식되는 이유는 무엇일까?

시에 드러나는 “1948년 9월 25일(음력) 군인들이 성산포 사람들을 총살하기 위해 트럭에서 해변으로 내리게 했을 때”가 바로 “제주”에 채색되는 “검정” 이미지의 출발점임을 알 수 있다. 이 부분에서 자신의 조부가 살았던 아프리카 모리셔스의 학살에 관심을 갖고 있는 “르 클레지오”와 “시적 화자”의 고통의 그림자가 겹쳐지고 있다. ‘제주 4·3’은 바로 그 “검정” 이미지로 표상되는 고통의 기원이기 때문이다.

특히, 르 클레지오의 글에서 “피붙이를 4·3으로 잃어 버린 시인은 물론 모든 이들이 그 때의 고통스러운 추억들이 쌓인 바닷가에 휴양의 이미지만 남았다”라는 지점에서 시적 화자의 고통스런 기억이 다시 재생되고 있다. 시적 화자에게 “일출봉”의 비극적인 내력을 듣게 된 “르 클레지오”의 기고기사는 시적 화자로 하여금 화려한 휴양의 이미지 뒤에 소거된 “잔인한 학살”을 다시금 각인시키는 계기로 작동하고 있다. 더불어 주권 권력이 저지른 폭력을 시적 화자는 “르 클레지오”라는 외국 작가의 눈과 글을 통해 드러내고 있다.

“제주도”의 “일출봉”에 얽힌 끔찍한 학살의 기억은 합리성과 효율성이란 경제논리에 봉합되고 은폐되어 아름다운 이미지 뒤편으로 깊숙이 사라져 버렸다. 시적 화자마저도 자신 부모의 피를 마신 바다와 모래에서 즐거운 시간을 즐길 뿐이다. 그런데 이곳을 방문하여 학살의 내용을 들은 유명한 외국 작가의 기고 기사를 접하면서 시적 화자는 자기 안의 위악적인 모순을 감지함과 동시에 그의 시선은 지워지고 잊혀지고 배제되고 추방되었던 '그날'의 '학살의 비극성'을 다시 회상하고 있다.

이 지점에서 우리는 조르지오 아감벤의 "주권 권력"이 발동하는 "예외상태"를 목도할 수 있다. 국가 권력이 "비상사태"라는, 법의 효력을 정지시키는 "예외상태"를 만들어 시적 화자인 "나"의 "아버지 삼촌, 할아버지, 할머니"를 죽음으로 몰아넣었던 것이다. 즉, 국가 권력이 국가의 공동체 강화를 위하여 타자를 축출하는 방식이 전형적으로 드러나는 사건이기 때문이다. "나"의 "아버지 삼촌, 할아버지, 할머니"는 즉 호모 사케르이기 때문이다. 그들을 살해한 자들에겐 어떠한 법적 책임이나 형벌이 뒤따르지 않는다. 살해된 자들만 있을 뿐 살해한 자들은 존재하지 않는 현실. '성산포 앞바르터진목'은 아직도 그 살해된 자들의 봉합되어 버린 울음과 고통의 목소리로 인하여 떨고 있으며, 이렇듯 제주 4·3은 수많은 호모 사케르가 탄생되고 이들의 죽음이 주권 권력의 힘에 의해 행해졌던 비극의 공간이기 때문이다.

아감벤은 현대의 국가 권력은 "끌어안음의 배제"를 적절하게 구사한다고 한다. "예외상태"를 통해 법의 작동을 멈추어 "호모 사케르"를 만들어 추방하였다가, "예외상태"를 해제하여 다시 끌어안는다는 것이다. 위 시에는 아감벤의 "끌어안음의 배제"가 잘 드러나고 있다. 주권 권력이 "예외상태"를 발동하여 "비상상태" 하에서 "학살"을 감행한 후, 소기의 목적이 달성되자 가상적으로 추방하였던 제주도민을 다시 국민의 일원으로 포획하고 있다. 그러나 시적 화자는 아직도 배제되고 추방되었던 그 고통의 공간을 재확인하고 있다.

아버님! 무자년 그해, 이 터진목 해안 모래밭/…(중략)…/저는 들었습니다./
콩 볶듯 볶아대던 구구식 장총소리를,/미친개의 눈빛처럼/시퍼렇게 지나가던
징 박힌 순사들의 군화소리를,/…(중략)…/당신과 당신의 아버지와 어머니, 당
신의 형과 아우와,/당신의 삼촌과 조카와, 아들과 딸과, 손자 손녀와/그리고 함
께 있던 이웃들이/저 건너 조개 밭에 밀려와 썩어가던 멸치 떼처럼/널 부러진
체 죽어가는 것을,/이유도 모른 체 끌려와/저들이 쏘아대는 총탄을 몸으로 막
아내며/늙은 어머니를 구해내던 어느 이웃집 아들의 죽음도,/젖먹이 자식만은
품에 꼭꼭 껴안고 처절히 숨져가던/어느 젊은 어미의 한 맺힌 죽음도,/아버지
가 아들을, 아들이 아버지를, 남편이 아내를, 아내가 남편을/피 토하듯 부르다
가 눈을 감던 모습도,/여덟 살 어린 나는 기어이 그 모든 걸 보고 말았습니다.

—「뉘 혼백 다녀갔을까」 부분

제주도 성산포엔 터진목이라는 바닷가 모래밭이 있다./반세기 전 그곳엔 죽
음의 부호들이 유성처럼 떠다녔다./바람 부는 날 그것들은 넘어지고 깨어지고
부서지다가 사라졌다.//"4·3 양민 학살 터",/사람들은 그곳을 그렇게 기억한
다.//지금 그곳, 구석진 모래밭 한 모퉁이/사라져 잊혀 진 부호들이 옹기종기
몰려있다./…(중략)…/뉜지 모를 발자국과 그 발자국을 따라잡는/그때의 장총
소리와/그 소릴 빼어 닮은 통통배소리들도 함께 있다.//60년 만에 향을 사르던
재나/그 건너 노란 유채꽃/봄볕 한 숨에도 화늘짝 놀라 떨어진다.

—「터진목 그리고 4월」 부분

두 편의 시는 4·3이란 동일한 사건을 소재로 채택하고 있다. 1948년
4월 3일 제주도에서 벌어졌던 민간학살은 시적 화자의 고향인 "성산포
터진목"에서도 어김없이 자행되었다. 그러나 피비린내 나던 학살의 상
처와 기억은 부호가 되어 기호로만 떠돌고 있을 뿐이다. 즉 기의는 사
라지고 기표만이 남아 바람처럼 떠돌고 있다.

　그러나 시적 화자는 4·3으로 희생된 자늘을 십시리 역사의 지편으
로 떠나보내지 못한다. 죄도 없이 죽임을 당한 그들 "호모 사케르"는

아직도 시적 화자의 기억 속에서 피를 흘리며 울부짖고 있기 때문이다. 국가의 평화를 위협한다는 이유로 그들은 희생당했고, 그들을 죽인 자들에 대한 어떠한 처벌도 제도권 안에서는 이루어지지 않고 있다. 즉 그들은 국가의 구성원임에도 그들에겐 자신의 생명을 지킬 수 있는 법의 힘이 적용되지 않았다. 법의 힘 밖으로 철저하게 밀려난 "벌거벗은 자"인 호모 사케르들이다. 조르지오 아감벤은 『호모 사케르』에서 이러한 예외적인 조건을 선포하는 능력이 바로 국가 권력의 본질이라고 밝히고 있다. 호모 사케르란, 타인으로부터 생사여탈권의 행사 대상이 될 수 있는, 모든 능력과 권리가 박탈된 인간 삶의 형상을 보여준다. 즉, 국가의 안정과 평화를 위한다는 구실로 가차 없이 생사여탈권이 박탈된 체 학살된 자의 비극적 상황이 두 편의 시에서 사실적으로 드러나고 있다.

창 쪽으로만 향하는 왼쪽 심장은 바람 곶입니다,

바람 곶에선 언제나 선혈이 낭자합니다.

내가 마주한 곶 바위 끝에서도 날 선 파도가 태
양을 도려냅니다.

그러나 나는 아직 선혈의 아픔을 모릅니다.

내 안의 안개가 시각장애를 일으켰기 때문입니다.

—「바람, 태양 속에 지다」 전문

고추잠자리 어디 갔을까.//그가 날고 있으면//피를 부르는 소리 들려,//그가 날개를 접고 있을 때//머지않아//그가 몰고 올 피의 세계가 두려워,//고추잠자리 앉아있는 건너편//매밀 꽃이 하얗게 떨고 있는 걸 본다.

—「고추잠자리」 전문

이러한 사연을 안고 살아가는 시적 화자에게 "제주"라는 공간은 비극적 공간으로 인식될 수밖에 없다. 버려지고 죽임을 당한 자들의 혼령이 떠도는, 삶과 죽음의 혼재된 공간이다. 그래서 "창 쪽으로만 향하는 심장은" 바람이 몰아치는 언덕(곶)인 "바람" 곶이며, 그 곳은 선혈이 낭자하고 "날 선 파도가 태양을 도려내는" 곳이다.

심지어 "고추잠자리"의 붉은 몸통만 보아도, 학살의 현장에서 목격한 "피"의 붉은 이미지가 연상되어 "피를 부르는 소리"가 들리는 환각의 고통 속에서 살아가고 있다. 어릴 적에 목격한 학살의 참상이 시적 화자에게 얼마나 무거운 무게로 내리누르는지를 잘 묘사하는 작품이다.

2. '이어도' 라는 유토피아와 은폐되는 폭력

섬은 이별이다, 나의 이별도 그러하다
선창에 묶여있던 낙선도
갯가를 훔치던 무한궤도의 갈매기도
궤도 속에 맴돌던 바람소리도
한결같이 그들은 내게서 사라지고
바람과 바람, 파도와 파도소리 속
해초 줄기 같은 내 누이의 숨비소리*마저도
깨어지고 부서져 흩어지고 방황하다
결국은 섬처럼 내게서 떠나갔다.

더러는 떠나고 더러는 사라지다 지쳐
잠시잠깐 잠들고 있는 또 다른 이별들.
나의 어머니, 아버지, 할머니 할아버지, 삼촌
그리고 이 바닷가에 살던 모든 그리운 이들,
우리 곁에서 소멸되고 소멸되어가는 모든 것들,

보이거나 보이지 않는
그리움 뒤편에 눈물처럼 고인
빈 소라껍질 속 이어도.
이별 없이는 존재하지 않는다는
때때로 파도처럼 밀려와 구름처럼 밀려가는
그 숨비소리,
'이어도 사나' '이어도 하라'

—「이별의 노래」 전문

시적 화자에게 있어서 "섬"은 "이별"과 같은 의미의 맥락으로 해석된다. "선창에 묶여 있는 낙선", "갈매기", "바람소리"와 같은 대상으로서의 자연도 "나"에게는 "이별"의 속성을 지닌 대상일 뿐이다. 그리고 이별의 정조는 "나의 누이의 숨비소리", "나의 어머니, 아버지, 할머니 할아버지, 삼촌 그리고 이 바닷가에 살던 모든 그리운 이들"로까지 확대되고 있다. 확장된 이별의 정조는 시적 화자로 하여금 "그리운 이들" 모두를 "소멸"된 존재로 인식하고 있다. 왜냐하면, 시적 화자에게 "섬"은 호모 사케르가 되어 죽임을 당한 피붙이들의 비극적인 죽음의 명예회복이 이루어지지 않는 공간이며, 가족의 부재로 인한 불완전한 공간이기 때문이다.

비극적이고 불완전한 공간에서 시적 화자는 이별의 형식을 거쳐 소멸의 과정을 통과해야만 유토피아에 도달할 수 있다고 말하고 있다. 즉 이러한 시적 화자의 역설적인 언술방식은 유토피아로 상정되는 "이어도"라는 공간에 내재한 폭력성을 들추어내고 있다. 유토피아의 속성을 지닌 "이어도"는 수많은 타자가 배제되고 추방된 이후에야 건설되는 곳이다. "피 비린내가 진동하"고 그러한 "피 비린내가 은폐되고 아름다운 이미지로 덧입혀지는 공간"이라는 의미이다. 유토피아는 국가 권력의 폭력에 뿌리를 틀어 기생하며, 호모 사케르가 탄생되는 곳이며, 호모 사케르가 곧 유토피아라는 공간의 물적 토대임을 강조하고 있다.

즉 시적 화자는 "그리움 뒤편에 눈물처럼 고인/빈 소라껍질 속 이어도"에서처럼 유토피아라는 이상향에 도달하기 위해서는 누군가는 희생양이 되거나 죽임을 당하는 희생 제의를 통과해야만 안착할 수 있는 공간임을 강조하고 있다. 유토피아란 적으로 간주하는 자들이 추방된 세계라 강조하면서, 유토피아라는 환상 속에 감추어진 권력의 폭력성과 수많은 호모 사케르의 죽음을 지적하고 있다.

> 길을 가다가,
> 어둠이 짙게 깔린 길을 가다가
> 지독한 안개비 속으로 혼불처럼 아른대는
> 숲의 풀꽃을 본다.
>
> 꽃은 몸으로 피고 행동으로 노래하는가.
> 숲의 나무들과
> 숲의 이웃들과
> 오래 전 세상 떠난 내 아비와
> 아비의 아비들 혼령까지 불러 모아
> 도란도란 둘러앉아
>
> —「비 이야기」 부분

시적 화자에겐 주변의 일상적인 사물들마저 과거의 사건과 결부되어 존재하고 있다. 시에서 나타나듯이 "어둠이 짙게 깔린 길"은 시적 화자로 하여금 숲의 풀꽃을 "혼불"로, 숲의 나무에서도 곧 "오래 전 세상 떠난" "아비"와 아비의 아비들 혼령인 호모 사케르의 기운을 감지하는 공간이다. 시적 화자에게 4 · 3로 인하여 희생된 영혼들은 꽃으로 혹은 나무로 모습을 바꾸며 드러내고 있다.

시적 화자가 구체화시키는 죽은 자들은 "늑대인간"처럼 황량한 광야로 추방된 자들이다. 내쫓기고 "추방된 자"들은 끊임없이 광야를 헤매며 편안하게 안식을 찾지 못하고 있다. 시적 화자는 "어둠" 혹은 "숲"에서 혼령들과 마주치는 이미지를 통해 '호모 사케르'가 된 존재들을 형상화 하고 있다. 추방된 자들을 기억함으로써 그 비극의 참상을 끊임없이 지워 버리는 주권 권력의 의도와 숨겨진 폭력의 구조를 드러내고 있다. 이는 곧 시적 화자의 주권 권력과의 대응 의지로까지 확대되고 있다.

1
컴퓨터에 입력해 둔 원고가 날아가 버렸다.
그건 누구의 잘못도 아니다.
하지만 방금까지 작업했던 그 원고의
흔적조차 기억되지 않아,
그렇듯 죽음이 슬픈 것이 아니라
잊혀지는 것이 슬픈 일이다.

2
…(중략)…
꿈틀꿈틀 기어가고 있는
내 모습이,
보이지 않는다.

3
멀리 떨어진 채 잊혀지는 누이의 모습,
그 가까이 오늘 내가
거울 앞에서 처참해진다.

내 가슴에 영원히 살아 있어야 할
누이의 흔적이 기억나지 않는다.

―「잊혀진다는 것」 부분

이 작품에서 "나"는 "죽음"이 슬픈 것이 아니라, "잊혀지는 것이 슬
픈 일"이라고 진술하고 있다. 4·3 때 죽임을 당한 "누이"로 상징되는
호모 사케르에 대한 우리의 망각이 진정한 슬픔이라고 언술하고 있다.
즉, 이 지점에서 "나"로 대표되는 우리들의 망각, 4·3으로 죽임을 당
한 존재들의 "잊힘"은, 그들을 죽인 권력의 실체를 용인하는 것이란
점을 날카롭게 지적하고 있다. 생사여탈권을 박탈당하고도 그 고통의
기억들을 서둘러 지워 버리는 권력의 힘을 드러내면서 권력이 행사하
는 폭력성과 그 한계를 날카롭게 비판하고 있다.

3. 비약과 상승 그리고 자유의지

닭장 속 닭들이 모이를 먹고 있다.

닭장 밖,

새들이 망網에 매달려 있다.

밀실을 훔쳐보듯 새들은 그걸 즐긴다.

바라본다는 것은 얼마나 흥미로운 것이냐.

훔쳐본다는 것은 또 얼마나 신나는 일이냐.

닭장 속 닭들의 자유와

그걸 바라보는 새들의 부자유처럼

나에게도 그걸 훔쳐 볼 수 있는 자유가.

—「자유」 전문

　　시적 화자는 닭장 속에 갇힌 닭과, 닭장 밖에서 닭을 바라보는 새의 시선을 통해 진정한 자유의 의미와 의지에 관한 사유를 드러내고 있다. 닭장에 갇힌 닭을 훔쳐보는 "새"들의 자유가 곧 "부자유스러움"이라는 역발상의 신선함을 통해 은밀하게 자행되는 권력의 감시 구조를 폭로하고 있다. 이러한 시적 상상력의 힘은 곧 시스템에 구속되지 않으려는 시적 화자의 초월의지를 엿볼 수 있다.

푸른 꿈을 꾸는 푸른 바다 속 푸른 고등어에겐

푸른 깃발 휘날리며 창공을

푸르게 푸르게 날고 싶은 욕망이 있지.

푸른 욕망의 바다 속 푸른 고독의 나팔을 불며

푸르게 일어선 푸른 고등어

등짝 푸른 어판장 아줌마 손수레에

푸른 깃발 하나 꽂고 푸른 눈 반쯤 감은 체

푸른 하늘 향해

푸르게 푸르게 날아가는 꿈을 꾸고 있지.

—「푸른 꿈을 꾸다」 전문

태양이 뜬 눈으로 밤을 지킨 새벽길,
힘찬 연어 한 마리 숲 속을 가로질러 날아오른다.
멀미하듯 떨어져 내리는 수많은 연어의 비늘들
활기찬 태양의 마그마에 질질 녹아 흘러
숲은 강이 되고
그 강물에 유영하는 또 다른 연어 한 마리
굴뚝새처럼 날개만 파닥이다 사라진다.

사라진다는 것은 머물러 있기를 거부하는 반동이다.
어느 한 곳에 머물러 있기를 거부하는 연어
그래 나도 때로는 사라지고 싶어질 때가 있지
연어는 새가되고 새는 연어가 되어 서로 다른 삶을 사는 것처럼
나도 연어에게 더 크고 단단한 날개 하나 달아주고
그에게선 은빛 찬란한 비늘 몇 얻어 붙여
힘찬 유영이거나 찬란한 비상 한번 하고 싶을 때가 있지.

숲과 나뭇가지 사이로 소멸하는 바람소리와
그 바람소리에 잎이 지는 풀꽃들과
강 뚝 바위틈에 숨겨진 연어의 진실처럼
강물위로 사라시나가 삼시 삼간 머물러 숲속 송송 바람구멍마다
연어를 위한 알집 하나쯤 열심히 짓고 싶을 때가 있지.

— 「날아다니는 연어를 위한 단상」 전문

　　시적 화자의 자유 의지와 더불어 자유 공간을 지향하는 초월의지는
바다에 사는 대상을 통해 구체적으로 드러나고 있다. "바다"는 시적
화자에게 있어서 비극적이고 고통스러운 공간이다. 고통의 공간에 거
주하는 "고등어"나 "연어"는 죽음에 관련된 시적 화자의 고통이 투사
된 내상으로 죽음의 비극이 비늘 깊이 문신처럼 새겨진 대상이다.
　　시에서 "고등어"는 "어판장"과 같은 극악한 현실 속에서도 스스로

“푸른 고독의 나팔을 불”거나, “푸른 하늘 향해/푸르게 푸르게 날아가
는 꿈을 꾸”며 고통을 거슬러 올라가는 존재로 변모하고 있다. 시적 화
자는 더 나아가 고통이 각인된 “연어”의 비늘을 녹여 희망의 공간인 푸
른 숲으로 만들려는 초월 의지를 드러내고 있다. 고통스런 공간인 물
에 사는 존재들에게 하늘로 비상할 수 있는 “날개”를 달아줌으로써,
날개를 단 존재로 전이된 이들은 고통의 공간인 “물”이나 “바다”를 벗
어나 비약과 상승을 통해 자유 의지를 획득하고 있다.

강중훈 시인의 4번째 시집에서는 4·3으로 말미암아 희생된 호모 사
케르를 끊임없이 역사의 수면 위인 “지금 바로 여기”로 불러들여 4·3
이 과거의 멈춰진 역사가 아닌 현재까지 지속되고 있는 고통 그 자체
임을 강조하고 있다. “섬” 혹은 “바다”에 관한 시적 화자의 비극적인
공간 인식을 통해, 생사여탈권의 박탈로 무참하게 삶에서 추방된 호모
사케르인 4·3 희생자 호명은 권력의 실체와 그 위악적인 폭력성을 날
카롭게 비판하는 작업이다. 그러면서 시인은 “바다”라는 공간에 관련
된 고통의 기억을 승화시키면서 자유의 실천 의지를 통해 상생의 조화
로움으로까지 시세계를 확대시켜 나가고 있다.

화해와 치유의 시학

변종태

1. 고통의 진원지, 어머니

시를 쓴다는 것은 캄캄한 벌판에 혼자 서 있는 것과 같다. 그 믹믹한 어둠 속에서 시인은 어둠의 꺼풀을 하나씩 벗겨내며 사물의 본질과 감응하고 그 안에 파장처럼 감춰진 울림을 만나게 된다. 또한 상처 입은 자신의 육체와 영혼의 맨얼굴과 맞대면하게 된다. 그 과정 속에서 시인은 무당처럼 자신을 치유하는 여러 겹의 손을 갖게 된다. 그 여러 겹의 손으로 세상의 육체를 쓸어주고 보듬어주는 위대한 시인의 정신과 영혼으로 발현되는 것이다.

그래서 시를 쓰는 작업은 고통의 연속일 수밖에 없다. 한 편의 시에는 시인의 사유의 발자국들이 수없이 찍혀 있기 마련이다. 멈출 수 없는 발들은 그 얼마나 고달픈가. 내가 아는 번종태 시인 역시 오랜 시간 동안 시의 발걸음을 멈추어본 적이 없는 시인이다.

변종태 시인은 작품 「오일장터에서」로 19991년 『시세계』로 등단한 이래, 시집 『멕시코행 열차는 어디서타지』(새미, 1997), 『니체와 함께 간 선술집에서』(다층, 1999), 『안티를 위하여』(작가마을, 2005) 등 세 편의 시집을 상재하면서 꾸준하게 활동하고 있다.

이번 변종태 시인의 소시집에서는 그가 이제껏 추구해오던 시세계와는 다른 노정을 보이고 있다. 그가 펴낸 세 권의 시집을 통해서도 알 수 있듯이 기존의 작품 세계가 존재론적인 회의를 큰 뼈대로 삼아 현대인들의 고독과 방황 등을 다루는 도시적 서정이 주를 이루어왔다. 그런데 이번 소시집의 작품들은 시인의 외부에서 내면으로 다가가고 있음을 알 수 있다. 이러한 시인의 발걸음은 공존과 화해의 시세계로 향하고 있다.

어머니는 뒤뜰의 동백나무를 잘라버렸습니다
젊은 나이에 뎅겅 죽어버린 아버지 생각에
동백꽃보다 붉은 눈물을 흘리며
동백나무의 등걸을 자르셨지요
계절은 빠르게 봄을 횡단橫斷하는데,
끊임없이 꽃을 떨구는 동백
붉은 눈물 떨구는 어머니, 동백꽃
목이 떨어지고 있었습니다.
먼 산 이마가 아직 허연데,
망나니의 칼 끝에 떨어지던 목숨,
꼭 그 빛으로 떨어져 내리던,
붉은 눈물, 붉은 슬픔을
봄이었습니다, 분명히
떨어진 동백꽃 위로
더 붉은 동백이 몸을 날렸습니다.
봄이었구요,

아직도 한라산 자락에 잔설殘雪이 남은 4월이었구요.

—「제주섬, 동백꽃, 지다」 전문

이 시는 변종태 시인이 기존 발표작으로, 시에 등장하는 "어머니"는 젊어서 남편을 잃고 자식들을 길러내는 강직한 모습으로 드러나 있다. 시적 화자에게 "어머니"는 "동백꽃"처럼 "붉은" 울음을 우는 존재이다. 남편과의 행복한 한때를 떠올리는 "어머니"는 결심이라도 한 듯 울음이 많은 '동백나무를 뎅겅 잘라 버리고' 있다. "동백나무를 자"른다는 것은 곧 과거 추억과의 단절을 의미한다. 또한 아름다움을 욕망하는 여성으로서의 여성성을 제거해 버리고, 남성처럼 굳건해지고 싶은 가장의 의지를 드러내는 행위이기도 하다. 하지만 봄이 되어서도 "한라산" 정상에 희끗희끗 남아 있는 "잔설"처럼 어머니 역시 사랑하던 남편과의 추억을 잊지 못하기에 "어머니"의 마음엔 "잔설"처럼 그리움과 슬픔이 남아 있는 것이다. 시적 화자에게 있어 "어머니"는 곧 고통의 시발점이다. 그 "어머니"라는 고통의 기원에는 일찍 죽음을 맞은 아버지의 부재가 자리잡고 있다.

2. 고딕 필체의 아버지

당신이 누워 있던 페이지에 누워보았어요.
아버지라는 단어가 참으로 낯설게만 느껴지더군요.
명조체의 문장 가운데 유독 고딕체로 누워 계신 당신,
당신 뒤로 도래솔이 대여섯 그루 서 있더군요.
명조체의 바늘을 꽂은 채 비를 맞고 선
솔잎에선 솔내음이 나지 않았어요.

—「고딕체로 서 있는 당신」 부분

　어머니에게 힘겨운 가장의 역할을 넘겨주고 일찍 돌아가신 아버지의 자리에 이제는 시적 화자가 서 있다. 시적 화자는 오래 전 기억 속의 아버지가 있던 자리에, 아비의 심정으로 누워 보려 하고 있다. 그러나 아버지란 존재는 멀고도 낯선 존재일 뿐 아버지의 육체와 정신을 조우하려는 시적 화자의 욕망은 실현되지 못한다. 오히려 더욱 아득한 거리감과 결핍만을 체험할 뿐이다. 아버지가 존재하는 곳은 시적 화자가 결코 몸을 누일 수 없는 종이 위처럼 실재하지 않는 세계이다. 아버지와 몸을 겹쳐 보려 하지만 아버지는 다만 육체가 상실된 고딕 필체와 같은 기호로만 남아 있다. 죽음의 세계에 서 있는 아버지란 이름에서 시적 화자는 아버지의 체취 또한 맡을 수 없다. 더욱 확실한 부재만을 확인하고 있을 뿐이다.

　위의 두 편의 시에서 시적 화자에게 있어서 아버지와 어머니는 존재론적인 고뇌와 방황을 야기시키는 대상이며, 그들을 껴안고 포용하기보다는 고통의 근원지로 인식하고 있음을 볼 수 있다.

첫눈 내린 마당에 참새 몇 마리 날아와
발자국을 찍어대고 있다.
하얀 도화지에 저들 멋대로 찍어대는 겨울 낙서,
내 유년의 겨울에는 온통 산 꿩의 발자국이 찍히곤 했다.
아니, 어머니의 육두문자가 촘촘히 박혀 있다.
학교에서 돌아오는 길,
산 꿩의 울음을 좇아 벌판을 휘젓다 돌아온 날,
상기된 발을 보신 어머니,
당신은 안쓰러운 음성으로 아들의 발을 걱정하셨지,
아니, 사실은 죽어라코 욕을 퍼부어대셨지.
새총으로 옆집 유리창을 부숴놨을 때,
훌륭한 사수射手가 되겠다고 아들의 미래를, 이것도 아니지.
도대체 말썽 안 피는 날 없다고 육두문자로 욕을 하셨지.

가난한 땅, 가난한 집안에서
말썽만 풍부한 당신의 아들,
당신의 육두문자가 아들놈을 키워온 힘이라는 걸
쉰을 내다보는 나이가 돼서야 알게 되는 건,
참새 몇 마리가 화석으로 새겨놓는 마당에
단음으로 토해놓는 유년의 언어를,
그도 아니라면, 이제는 잊혀진 장끼의 울음소리,
혹은 겨울바람에 날려가는 유년의 빛바랜 기억이
첫눈 내린 마당에 찍히는 낙서 때문일까.

―「겨울 낙서」 전문

나이가 사십 줄에 들어선 시적 화자는 어느 겨울날 눈이 내린 마당가에 찍힌 새 발자국을 보고 있다. 그 새 발자국에서 유년시절에 헤매 다녔던 벌판 위에 찍혀있던 꿩의 발자국과 더불어 집에 늦게 귀가한 자신을 혼내던 젊은 날의 어머니의 모습을 회상하고 있다. 시적 화자의 유년의 기억 속에서 어머니는 벌판을 쏘다니다 늦게 귀가한 자식에게 따스한 말을 긴네기보다는 "욕설"과 "육두문자"로밖에 애정을 표현할 줄 모르는 투박한 존재였다. "가난한 땅"과 "가난한" 가정에서 말썽만 피우는 "아들"이 혹여 남들에게 흠 잡힐까봐 세상의 법칙과 규칙을 준엄하게 강요하는 어머니의 목소리는 곧 세상의 목소리에 다름아니다.

시적 화자는 강인하게 아들을 훈육시킬 수밖에 없었던 어머니의 마음을 다시 되새기면서, 어머니의 "육두문자"와 "욕"이 곧 자신을 키운 힘이었다고 진술하고 있다. 곧 시적 화자에게 있어서 자신에게 절제만을 미덕처럼 강요하던 어머니를 이해한다는 것은 곧 타자들과의 화해를 시도하는 것이기도 하다.

바닷가에서 물수제비를 띄운다. 의식의 밑바닥에 깔려 있는 욕설을 골라 밀려오는 파도를 향해 던진다. 수면 위를 미끄러지는 물수제비, 그 욕설의 의미들, 첫 번째는 사랑이더니 두 번째는 그리움이더니 세 번째는 미움이더니 네 번째는 이별이더니 다섯 번 여섯 번 일곱 번……말줄임표로 미끄러지다가 물밑으로 가라앉는 단어의 의미. 내 욕설은 끝내 수평선에 못 이르고 익사하는가. 욕설의 물수제비를 띄워도 떠나버린 그대에게 이르지 못하는 내 욕설의 의미

―「물수제비를 띄우며」 전문

어머니의 욕설이 가장으로서 자식을 걱정하는 의미의 욕설이었다면, 성년이 되어 이별을 경험하고 나서 던지는 시적 화자의 "욕설"은 자신에게 등을 돌리고 떠나 버린 연인을 향한 고백과 같은 행위이다. 시적 화자 역시 자신이 어머니처럼 애정을 표현하는 법에 서툰 청년이 되어 있음을 알아차린다. 시적 화자는 "말줄임표로 미끄러지다가 물밑으로 가라앉는 단어의 의미"에서와 같이 사랑이 떠난 자리에서 언어의 시니피앙에 주목함으로써 언어로는 다 표현할 수 없는 사랑의 본질에 도달하고 있다. 결코 시니피에에 닿지 못하는 화려한 언어의 형식성에서 언어 이전의 그리움을 통해 자신의 내면으로 향하는 인식의 계기를 보여주고 있다. 이러한 내면으로의 시선의 이동은 곧 자기 치유의 힘을 상승시키고 있다.

3. 자기 치유를 통한 화해의 의지

오일시장에서 열 개에 오백 원 주고 사왔다는,
칠순 노모가 심어 놓은 고추 모종을
자벌레 한 마리가 깔끔하게 먹어치웠다.
제 몸을 접고 접으면서 세상을 재던 놈이
제 몸의 몇 십 배는 됨 직한 고추 모종을 해치우고 나서
다른 모종으로 건너가다가 내 눈에 딱 걸렸다.
이걸 어떻게 죽여줄까를 고민하다가

먼지투성이 흙밭에 내려놓고 한참을 들여다보다가,
나도 온 몸으로 세상을 재던 시절이 있었지.
온몸으로 세상의 넓이를 재느라
어미의 생生을 갉아먹기도 하고
어떤 이의 마음을 갉아먹기도 하고
어떤 이의 상처를 갉아먹기도 하면서,
아, 나도 노모老母의 생을 저렇게 갉아먹었을까.
빼꼼히 열린 문틈으로 비친 욕실,
노모의 몸뚱이에 내 이빨자국 선하다.

―「자벌레, 자벌레가」 전문

내겐 청자거북재떨이 하나 있다
문득 등에 있는 뚜껑을 열어 재를 털다가
거북이의 등을 누가 파먹었나, 생각한다
자라탕 집에서 버려진 것처럼
쓰린 배 쥐어틀며 내 머리맡에서
담뱃재로 주린 배를 채우는 청자거북이여,
우리의 역사여,
꿈속에도 다시 악몽에 시달리게 하던
늙은 동생의 대학 등록금이여,
가만히 담배연기를 빨아 마시면
뱃속으로부터 날아가는 허무,
청거북이 허한 등짝 뚫린 구멍에
보시布施하듯 불똥을 끄지 않은 꽁초를 넣는다
빈 역사에서 꺼져드는 꿈들을 본다

―「청자거북 재떨이」 전문

　시에서 시적 화자는 칠순 노모가 사다 심어 놓은 고추 모종을 먹어
치우는 자벌레 한 마리를 보고 있다. 자벌레는 나이 들고 험하게 세상
을 살아온 어머니의 작품인 고추 모종을 단시간에 갉아먹어 버린 존재

이다. 시적 화자의 심리가 투사된 자벌레를 "나"는 쉽사리 죽이지 못하고 있다. 왜냐하면 싱싱하게 자라던 고추 모종을 삽시간에 깔끔하게 먹어치운 자벌레 한 마리는 어머니의 젊음과 육체를 다 먹어치운 시적 화자의 모습을 닮아 있기 때문이다.

그래서 시적 화자는 "자벌레"를 쉽사리 죽이지 못하고 "땅"에 내려놓고 바라보고만 있다. '자벌레=시적 화자'와 '고추 모종=먼지 투성이 흙 밭=어머니'는 곧 시적 화자와 어머니와의 관계를 대비시키는 구조로 시의 미적 완성도를 높여주고 있다. 곧 어머니와 같은 "흙밭"에 놓인 자벌레는 세상을 재던 시적 화자와 동일시된 대상이기에 시적 화자는 그 대상을 연민의 눈으로 바라보고 있는 것이다.

이때의 어머니의 몸은 곧 시적 화자가 세상을 살아온 흔적이 고스란히 남아 있는 공간이다. 노모의 몸에 시적 화자의 삶의 궤적들이 지층처럼 쌓여 있다. 그 층층으로 견고하게 집적된 상처 속에서 투박한 어머니와의 진정한 소통이 이루어지고 있다.

시인의 또 다른 시 「청자거북 재떨이」에서도 집안의 가장인 시적 화자가 늙은 대학생인 동생의 등록금을 걱정할 때도 시선이 가 닿은 곳은 몸이 움푹 패인 "청자거북 재떨이"이다. 곧 자식들을 위해 자신의 육체를 훼손시키는 부모란 존재를 고추 모종이나 청자거북 재떨이처럼 훼손되는 속성들을 지닌 대상들로 형상화 하고 있음을 알 수 있다.

변종태 시인의 기존의 시에서 '아버지'와 '어머니'를 고통의 시발점으로 인식하던 시각에서 시적 화자는 어머니의 젊음을 빼앗은 '자신'의 처지를 인식하고, 자기 치유의 과정을 통해 "자벌레" 혹은 흙밭 등의 소소한 대상들까지도 껴안는 화해 의지를 드러내고 있다.

고요의 남쪽에 프리지아 한 포기 심었다.
이제는 달이 뜨지 않는 나이,

바람이 불고 천둥이 치고 다시 가로등이 켜진다.
창문을 열고 노란 프리지아 한 송이 피어나길 기다린다.
누군가 켜고 끄지 않아도
계절이 되면 절로 태어나고 죽어가는
가로등 아래, 고요의 남쪽에 프리지아 한 포기 심었다.
계절이 다가와 프리지아 잎을 가만히 흔들고 간다.
서서히 눈을 뜬 가로등 아래
프리지아 심은 자리에서 달맞이꽃 한 송이 피어난다.
가로등 환하게 피어난다.

—「피지 않을 꽃, 마흔」 전문

"고요의 남쪽"에 시적 화자는 프리지아 한 포기를 심어 놓고 있다. "고요의 남쪽"이란 곧 시적 화자의 평안해진 마음의 여유를 관념화시킨 공간이라 할 수 있다. "바람이 불고 천둥이 치"는 젊음의 중심을 지나 "달"마저 쉽사리 "뜨지 않는" 마흔의 나이에 들어서서 시적 화자는 내면의 풍경으로 눈을 돌리고 있다. 시간의 흐름에서 죽고 사는 유한한 존재인 인간의 내면에, 시간의 흐름을 거슬러 영혼의 꽃을 피우는 달맞이꽃을 통해 고고한 정신세계를 형상화 하고 있다. 기계론적인 시간관을 뛰어넘어 시간성을 거스르는 존재로 묘사된 달맞이꽃은 삶과 죽음의 경계에 피는 꽃이다. 시적 화자는 삶과 죽음의 이분법적인 경계를 뛰어넘는 내면의 풍경 속에서 순환론적인 세계관을 통해 공존의 시학을 펼쳐 보이고 있다.

동그란 것들은
구르는 것이 체질인가보다.
접시에 쿠키를 담아두 었더니
장마에 푸른곰팡이가 슬었다.
동그란 것들은 푸른 꿈을 꾸는가 보다.

제4부 화해와 치유의 시학

동그란 것들의 꿈은 동그랗구나,
푸른곰팡이가 동그란 꿈을 꾸는가보다.
동그란 접시 안에서 동그랗고 푸른 꿈을 꾸는
쿠키의 삶이 동그랗구나.
곰팡이가 굴러간다.
푸른곰팡이가 굴러간다.
내 생生의 곰팡이가 푸르게 굴러간다.

— 「아하, 동그랗구나」 전문

어머니와의 화해를 통해 내면으로 깊숙하게 시선을 돌린 시적 화자의 깨달음은 곧 접시와 동그란 쿠기에서도 "동그란 것"들의 미덕에 시선이 가 닿고 있다. 모나지 않고 타인들에게 상처주지 않는 "동그란 것들"의 속성을 통해 "곰팡이"처럼 거부하고 싶었던 타자화 된 자아까지 포용하고 있다.

아우야, 끝을 내야만, 끝장을 내야만 하는 싸움이 아니었다. 이른 봄, 새벽녘 애기똥풀꽃 물관 속을 흐르는 사랑으로, 그 물관을 통과한 사랑으로 더디게 더디게 노오랗게 질리는. 아우야, 끝장을 봐야만 하는 싸움이 아니었다. 제주땅 오름마다 솟는 봉홧불, 이름도 모르고, 이유도 모른 채 죽어간 숱한 이름들이 차례로 피어나는. 아우야, 다시 이 다랑쉬오름의 정상에 서서, 끝을 내야만 하는 싸움이 아니었다. 노오랗게 피어나는 애기똥풀꽃, 꽃과 꽃이 어깨를 겯고 버팅기는 이 오름에서, 지난 밤 너를 부르다 목이 메던 꿈처럼.

— 「다시 오름에서」 전문

이처럼 종전에는 결코 수긍할 수 없었던 것들을 포용하는 시적 화자의 깨달음은 곧 주변의 자연 대상들에게까지 포용의 힘이 확대되고 있다. 시적 화자는 "다랑쉬오름"에서 오름의 둥근 형태를 통해 그 자애의 "사랑"의 힘을 확인하고 있다. 이데올로기로 인해 비극적인 죽음을 맞이하여야 했던 오름에 묻힌 제주 4·3 희생자의 영령들의 아픔까지 읽어내고 있다. "이름도 모르고, 이유도 모른 채 죽어간 숱한 이름들이 차례로 피어나는" 오름에서 작은 꽃과 생명체 하나하나의 이름을 사랑의 입술로 호명하고 있는 것이다. 변종태 시인의 시편들은 세상과의 진정한 화해를 통해 화해하는 공존의 시학으로 시세계의 확대를 꾀하고 있음을 알 수 있다.

성聖의 세계를 향한 도정의 길

한광구, 『산마을』

238

1. 유토피아와 자기 수련

『산마을』(모아드림, 2004)은 한광구 시인의 7번째 시집이다. 한광구 시인은 첫 시집 『이 땅에 비 오는 날』을 펴낸 이후 활발한 작품 활동을 하고 있다. 시인의 시집 자서에서도 알 수 있듯이 『산마을』에서는 일상의 삶을 초월한 "성聖의 공간"이 제시되고 있다. 시인에게 있어서 현실은 타락한 속俗의 세계일 뿐이다. 시적 화자는 타락한 현실에서 "산마을"로 상징되는 성聖의 세계로 진입하기 위해 일상생활에서 자신을 가다듬는 수련 과정을 자발적으로 행하고 있다.

하늘이 부끄러워
얼굴이 없네.
눈감고
귀 막고

살이 썩는
죄의 동굴에서
손가락 잘리고
발가락 잘리고
삐뚤어진 입으로
어둠을 먹고
부르고 불러도
캄캄하게 짓무른
일생—生이
징징 울고 있네.

—「문둥이」 전문

시적 화자가 인식하는 현실은 "하늘" 바라보기가 "부끄러워/얼굴"마저 사라지게 만드는 부끄러운 공간이다. 또한 "눈감고/귀"를 막아야만 하는 곳이며, "살이 썩는" 부패한 세상이다. 또한, "캄캄하게 짓무른/일생"으로 "징징 울" 수밖에 없는 "죄의 동굴"이다. 시적 화자의 이러한 부징적인 현실인식 태노는 다음 시에서도 잘 드러나고 있다.

그 해 가을, 아빠는 끝내 오지 않고, 엄마는 빨갛게 익은 사과가 먹고 싶다고 과수원으로 가고, 이모는 속이 메스껍다고 연신 구역질을 해대고, 어린 요한은 마차를 타고 덜컹이며 어디론지 가고 있었습니다. 달 밝은 밤이 오자 엄마는 달맞이꽃처럼 바람벽 아래서 치마를 갈아입고, 이모는 바람에 하얗게 몸을 뒤집는 개비름이 되고, 어린 요한은 달빛을 따라 집을 나왔습니다. …(중략)… 그 해 가을부터 요한은 어른이 되었습니다.

—「요한의 가을」 부분

시적 화자인 "요한"이 겪는 현실은 아버지가 돌아오지 않으며, 엄마와 이모마저 "사과"가 먹고 싶어 과수원으로 떠나 버린 부성과 모성의 부재의 공간이며 혼돈스러운 장소이다. "요한"에게 집이란 부모의 양육이 이루어지거나 일상의 안락함을 제공해줄 수 있는 거처가 아니다. 엄마와 이모의 성적 타락으로 인하여 가정이 해체되어 버린 공간일 뿐이다. 즉, "요한"으로 하여금 현실은 "바다가 평야로 바뀌고/짠물이 민물로 바뀐/세상살이/정의의 기준도 그렇게 바"뀌는 혼돈 그 자체로 인식되고 있다. 진리가 부재하고 "정의의 기준도 바뀌"어 버리는 카오스의 세계에서 "요한"은 마치 현실세계가 "피눈물처럼 붉은 흙을 적시며 질질 녹고 있는"(「눈이 녹다」) 곳으로 파악하고 있다. "요한"은 카오스적인 무질서의 경험을 통하여 "그 해부터" "어른이 된다". 요한에게 세계는 "아직"도 "눈과 비가 섞여오는"(「예감」) 진리와 질서가 엉클어진 "땅"(「예감」)이기 때문이다.

바람 불어
온통 나풀거리는
몸짓뿐으로
떠돌다 가버리는
목숨을
누가 무겁고
누가 가볍다고
구분하겠느냐.
하늘 아래선
온 세상이 저울에 앉은 먼지와 같은 걸.

— 「먼지」 전문

타락하고 모순으로 가득 찬 현실에서 시적 화자는 "먼지"같이 "맺혔다가/떨어지는/순간이/바로 영원이구나"(「이슬」)와 같이 인간 존재의 유한성을 자각하고 있다. 시적 화자의 목숨에 관한 유한성의 자각은 곧 허무감을 동반하고 있다. "목이 말라 깨어난/ 새벽 4시."(「하늘거울」)
에 바라보는 세상은 "때가 되어/몸을 버리니/깜깜한 세상/바람이 불고/
별들 잦아지"는 곳이며, 이 지점에서 시적 화자는 자신이 신성한 곳으
로 상징하고 있는 '산마을', 즉 성聖의 세계인 유토피아로의 진입을 꿈
꾸게 되는 것이다. 시적 화자의 이러한 자각은 그로 하여금 현실 속에서
의 유토피아를 건설하기 위한 고통스런 자기 수련을 동반하게 한다.

2. 사랑의 본질 체득

당신은 나를 다듬는
정釘과 망치였네
매일마다
당신의 뾰쪽한 정을 맞고
찡한 아픔
신경의 마디마디
깊이 스미더니
어느새 그 아픔도
겹겹이 주름지며
검푸른 심줄이 되었네.

— 「어떤 조각彫刻」 부분

솟구쳐 흐르면서도
소리 내지 않네.
낮은 곳으로 내리면서
고함치지 않고
굽이쳐 흐르면서
밖으로 소리를 내지 않네.
갈대밭을 지나며
갈대가 부러졌다고

잘라버리지 않고
깊이깊이 흐르면서
뿌리를 적셔주네
…(중략)…
굽은 길
바로 펴서
바다로 가네.

―「그 강물」 부분

하루 또 하루
각角을 잡아
못을 박고
위태롭게 지탱해 온 삶이지만
이제는 박혔던 못들을
뽑을 때도 되었네.
박혔던 못들이 빠지면서
헐거워지는 삶
속이 훤히 보이는구려.
숭숭 뚫린 구멍으로
햇살이 스며들고
바람이 드나들어
하얗게 풍화風化된
투명
투명으로 가득
채워지는 공간
안과 밖이 하나가 된
생애.

―「투명」 전문

시적 화자는 "매일마다/당신의 뾰쪽한 정을 맞으며" "아픔"이 "신경의 마디마디”에 스며 그 “아픔”마저도 “심줄”이 되는 고난의 과정을 거치고 있다. “안과 밖이 하나가” 되는 투명한 세계로의 지향을 꿈꾸게 된다. 이 런 지향의식은 “솟구쳐 흐르면서도/소리 내지 않고” “낮은 곳으로 내리 면서/고함치지 않고/굽이쳐 흐르면서/밖으로 소리를 내지 않”는 “부러졌 다고/잘라버리지 않고/깊이깊이 흐르면서/뿌리를 적”시는 사랑의 본질 을 체득하게 한다. 스스로 온 몸에 박았던 욕망의 “못”을 뽑아 버린 “투 명”한 세계는 곧 성역의 공간이며 평화스런 유토피아이다. 시인의 시가 우리에게 와 닿는 것은 바로 현실을 배제한 관념적인 세계가 아니라 일 상 속에서 자각하는 성역의 공간을 구체적으로 보여주기에 감동이 더욱 진하게 다가온다.

> 몸이 지글지글 끓으며 타오릅니다. 모두 태워버리고 돌아다보니 내가 걸어 온 발걸음 발걸음 마다 촛불이 켜져 있습니다. 촛불들이 환하게 길을 만들고 있는데 길 끝은 밤하늘과 맞닿아 있습니다. 이윽고 재를 털고 다시 이 촛불 길 을 걸어 내려왔습니다. 마치 은하수 길을 걸어서 땅으로 내려온 것 같습니다.
>
> —「촛불 길」 부분

더불어 시적 화자는 수련의 과정에서 명상을 통해 내면에 들끓고 있 는 욕망을 “촛불 길”이란 단어를 통해 구체적으로 형상화 하고 있다. 욕망의 정체를 깨닫는 순간 그 욕망의 길의 끝은, 곧 욕망을 버린 곳에 “밤하늘”(유토피아)에 맞닿아 있음을 알게 된다. 명상과 수련을 통해 주관적이고 관념적인 “욕망”을 거세하여 일상생활 속에서 성의 영역인 ‘산마을’의 체험을 객관적으로 극명하게 드러내고 있음을 볼 수 있다.

3. 생명 부활의 공간 '산마을'

산마을 집으로 보금자리를 옮기기로 했다.
작은 집에서 옹기종기 놓였던
먼지를 털어내고
가볍게
하늘 아래
나무들이 사는 이곳으로
새처럼 날아왔다.

—「산마을의 집」 부분

시적 화자는 영적인 기운이 충만한 "산마을"에 도달한다. 속세의 "집"에서 쌓인 "먼지"들을 털어내고 "나무"들이 사는 "산마을로" 새처럼 가벼워진 몸과 마음으로 유토피아를 건설하고 있다.

잘못 앉은 돌을 골라내고 굳어진 흙을 바수어 잡풀은 뽑아내고 하늘이 주신 말씀을 받아 이 땅에 엎드려 사는 목숨의 숨결과 섞었습니다. 보세요, 말씀이 파릇파릇 싹이 돋고 꽃피고 열매를 맺는, …(중략)… 이게 제 필생의 농사입니다.

—「농사법」 부분

유토피아인 "산마을"에서 시적 화자는 자신의 내면을 수련하고 있다. 마음속에 "잘못 앉은 돌"들을 골라내고, 수련하는 것을 평생의 농사법을 삼겠다는 현실 초극의 의지를 노래하고 있다.

이 산등 허리마다
파란 잎
희고 노랗고 붉은 꽃잎
터집니다.

온 산이 새로 열리고 있습니다.
쏟아지는 햇살로
생명의 길을 열고
영원히 누릴
말씀을 읽어주고 있습니다.

―「부활」 부분

　"산마을"은 모든 생명이 다시 부활하는 공간이다. "아버지가 피로써/
나를 씻으셨듯이/나도 피로써/죄를 씻"(「아버지」)는 곳이다. 이 공간은
삶과 죽음, 곧 재생과 부활이 가능한 순환론적 세계의 영역이다. "삐걱
하고 열리며/하늘이 보이고/삐걱하고 열리며/세상이 보이"(「문소리」)
는 성의 영역이며 신의 말씀이 숨 쉬는 공간이다. 쏟아지는 햇살로 생
명의 길이 열리는 신의 말씀이 가득 차 있는 곳이다.

성聖과 속俗이 함께
얼룩지는 물 위로
말씀이 얼룩지는
풍경을 바라봅니다.

―「당신의 배를 타고」 부분

홀로 산에 왔습니다.
바위에 올라
하늘을 향해 누웠습니다.
…(중략)…
눈물이 솟구치고
온몸이 축축해지더니
콸콸콸
내 몸도 물이 되어
흐르고 있습니다.

온 산을 적시고 있습니다.

—「물소리」부분

이 「산마을」에서 시적 화자는 "성聖과 속俗이 함께/얼룩지는 물"로 "내 몸도 물이 되어/흐르고 있습니다./온 산을 적시고 있습니다."처럼 물의 이미지를 통해 자연과의 합일을 노래하고 있다. 뿐만 아니라 자연과 합일한 시적 화자는 자연 속에 숨결처럼 스며 있는 영적인 존재와도 화합의 경지에 도달하고 있다. 스스로 사랑의 눈길이 되어 세상을 껴안게 되는 것이다. 시적 화자는 타락하고 혼란스런 현실에 좌절하거나 물들지 않고, 부단한 수련 과정을 거쳐 일상성을 초월한 순백의 성역에 도달하고 있다.

한광구 시인의 시집이 이 시대에 의미를 갖는 것은 현실을 배제시켜 버린 관념적인 유토피아 공간인 "산마을"이 아니라, 우리 삶의 근저에서 수련을 통한 깨달음으로 현실 속에서 영혼의 울림을 듣고 영적인 세계를 추구한다는 점이다. 시인의 밝은 눈과 귀로 우리에게 세상 도처에 숨어 있는 유토피아의 세계를 보여주고 있다는 점에서 의미가 있다. 이러한 시인의 힘은 종교적인 소재를 차용한 시에서 볼 수 있는 이분법적이거나 교조적인 위험성에 빠지지 않고 있으며, 생생한 시적 긴장감으로 작용하고 있다.

네 개의 풍경과 천 마리의 새떼와 폭설

위선환

1. 30년 만에 시의 세계로 돌아오다

2009년 제14회 〈현대시학 작품상〉을 수상하는 위선환 시인은 문학청년 시절이었던 1960년대에 〈용아문학상〉을 수상한 이후 한동안 시를 놓기도 했었다. 공직 생활을 하다 2001년 『현대시』 9월호에 「교외에서」로 작품 활동을 시작하면서 다시 시를 쓰기 시작했다. 시인이 다시 시의 자리로 돌아오는 데 30여 년의 시간이 걸린 셈이다. 이 후 시인은 2006년 〈미당문학상〉 후보로 추천되었고, 2008년 〈현대시학 작품상〉을 수상하면서 뜨거운 시의 포문을 열어젖히고 있다. 어쩌면 시인은 시를 접었던 30년 동안, 시의 몸 밖에서 시의 몸 안을 진지하게 들여다보고 있었던 셈이다.

위선환 시인과의 인연은 몇 년 전으로 거슬리 올라간다. 모 잡지에서 위선환 시인의 세 번째 시집 서평을 청탁받게 되었다. 시집 서평을 쓰면서 세 번째 시집의 태반 역할을 했을 두 권의 시집 내용이 궁금해졌다. 기존의 시세계에서 어떠한 점이 연장되었고 변모되었는지가 궁금했다. 그러나 출간된 두 권의 시집이 이미 절판된 상태라서 쉽게 구할 수가 없었다. 고심하던 차에 잡지사에 수소문하여 시인에게 직접 전화를 드렸었다. 위선환 시인이 반갑게 전화를 받으시면서 친절하게 시집 원고 파일을 보내주었다.

나는 시집 원고를 읽으면서 '이순이면 귀신이 보이는 나이' 라는 말을 떠올렸다. 어쩌면 시인은 매일 집 주위의 산길을 오르면서 시마와 마주쳐 피를 토하듯 시를 써내려갔는지도 모를 일이다. 어느 문학잡지의 인터뷰를 보면, 첫 시집을 발표하던 해에 미친 듯이 시를 썼다는 내용에서처럼 시인의 치열한 시작활동의 일면을 볼 수 있었다.

올해 초봄 다산 초당과 백련사의 동백꽃을 보러 강진에 갈 기회가 있었다. 다산 초당의 정자 천일각에서 탐진강을 직접 대면하게 되었다. 정자 주변의 소나무 앞으로 거대하게 펼쳐진 탐진강은 물안개를 피워 올리며 느긋하고 고독하게 흐르고 있었다. 겹쳐지는 부드러운 산세들이 탐진강의 절경에 운치를 더해주고 있었다. 위선환 시인의 시에서 탐진강 연작 시리즈를 비롯하여, '물' 이미지가 자주 등장하는 것도 시인의 고향인 장흥의 탐진강과 무관하지 않을 것이다.

내가 평소에 접했던 위선환 시인은 탐진강처럼 사유의 폭이 넓고 치열하게 시를 쓰시는 분이다. 또, 시인은 음악, 사진, 미술, 영화, 등산 그리고 오디오에도 각별한 관심을 두고 있다. 누군가의 말을 빌리면, 방송국 음악 전문 코너에서 위선환 시인에게 희귀음반을 빌리러 올 정도라고 하니 시인의 폭넓은 예술적 안목을 알 수 있는 대목이기도 하다.

2. 비상하는 천 마리의 새떼와 폭설

위선환 시인의 시세계에서 '강, 물, 바다, 새, 나무, 하늘' 등의 자연
물들이 중요한 시적 소재로 자리 잡고 있다. 특히 '새' 이미지는 첫 시
집부터 세 번째 시집 그리고 근래에 발표한 작품에서도 다양하게 변주
되고 있다.

> 살가죽을 벗어주고 뼛조각도 죄다 발겨 내주고 목숨 한 줄기만 남은 내 영혼
> 도 새의 가슴털 밑에 몸을 묻고 떨면서 저 무한시공을 내다보고 있다.
>
> ―「눈짓」 부분, 『나무들이 강을 건너갔다』

노드럽 프라이의 원형이미지에서도 볼 수 있듯 "새"는 천상과 같은
영원의 세계에 도달하고자 하는 초월의 이미지를 지니고 있다. 첫 시
집에 실린 위 작품에서 "살가죽"과 "뼛조각"까지 다 내려놓은 뒤에 남
은 "영혼"을 "새의 가슴털 밑에" 묻고 싶다고 진술하고 있다. 새의 가
슴털 밑에서 "무한시공"의 세계를 시향하고 있다.

> 새떼가 오가는 철이라고 쓴다 새떼 하나는 날아오고 새떼 하나는 날아간다
> 고, 거기가 공중이다, 라고 쓴다//두 새떼가 마주보고 날아서, 곧장 맞부닥뜨려
> 서, 부리를, 이마를, 가슴뼈를, 죽지를, 부딪친다고 쓴다//맞부딪친 새들끼리
> 관통해서 새가 새에게 뚫린다고 쓴다//새떼는 새떼끼리 관통한다고 쓴다 이미
> 뚫고 나갔다고, 날아가는 새떼끼리는 서로 돌아다본다고 쓴다//새도 새떼도 고
> 스란하다고, 구멍 난 새 한 마리 없고, 살점 하나, 잔뼈 한 조각, 날갯깃 한 개,
> 떨어지지 않았다고 쓴다//공중에서는 새의 몸이 빈다고, 새떼도 큰 몸이 빈다
> 고, 빈 몸들끼리 뚫렸다고, 그러므로 空中이다, 라고 쓴다
>
> ―「새떼를 베끼다」 전문, 『새떼를 베끼다』

이 작품에서도 역시, "새"의 비상과 스침 그리고 "새"의 종, 횡의 움직임을 통해 공중은 새로운 인식의 공간으로 전환되고 있다. 시인이 지향하는 허공 혹은 "공중"은 스쳐도 스친 자국이 없고, 뚫려도 뚫린 흔적이나 고통이 기록되지 않는 초월적 세계이다. "새"와 몸이 섞이거나 친밀해지면서 "새"와 동일시된 시적 주체는 시간과 공간이 무한히 펼쳐지는 무한시공으로 나아가고 있다. 우주로 도약하려는 시적 주체의 이상을 도와주는 매개물이 바로 "새"이다.

> 몸속에 가시뼈를 키우는 물고기가 자라나는 가시뼈에 속살이 찔리는 첫째 풍경 속에서는
> 몸속에 두 귀를 묻어버린 물고기의 몸속보다 깊은 적막을, 적막하므로 무한한 그 깊이를
> 누가 내 이름이라 지어 불렀다. 대답하는 목소리가 떨렸다.
> 눈 뜨고 처음 내다본 앞 바다에 희끗희끗 눈발이 날리는 둘째 풍경 속에서는/ 야윈 손이 반음씩 낮은 음을 짚어가는 저녁 무렵에 어둑하게 어스름이 깔리는 音調를
> 새들은 어둔 하늘로 날고 살 속에서는 신열을 앓는 뼈가 사뭇 떠는 오한을
> 누가 내 이름이라 지어 불렀다. 대답하는 목소리가 떨렸다./잠깐씩 돌아다본 들판에 돌아다볼 때마다 눈발이 굵어지는 셋째 풍경 속에서는
> 눈까풀에 점점이 점 찍힌 점무늬 아래로 한없이 떨어져 내리는 반점들의 하염없는 나부낌을
> 아득하게 깊어진 눈구멍 속에서 속날개를 털며 자잘하게 날갯짓도 하는 설렘을
> 누가 내 이름이라 지어 불렀다. 대답하는 목소리가 떨렸다.
> 물굽이와 들판과 나를 덮고 묻는 눈발이 자욱하게 쏟아지는 마지막 풍경 속에서는
> 천 마리씩 떨어지는 여러 무리 새떼들이 바짝 마른 가슴팍을 땅바닥에 부딪치며 몸 부수는 저것이
> 폭설인 것을

　　내리 꽂고 혹은 치솟는 만 마리 물고기들은 물고기들끼리 부딪쳐서 산산조
각 나는 것 또한
　　폭설인 것을
　　따로 이름지어 부르지 않았다. 깜깜하게 쏟아지는 눈발 속에서, 누구인가
그가!
　　내 이름이라 지어 불렀다. 대답하는 목소리가 떨렸다.

—「폭설」 전문(『현대시학』 2009년 4월호)

〈현대시학 작품상〉을 수상한 5편의 시 중에서 「폭설」이란 작품에서
도 "새"가 등장하고 있다. "첫째 풍경"에서는 "몸속에 가시뼈를 키우
는 물고기"가 자신의 몸에서 "자라나는 가시뼈"에 "속살이 찔리"고 급
기야 "두 귀"를 "몸속"에 묻고 있다. 이때 "물고기"의 몸은 열린 몸으
로 블랙홀과 같이 무한한 깊이를 지닌 구멍과 같다. 그 깊숙한 구멍의
적막의 힘으로 '누군가 나의 이름을 지어 불렀다'. 이때의 "물고기"의
"몸속"은 시간과 공간이 주름지고 밀착되고 겹쳐진 탄생의 공간이다.
아직 "나"의 이름이 한 번도 불리지 않은, "나"의 탄생 이전의 삶과 죽
음이 분리되지 않은 공간이기도 하다.

　"둘째 풍경"의 "새"와 "신열을 앓는" "나"의 "뼈"의 "오한" 그리고
"셋째 풍경"의 "눈까풀"의 "찍힌 점무늬"와 "떨어져 내리는 반점"들의
"나부낌"이 "나"의 이름이 된다. 그리고 "마지막 풍경"에서는 "새떼"
와 "물고기"와 "나"가 세상을 하얗게 덮는 "폭설"과 한 덩어리가 되어
내 "이름"이 되고 있다.

　"첫째 풍경"의 '물고기의 가시뼈'와 "둘째 풍경"의 "오한"에 떠는
"뼈"는 곧 "나"의 이름으로 불리고 있기에 겹쳐 읽을 수 있다(물고기:
가시뼈=나:오한에 띠는 뼈). 그리고 "셋째 풍경", "마지막 풍경"의 폭
설로 전이되면서 "나"라는 주체 탄생의 과정으로 수렴되고 있다(눈까

풀의 찍힌 점무늬:떨어져 내리는 반점의 나부낌=바짝 마른 가슴팍을 땅바닥에 부딪치며 몸 부수는 새떼:내리 꽂고 혹은 치솟으며 산산조각 나는 만 마리 물고기).

태초의 어둠을 가르고 생명의 혼을 불어넣는 "누군가가" 사물들의 몸으로 "나"의 이름을 지어 부름으로써 "나"가 탄생하고 있다. 이는 천지사방에 내려 쌓이는 폭설이 모든 사물의 얼굴과 이름을 지워 버림으로써 가능해진다. 폭설(눈)은 노쇠한 "나"의 몸이 대면한 죽음의 공포를 은폐시킴으로써, 죽음에서 "나"를 불러내고 있다.

위선환 시인의 세 번째 시집까지 "새"의 이미지가 비상과 확산을 통해 우주 공간으로 나아가는 화엄의 미학을 보여주었다면, 최근의 근작들에서는 "눈" 혹은 눈과 관련된 시어는 "새"의 이미지가 더욱 확장된 것임을 짐작할 수 있다. "눈"은 색채와 기능적으로도 새와 유사한 속성을 지니고 있다. 새의 깃털이나 날개와 같이 상승과 하강의 속성이 있으며, 더 나아가 추위에 얼어붙는 성질을 통해 시인의 내면의 고통과 갈등을 투사할 수 있다.

낡음 때문이다. 눈 내리는 겨울이고 봄이고 여름이고 가을이고 다시 겨울이 오고, 눈은 아직 내리는 것,
낡음 때문이다. 살갗의 무늬를 밀며 바람이 지나가는 것, 온 몸으로 바람의 무늬가 밀리는 것, 서로 닳아지며 살 비비는 것,
낡음 때문이다. 자주 목쉬는 것, 더 자주 날 저무는 것, 또 물 위에 눕는 것,
낡음 때문이다. 놀 붉고 이마 붉는 것, 못 박는 소리 들리는 것, 사람이 박히는지 걱정하는 것,
낡음 때문이다. 구부리고 이름 부르는 것, 땅바닥에 얼굴 부딪치는 것,
낡음 때문이다. 돌아오는 사람이 야위는 것, 느린 그림자를 끌며 늦게 돌아오는 것,
낡음 때문이다. 추운 날은 반드시 등이 어는 것,
살 벗고 웅크리고 잠에 드는 것, 자면서 뼈가 비는 것, 빈 눈확에 어둠이 고

이는 것, 낡음 때문이다.

— 「낡음에 대하여」 전문(『세계의 문학』 2008년 겨울호)

죽음이 지루했으므로 그는 뒤채며 몸에 감긴 수의를 벗었는데
살 까풀에 내비치는 속살이 흰 것 하며, 옆구리와 오금에 드리운 살 그늘이
연한 것 하며, 사타구니와 손등에서 터럭 자라는 것 하며, 손톱 발톱의 각질이
투명한 것 하며
눈 감은 지 몇 해째인데 아직 다 죽지 못한 안타까움까지,
그렇게 간절한 것 말고도 몸이 휘도록 사무쳤던 것은
처음으로 그가 내 이름을 불렀기 때문이다
숙이고, 허리 꺾어서 바짝 귀 대고...., 그러나
들리는 것은 이빨 자라는 소리, 뿐이었다 차고 단단하고 잇몸이 얼어붙는
이빨 끝이 시린, 이 고요

— 「얼음꽃」 전문(『문학들』 2008년 가을호)

위의 두 편의 시에서도 '눈'과 연관된 시어들을 볼 수 있다. 이는 시적 주체가 "늙음" 혹은 "낡음"이라는 인간 생명의 유한함의 자각에서 그 원인을 찾을 수 있다. 주변 사물과의 교감은 "나"의 '이름 부르기' 혹은 사물과의 '이름 바꾸기'를 통해 죽음의 공포를 뛰어넘는 순환론적인 생명관을 드러내고 있다. 이렇게 새로운 탄생의 방식을 노래함으로써 생명의 순환성을 서정적으로 노래하고 있다.

한정된 지면으로 위선환 시인의 수작들을 음미할 수 없다는 점이 아쉽다. 위선환 시인의 시는 느리게 흐르는 탐진강줄기처럼 되새기면서 느리게 읽을수록 시의 참맛이 우러난다. 마지막으로 〈현대시학 작품상〉 수상을 다시 한 번 진심으로 축하드린다.

누르 푸아드와 우는 염소

이시영, 조현석

목련이 활짝 핀 봄날이었다. 인도네시아 출신의 불법체류 노동자 누르 푸아드(30세)는 인천의 한 업체 기숙사 3층에서 모처럼 아내 리나와 함께 단란한 시간을 보내고 있었다. 목련이 활짝 핀 아침이었다. 우당탕거리는 구둣발 소리와 함께 갑자기 들이닥친 출입국관리사무소 직원들이 다짜고짜 그와 아내의 손목에 수갑을 채우기 시작했다. 겉옷을 갈아입겠다며 잠시 수갑을 풀어달라고 했다. 그리고 그 짧은 순간 푸아드는 창문을 통해 옆 건물 옥상으로 뛰어내리다 그만 발을 헛디뎌 바닥으로 떨어져 숨지고 말았다. 목련이 활짝 핀 눈부신 봄날 아침이었다.

— 이시영, 「봄날」 전문, 『우리의 죽은 자들을 위해』

올여름에는 좋은 시집들이 많이 출간되었다. 그 중 이시영 시인의 『우리의 죽은 자들을 위해』(창비, 2007)가 눈길을 끈다. 이시영 시인은 1969년 〈중앙일보〉 신춘으로 문단에 등단한 이래로 『만월』, 『바람 속으로』, 『길은 멀다 친구여』, 『이슬 맺힌 노래』, 『무늬』, 『사이』, 『조용한 푸른 하늘』, 『은빛 호각』, 『바다 호수』 등의 시집을 발표하며 왕성한 창작 활동을 펼치고 있다.

이시영 시인의 시집 『우리의 죽은 자들을 위해』는 신문기사, 일기, 편지 등 다양한 텍스트들이 삽입되어 형식의 실험성을 보여주고 있다. 이 시집의 미덕은 평화와 조화로운 상생을 노래하고 있다는 점이다. 그러나 부드럽고 아름답고 감동적이지 만은 않다. 사회의 부조리한 현실 비판을 통한 삶의 진정성과 리얼리티를 획득하고 있기 때문이다.

"말의 선량한 눈동자를 바라보고 있으면 바람이 불어오는 쪽의 가난한 저녁을 알 것만 같다."(「성읍 마을을 지나며」 전문, 『우리의 죽은 자들을 위해』)와 같이 시인은 바람 속에서도 외롭고 지친 영혼들의 아픔을 읽어내고 있다. 시인의 연륜이 짚어내는 내공의 깊이를 읽어낼 수 있다. "현실이 가장 강력한 환상"이라는 시인의 말과 같이, 이분법적이고 단선적인 시선보다 세계를 총체적으로 해석하려는 시인의 태도를 엿볼 수 있다. 역사라는 거대담론 속에 폭력적으로 삭제되어 버리는 개인의 존재가치와 존엄에 대한 배려가 시의 바탕을 이루고 있다. 우리들의 오늘을 위해 괄호 처저 괴기로 사라진 자들의 이름을 현재로 불러내고 있다.

「봄밤」이란 시는 불법체류 중이던 '외국인 노동자의 죽음'을 소재로 채택하고 있다. 인천의 한 공장에서 일하던 인도네시아 출신의 노동자 누르 프아드(30)는 기숙사에서 아내와 단란한 시간을 보내던 중 갑자기 들이닥친 출입국 관리사무소직원들을 피하려다 실족사를 당하게 된다. 시인은 객관적으로 묘사한 프아드의 죽음과 환하게 핀 목련을 노련하게 대비시켜 개인적 죽음에 간략하게 밑줄 긋고 있다. 시인은 이 지점에서 독자들에게 죽음의 비극성을 환기시키고 본원적인 문제 속으로 끌어들인다. 인권의 사각시대에 있는 외국인 불법체류자들의 실태를 통해 우리 사회의 양면성을 날카롭게 꼬집고 있다. 이와 같이 이시영 시인의 시에는 일상적인 삶을 소재로 한 다양한 시적 화자들의 발화로 가득 차 있다. 시인은 시적 자아의 목소리를 낮추는 대신 세상의 목소리들을 시 안으로 끌어들여 환상보다 더 강렬한 리얼리티를 구현하고 있다.

비어 있던 속, 기름기 없던 뱃속으로
푹 삶아진 염소가 갈기갈기 찢겨져 들어왔다
술 몇 잔과 더불어 신선한 공기도 몇 됫박
소독되지 않은 단양 하선암 생수도 몇 컵
해체된 염소 몸이 남긴 갖은 부속물을
소주 반 잔과 함께 목구멍으로 넘기어
배 속 깊은 곳에 가두었다
밤새 되새김질하는 염소가 운다
울음이 깊을 때마다 몸이 요동쳤다
속 편해지려고 되지도 않은 되새김질을
나도 여러 번, 하고 또 했지만
날카로운 뿔에 받혀 상처가 난 듯 꾸르르륵……
더부룩했다, 밤새 염소가 풀밭이 아닌
융단 같은 위 속에서 이리저리 뛰어놀았다
낮에 몸 부딪는 축구를 해서인지
왼쪽 어깨가 아파 오른쪽으로 돌아눕고
등이 배겨 배를 깔고 돌아누웠던, 아침이
다가오는 몇 시간 동안 쉬지 않고 그 놈이 울었다
비가 부슬부슬 내리는 먼동 무렵에
잠 깨어 물안개 피어오른 계곡을 거닐 때
예전에 잠시 그곳에서 뛰놀던 염소가
세차게 방파제를 때리던 태풍 속 파도처럼 요동쳤다
빠르게 달려간 구식 화장실에 엉덩이를 까고 앉아
시끄럽게 괴롭히던 염소를 끄집어냈다
쫘르르 쏴아아아아아…… 자신이 놀던 곳으로 염소는

회오리 물살에 묻혀 돌아가려던 것이다

찬바람 불고 찬비 내리는 단양 하선암 계곡

물가에 자리 잡고 앉아 몇몇이 두런거렸던 그날

— 조현석, 「울다, 염소」 전문(『시와 세계』 봄호, 『시향』 여름호 재수록)

시를 읽다가 재미있는 작품들을 대할 때면 웃음이 나오면서 기분이 좋아진다. 시를 읽는 즐거움 중의 하나가 바로 반짝거리는 상상력과 맞대면할 때이다. 지난 계절에 읽었던 시 작품 중에서 조현석 시인의 「울다, 염소」란 시가 오래도록 잊혀지지 않는다.

조현석 시인은 1988년에 〈경향신문〉 신춘문예로 등단한 이후 두 권의 시집을 상재하기도 한 경력이 묵직한 시인이다. 시인의 첫 시집은 『에드바르트 뭉크의 꿈 꾸는 겨울스케치』(도서출판 청하, 1992)와 『불법, … 체류자』(문학세계사, 1995)를 통해서 도시공간에 사는 현대인들의 고독과 황폐함과 지리멸렬함을 노래해 왔다. 그래서 조현석의 시는 어둡고 우울하고 쓸쓸한 시들이 주를 이룬다. 그러나 「울다, 염소」에서는 도시라는 공간을 벗어나 소음과 복잡함이 조용히 물러간 단양 하선암에서 자연과의 조우가 이루어지고 있다.

시 속의 화자는 지인들과 함께 단양 하선암에서 염소 한 마리를 해치운다. 세상살이에 팍팍한 텅 비고 기름기 없이 메마른 화자의 뱃속으로 잘 삶아져 찢긴 염소 한 마리가 냉큼 들어온다. 시적 화자는 신선한 공기와 물과 염소 한 마리를 뱃속에 가둔다. 그러나 염소를 가두었다는 시적 화자의 생각과는 달리 염소는 밤새도록 시적 화자를 괴롭히고 있다. 낮에 힘겨운 축구를 한 시적 화자처럼 염소도 시적 화자의 몸 이곳저곳을 뿔로 들이받으며 울고 있다. 시적 화자는 세상이라는 우주 속에서, 염소는 시적 화자라는 우주 속에서 불면의 밤을 뒤척거리며 밤새도록 시적 화자를 놓아주지 않고 끌고 다니고 있다. 염소는 시적 화자의 고통이 투사된 시적 대상이다. 시적 화자의 고통과 고뇌를 형상화 해주며 시적 화자와 동일시되고 있다.

결국, 아침이 되자 시적 화자는 염소를 원래 있던 곳으로 돌려놓는다란 고백을 통해 힘겨운 일화를 마감하고 있다. 시적 화자가 염소를 삼킨 것이 아니라 염소가 시적 화자를 삼켰다가 토해놓은 아이러니를 통해 이 작품은 읽는 이들에게 상상력을 통한 시 읽기의 즐거움을 주고 있다.

염소를 삼킨 시적 화자는 자신 안에서 울고 뿔로 치받고 요동치는 염소를 목격하면서 투사된 염소를 통해 자신의 기억을 흔들고 상처까지도 흔들어놓는 현실을 목격하는 것이다. 힘겹게 살아가는 현대인들의 상처 난 내부를 염소를 통해 선명하게 확인시키고 있다. 찬비가 내리고 바람이 부는 단양 하선암은 고달픈 우리의 현실이다. 상처 난 몸을 이끌면서 자연의 손에 의해 위로받고자 하는 시인의 생태학적 상상력이 돋보이는 작품이다.

직설적인 아주 직설적인 화법

박제영, 손한옥

철지난 문예지들을 들춰보고 싶어질 때가 있다. 지난 가을 읽었던 두 편의 시를 다시 음미해 본다. 박제영 시인의 「빨래, 빨래스타인」(『다층』 2007년 가을호)과 손한옥 시인의 「직설적인 아주 직설적인」이다. 두 편 다 시인 각자의 개성이 담겨 있는 좋은 작품이다. 박제영 시인의 「빨래, 빨래스타인」은 전쟁의 참상을 통해서, 손한옥 시인의 시 「직설적인 아주 직설적인」은 어머니의 화법을 통해서 타자의 목소리를 우리에게 전해주고 있다.

네이버 백과사전은 빨래를 이렇게 정의하고 있다. "의류나 침구용품·식탁용품·가구류 등의 피륙 따위에 묻은 때를 적절한 세제와 기계적인 힘을 가함으로써 물리적·화학적 작용을 촉진시켜 제거하는 일." 네이버 뉴스는 지금 이스라엘이 빨래중이라고 전한다. "8일 레바논 남부 가지예의 한 병원 시체안치소에 이스라엘군의 공습으로 숨진 3살짜리 소녀 미날 일―후세인의 사체가 안치돼 있다."

그러니까 세 살짜리 마날 알―후세인은 때다.

무슬림이란 적절한 세제와 기계적인 힘을 가해 제거해야 하는 묵은 때다.

빨래를 하다가 손을 베인 적이 있다.
흰 빨래는 자꾸만 빨갛게 물들었다.
빨갛게 물들고 있는 빨래스타인, 그 곳에 가짜 지구가 있다.
가짜 지구에 미사일이 세제처럼 내린다.

빨아도, 빨아도, 지울 수 없는, 상처는, 피는, 때가 아니다.
빨간, 새빨간, 거짓말이었으면, 좋겠다 진짜로, 가짜 지구가 가짜였으면 좋
겠다.

— 박제영, 「빨래, 빨래스타인」 전문

전쟁은 결국 누구의 승리인가? 승리한 개인은 없다. 모두가 상처를 입은 패배자일 뿐이다. 전쟁을 하기 위해 태어나는 인간도 물론 없다. 전쟁에서 승리하기 위해 태어나는 인간도 없다. 처음부터 적이 아니었으며, 마지막까지 적도 아니다. 적은 만들어질 뿐이며 적은 늘 존재해야 한다. 가상의 적이 있어야만 상상의 공동체가 형성되기 때문이다. 이를테면 민족과 같은 단어는 가상의 적을 토대로 만들어지는 실제하지 않는 가상의 공동체이다. 유태인이라는 종족을 말살시키려 했던 히틀러의 괴물 같은 민족주의가 가상의 적을 만들어내고 스스로 살인을 합리화시켰음을 우리는 잘 알고 있다.

박제영 시인은 이스라엘 전쟁에 관한 기록을 통해 전쟁의 참상을 고발하고 있다. 인간이 "때"로 전락하는 상황에서 전쟁은 "피"와 "때"를 동급으로 자리매김하고 있다. "세 살짜리 마날 알－후세인은 때다."라는 시인의 발견은 전쟁이라는 이데올로기 앞에서 인간의 존엄이 여지없이 박살나는 그 순간을 겨냥하고 있다. 박제영 시인은 폭력을 부르는 전체주의의 야만성을 고발하면서, 빨래라는 단순하고 소박한 행위

를 통해 피비린내 나는 전쟁의 비극성을 드러내고 있다.

어머니는 시인이었다
직설적인 시인이었다
백석보다 향토적이고 정지용보다 활유적이었다
행위에 가장 적절한 언어를 장치하고 오장육부를 도려내 굵은 소금을 뿌리고 바늘로 찔렀다

安東孫家 문중에 연애결혼은 내가 처음이었으니 이 일은 벼락을 칠 일이기도 했지만?
나를 키운 구 할은 어머니의 욕이었다
그 아름다운 얼굴에 독설의 항아리는 어디에 숨겨뒀을까
언니는 이렇게 말한다
—팔 남매로 자라면서 나는 단, 한 번도 들어보지 못한 욕이다, 라고 하지만
이건 우리 마을 어귀에 서있는 당나무에 맹세코 거짓말이 아니다

—사당패같이 돌아다니는 년
—머리 피도 안 마른 것이 머슴아 만나는 년
—쌔가 만발이나 빠질 년
—주둥이가 열 닷 발이나 나온 년
—조둥이가 염포창날 같은 년
—갈롱 부리다 얼어 죽을 년
—지 에미 잡아먹을 년
—엄발이 돋을 데로 돋은 년
—어른이 나무랄 때 한 마디도 안지고 아바리 총총 하는 년
—제 어미 알기로 발가락 새 때만도 안 여기는 년
—양탈비탈 둘러대고 돌아다니는 년

이런 년, 나를 두고 어머니는
고렇게 사람 말 안 들으면 눈에 밍태 껍데기 붙이고 성남루 다리 밑에 있는 너거 엄마한테 데려다 줄거라고
—더도 말고 덜도 말고 딱, 니 닮은 딸 하나 낳으라고

축원하고 또 축원하셨다
어머니, 수 년을 산문産門 닫고 사시다가 새삼스런 마흔에 나를 낳고
한풀이란 한풀이는 다 하셨네

달도 없는 그믐밤, 대숲이 으스스 흔들리던 밤, 갈가지 자갈 던지는 밤
밤똥을 눌 때마다 엄마는 한 겨울에도 속옷 바람으로 따라와 앉아 있다가
닭장 앞에 데려가서 절 시키고 말 시켰다
―달구님요 달구새끼님요 닭이 밤똥 누지 사람이 밤똥 누능교
인심 좋은 달구님요 우리 아, 밤똥 가져 가이소
누가 죽여도 모를 캄캄한 밤 이런 날이 잦았지만 그때 엄마는 한 마디도 욕
하지 않았다

나는 정말 명태 껍데기를 붙인 엄마가 다리 밑에? 살고 있는 줄 알았다
그런 어느 날 몸살로 낮잠 자고 있을 때 내 이마를 짚으며
―우찌하꼬, 이래 열이 펄펄나서…맨날 지엄마를 다리 밑에 있다 했더니 참
말로 여기고 쯔쯔…
나는 다 들었지 다 듣고 말았지
참말로 좋았다 할머니 같은 우리엄마, 펄펄 열이나도 좋았다

어머니의 축원은 영험이 없었다
결국 나는 아들만 둘 낳았다
단 한 번도 나는 두 아들 앞에 직설적이지 못했다
정말로 지랄할까봐 못했고
정말로 미칠까봐 못했고
혀가 빠질까봐 못했고
남사당패가 될까봐 못했고
말대로 될까봐 못했고, 못했다

그러나 어머니는 이 욕을 주시면서
내가 건너지 않아야 할 강을 보여 주셨고
나에게 마르지 않는 눈물샘을 주셨고?
어머니의 우량한 시 종자를 주셨다.

― 손한옥, 「직설적인 아주 직설적인」 전문

현대시와 숨도의 시유

한국 현대시에서 모성을 주제로 한 시들은 많다. 모성에 관련된 시들은 주로 어머니의 사랑이나 희생을 주요 모티프로 하고 있다. 또한, 모성은 우리 생의 시발점이며 자궁과 같은 생의 시원으로 상징화 되기도 한다.

손한옥 시인의 「직설적인 아주 직설적인」 작품 또한 어머니를 소재로 삼아 쓰인 시이다. 하지만, 이 시에서 시적 화자인 "딸"과 그녀의 "어머니"는 대립관계 안에 놓여 있다. 시적 화자는 엄한 가문에서 처음으로 연애질하는 딸년이며, 시적 화자의 어머니는 그러한 딸의 행동이 못내 마음에 들지 않아 딸을 집 안의 규율 안에 가두려는 존재이다.

어머니의 직설적인 화법은 감추어진 어머니의 애정과 눈물이 함께 들어 있어 독자들로 하여금 공감대를 형성하게 한다. 엄한 가문의 층층시하에서 자신의 욕망을 모두 제압당한 어머니에게 딸의 연애질은 위험하고도 당돌한 하나의 반란이며 사건인 셈이다. 어머니는 직설적인 화법은 금기시되고 있는 일을 벌이려 경계를 이탈한 자에게 던지는 금지의 화법이다. 어머니의 욕에는 언애를 직대시하는 가분의 법도와 여자를 타자화시키는 남성중심의 담론이 핵심을 이루고 있다.

남성중심의 담론에서 여성의 욕망이나 의지의 발현은 관리되어야만 하는 대상이었다. 어머니의 욕으로 대표되는 남성중심의 담론은 곧 지배의 담론이기도 하다. 이 시에서 시적 화자는 타자로서 지배 담론에 대항하는 주변부의 목소리이다. 어머니가 퍼붓는 욕설 속에서도 꿋꿋하게 자신의 의지를 굽히지 않는다.

시적 화자는 엄격한 집안의 문법에 다치지 않게 하려는 어머니의 화법을 성숙의 시간을 통해 발견하면서 어머니의 억압된 욕망과 여성성을 읽어내고 있다. 이러한 발견을 통해 어머니의 화법이 자신을 시인으로 만들었다는 고백이 가능해지는 것이다.

탬버린 치는 여자와 시 쓰는 남자

이인철, 박영희

"힘든 시절이지만 시에는 가난함이 없다"라는 어느 시인의 말이 오랫동안 기억에 남았었다. 요즘은 열심히 일하면 굶어죽지는 않는다고 말들 한다. 아니, 먹고 사는 것이 문제가 아니라 얼마나 잘 먹고 잘 사느냐가 이 시대의 화두가 되었다. 이데올로기가 팽팽하게 대립하던 시대는 가고 눈에 보이지 않는 자본의 흐름이 이념과 국경을 초월하여 세계를 장악하는 시대가 되었다.

가난이라고 할 때, 우리들은 낡은 흑백 사진 속의 굶주린 아이의 눈동자를 떠올리거나, 60~70년대의 대가족이 둘러앉은 초라한 밥상을 떠올릴지도 모른다. 가난은 이미 사라져 버렸다고 생각할 수도 있다. 그러나 가난은 구체적이고 명확하게 현실에 그림자처럼 눌어붙어 있다.

80년대와 90년대를 거치면서 시인들은 반이데올로기에서 탈이데올로기로 자리를 옮겨 앉았다. 탈정치화의 방법론으로 시 형식성의 파괴에 중점을 두거나 자신만의 개성적인 언어로 노래하고 있다. 하지만

이러한 형식 파괴의 실험이 주류를 이루는 시의 홍수 속에서도 나직한
목소리로 우리 주변의 소외된 자들에게 시선을 보내는 시인들이 있다.
가난을 노래하고 소외된 자들을 노래하는 시 몇 편을 읽어 보자.

공장 탈의실엔
예비군복같이 얼룩덜룩한
미희아줌마 작업복이 보름째 걸려 있다

그녀는 손에 묻은 도금을
이태리타월로 빡빡 문질러 지우고
공단 입구 지하노래방에서
붓 대신 탬버린을 잡았다

새빨간 루즈
젖가슴이 드러난 옷
밤물결처럼 살랑이는 치마
탬버린이 야광충처럼 반짝이는 방에서
우리는 칠 묻은 손으로
그녀의 허리를 껴안고 춤을 춘다

공장의 하루 일당을
두 시간 만에 받아든 그녀는
다른 방에서도 뱅글뱅글
폐수를 마신 시화호 물고기같이 돌고 돈다

— 이인철, 「탬버린」 전문

　2002년 『심상』으로 등단한 이인철 시인의 시 「탬버린」이다. 이 시는
'미희아줌마' 라는 인물을 통해 시화공단의 현실을 한 폭의 사진처럼
묘사하고 있다. 시화공단에서 도금작업을 하고 있는 '미희아줌마' 는

265

작업복과 도금칠하는 붓 대신 탬버린을 잡았다. 시화공단 입구 노래방에서 새빨간 루즈를 칠하고 가슴이 깊게 파이고 짧게 올라간 치마를 입고 도우미가 되었다. 노래방에서 도우미 일을 한 덕에 두 시간 만에 공장 하루치 일당을 받아들고 밤새도록 노래방의 이 방 저 방을 떠돌고 있다.

하지만 그녀에게 변한 것이 있다면 도금칠을 하던 손에 붓 대신 탬버린과 마이크를 잡은 것뿐이다. 이 둘 사이의 행위의 선택에 비하여 그녀의 삶의 질이 향상된 것은 아니다. 그녀가 벗어놓은 작업복은 물질적인 가난의 껍질과도 같다. 하지만 그녀는 여전히 가난의 깊은 골을 벗어나지 못하고 있다. 도금칠 하는 붓을 놓아 버린 그녀가 시화호의 썩은 폐수를 먹은 물고기처럼 파닥거리는 깊은 정신의 허기 속으로 깊숙하게 침몰하는 과정을 시적 화자는 담담하게 진술하고 있다.

신자본주의하에서 가난이란 절대적 가난을 의미하기보다 상대적 가난의 의미가 강하다. 먹고 사는 기본적인 먹거리를 해결하는 어려움보다는 자녀의 교육비나 문화생활을 하는 데 있어서의 상대적 박탈감에 근거하는 새로운 형태의 빈곤에 가깝다고 볼 수 있다. 어쩌면 '미희씨'도 아이들의 교육비를 벌기 위해 혹은 다른 이유로 두 시간 만에 공장 하루치의 일당을 벌 수 있는 노래방 도우미가 되었는지도 모를 일이다.

인간의 육체는 다양한 측면을 복합적으로 지니고 있다. 자본의 불평등한 분배로 인하여 계층 간 양극화의 심화 속에서 '미희씨'의 육체는 '노래방 도우미'라는 서비스 상품으로 변화되고 있다. 상품이 된 "미희아줌마"의 육체는 시화공단 노동자들의 성적 욕망을 해결하는 사용가치에 따라 화폐와 등가를 이루고 있다.

도금은 세상을 화려하고 금빛으로 번쩍이게 하는 작업이다. 세상의 가장 밑바닥에서 세상을 화려하게 도금하는 작업에 종사했던 '미희씨'는 동료 노동자들에게 자신의 육체를 매개로 하여, 그들에게 위무와 위안을 주는 존재로 나타나고 있다. 문맥 속에 잠재된 시적 화자는 공단 노래방의 풍경을 치밀한 묘사를 통해 주변화 되고 타자화 된 소시민의 애환을 그리고 있다.

하지만 이 시가 독창적인 것은 욕망의 대상으로 전락한 "미희아줌마"를 바라보는 시각에 있다. 그녀를 건강한 육체의 노동력이 갖는 생산성 대신, 성적 대상으로 전락해 쉽게 돈을 버는 물질만능주의적인 육체를 소유한 인간형으로 흑백논리화시키지 않고 있다. 육체적 노동 대신 탬버린을 잡은 "미희아줌마"를 바라보는 시선들, 그녀의 허리를 잡고 춤을 추고 노래 부르는 자들 역시 "미희아줌마"와 같이 도금칠을 하는 노동자들이기 때문이다. 시적 화자는 그들의 관계를 대결구도로 파악하기보다는 서로 끌어 안아주는 관계로 파악하고 있다. 결국 그녀의 허리를 껴안고 있는 손도 기름 때가 벗겨지지 않는 공장 노동자들의 것이기 때문이다. 마치 "미희아줌미"의 아픔을 위로하듯 사내들이 꺼안아주고, 사내들의 영혼을 그녀가 껴안으며 봄과 몸으로 만나고 있다.

노래방 도우미 "미희아줌마"와 그녀를 안고 춤을 추는 사내들은 썩은 시화호를 떠나지 못하는 물고기 같은 존재들이다. 그들에겐 삶의 거처나 근무지를 의지대로 선택할 자유가 허락되지 않는다. 폐수를 마시고, 중금속에 중독되면서도 그들은 결코 근무지를 이탈할 수 없다. 근무지의 이탈은 곧 굶주림과 실패와 파멸을 뜻하기 때문이다. 조금씩 죽어가는 자신의 몸을 안쓰럽게 바라볼 뿐이다.

"미희이줌마"는 시화공단에서 삭업하는 도금 노동자들의 고통스런 감정과 삶이 투사된 인물이다. 마치 세상을 금빛으로 반짝이게 하면서

도시의 악취 나는 모순들을 걸러내는 필터 같은 존재로 드러나고 있
다. 시인은 "미희아줌마"와 손에서 도금칠을 지워내지 못하는 공장 노
동자들의 '노래방 유희'를 통해 자본의 구조적인 모순을 날카롭게 지
적하고 있다.

내가 시인이라는 걸 알고
별 네 개째인 정형이
연애편지 한 통만 써달라고 한다
신발 바꿔신기 직전인
애인, 맘 돌릴
기막힌 편지 한 통만 써달라고 한다
옆방 개털은
무죄 주장은 좀 뻔뻔한 것 같고
판사 지 놈도 결국엔 인간이 아니겠냐며
선처를 바라는 탄원서 한 통만 써달라고 한다
판사놈 눈에서 뚝뚝
닭똥 같은 눈물이 쏟아져 나올 수 있도록
멋지게, 한 통만 써달라고 한다
어느새 소문은 시너처럼 번져
옆 사동에서까지 청탁이 들어오고
간수까지 나서서 청탁을 물어온다
그러나 모를 일이다,
판사놈 눈에서 뚝뚝 닭똥 같은 눈물 쏟아져 나올 때면
내 마누라 떠나고 없을지도.

— 박영희, 「시인과 청탁」 전문

2003년에 『팽이는 서고 싶다』(창작과 비평사, 2003)란 시집을 출간한
박영희 시인의 작품 한 편이다. 시적 화자는 감옥에 수감된 수형자이
다. 박영희 시인의 전력을 볼 때, 일제치하 광부징용에 관한 서사시를

현대시와 숭도의 시유

쓰고자 방북 후 국가보안법 위반으로 구속되었었다. 아마도 시의 내용상 방북으로 인해 수감되었던 감옥에서 경험을 바탕으로 쓴 작품이라 짐작해 볼 수 있다.

시인이라는 소문이 감옥 안에 떠돌면서 시적 화자에게 편지를 대필해달라는 수형자들의 청탁이 들어오고 있다. 시인이라면 글을 잘 쓸 것이라는 수형자의 믿음이 시적 화자로 하여금 아이러니한 상황에 처하게 한다. 시는 실용적인 글쓰기와는 다소 거리가 먼 장르적 특성을 지니기 때문에, 수감자들이 바라는 편지글 청탁은 시인을 난감하게 만들고 있다.

그러나 수형자들의 시인에 대한 지고지순한 믿음과 존경심은 자신들을 구원할 수 있는 메시아와 같은 희망의 존재로 인식하고 있다. ‘신발을 바꿔 신을지 모르는 감옥 밖의 애인’을 위해, “판사놈 눈에서 뚝뚝/닭똥 같은 눈물이 쏟아져 나올” 만한 형기를 줄일 수 있는 탄원서를 청탁하고 있다. 하물며 나중에는 ‘간수까지 이곳저곳서 어미제비가 먹이 물어오듯 청탁서를 들이밀’고 있다. 시적 화자는 독특한 청탁을 받으면서 집에 있는 가난한 마누라를 떠올리고 있다. 시를 쓰면서도 경제적인 수입에 보태지 못하는 시인의 무능력한 가장의 위치와 비극적인 현실을 알레고리화 하고 있다.

수감자들의 시와 시인에 대한 믿음의 확인을 통해서 시적 화자는 힘든 수감생활을 버텨내고 있다고도 할 수 있다. 시적 화자인 시인이 쓰는 “탄원서”와 “연애편지” 한 통은 곧 사막과 같은 수감생활 속에서 오아시스 같은 절대 절명의 희망이며 현실이기 때문이다. 시인의 쓴 편지 한 장이 현실 속에서 힘을 발휘할 것이라고 믿는 수감자들의 그 순수한 믿음 속에서 시인은 시인의 책무에 관련된 만싱으로써 시 작품을 확대시키고 있다.

너무도 어려워져 버린 시, 소통이 불가능한 시, 독자들이 떠난 시. 그리고 시가 곧 희망의 원천으로 작용하는 수감자들의 믿음의 간극을 시인은 골계미를 통해 정확하게 짚어내고 있다.

청탁서 한 번 받기 어려운 시인들의 처지와 시가 곧 삶의 구원이라 믿는 순수한 수형자들의 믿음이 얼개가 겹쳐지며 웃음과 슬픔과 감동이 잘 버무려져 우리들에게 걸어오고 있다. 시인은 우리들에게 질문을 던진다. 시란 과연 무엇인가?

탈주와 상생

상투적인 세계로부터의 필사적인 탈주

박현수

1. 시총詩總과 황지의 탄 먼지

> 시총詩總이라는 무덤이 있다. …시총詩總은 나로 하여금 시에 대해 다시 생각
> 하게 만들었다. 벼르고 벼른 끝에 출가하듯이 길을 띠닌 것은 길 가득 벚꽃 이
> 파리가 유사流砂처럼 흐르던 어느 봄날이었다. 차바퀴에 그 부드러운 몸들이 으
> 깨지는 것이 두려워 차를 밀듯이 천천히 나아가던 그런 봄날이었다. 자주 길은
> 어긋나고 이정표는 사라져버린 낯선 길이었다.
>
> — 박현수 평론집 『황금빛 책갈피』 자서 중에서

박현수 시인과 대담을 하기 위해 내가 자주 가는 카페에서 약속을
정했다. 대담 장소로 가는 중에 박현수 시인의 평론집에 쓰인 자서를
떠올렸다. 시인의 진술처럼 시총詩總이 시인에게 시를 다시 생각하게
만들었을 그 지접을 생각해 보았다. 어쩌면 박현수 시인에게 시란 자
주 어긋나고 이정표가 사라져 버리는 낯선 길인지도 모른다는 생각이

들었다. 대담을 준비하면서 박현수 시인의 시세계와 더불어 그가 쓴 책들을 얼치기로나마 읽었다. 명상의 흔적들이 행간마다 숨을 쉬고 있었다. 박현수 시인과의 대담 자리에서 나눌 이야기들이 많을 것이라 예감을 하면서 카페로 들어갔다. 사람 좋은 박현수 시인이 다소 야윈 모습으로 카페에서 기다리고 있었다.

서안나: 안녕하세요. 인터뷰로 만나 뵙게 되니 새삼스럽게 반갑네요. 인터뷰 준비하면서 박현수 시인 관련 자료들을 나름으로 꼼꼼하게 살펴보았습니다. 작년에 이어 올해까지 여러 문학잡지 소시집 코너에 시를 발표하셨고, 그 외에도 여러 작품들을 발표하셨더군요. 소시집 코너가 시인의 입장에선 반가움과 부담감이 동시에 찾아드는 청탁이었을 텐데요.

박현수: 반갑습니다. 작년에 세 군데(『시인시각』, 『시와 상상』, 『다층』)에서 소시집 코너에 작품을 발표했는데 사실 그런 원고 청탁이 기쁘긴 하지만 부담이 많이 되는 건 사실입니다. 소시집 코너가 시를 보통 5편 정도를 요구하니까 미리 써놓은 작품이 많지 않은 경우 심리적으로 쫓기게 되는 경우가 많죠. 저 역시 과작이라 작품 준비하는 데 스트레스를 많이 받습니다. 그러나 어렵긴 하지만 여러 작품을 집중적으로 쓰고 선별할 수 있다는 점은 게으른 저에게는 많은 도움이 되었습니다.

서안나: 네. 덕분에 독자들이 좋은 시를 읽게 되어서 즐겁다는 생각을 해봅니다. (웃음) 1992년에 〈한국일보〉에 「세한도」라는 작품으로 등단하셨지요? 등단작과 관련하여 등단 전후에 대한 이야

기를 해주시겠습니까? 예상 외로 궁금해하는 분이 많으실 것 같습니다만.

박현수: 제가 문단에 나온 지 올해로 17년째인데요, 문단 행사에 가끔 참석하면 저를 모르셔도 제 등단 작품은 아시는 분이 꽤 많아서 스스로 놀라고 또 반성한 때가 있습니다. 등단 작품은 군대 생활 하면서 구상했던 작품입니다. 강원도 양구에서 밤새워 철책 근무를 하면서 어둠 속에서 머릿속에 한 편의 시를 매일 퇴고하였습니다. 그래서 한 편의 시가 보통 두어 달 이상 걸려 완성되었습니다. 그런데 「세한도」는 그보다 더 오래 걸렸습니다. 그 구상의 스케일을 너무 크게 잡았기 때문입니다. 세한도의 작품 세계와 저의 삶, 그리고 시를 아우르는 어떤 틀을 구상했지요. 그래서 군대에서 완성하지 못 한 채, 군복 주머니에 초고를 넣고 제대를 했지요. 제대 후 사회에 적응하기 전에 미완의 상태로 마무리 지었던 게 그 작품입니다. 그 당시는 미완의 상태라 마음에 들지 않아 수정하려고 오랫동안 생각했는데 지금 와서 보니 안 고친 것이 더 나았던 것 같습니다. 작년인가요, 『시를 사랑하는 사람들』34호에 관련 이야기를 쓴 적이 있습니다.

서안나: 네. 철책선에서 보초를 서면서 시를 구상하고, 군복 주머니에 초고를 넣고 제대했다는 말이 인상적입니다. 상식적인 질문이지만 시에 처음 입문하게 된 사연을 질문하지 않을 수 없네요. 고향이 강원도 태백이라고 알고 있습니다. 시집 해설에서 황지에서 유년시절을 보냈다는 내용을 읽었어요. 특히 황지라는 곳의 특수한 환경이 시에도 많이 드러나고 있는데요, 첫 시집에 실린

「아버지 까라마조프·1」이나 「주술의 마을」, 「만항재를 넘으며」
등의 작품이나 인터넷에서 읽은 「홍시」라는 수필에서 유년기의
생활이 엿보입니다만.

박현수: 제 작품을 꼼꼼하게 읽어주셔서 고맙습니다. 제 문학의 시작
은 탄광촌 황지의 석탄 먼지라 할 수 있지요. 마치 강 하구의 하
늘을 까맣게 뒤덮으며 몰려다니는 되새 떼처럼 황지의 탄 먼지는
세상을 인식하는 순간부터 하늘에 가득했으니까요. 저는 봉화에
서 나서 대여섯 살 때 황지로 갔는데, 저는 세상이 원래 그렇게
탄 먼지로 가득한 곳인 줄 알았어요. 제 시에는 기본적으로 탄 먼
지가 묻어 있습니다. 비참한 삶에서 얻은 우울하고 사색적인 시
선이 일단 그렇고요. 그러면서 그것을 혈혈단신으로 꿰뚫고 나아
가고자 하는 의지 같은 것도 거기에서 온 것이라 생각합니다. 문
학은 고독하고 어두운 탄광촌 아이에게 하나의 탈출구나 구원 같
은 것이었습니다. 위안 받을 것이라고는 문학책뿐이었으니까요.

서안나: 유년시절 이야기가 나온 김에 한 가지 더 여쭤볼게요. 박현
수 시인이 형제분들과 함께 펴낸 『형제산고』라는 일종의 동인지
라 할 수 있는 작품집 관련 기사를 읽게 되었습니다. 형제자매들
이 모여서 해마다 글을 엮어 책을 만든다는 기사내용이 참 독특
하게 다가왔습니다. 바쁜 일상으로 인하여 각기 다른 방면에 종
사하는 형제들이 모이기도 어려울 뿐더러, 더구나 생각을 모아
한 권의 책을 펴낸다는 게 생각처럼 쉽지 않은 일인데요. 형제분
들이 모두 글에 관심이 많으신가 봅니다.

2. 『형제산고』와 「세한도」

박현수: 우리 형제는 모두 여섯입니다. 특히 맏형께서 상당히 인문학적 지향이 강했던 것 같습니다. 가난한 삶 속에서 언제나 책을 끼고 다녔어요. 지게를 지고 갈 때도 리어카를 끌 때도 책을 늘 주위에 두었습니다. 우리 형제들끼리 모이면 그런 얘기도 합니다. 아마도 맏형님이 그런 모습을 보이지 않았다면 형제들 중 몇 명은 조폭이 되었을지도 모른다고. 또 다들 덩치가 작아서 크게 성공은 못했을 거라고. (웃음) 『형제산고』는 1985년 형제들 글이 여러 사보나 학보에 활자화 된 것을 모아 묶은 것에서 시작되었습니다. 그 후부터 지속적으로 책을 프린트본으로 엮어 오고 있는데 지금까지 11집이 나왔습니다. 그래서 옛날에 가난한 형제들끼리 모이면 문학 이야기를 하느라 밤을 새우기도 했지요. 제가 신춘문예에 등단할 때 재야문인 형제들이 농담 삼아 내가 제도권 시인이 되었다고 배신자라 하기도 했습니다. 나머지 형제도 앞으로 제도권 문인으로 정식 등단할 가능성이 많다고 봅니다.

서안나: 네. 형제들끼리 모여 문학에 관련된 이야기를 나누며 밤을 세우는 정경이 그려집니다. 참 부러운데요. 그리고 궁금했던 점이 있어요. 세종대 재학시절 휴학을 하고 1년 동안 도서관에서 파묻혀 많은 책을 읽었다는 이야기를 얼핏 들었는데요. 아마도 그 시기가 박현수 시인 개인적으로도 많은 내공을 쌓는 의미 있는 한 해가 아니었나 하는 생각이 듭니다. 독서의 시간이 곧 시인에게 깊은 사유와 명상이 함께하는 시간이 되었을 것이라 생각해 봅니다. 2번째 시집의 제목 역시 "위험한 독서"라는 점을 생

각할 때 박현수 시인에게 "독서"가 주는 묘미나 독서행위가 차지하는 의미가 각별할 듯합니다. 어떤 책들을 주로 읽고, 독서 행위를 통해 깨달은 점들이 있다면요. 그 일 년의 시간이 궁금해지는데요?

박현수: 제대하고 대학 3학년생으로 복학을 하고는 아는 친구도 없고 해서 거의 혼자 학교를 다녔어요. 그러다 3학년 마치니 졸업이 부담스럽더라구요. 휴학을 한 가장 큰 이유는 어디 가서 국문과 나왔다는 소릴 할 정도의 소양이 내게 있는가 하는 의구심 때문이었어요. 그래서 휴학을 하고 세계문학전집 목록에 줄을 그어가며 여러 고전들을 읽고, 그 다음에는 바슐라르, 엘리아데 등의 글에 빠져 이론적인 글의 매력을 느꼈습니다. 그리고 복학한 그 해에 신춘문예에 당선되고, 또 그 해에 서울대 대학원에 입학하기도 했지요. 그때 휴학을 한 그 선택은 지금 생각해도 의미 있었던 것 같습니다. 독서의 맛을 그때 만끽했지요. 제 시에 독서 비유가 많은 것도 그때 생긴 취향이 아닐까 생각합니다. 그래서 독서, 읽는다는 행위의 의미를 다룬 시를 모아 그럴싸한 책을 엮으려는 기획도 가지고 있습니다.

서안나: 네. 다양한 매체들의 출현으로 책을 읽는 독서 인구가 감소하는 현재 상황에서, 독서 행위와 그 의미에 관련된 책이 나온다면 저도 한 번 읽어 보고 싶네요. 좋은 책 기대하겠습니다. (웃음) 박현수 시인께서는 신춘문예에 「세한도」로 등단하고 나서, 첫 시집 『우울한 시대의 사랑에게』(청년정신, 1998년)를 발간한 걸로 알고 있습니다. 아쉽게도 제가 첫 시집을 구하기가 어려워서

박현수 시인께서 메일로 보내준 시집 원고를 읽었습니다. 인터
넷상에서 보니 절판으로 나와 있던데요. 신춘 출신 시인인 경우,
시집 출판에서 많은 이점을 갖고 있다고 생각하는데요. 첫 시집
에 관련된 이야기 좀 해주시죠. 절판된 시집에 얽힌 흥미로운 사
연이 있을 듯합니다.

박현수: 시집을 구해드리지 못해 죄송하네요. 10년 넘은 책이라 저도
구할 수가 없었습니다. 저는 워낙 과작(1년에 열 편 정도도 못 씁
니다)이라 시집 분량의 시가 모이는 데 시간이 많이 걸렸습니다.
그래서 시집 낼 생각도 별로 하지 않았습니다. 그런데 제가 금천
구 시흥동 살 때 어느 날 밤 늦게 어떤 사람이 전화를 했어요. 박
현수 시인 맞냐고 하면서 저를 만나려고 엄청 노력하다가 어떤
시인을 통해 방금 전화번호를 알아서 전화를 했다더군요. 그리고
지금 저희 집 근처에 있으니 한 번 만나자고 하더군요. 그래서
나갔더니 청녀정신이라는 출판사 사장을 맡은 이종록 시인(이성
록 시인이 아닙니다)이었어요. 그래시 출판사를 만들어 시집 시
리즈를 만들고자 하는데 내 시집을 첫 번째로 출판하고 싶다는
거예요. 그래서 저는 한 가지 조건만 내세우고 하자고 했습니다.
그 시집 시리즈가 지속적으로 계속된다는 약속만 해준다면 그렇
게 한다고 했지요. 그런데 대여섯 권 나오고 그 시리즈가 끝났습
니다. 지금 생각해도 좀 아쉬워요.

서안나: 네. 출판사의 사정으로 시집이 절판되어 안타까워하는 시인
들이 있는데 박현수 시인노 그렇군요. 첫 시집에서 시집 해설을
쓴 금동철 평론가의 말을 빌리면, 박현수 시인의 작품이 "고독과

고고의 사이에서의 이상과 현실의 고뇌를 드러내고 있다"고 했
습니다. 해설에서 다루었다시피 유년기를 비롯한 군대에서의 생
활, 사랑과 이별과 결혼, 결혼 후의 아버지로서 맞는 사건들을
소재로 한 시들이 많아 박현수 시인의 삶을 옆에서 한 편의 영화
로 지켜보는 듯한 느낌도 들었습니다. 제목을 '우울한 우리 시대
의 사랑'이라 붙인 이유를 알고 싶습니다.

박현수: 그 제목은 사랑 시들이 대중성이 있다는 출판사의 판단에 맡
긴 것입니다. 그런데 차라리 등단 작품 제목인 '세한도'가 더 낫
지 않았을까 생각해 보기도 합니다. 사실 표제시인 그 시가 저에
게 그다지 큰 의미를 지닌 것은 아니었으니까요. 그래도 가난한
출판사에 어떤 도움이 될까 하여 알아서 하도록 했어요. 첫 시집
의 시편은 일상과 밀접한 관련을 지니고 있어서 독자에게 다가가
기 쉬운 면이 많지요.

서안나: 네. 그런 숨겨진 이야기가 있었군요. 가난한 출판사를 배려
하시는 박현수 시인의 모습이 인간적으로 느껴집니다. 전 개인적
으로 첫 시집에서 「세한도」를 비롯하여, 「내소사」, 「하오의 미학
강의」 시편과 「아버지 까라마조프」 연작, 「황지」 연작 등을 인상
깊게 보았습니다. 특히 「하오의 미학강의」 연작 시편에서 소재로
채택한 내용이 제2시집인 『위험한 독서』에서는 더욱 심화하였다
는 생각을 했는데요. 이런 시편들이 곧 두 번째 시집을 엮는 사
유의 씨앗들이 아니냐는 생각이 들기도 했습니다. 특히 제2시집
의 「고인돌」이나 「시총」과 같은 작품들이 곧 제1시집의 「하오의
미학강의」와 맥을 같이하는 작품들이라고 생각이 듭니다만.

박현수: 정확한 지적이라 할 수 있습니다. 사실 두 번째 시집 제목을 처음에는 '하오의 미학강의'라고 붙이려 했는데 너무 난해하다는 선입견을 준다는 이야기가 있어 지금의 제목이 되었어요. 첫 시집이 전반적으로 일상적인 체험과 깊이 관련을 맺고 있는 작품이 대부분이지만 일부 「하오의 미학강의」처럼 지적인 면이 강조된 작품들이 있기도 합니다. 그래서 두 번째 시집은 첫 시집의 그 부분을 심화한 것이라 할 수 있습니다.

서안나: 그런데 지금도 누군가는 차라리 「세한도」풍의 작품을 지속적으로 쓰고 시세계를 마무리하고 그 세계로 넘어갔더라면 더 좋지 않았을까 하는 이야기를 하기도 하던데, 그 점에 대해서는 어떻게 생각하시나요?

박현수: 사실 그런 이야기를 몇 번 들었습니다. 그런데 시 작품은 많지 않지만 저는 그런 서정성 강한 작품 세계에 너무 오랫동안 머물러 있었습니다. 그래서 스스로 너무 지겨웠어요. 당시 서정시들이 사물을 인간의 시선으로 변용시켜 어떤 교훈을 끌어내는 도식에 너무 쉽게 의존하고 있다고 판단했거든요. 저의 시도 일부 그런 면이 있다고 반성을 하기도 했지요. 그리고 그런 서정시를 쓰는 시인은 저 말고도 많기에 저는 뭔가 변화를 시도해야겠다고 생각했어요. 남들이 잘 하는 분야가 아니라 내가 새롭게 하고 싶은 영역에 투신하고 싶었지요. 그래서 첫 시집과 두 번째 시집 사이에 다소 거리가 있는 것도 사실입니다. 첫 시집의 「하오의 미학강의」 계열의 시는 그런 변화를 생각한 이후에 쓴 시라서 따른 서정적인 시와 질감의 차이가 납니다.

3. 진정성과 명상의 세계

서안나: 그렇군요. 이제 두 번째 시집으로 화제를 옮겨 볼까 합니다. 이번 대담을 기회로 두 번째 시집인 『위험한 독서』 역시 꼼꼼하게 읽게 되었습니다. 각 시집의 출판 연도를 보니 1998년에 첫 시집을 내고 8년만에 두 번째 시집이 출판되었던데요. 많은 시간이 소요된 만큼 완성도 또한 높은 시집이라고 생각합니다. 제가 시를 읽으면서 좋은 시들이 실린 페이지들을 접어 보았더니, 80퍼센트 이상의 작품들이 접혀지더군요. 시집에서 개인적으로 가장 애착이 가는 작품은 어떤 작품인지요?

박현수: 고맙습니다. 이렇게 열심히 읽어주실 줄 알았더라면 보관용으로 지닌 첫 시집도 드릴 걸 잘못했네요. (웃음) 제 보관본은 낙서가 너무 많아 드리기도 좀 뭐합니다만. 8년만에 두 번째 시집을 낸 것은 이제 생각해 보니 시를 정면으로 승부하지 못한 결과가 아닌가 하는 생각이 듭니다. 그 시간들은 나름대로 내 시의 방향에 대한 방황이 심했던 기간이었습니다. 요즘 오히려 시에 대한 욕망을 더욱 강하게 느끼고 있습니다. 개인적으로 「고인돌」, 「출정」이라는 작품에 애착을 가지고 있는데 그렇게 주목받지는 못했습니다. 지금까지 「고인돌」에 주목해준 사람은 곽명숙 시인의 어느 평론뿐이었던 것 같습니다.

서안나: 저도 「고인돌」이란 작품을 참 좋게 읽었습니다. 제1시집이 이상과 현실 사이에서의 고뇌를 노래했다면, 제2시집에서는 제1시집의 「하오의 미학강의」와 같이 소재를 고사에서 채택하여 보

다 확대된 시의 세계를 펼쳐 보이고 있다고 생각합니다. 이 시집
으로 2007년 "한국시인협회"서 주는 제39회 시인협회 〈젊은 시
인상〉 수상자로 선정되기도 했는데요. 박현수 시인 개인적으로
도 애착이 많이 가는 시집일 것이라고 생각해 봅니다. 이미 기존
에 발표했던 작품들도 시집에 수록할 때 다시 수정을 거친 작품
들도 더러 보였습니다.

박현수: 개인적으로 시에 대한 새로운 출발을 하게 만들어준 시집이라
평가합니다. 여러분들이 좋게 봐주신 것이 고마울 따름입니다. 이
시집에 실린 작품 중 일부는 잡지 발표 당시와 내용이나 형식들이
달라졌습니다. 그래서 이전보다 나아진 작품도 있지만, 이제 와서
생각하면 내용이나 형식상 좀 허술하더라도 진정성이 더 있었다는
점에서 차라리 이전 작품이 더 낫지 않았던가 하는 생각이 드는 작
품도 있었습니다. 퇴고를 할수록 진정성으로부터 멀어지고 수사학
이 우위에 놓이는 기분이 많이 듭니다. 그러면서도 알 수 없는 불
안감 때문에 지금도 시를 쓸 때 퇴고를 많이 하는 편입니다. 퇴고
는 완성에 대한 욕망의 결과가 아니라 불안감의 다른 형식이라는
생각도 듭니다.

서안나: 저도 시를 발표할 때, 수정을 많이 하는 편인데요. "퇴고는 완
성에 대한 욕망의 결과가 아니라 불안감의 다른 형식"이란 말을 들
으니 여러 가지를 생각하게 되는군요. 다시 시집 이야기로 돌아가
서, 자서에 관련된 이야기로 박현수 시인의 작품에 다가가 보도록
할게요.
전 개인적으로 시집을 읽을 때, 자서 부분에 많은 관심을 두는

편입니다. 어찌 보면 시집 자서에 쓰인 시인의 말이 그 시집의 핵심을 관통하고 있다고도 생각해 봅니다. 박현수 시인의 시집 자서에 있는 내용 중에 "시를 명상한다"라는 내용이 와 닿았습니다. "시를 쓰기 위한 명상"이 아니라, "시를 명상한다"라는 내용에서 박시인의 시세계가 축약되어 담겨 있다고 봅니다. "시를 명상한다"는 것은 시적 주체가 시의 의미와 형식의 전체적인 여러 요소 속으로 잠기는 것이 아니라 시를 관조하는 위치에 서 있다고 생각됩니다. 그래서 박 시인의 시에서 메타시적인 요소나 언어와 문자 자체에 대한 사유들이 많은 점도 이와 무관하지 않다고 봅니다.

박현수: 저는 크게 인식하지 못하고 있었는데, 지금 지적하신 말씀을 듣고 보니 과연 그런 것 같습니다. '시에 대한 명상'이라는 말이 제가 지니고 있는 시에 대한 관점을 잘 보여주는 것 같네요. 어느 순간부터 저는 시 자체에 대한 메타적인 관심이 많이 생겼습니다. 아마도 시학 관련 공부를 하면서 그랬던 것 같습니다. 시를 명상한다는 것은 시를 하나의 대상으로 놓는다는 것이 아니겠습니까? 그래서 내 이전에 누가 이런 명상을 했는지 궁금해서 개인적으로 이규보, 퇴계 등의 우리 고전 메타시도 꽤 모아 내 방식대로 번역도 해보곤 했습니다. 나중에 책으로 엮어볼까 하는데 집중할 시간이 없어 잘 되지 않을 듯합니다.

서안나: 네. 흥미로운 책이 될 것 같습니다. 제 생각에 박현수 시인의 시에서 '길'이란 소재와 만났을 때 '명상'이 더욱 구체화 하고 있다는 생각을 해보았는데요. 작품 「길에 대하여」를 보면, "태초

에 혼돈을 정리한 것은 길이며/…(중략)…/길은 집으로 들고/…
(중략)…/실핏줄처럼/파생되는 길에 길을 잃은 것은 길이다/…
(중략)…/가장 우회한 길이 삶이라면/잃은 길 위에/다시 잃은 길
이 시라는 것이다"에서도 곧 길 위의 노정들은 시를 명상하는 것
이며 이는 곧 삶을 명상하는 것이라고도 할 수 있는데요. 박현수
시인의 작품 중에서 신체어 중 "발"과 관련된 시어들과 "발자
국", "길", "순례" 등이 많이 나오고 있다는 것을 알 수 있었습니
다. 아마도 시인에게 있어서 시와 삶과 명상은 같은 의미를 지니
고 있다고 생각을 해보았습니다만.

박현수: 시에 대한 명상은 제 시의 중요한 주제입니다. 메타시적 관
점이 제 시에 선행되어 있다는 것은 일종의 불행일 수도 있다는
생각도 해봅니다. 사실 메타적 시선은 대상에 대한 적극적인 개
입을 조절하는 일종의 인위적인 제어력을 필요로 하는데, 그것은
고통스러운 일입니다. 마치 술자리에서 아무리 술을 마셔도 취하
지 않아 술자리의 모든 광경을 잔인하게 지켜보는 것과 비슷합니
다. 시적으로 그 명상이 너무 현학적으로 반복적으로 드러내지
않아야 한다는 것도 고민이지요. 그러다 얻은 결론이 자서에 밝
힌 "시에 대한 명상이 세계에 대한 명상과 다르지 않다"는 사실
입니다. 메타적 시선이 나를 완전하게 장악하면 시에 대한 명상
은 세계에 대한 명상과 일치한다는 사실을 문득 생각하게 되었지
요. 그래서 시에서 시나 수사학에 대해 말하지 않아도 하나의 텍
스트로서 세계를 말하면서 동시에 시를 메타적으로 말하는 것이
될 수 있다고 생각합니다. 그런 후 시 쓰기가 다소 덜 지겨워졌
습니다.

서안나: 네. 두 번째 시집에서 「고인돌」과 「우황리 공룡발자국」, 「타작」, 「연어」, 「까마귀」, 「위험한 독서」, 「해맥」, 「시총」 그리고 「무뇌설법」, 「클리쉐」, 「엉겅퀴」, 「숙박계의 현대시사」 등이 특히 기억에 남았습니다. 이들 작품에 보면, 문자와 언어 이전의 세계를 상상력이 활발하게 이루어지던 곳으로 보고, 신의 부재와 언어와 문자의 출현으로 이 세계가 폐쇄되고 축소된 것으로 파악하고 있는 듯합니다. 따라서 시적 주체는 새 문법이 도래해야 한다고 진술하고 있습니다. 작품 「연어」에서도 연어가 도래하는 "수미상관의 세계에서 벗어나려는 인력과의 싸움"이 곧 "젊은 시인의 시 쓰기에 다름 아니다"라고 하고 있습니다. 더불어 늙은 시를 벗어버리고 새로운 시 쓰기는 언어 이전의 언어로 회귀하는 것을 말씀하는 것 같습니다만.

4. 상투적인 세계로부터의 필사적인 탈주

박현수: 새로운 시쓰기에 대한 저의 갈망을 지적하신 것 같습니다. 시는 '상투적인 세계로부터의 필사적인 탈주'라 할 수 있습니다. 그런 갈망을 위해 과거와의 모든 관계를 전면적으로 차단하는 방식이 있을 수 있습니다. 유럽의 미래파가 '도서관을 불태우자'는 구호를 내건 것도 이와 관련이 있겠지요. 그러나 과거를 적극적으로 연계시킴으로써 새로움을 획득할 수도 있을 것입니다. 서안나 시인께서는 그 과거를 '언어 이전의 언어의 세계'로 보고 계신 듯합니다. 그 세계는 태초의 서정성의 상태일 것입니다. 그곳엔 현실성과 초월성이 함께 존재하지 않을까 생각합니다. 그러나 그것을 일종의 비유로 보는 것이 좋을 듯합니다. 실제 언어 이전

이나 이후가 크게 다르다고 생각하지는 않습니다. 지금의 문제를 해결하기 위해 과거를 신비화 하고 싶지 않고 미래에 모든 것을 투기하고 싶지도 않습니다. '지금 여기'에서 활로를 모색할 뿐입니다.

서안나: 네, 현실성과 초월성이 존재한다는 말, 깊게 와 닿습니다. 『위험한 독서』를 보면, 미학강의나 시론 등에 관련된 시편들도 눈을 끕니다. 개인적으로 시론이나 예술 창작론에 관련된 이야기를 듣고 싶습니다.

박현수: 그 시집에 「예술창작론」이라는 시가 있습니다. 내소사 창건 설화를 통해 예술의 창작 비밀 같은 것을 말하고 싶었습니다. 내소사 불당 내의 단청을 그리기 위해 화공을 불렀는데 그는 그림을 그리는 백일 동안 절대 들여다보지 말라 하지요. 사미승이 궁금증을 참지 못해 99일째 들여다보니 금빛 새 한 마리가 붓을 물고 단청을 그리고 있다가 그만 붓을 떨어트리고 날아가 버렸다는 설화입니나. 전통직으로 예술의 세계는 법당 안의 세계처럼 신비로운 미지의 영역이라는 것을 말하고 싶었습니다. 지금 그 미지의 영역이 과학의 도움으로 어느 정도 가시적 세계로 나오긴 하였으나 그래도 여전히 미지의 영역은 남아 있습니다. 저는 그곳에 시의 가능성이 있다고 봅니다. 이것은 신비주의가 아닙니다. 인간의 잠재적 초월성에 대한 믿음입니다. 이 문제를 해결하기 위해서는 철학과 미학이 혼용된 시각이 필요하다고 생각합니다. 어떤 사상적 경지에 대한 도달 없이는 새로운 시는 기교상의 변혁일 뿐이라 생각힙니나. 시인들의 공부가 필요한 것도 이 지점

이 아닐까 하는 생각을 하고 있습니다. 육화 된 철학과 사상 혹은 신념이 없이는 울림이 큰 시도 나오기 어렵다고 봅니다. 그점에서 저는 이육사의 「광야」나 백석의 「북방에서」 같은 스케일이 큰 시를 좋은 시라 생각합니다.

서안나: 네. "육화 된 철학과 사상 혹은 신념"과 그로 인한 "큰 울림이 있는 시" 이 부분에서 많은 시인들이 공감하리라 생각됩니다. 박현수 시인의 시를 읽다보면, 두 번째 시집의 마지막 4부의 짧은 시편들이 눈에 뜨입니다. 앞의 「고인돌」과 같은 작품들이 거대한 담론을 이야기한 데 비해, 짧은 시편들도 그 나름대로 서정적 아름다움의 매력을 지니고 있는데요. 최근 발표한 시들에서도 이처럼 짧은 소품의 시들을 많이 볼 수 있는데요. 이 부분에 대해 말씀 좀 해주시죠.

박현수: 시는 형식적으로 '날렵한 단도'와 같은 데 장점이 있다고 봅니다. 저는 기본적으로 시는 짧아야 한다고 생각하는데, 장시가 되더라도 응축된 단편의 연작시 형식이 마땅하다고 생각합니다. 너무 산문화 된 시들이 시의 존재 가치를 위협하는 측면이 있다고 생각합니다. 김지하 시인이 말한 '자발적 가난의 형식'이 이런 짧은 시 형식과 관련이 있지요. 요즘 시는 내용과 형식상 비만 상태에 도달한 게 많습니다. 짧게 한마디로 할 수 있는 것을 괜히 미적 고려 없이 부연하고 반복하는 양상이 요즘 시에 많은 것 같습니다. 앞으로도 시는 날렵한 형식 때문에 각광을 받을 것입니다.

5. 견인주의적 정신세계와 전통시학

서안나: 네. 그럼 이번엔 최근의 발표 작품에 대해서 이야기를 나눠
볼까 합니다. 작년 가을에 발표했던 「겨울 강가에서 예언서를 태
우다」(『애지』 2008년 가을호)란 시가 오랫동안 기억에 남았었습
니다. 그 작품을 읽으면서 박현수 시인의 등단작 「세한도」가 떠
오르기도 했습니다. 시가 남성적이고 스케일이 커서 박현수 시인
의 시세계의 특징을 잘 드러내주는 시라고 생각했었습니다. 엄결
성이랄까요. 혹은 견인주의적인 정신세계가 드러나는 시였다고
생각이 듭니다. 그런데 이 작품이 생각만큼 조명을 받지 못하여
서 독자의 한 사람으로서 아쉬운 생각이 들기도 했습니다. 제2시
집의 「고인돌」이란 시와 「겨울 강가에서 예언서를 태우다」도 유
사한 맥락의 작품들이라는 생각이 들었는데요.

박현수: 제 작품에 주목해주시어 감사합니다. 그 작품은 사실 제가
오랫동안 고민해오던 주세 중의 하나를 다룬 것입니다. 인간을 넘
어선 이떤 것의 문제, 즉 초월성의 문제 말입니다. 그 시는 인간을
배제한 초월성의 궁극적인 폐기를 다루고 있습니다. 인간 외부에
서 초월성을 찾는 것은 부정적 결과만을 낳을 뿐이죠. 결국 초월
은 인간 내부에서 이루어져야 한다는 것입니다. 그 문제에 대해
사실 고민이 많았고 여전히 고민 중이지만 그래도 어느 정도 가닥
은 잡았습니다. 그 시는 우리 아이들을 데리고 동네 개울가에 가
서 예언서나 점복서 따위를 불태워 버린 실제 사건을 소재로 하고
있습니다. 우리 애들이 이 시를 보고 신기해하더군요. 스케일 면
에서 「고인돌」이란 시와 비교될 만하다고 생각합니다.

서안나: 네. 이러한 시적 경향은 시인께서 지속적인 관심을 가지고 있는 '전통시학'과도 연결되고 있다고 생각해 보게 됩니다. 『현대시와 전통주의의 수사학』과 평론집 『황금책갈피』에서 우리 고유의 '전통시학'을 통해 동학, 태극사상, 주리론 등에 관련한 시인의 깊은 사유들을 접할 수 있었는데요. 첫 시집의 「하오의 미학강의 4」의 부제로 달린 "장자어법"이나 제2시집의 「시총」, 「시야, 너 어디 있느냐」, 그리고 근래에 발표한 「금서」와 「시인전위」(『다층』 2008년 겨울호), 「참새에 관하여」(『현대시』 2008년 8월호)와 이번 『현대시』 3월호에 실릴 「풍수에 대한 각주」 등이 이런 경향의 작품으로 보입니다. 홍용희 평론가가 이를 두고 "입고출신", "옛것으로 들어가서 새로운 것으로 나온다"(『다층』 2008년 겨울호)라고 했는데, 이 말이 박현수 시인의 시 정신의 핵심을 지적하고 있다고 보아지는데요. 아마도 이러한 시인의 전통시학에 대한 관심과 깊은 사유가 사물의 본질과 맞닿아 행간의 여백을 형성하고 정신적인 차원의 울림으로까지 확산하는 큰 시세계를 형성하는 것 같습니다.

박현수: 저에 관한 여러 자료를 섭렵하셨군요. 전통시학에 대한 관심은 제 문학과 학문의 기반이라 할 수 있습니다. 전통시학의 핵심을 문학적으로는 현대적인 관점에서 계승하고, 학문적으로는 현대의 문학이론으로 다듬고 싶은 커다란 포부가 있습니다. 그런 지향을 홍용희 선생이 "입고출신"이라 표현했는데, 적절한 거 같아요. 좀 현학적으로 말하자면 이것은 '현재의 위기 상황을 효과적으로 극복하기 위한 유의미한 과거의 호명'이라 할 수 있습니다. 우리 전통사상 속에는 여러 가능성이 많으므로 이를 잘 개발

한다면 문화 현상을 새롭게 해석할 적절한 문학이론도 가능하다
고 생각합니다. 저는 개인적으로 동학이나 그것이 기반하고 있는
기층사상과 한국화 된 유학이론에 주목하고 있습니다. 앞으로 더
전문적인 천착이 필요하다고 생각합니다.

서안나: 네. 우리 전통사상 속의 가능성을 문학 작품 속에 시도하는
박현수 시인의 작업이 무척 소중하게 생각됩니다. 박현수 시인은
시인 이외에도 평론가로 그리고 소장 학자로서 활발한 활동을 계
속 해오고 계신데요. 『모더니즘과 포스트모더니즘』, 『현대시와
전통주의의 수사학』, 『황금책갈피』, 『원전주해 이육사 시전집』,
『한국 모더니즘 시학』 등의 저서를 내어, 각종 우수도서에 선정
되기도 하셨더군요. 늦게나마 축하합니다. 또, 평론이나 저서들
을 읽다보면 문장이 참 깔끔하고 명쾌하다는 생각이 듭니다. 문
장강화를 위한 박현수 시인만의 특별한 비법이 있는지요?

박현수: 감사합니다. 제 문장에 그런 징짐이 있다는 사실을 솔직히
저는 실감하지 못하겠습니다. 내 걸음걸이의 장점을 말하는 것처
럼 좀 어색하게 들리기도 하거든요. 그러나 사실이 그렇다면 장
점이라 생각합니다. 앞으로도 이런 문체를 선호할 것 같습니다.
독서를 할 때 너무 기교적인 글들이 내용상으로 전혀 진도가 나
가지 않는 것이 제일 불만이거든요. 얼마전에 김훈 씨의 산문집
을 읽다가 너무 수사적이라 지루하게 여겨진 적이 있었는데 그때
수사적인 글의 한계를 실감했습니다. 기교적 글쓰기 역시 나름대
로의 장점이 있겠지만 제 성격에는 좀 안 맞는 것 같습니다. 저
도 시에서는 수사적인 것을 일부러 시도하기도 하지만 기교가 사
유를 담고 있지 않는 경우를 스스로 경계하고 있습니다. 핵심에

바로 가닿는 아름다움이 제 지향점이라 할 수 있습니다. 그렇다
고 뭐 대단한 작품이 있는 것도 아니지만서도요. (웃음)

서안나: 겸손의 말씀으로 듣겠습니다. 박현수 시인께서는 창작뿐만
아니라 학술과 평론 쪽에도 많은 활동을 하고 계신데요. 더 깊은
성취가 있길 바라면서도, 같이 시를 쓰는 시인으로서는 여러 지
면에서 박현수 시인의 시를 더 자주 만났으면 하는 바람이 있습
니다. 이번 대담을 통해서 박현수 시인의 시세계를 깊게 음미할
수 있어서 더욱 좋은 시간이 되었던 것 같습니다. 바쁜 시간 내
어서 이야기를 나누어 주셔서 감사드립니다. 앞으로 나올 세 번
째 시집에 큰 기대를 걸어보면서 이 자리를 마칠까 합니다. 올해
좋은 일들만 가득하시고 건필하세요.

박현수: 감사합니다. 인터뷰 때문에 부끄러운 제 시와 글을 읽느라 너
무 고생하셨습니다. 서안나 시인께서도 올해 문운 가득하시길 바
랍니다.

대담이 끝나고 카페에서 스파게티와 시원한 맥주를 마시며 시에 대
한 전반적인 이야기와 앞으로 나아갈 시세계에 대하여 많은 이야기를
나누었다. 박현수 시인의 순하지만 순간순간 섬세하게 빛나는 눈가에
서 문득 예언자적인 섬광을 보기도 했다. 박현수 시인의 시 한 구절이
별똥별처럼 나를 스쳐 지나가기도 했다.

빗줄기 속에서
꼿꼿이 뇌문을 읽는 예언자여

— 「까마귀」 부분

6번 기타줄과 앨리스와 맥심 클럽

박후기

1. 내 귀는 거짓말을 사랑한다

10월 어느 날, 박후기 시인의 따스한 필체가 담긴 시인의 두 번째 시집을 받았다. 『내 귀는 거짓말을 사랑한다』(창비, 2009)라는 귀에 착 감기는 제목의 시집이었다. 지인이 시집을 내서 반가웠고, 시집을 엮느라 고생했을 시인의 노고가 시집을 읽는 내내 손끝에 맴돌아 기분이 좋았다. 창작활동을 활발하게 하는 박후기 시인은 자신만의 목소리로 개성적인 시세계를 탐색해 나가는 시인이다. 서정성이 짙으면서도, 소외된 자들의 삶을 다루는 독특한 시세계를 형성하고 있다.

박후기 시인과의 인연은, 몇 년 전 '한국시인협회'에서 간사로 활동하면서부터이다. 박후기 시인은 시도 잘 쓸 뿐더러 노래도 잘하고 사람까지 좋아 시인들 사이에서도 인기가 높다. 2년여의 간사 활동을 마치고 시인협회 임원들끼리 서해안으로 1박 2일 여행을 떠났었다. 여행길에서 박후기 시인과 많은 이야기를 나눌 수 있었다. 내가 받은 시인의 인상은 노력하는 사람, 그리고 행동으로 실천하는 사람이었다. 박후기 시인의 시가 진정성을 획득하는 이유도 시인의 행보와 무관하지 않다. 소외된 이들의 고통스러운 삶의 현장으로 찾아가 그들의 작은 외침과 함께 하려는 의지와 배려가 작품의 바탕에 깔려 있기 때문이다.

박후기 시인의 약력을 간단하게 살펴보면, 그의 본명은 박홍희이다. 1968년 경기도 평택시 팽성읍 도두리에서 5남매 중의 막내로 태어났다. 서울예술대 문예창작과를 졸업하고 2003년『작가세계』신인상에「내 가슴의 무늬」외 6편의 작품을 발표하며 등단했다. 시집으로『종이는 나무의 유전자를 갖고 있다』(실천문학, 2006)와『내 귀는 거짓말을 사랑한다』(창비, 2009)가 있다. 첫 시집으로 제24회 〈신동엽창작상〉을 수상하기도 했다.

2003년 등단작과 함께 2006년까지 발표한 작품들이 수록된 그의 첫 시집에는 미군부대 주변과 기지촌 풍경 등을 비롯하여 비극적인 삶의 정황이 드러나고 있다. 그리고 최근에 출간한 두 번째 시집 역시 첫 시집의 목소리가 더욱 발효되어 깊은 울림으로 펼쳐지고 있다. 두 권의 시집을 읽다보면, 박후기 시인의 시는 일상어를 구사하여 깊은 사유의 궤적을 드러내주기에 전문적인 시교육을 받지 못한 독자들도 쉽게 이해할 수 있다는 높은 가독성 또한 장점임을 알 수 있다.

서로 일정이 바쁜 관계로 여러 번의 전화와 인터넷 메일을 주고받으며 시인의 시세계와 평상시에 궁금했던 개인적인 질문들을 시도해 보았다.

2. 박에필로그 혹은 후기

서안나 : 박후기 시인, 오랜만입니다. 잘 지내시나요. 우선 두 번째 시집 출간을 서면으로나마 축하합니다. 보내준 시집 잘 읽고 있습니다. 시집이 발간된 지 오래지 않아 아직도 인절미처럼 따끈따끈합니다. 시집 제목이 재미있으면서도 많은 생각을 하게 합니다. '내 귀는 거짓말을 사랑한다'라는 제목은 시인이 직접 정하신 건가요?

　사실 시집을 출간할 때, 시집 제목 정하는 것만큼 시인들에게 고민스러운 일은 없는 것 같아요. 왜냐하면, 시집 제목은 곧 그 시집 전체의 주제를 압축시켜야 하고, 더불어 시인의 시세계를 관통해야 하며, 시인의 세계관 역시 담겨 있어야 하기 때문이 아닐는지요. 그리고 '제목의 힘'을 통해 대중성 또한 확보해야만 하는 문제들이 겹쳐 있다고 봅니다. 박후기 시인 역시 시집 제목을 정할 때 고민을 많이 했을 듯합니다.

박후기 : 네, 직접 정했습니다. 시집의 제목은 사람의 이름과도 같다고 생각하고 있습니다. 마찬가지로 시집의 제목 역시 시집 전체적인 맥락의 의미가 어떤 식으로든 묻어 있어야 된다고 생각합니다. 이번 시집을 준비하면서 대략 3개의 제목을 미리 뽑아 놓은 후에 편집자들과 의견을 나눴습니다. 편집자들은 조금 무난한 제목을 권했고, 저는 '내 귀는 거짓말을 사랑한다'를 원했습니다. 시집에 실린 「사랑-글렌 굴드」 본문에서 가져온 것입니다. 역설적인 뉘앙스도 풍기지만, 아주 사실적이지요. 솔직히 제 귀는 진실보다 거짓말에 솔깃합니다. 사랑의 생명력과 관련지어 생각할

때, 세상에 사랑한다는 말보다 더한 거짓말이 또 있을까요?

서안나 : 네. 저도 표제시를 잘 읽었습니다. 이번 시집의 제목은 단순
하면서도 쉽고 오래 기억되는 점에서 좋다고 생각됩니다. 또 40
이란 불혹을 맞이하며 맞닥뜨리는 시인의 내면 갈등도 제목에서
맛볼 수 있었구요.

그럼 첫 번째 시집에 관한 이야기도 자연스럽게 같이 풀어 보
도록 할게요. 첫 번째 시집은 등단작을 비롯하여 시인의 20대와
30대 중반을 통과하며 온몸으로 체험한 날 선 내용이 중심을 이
루고 있는데요. 우울한 청년기와 창백한 낯빛과 날카로운 시선
들이랄까요? 우울한 청년기를 맞은 것은 물론 개인적인 체험을
포함하는 동시에, 우울을 제공하는 사회의 구조적 모순을 시의
힘을 통해 부각시키고 있다고 봅니다. 사회 곳곳에서 발생하는
소외 계층들의 고통을 시의 소재로 다루면서, 그들의 고통에 동
참하고 그들에게 압력을 가하는 거대한 세력에 대항하는 시인의
목소리가 들어 있다고 봅니다.

첫 번째 시집은 마치 '순수한 청년의 목소리' 같습니다. 그리
고 이번에 출간된 두 번째 시집은 좀 더 안정된 목소리로 첫 시
집에서 관심 갖던 문제들을 연장선상에서 다루고 있다고 생각합
니다. 각각의 시집들이 연계되면서도 각각의 특이성을 지니고
있다고 생각되는데요. 이번 두 번째 시집을 엮으면서 시인이 말
하고 싶은 것이랄까요? 첫 번째 시집에 관련하여 이야기해주서
도 좋고요.

박후기 : "순수한 청년의 목소리……". 모든 첫 시집이 그렇지 않을까

요? 느끼셨듯이 첫 시집은 주로 개인사적인 문제들에 초점을 맞추고 있습니다. 최대한 드러나지 않게 자본 혹은 신자유주의에 의해 지배당하는 우리의 현실을 개인사적인 경험과 치환시켰지요. 미군기지와 아버지로 상징되는 경험들을 통해 현실을 건드린 것이지요. 아주 살짝. 사실, 미군기지 문제는 우리가 겉으로 보는 것처럼 단순하지는 않습니다. 어쨌거나 첫 시집에서는 이러한 문제들을 어떤 식으로든 정리하고 싶었을 것입니다.

두 번째 시집에서는 좀 더 거리를 두고 사물을 바라보고 싶었습니다. 단순히 시의 외연만을 말하는 것은 아닙니다. 얽매이지 않으며, 할 얘기만 하자, 뭐 그런 생각이 있었습니다. 현실을 이야기하되, 나는 시인이니까 미학적인 면도 무시하진 말자, 뭐 그런 생각이 있었던 것이지요. 본래의 모습들을 생각했습니다. 사랑과 노동, 예술과 현실, 보여주기 위한 시보다는 그 자체로 시가 되는 어떤 '울림' 같은 것을 늘 생각했습니다.

서안나 : 네. 저도 역시 "울림"이라는 말에 동감합니다. 박후기 시인의 시가 감동적으로 읽히는 이유도 "울림"의 진폭이 상당하다는 데 있다는 생각을 문득 해보게 됩니다. 아마도 그 울림은 시에 대한 시인의 노력도 한몫 한다고 생각합니다. 그 한 예로 시집에 수록된 작품들을 꼼꼼하게 살펴보니, 지면에 발표했던 당시의 작품들에서 수정된 부분들이 많더군요. 잡지에 작품을 발표하고 나서 시집을 묶을 때 많은 수정을 거치시는지요?

박후기 : 네, 저는 책(시집)이 나오기 전까지 작품은 수정되어야 한다고 생각합니다. 문예지 등에 발표한 작품을 그대로 시집에 싣기

보다 수정을 하는 편입니다. 급하게 쓸 때 보지 못했던 오류들이 자주 보이는 게 사실이거든요.

서안나 : 네. 철저한 작가정신이 엿보이는 대목이라 생각됩니다. 저는 박후기 시인의 두 번째 시집에서 「채송화」, 「폐광」 등의 시가 인상에 남는데요. 강의시간에 학생들과 같이 감상하는 시간도 마련했었습니다. 학생들도 쉽게 이해할 수 있었나 봅니다. 감상평을 쓰라고 하니, 감동적인 시라는 내용이 많았습니다.

박후기 시인의 「채송화」 등의 작품을 읽어 보면, "무너진 집안의 막내" 등의 묘사를 볼 때, 시 속에 유년시절의 체험이 드러나고 있다고 보입니다. 자전적인 체험인지요? 더불어 유년시절에 관련된 이야기 좀 해주시지요.

박후기 : 「채송화」의 배경은 7살 무렵일 겁니다. 괜찮게 살던 집안이 갑자기 폭삭 망해 버렸거든요. 제가 막내였고, 형들은 서울로 유학 가 있던 뭐 그런 시기입니다. 제약 사업하는 작은아버지 빚보증이 문제였지요. 결국, 아버지는 돌아가실 때까지 그때 받은 상처와 빚을 안고 사셨지요. "무너진 집안의 막내"라는 표현이 그때 제 위치를 말해줍니다. 어머니는 꽃을 좋아하셔서 봉당이 늘 꽃천지였고요. 채송화는 기본이고, 봉숭아, 나리꽃, 맨드라미, 붓꽃, 장미…… 심지어 흔치 않았던 아스파라거스까지 기르셨지요.

「폐광」은 시에 나와 있듯, 아버지의 죽음을 다룬 시입니다. 유년기는 아니고, 제가 스물세 살 때 사고로 돌아가셨는데, 제가 병원에서 장례식장으로 모셨던 기억을 더듬은 것입니다.

3. 앨리스와 도두리와 맥심 클럽

서안나 : 네. 시의 배경이 되었던 유년시절의 이야기를 들으니 시가 더욱 절절하게 다가옵니다. 박후기 시인의 첫 시집에서 미군부대와 기지촌 그리고 클럽에 관한 이야기들을 많이 접할 수 있습니다.

"캠프 험프리의/겨울밤은 깊어가고/맥심 클럽 뒷골목/툭, 툭, 툭,/언 땅 걷어차는/클럽 북소리 들린다/아라사 양복점 슬래브 지붕 밑/씨방 속 같은 어두운 빈방/하얀 이불 속에 발목 묻고/밤새 너를 기다린다, 앨리스"(「목필연가」)란 「목필연가」의 구절들이 생각납니다.

또, "미군부대 철조망 사이로 남몰래/펩시콜라를 건네주던"(「도두리」)이나, "그 해 가을,/지구를 떠난 보이저 2호가/해왕성을 스쳐 지나갈 무렵/아버지가 죽었다//이제 우리 집에 힘센 것은/하나도 없다 힘센 것은 모두/우리 집의 밖에 있다//단말마의 빗줄기처럼/미군부대 격납고 지붕 위에서/땅 위로 내리꽂힌 아버지가/멀어져 기는 보이서 2호와/나 사이의 거리만큼이나/아득하게 느껴질 무렵"(「뒤란의 봄」) 혹은 "아버지는 헬리콥터 조종사였다"(「옆집에 사는 앨리스」) 등의 시에서 아버지에 대한 이야기가 시적 소재로 자주 등장하는 것을 볼 수 있습니다.

박후기 : 네. 제가 대학 가기 전까지 살았던 곳이 기지촌(캠프 험프리)입니다. 쫄딱 망한 아버지가 그나마 5남매 자식들을 대학까지 보낼 수 있었던 것도 다 미군부대에 일을 다니셨기 때문입니다. 어찌 보면 미군부대가 참 고마운 존재일 수도 있는데, 개인의 문제를 역사적으로 좀 더 외연을 확대해서 보면 미군기지는 이 나라

에 없어야 하는 게 맞습니다. 미군기지 확장반대운동에 관여했던 것도 그런 차원의 문제입니다. 사실 기지촌 사람들은 생업이나 일상생활이 늘 미군들과 연계돼 있기 때문에 반미적 정서는 강하지 않습니다. 미군기지로 인한 여러 가지 문제들이 야기돼도 아주 애매모호한 태도를 취하지요. 다 생존본능이겠지만 말입니다.

그곳에서 자라면서 느낀 것을 토대로 시로 쓰기도 했는데, 주로 첫 시집(『종이는 나무의 유전자를 갖고 있다』)에 실려 있습니다. 「옆집에 사는 앨리스」에 등장하는 경호는 지금 인천에서 버스 운전을 하며 살고 있는데, 주로 그 친구 집에서 놀았지요. 경찰공무원이던 경호 아버지가 돌아가시면서 남긴 돈으로 빌라를 지었는데, 위층은 미군들에게 세를 놓고 경호네 식구는 지하실에서 살았습니다. 그 주변 사람들이 다 비슷하게 살았습니다. 집 지어 세놓고, 개들은 우리처럼 전세제도란 게 없습니다. 무조건 월세 현찰이지요.

첫 시집에 실린 「목필연가」란 작품도 기지촌 얘기입니다. 안정리란 곳인데, 그 시에 등장하는 맥심 클럽은 아마 지금도 영업 중일 겁니다. 물론 저도 술 마시러 종종 다니던 곳이고요. 요즘 홍대 앞 클럽문화를 저는 이십 몇 년 전부터 경험했던 것이지요. 기지촌 정서를 시로 옮기며 생각했습니다. 김명인의 '동두천'이나 박석수의 '쑥고개'와는 다른 뭔가 있어야 한다고. 그들의 연장이 아니라, 박후기만의 무엇이 있어야 한다고. 아직도 고민 중인데, 굳이 시가 아니더라도 좋다는 생각이고요.

서안나 : 네. 그러고 보니, 몇 년 전에 박후기 시인이 참여했던 평택에서의 〈들이 운다〉라는 퍼포먼스가 생각나는데요. 기사화 되어

사회에 많은 반향을 일으키기도 했던 걸로 알고 있습니다. 미군 부대 그리고 기지촌이란 공간이 이데올로기와 전쟁으로 얼룩진 상처가 자리하는 비극적인 공간이기에 그곳에 직접 땅을 파고들어가 묻히는 퍼포먼스의 상징성이 저에게는 무척 강렬하게 남았던 것 같아요.

이번 두 번째 시집에서도 소외된 계층에 관한 작품과 자본주의에 저항하는 고발적인 성향의 시들을 다수 읽을 수 있었습니다. 「불법체류자」와 더불어 여러 편의 시들을 들 수 있겠는데요. 시 쓰기와 더불어 현실참여로 이어지는 직접적인 실천의 행위가 문단에서 박후기 시인이 갖는 위치의 소중함이라 생각해 봅니다. 그러면서도 박후기 시인의 시에는 서정성이 함께 녹아 있어 그 묘한 어우러짐이 아마도 시에 현실과 미적 완성도 두 가지를 다 드러내기 위한 것이며, 곧 총체성의 구현을 위한 시인의 의지라고 생각해 보았어요.

박후기 : 늘 고민하는 문제가 현실에 대한 미학의 적용입니다. 저는 시인이니까, 문학을, 예술을 하는 사람이니까. 어쨌든 미학을 바탕에 깔고 현실을 드러내야 하는데, 중용이란 게 참 어려워서 어느 한 쪽에 치우치기 일쑤입니다. 돈을 좇자니 사랑이 울고 사랑을 택하자니 돈이 떠나고, 뭐 그런 식이잖아요.

제가 대학에 들어와 조세희 선생의 『난장이가 쏘아 올린 작은 공』을 읽고 세미나를 했는데, 주요 논점이 '난장이의 죽음을 너무 아름답게 묘사한 것은 아닌가' 였어요. 민중의 현실을 너무 미학적으로 접근했다는 식이었지요. 물론 저는 다르게 생각했습니다. 조세희 선생이 르포라이터는 아니잖아요.

아마도 제 시가 '이쪽'도 '저쪽'도 아닌 것이 그런 연유에서일 겁니다. 굳이 어느 쪽에 속하고 싶은 마음도 없고요. 어차피 다 섞이며 살아가지 않나요?

4. 현실과 시의 어우러짐과 미학성의 구현

서안나 : 네. 그렇군요. 현실적인 문제를 거론하면서 시의 미학성을 구현한다는 게 쉽지만은 않은 일인데도 박후기 시인은 그 지점을 시에 잘 버무려내고 있다고 생각합니다. 아마도 그 힘이 박후기 시인의 시의 저력이 아닐까 생각해 봅니다.

그럼, 독자들이 궁금해 할 개인사적인 내용을 질문해 볼게요. 박후기 시인의 경우, 시는 언제 처음 접하게 되었나요? 등단에 대한 각별한 사연을 전에 언뜻 들었던 적이 있는데요. 자세하게 듣고 싶군요.

박후기 : 아주 어렸을 때부터 자연스럽게 시를 접했습니다. 5형제 중 막내인데, 큰형님과 셋째 형님이 중대 문창과 출신입니다. 나이 차이도 꽤 나지요. 어렸을 때, 뜻도 모르면서 『창작과 비평』이나 『현대문학』 같은 잡지를 읽곤 했지요. 큰형님이 손재주가 좋아서 시를 적은 액자를 마루와 사랑방에 걸어 놓았는데, 마루엔 강은교의 「풀잎」이 사랑방에는 박남수의 「새」가 걸려 있었습니다. 무슨 소린지도 모르고 종알종알 읽었던 것이지요. 제가 유일하게 전문을 기억하는 시가 그 두 편입니다. 제가 쓴 넉 줄짜리 시도 기억하지 못하는데 말이지요.

고등학교 때 처음 신춘문예에 투고를 해보았는데, 아무튼 등

단은 좀 늦은 편입니다. 35살에 했거든요. 저와 같이 시 공부하
던 친구들이 여럿 문단에 나와 있는데, 저도 꾸준히 투고는 했습
니다만 마지막 문턱을 넘지 못하더라고요. 말 그대로 최종심 마
일리지만 엄청 쌓았지요. 삼십 대 초반엔 거의 투고를 하지 않았
습니다. 서른세 살 때, 이러다가 등단을 하지 못할 수도 있다는
생각이 들었습니다. 시를 쓰면서 살기 위해서는 등단을 해야 하
는데, 서른다섯 살 안에 등단 못하면 시 쓰는 일을 포기하려고
했습니다. 마음 추스르고 몇 달 동안 작품을 정리해 두 곳에 투
고를 했는데, 한 곳에서 또 최종심에서 걸린 거예요. 다행히 다
른 한 곳에서 연락이 왔습니다. 『작가세계』였습니다. 문학을 계
속하라는 것이구나 생각했습니다. 등단이 늦은 만큼 나름대로
열심히 썼고요.

서안나 : 네. 어렸을 적부터 집안이 이미 문학적인 향기로 가득 차 있
었군요. 20대에 시를 쓰기 시작해서 30대 중반에 능단하기까지
짧지 않은 시기였을 텐데요. 또 한창 젊은 나이에 문학에 대한 열
정 하나만으로 긴 시간 동안 시를 붙잡고 있기가 더욱 어려웠을
것 같아요. 오랜 시간 동안 고민하고 시를 통한 마음 수련이 아마
도 지금의 시가 힘을 발휘하게 하는 원동력이라 생각해 봅니다.
　　저는 처음 박후기 시인의 이름을 보았을 때, 상당히 독특하다
는 생각을 했어요. 본명이 박홍희이더군요. 언제 기회가 되면 묻
고 싶었는데요. 후기라는 필명을 사용하게 된 계기가 궁금하군요.

박후기 : 투고할 때 최종심에 이름이 오르내리니까, 누가 알아볼까
싶어 만든 필명 중 하나인데 제 마음에 쏙 듭니다. 물론 본명을

지어주신 아버님께는 죄송하지만, 어차피 제 인생 제가 사는 거니까요. 박후기가 본명으로 생각들 정도입니다. 에필로그라고 불러주는 분들이 많은데, 굳이 뜻을 풀이하자면 뒤 후後자에 기운 기氣자를 씁니다. 국어사전에는 '버티어 나가는 힘'이라고 뜻이 적혀 있습니다. 에필로그라고 불리는 것도 좋아요. 다들 책 한 권 내실 때마다 뒤에 제 이름을 적어주시잖아요, '후기'라고.

서안나 : 그렇군요. '후기'라는 필명에 '버티어 나가는 힘'이란 뜻이 있군요. '후기'라는 필명에 시인의 시에 대한 열정과 고통을 견디어낸 시간이 다 들어있는 셈이군요. 아마 독특한 필명이 앞으로도 더욱 뒷심이 있는 시를 쏟아내게 할 것 같습니다.

　참, 인터넷을 검색하다 보니, 박후기 시인이 쓴 산문이 책으로 출판된 게 있더군요. 저는 처음에는 동명이인인 줄 알았어요. 혹시나 하여 책에 관련한 정보를 살펴보니 박후기 시인이 쓴 책이 맞더군요. 아마도 박후기 시인에게 시집 이외의 다른 출판물이 있다는 점은 생소하리라 생각되는데요. 언제 책이 출간되었나요? 회사일로 바쁘게 지내는 걸로 알고 있는데 참 부지런하네요. 책의 내용이 궁금해지는데요?

박후기 : 사진 관련 책입니다. 친구가 잘 나가는 다큐멘터리 사진작가인데, 그 친구의 사진에 글을 쓴 것이지요. 중남미 관련 사진 책인데, 원래 열 권을 기획했다가 세 권만 나왔지요. 남미 일주 계획도 세웠다가 무산되기도 했고요. 가긴 가야 할 텐데, 워낙 국내통이라서 그게 잘 될 수 있을지…….

서안나 : 아마도 부지런한 성격이라서 곧 후속편을 내리라고 기대해
봅니다. 그리고 박후기 시인이 근무하는 곳에 관해서 듣고 싶네
요. 건강과 관련된 회사에 재직하는 걸로 알고 있습니다. 그리고
회사에서 나오는 잡지를 만드는 걸로 얼핏 알고 있어요. 출장을
자주 다니며 취재를 한다고 듣기도 했고요. 다들 단편적인 쪼가
리 소식들이라, 직장에 관련하여 이야기 좀 해주시죠.

박후기 : 네, 죽염회사 홍보실장입니다. 죽염이란 말을 처음 쓰고 처
음 죽염을 제조한 회사인데, 그곳에서 월간지 만들고 취재 다니
고, 산에 다니고 뭐 그런 일을 합니다. 몸에 좋다는 걸 너무 많이
먹어 오히려 탈입니다. 술을 너무 마시게 되거든요.

중간에 몇 달 잠시 외도한 것 빼고 14년째 일하고 있는데, 지
금까지 취재한 암 환자만 해도 100명은 넘을 겁니다. 돌아가신
분들도 많고, 몇 달 선고 받고도 몇 년째 멀쩡하게 살아있는 분
들도 있지요. 자칭, 타칭 도사들도 많이 만나는데, 그 중에는 자
연의 순리대로 살아가며 세상의 일을 쫓지 않는 진짜 도인도 있
습니다. 이런저런 이유로 일이 즐겁습니다. 아니 즐겁게 일하려
고 노력합니다.

서안나 : 네. 죽음에 맞닥뜨린 사람들을 취재한다고 하니, 더욱 삶에
대한 소중함을 느끼게 될 것 같아요. 평상시에 나이에 비해 동안
을 소유하고 있다고 생각했는데, 그게 다 이유가 있었군요. 회사
일로 출장을 자주 다니면, 힘들기도 하지만 또 시를 쓰는 점에서
는 많은 사유를 할 수 있어서 좋은 점이 많으리라고 생각이 드네
요. 다양한 삶을 살아가는 사람들을 만날 수 있는 것도 매력이

아닐까 생각해 봅니다.

박후기 : 네, 누구 표현을 빌려오자면, 제 시의 팔 할은 길거리에서 쓰였다고 해도 틀린 말이 아닙니다. 분명하게 말씀드릴 수 있는 것은, 두 권의 시집에 실린 시 중에서 집에서 쓴 것은 단 한 편도 없습니다. 물론, 시집 준비할 때 교정 정도는 집에서 봤습니다만.

5. 콜트 기타와 6번 기타줄 그리고 시인의 혈관

서안나 : 박후기 시인은 문단에서도 노래 잘하기로 정평이 나있는데요. 저는 박후기 시인이 통기타를 연주하며 노래하는 것을 자주 접했습니다. 노래하는 모습을 보면, 지금은 고인이 된 가수 김광석 이미지가 연상되곤 하는데요. 기타는 언제부터 연주하게 되었나요?

박후기 : 잘 치지는 못합니다. 최근에는 기타를 자주 만지지 않아서 손이 굳어지기도 했구요. 처음 기타를 만진 것은 초등학교 5학년 때입니다. 돌아가신 셋째형이 그 당시 고등학생이었는데, 기타를 조금 쳤습니다. 어깨 너머로 지켜보다가 형 몰래 기타를 쳐봤는데 느낌이 좋더라고요. 그 뒤 중학교 때 코드며 주법 등을 제대로 익혔습니다. 고등학교 때는 그룹사운드를 결성해서 공연도 했고, 대학 때는 밀린 외상 술값 대신 노래를 하기도 했습니다. 지금은 아주 가끔 만져보는데, 잘 안 돼요. 노래방보다는 기타 치며 즐기는 것을 더 좋아합니다.

서안나 : 제1시집의 「버섯 키우는 사내」에서, "6번 기타줄 같은 비가
내린다." 그리고 제2시집의 「6번 혈관」에서도 기타 음색이 다양
하게 변주되면서 자본주의 폭력성을 드러내고 있다고 보입니다.
아마도 기타줄과 그 음색의 빛깔들이 박후기 시인에게 '음' 이상
의 의미로 작용하는 것 같아요. 시와 관련된 음악에 대해 이야기
듣고 싶네요.

박후기 : 다들 비슷하겠지만, 저는 음악을 통해서 생각을 정리하는
버릇이 있습니다. 고등학교 졸업하고 평택에서 잠깐 음악다방
DJ를 보기도 했는데, 순전히 음악을 듣기 위해서였습니다. 백판
포함해서 음반만 4천여 장이 있었던 곳이었는데, 정말 몇 달 동
안 밤낮으로 돌리고 돌리고 해서 그 음반들을 다 들었던 기억이
있습니다. 지금도 1테라바이트(TB) 외장하드 하나가 전부 음악
들로 채워져 있습니다.

시안나 : 내난하군요. 저도 한때 재즈에 심취해서 그 음의 흐름에 빠
져 있기도 했어요. 제대로 알지는 못하지만 막연하게나마 음악이
라는 장르가 참 매력적이라 생각했어요. 음악을 들으며 생각을
정리한다는 점이 독특하네요. 그래서 박후기 시인의 시에 리듬감
이 살아 있다는 생각도 해봅니다.

　　또 인터넷 홈피에서 동료 문인들의 사진을 찍어서 올려놓은
것을 보았어요. 주로 얼굴을 중심으로 촬영하였더군요. 사진들
을 보면, 아름다운 얼굴 사진보다는 정형화 되지 않은 얼굴들이
많아서 오히려 신선하게 느껴지더군요. 누군가 들여다보지 못한
어느 시인의 표정과 웃음 혹은 옆얼굴들에서 박후기 시인만이

읽어낸 시인의 정신이 담겨 있는 것 같아요.

박후기 : 음, 카메라는 오래 전부터 일 때문에 만지기 시작했습니다. 16~7년쯤 전, 잡지사 기자를 하던 시절, 갑자기 사진기자가 그만두는 바람에 사진을 찍기 시작했습니다. 말씀하신대로 인물 사진을 즐겨 찍는데, 사진책 한 권 분량이 거의 다 돼 갑니다. 조만간 인물 사진집을 내볼까 생각 중입니다. 사진 찍어드린 분들 중에서 장석주 선생이 제 사진을 가장 마음에 들어 하시더라고요. 사진 찍는다 얘기 안 하고 찍은 건데, 시 전집 표지에 풀컷으로 쓰셨지요. 사진에서 아우라가 읽히는 분들이 몇 있습니다.

서안나 : 그렇군요. 사진은 순간의 미학을 구현하는 것이라서, 그 한 때의 찰나의 표정에서 시인의 정신세계를 포착할 수도 있다고 생각해 봅니다. 시간이 빠듯했을 텐데 많은 이야기 나눌 수 있어서 즐겁고 고마웠습니다. 좋은 시로 지면에서 자주 만났으면 합니다.

박후기 시인과의 서면 인터뷰와 전화 통화를 마치고 나는 다시 시인의 시집을 들춰 읽기 시작했다. 시인의 고향인 평택의 아픔이 더 생생하게 다가왔다. 아픈 땅의 기억들 속에는 기지촌이 있었고, 미군부대 철조망 사이에서 어린 아들에게 펩시콜라를 전해주던 따스한 아버지의 손을 만날 수 있었다. 한 개인의 체험은 개인을 넘어서서 곧 우리의 시대의 아픈 역사를 대변하고 상징하고 있다.

끝으로 박후기 시인이 신문에 기고했던 글 한 부분을 소개하고자 한다. "(아름다운) 소리 뒤에 감춰진 아픔을 나는 보았다. 불행과 고난은 누구에게나 온다. 아름다움이 불행과 고난을 먹고 사는 것은 아니다. 타자에 대한 무관심과 이기심으로부터 불행은 온다. 사회적 불평등과 억압 앞에서 개인은 행복할 수 없다. 물리적이든 심적이든 연대감이 없다면 그 사회는 이미 무너진 것이나 다름없다. 나는 이 시를 통해서 그 연대감을 표현하고 싶었다."라고 박후기 시인은 쓰고 있다. 박후기 시인은 '콜트·콜텍 기타'를 만든 노동자들이 시위하는 현장에서 그들이 만든 기타로 연주하며 그들에 관한 시를 쓴다. 그의 시를 인용하며 어지러운 글을 끝맺으려 한다.

기타줄이여, 나의 혈관이여*

박후기

기타줄은 기타의 핏줄,
질긴 나의 혈관이다
팽팽한 생의 조율 위에서
언제 끊어질지 몰라,
나는 불안한 음계로
죽음의 열네 계단을 오르내리며 매일
고통을 튜닝한다
당신들은,
나의 노동이 느슨하다며
있는 힘껏 내 목을 조인다
나는 밧줄을 칭칭 목에 감은 채
온몸으로 소리친다,
울음으로 노래한다
나는 머리끝에서 발끝까지
자본의 공명을 위해 매인 몸
하지만
6번 줄은 기타의 동맥,

잘 끊어지지 않는다
줄을 조일수록 울림은 커지느니,
내 질긴 목숨도 기나긴 싸움도
그와 다르지 않다

*콜트 · 콜텍 기타를 만들던 해고노동자들에게 드리는 詩.

우주적 모성과 상생의 꽃

임혜신

1. 뜨거운 태양과 모래 혹은 자폐의 땅 플로리다

　임혜신 시인은 미국에서 활동하고 있는 시인이다. 오랜만에 고국을 방문한 그녀를 나는 강남역에 있는 이국적 정경의 카페에서 만났다. 출국일자를 이틀 앞둔 날이었다. 가족들과 동해에서 방금 돌아왔다는 그녀는 피곤해 보였지만 소녀처럼 맑은 얼굴로 활짝 웃고 있었다. 창 밖에는 며칠째 계속되는 장맛비가 내리고 있었다. 대담시간 내내 나는 현장감 있는 시인의 목소리를 놓칠세라, 그리고 곧 미국으로 날아가 버릴 그녀와의 대화에 열중했다.

　서안나: 임혜신 선생님, 안녕하세요. 우선 『현대시』에 〈이달의 시인〉으로 선정되신 점 축하드립니다. 대담을 하는 자리에서 만나게 되어 더욱 반갑습니다. 사진보다 훨씬 아름다우시네요. 미국에

서 오랫동안 생활하다 한국에 오면 어떤가요? 그런데 장마철이라 즐거운 휴가를 보내기엔 날씨가 도움을 주지 않는 것 같습니다. (웃음)

임혜신: 반갑습니다, 안나 씨. 비 오는 날 우산 쓰고 쏘다니니까 재미있습니다. 미국에선 그럴 일이 없거든요. 서울에서 처음으로 우산 없이도 비를 맞지 않을 수 있다는 것을 알았습니다. 우산 없이 외출했다가 돌아오는데 줄지은 인파가 모두 우산을 쓰고 한 방향으로 가고 있었어요. 나도 덩달아 이 우산에서 저 우산으로 비를 피할 수 있었지요. 작은 우산들이 모여 큰 우산을 만들고 있었으니까요. 어떤 분이 그러시더군요. 그게 사람과 더불어 산다는 것이라고. (웃음)

서안나: 더불어 산다는 말이 좋습니다. 전 플로리다 하면 불타는 듯한 강렬한 태양과 잘 익은 오렌지 나무가 생각나요. 오렌지 드시면서 하루 종일 시만 쓰시는 건 아니겠지요? (웃음)

발표하신 「마지막 사과」란 작품에 선생님이 거주하고 계신 플로리다에 대한 언급이 나와 있었습니다. "무방비의 내 가슴을 들여다보곤 했지 외로운 곳이었어 플로리다, 고향에서 아주 먼 곳" 혹은 "한 이십년 내 곁에서 자장가를 불러주고 동그란 빵을 만들어준 이방의 나라"라는 내용들을 볼 수 있는데요. 고국을 떠나 정착한 플로리다가 선생님의 시창작 활동에도 많은 영향을 미쳤으리라 생각합니다.

임혜신: 그래요, 거기 오래 살았으니까요. 제가 사는 곳은 대서양을

향한 바닷가 도시인데 슈가샌드라 부르는 설탕처럼 고운 모래밭이 운동장처럼 넓게 펼쳐 있어 조깅하기가 참 좋지요. 남부사람들은 대개 느리고 낙천적이지요. 기후가 좋아서 노인들도 많이 살아요. 그곳에서 딸아이 하나 키우면서 일하고 시도 쓰고 번역도 하면서 살고 있죠. 보스톤을 거쳐 플로리다에 정착한 것이 이제 20년이 훌쩍 넘었으니 내 생이 뿌리내린 곳이라 해도 과언이 아닐 겁니다. 그곳에서 일을 하고 바다를 걷고 사랑을 하고 아이를 낳아 키운 곳, 뜨거운 태양과 모래와 넘치는 생명력으로 내 고독을 감싸주던 제2의 탯줄이죠. 어쩌면 스스로 지은 추방이며 탈출이며 자폐의 땅이기도 하구요.

이번처럼 고국여행에서 돌아가면 늘 견디기 힘든 우울함이 찾아옵니다. 다시 일상의 삽자루를 굳게 잡을 때까지는 시간이 걸리지만 나는 내 피 흐르는 고향을 사랑하듯이 나의 유배지를 믿습니다. 내 영혼에 햄버거 살을 찌우기도 하고 야자나무 위의 바람으로 내 삶을 푸르게 흔들어주기도 하는 내가 살아가는, 그래서 살아있는 땅인 거죠. 하지만 언젠가 결국은 떠나야 할 곳이라는 생각을 하기도 합니다.

요즘에는 소유가 부담스러워지는군요. 그래서 집도 줄이고 가구도 줄이고 차도 하이브리드로 바꾸었습니다. 일상의 군더더기들도 줄여나가고 있습니다. 줄이니까 참 마음이 편해져요. 심플한 삶을 살아가는 것이 곧 환경이나 사회에도 부담을 덜 끼치는 일 같기도 하구요.

서아나: 네. 저도 기회가 된다면 선생님과 함께 부드러운 "슈가샌드" 해변을 걸어보고 싶어요. "제2의 탯줄"이라는 표현이 외국에서

모국어로 시창작하는 애로점들을 함축적으로 드러내는 것 같습니다.

그리고 바쁜 일상 속에서 삶을 단순화시키는 게 참 어려운 일인데요. 소유를 줄인다는 말이 인상적입니다. 소유와 행복은 비례하지 않는다는 걸 알면서도 일상에서 실천하기란 쉽지 않은 것 같습니다. 선생님께선 집, 가구를 줄이고 자동차도 하이브리드로 바꾸며 친환경적 삶을 실천하시는 것 같습니다. 환경문제에도 많은 관심을 가지고 계시는 듯합니다. 시에서도 생태에 관련된 소재들이 많이 나타나고 있는데요.

임혜신: 저는 환경운동가는 아니지만 환경에 조금이라도 도움이 되고 싶다는 생각을 해요. 우리가 다 알다시피 지구가 병들어가고 있지 않습니까. 사실 환경문제가 심각하거든요. 우리의 아들딸들을 위해서 지구를 보살펴야 할 때가 된 거예요. 고맙게도 20세기에 팽만했던 개인주의는 이제 환경이라는 공동의 화두 속에서 새로운 미덕을 만들고 있습니다. 지구공동체로 함께 살기라는 새로운 철학이 서구에도 등장한 거죠. 이러한 환경에의 관심은 미국 젊은이들 사이에서 멋스러운 일로 간주되기도 해요.

서안나: 미국은 자연연료를 가장 많이 소비하는 소비가 미덕이었던 나라 아닙니까? 그런 나라의 젊은 층에 환경운동이 번진다니 참 반가운 이야기입니다. 그런데 선생님은 오랫동안 문학을 접어두셨던 것으로 알고 있는데 특별한 이유가 있었는지요.

임혜신: 부끄러운 고백인데 젊은 시절 나는 탐미의 세계에 깊이 빠져

들어 좋은 문학을 하지 못한 것 같습니다. 한편으로 세상에 도움이 되는 사람이어야 한다는 강박관념과 또 한편으로 나의 문학이 허망한 탁상공론이며 망상의 쓰레기라는 자책 사이에서 마땅한 길을 찾지 못했었지요. 결국 문학 아닌 것을 찾아 미국으로 갔고 거기서 실용학문인 전자공학을 공부했지요. 공학이 문학을 보완하는 건 물론 아니지요. 다만 나를 괴롭히던 탐미의 파괴성을 치유할 시간이 필요했던 것 같습니다. 망상의 살과 뼈, 그 육신을 찾아내고 싶었는지 모르지만 이 세상 어디에 그런 것이 있겠습니까. 헤맬 광야를 찾아가 거기서 무언가 '전혀 다른 것'을 하며 헤매야만 되었던 것이겠지요.

지금 돌이켜 보면 젊은 날, 문학의 세월이 탕진이었다면, 공학을 한 시간은 낭비였다는 생각도 하죠. 거꾸로 문학이 연인이었다면 공학은 친구였다는 생각도 합니다. 세상일은 정말 의외의 결과를 낳아놓곤 합니다. 문학을 잊었던 낭비의 십여 년이 탕진으로 지친 내 문학적 영혼에 귀한 필터와 같은 작용을 했으니까요. 그 필터를 서치고 나니 가치에 대한 강박관념도 사라지고 내 문학의 허물과 더불어, 타인의 허물 그리고 나 자신의 허물도 받아들이게 되었습니다. 이제 말할 수 있군요. 세상을 받아들인다는 것은 사랑한다는 것이며 그것이 이 세상에 도움이 되는 일이라고. 그 쉬운 일이 왜 그렇게 어려웠을까요?

서안나: 네. "탕진과 낭비 사이"에서 밀쳐 두었던 시의 의자로 다시 되돌아와 앉으셨군요. "세상을 받아들인다는 것은 사랑한다는 것"이라 한 문장 속에서 선생님의 세계관을 엿볼 수 있는 것 같아요. 약간 주제를 돌려 최근 미국의 '한인문학회' 활동들에 대

한 이야기를 나누었으면 합니다.

임혜신: 미국에도 한인문학지가 많이 있습니다. 『미주문학』, 『재미시인』, 『해외문학』, 『미주시인』 또 뉴욕이나 워싱톤 등지에 많은 지역문학지들이 있습니다. 의외로 아주 많은 분들이 시를 사랑하고 시를 쓰시지요. 이민 1세대에게는 때로 1.5세대까지도 고향을 떠났다는 이유 때문에 애수나 그리움이 일차적으로 시 속에 많이 나타나기도 합니다.

근래에 이르러 향수를 넘어서는 존재에 대한 성찰이 점점 많아지고 있는 추세입니다. 이민문학은 일종의 유배문학이지요. 유배문학은 소외, 격리로 인해 오히려 색깔과 성격이 독특할 수 있다는 장점이 있지 않습니까. 어떻게 경작해내느냐가 문제지요.

또 미주의 문인들은 한국문학과 미국문학의 교류에 대해서도 많은 이야기를 나눕니다. 미주 한국문학의 문학적 심도와 더불어 정치적인 문제, 나아가서는 해외한국인으로서의 외교적 의무를 이야기하곤 하지요. 치열한 개개인의 문학적 탐구와 더불어 본국과의 진지한 교류 또한 미주 한국문학을 위해서도 본국문학의 세계화를 위해서도 필요한 작업이라고 생각합니다.

2. 시라는 괴팍한 식물

서안나: 그렇군요. 최근에 심도 깊은 존재와 존재의 성찰에 관련한 시들이 많이 발표된다고 하니 반갑습니다. 선생님 약력을 보면, 『임혜신이 읽어주는 오늘의 미국 현대시』라는 번역 시집이 있는데요. 월간 『현대시』에 인기리에 연재되었던 걸로 알고 있습니

다. 우리에게는 낯선 시인들도 실려 있었어요. 책을 읽으면서 자세히 알지 못했던 미국 현대시를 흥미롭게 접했습니다. 아무래도 문화권이 다르다 보면 미국 문단의 특성이나, 문화 차이와 가치관 그리고 표현 등 번역 작업을 하며 느끼셨던 점들이 많을 것 같은데요. 또 미국 문단의 상황도 간단하게 알려 주세요. 우리나라 문단과는 또 다른 이야기들이 있을 것 같은데요.

임혜신: 미국 현대시를 읽으면서 저는 한국시와 미국시가 언어와 정서, 표현기술은 다르지만 삶이라는 동일한 문제를 가지고 고뇌한다는 데서 다름이 없다는 것을 많이 생각합니다. 문학은 사람의 이야기이니까요. 일상, 사랑, 사회문제, 인종, 전쟁, 환경문제 등으로 고뇌하는 그들의 이야기는 별로 다를 바 없는 우리의 이야기이라는 것이지요.

번역을 하면서 느끼는 것은 어떤 시는 번역을 하면 최소한 20% 이상 그 향기를 잃어 버리게 된다는 거예요. 시에서 20%를 빼면 남는 것은 없습니다. 그런 경우 영어로 읽으면 재미있는데 번역을 해놓으면 너무 시시한 겁니다. 결국 번역이 불가능한 경우인데 어쩔 수 없는 일이지요. 번역이라는 다리를 건널 수 없는 시가 있다는 것입니다. 시는 자리를 옮겨 놓으면 죽어 버리는 괴팍한 식물이지요.

미국과 한국의 문단의 다른 점이라면 미국엔 등단제도가 없다는 게 다를 뿐 별반 다를 게 없다고 봅니다. 한 편의 시로 시인이 되는 절차가 없는 미국에선 발표할 지면을 얻는 것이 대단히 자랑스러운 일이며 책을 출판할 수 있다는 것은 너욱 영광인 것이지요. 문학상들은 물론 출간된 책을 통해 주어집니다. 첫 번째 시집에 주는 상도 있고 두 번째 시집에만 주는 상도 있지요. 그리고 미국문단에서도 대학을 중심으로 시인들이 모여 살고 있다는 점에서 문제점이 거론됩니다. 수많은 문예창작 워크숍 맥포임 생산지라 하여 맥도날드식으로 똑같은 시를 만들어내는 장소라고 지탄받기고 하죠. 또 문학지 뒤에 몇 페이지씩 실리는 문학상 공모나 출판공모가 쇼일 뿐이라는 거죠. 그런 것들은 대학과 문예창작 워크숍 주변에서 암암리에 결정되어 버리니까요. 부당한 것 같지만 또 현실적으로 그럴 수밖에 없어요. 다만 진정한 독자는 그 이상 것, 즉 살아 있는 문학, 학교나 인맥이라는 굴레를 뛰어넘는 '생이 낳는 문학', 원초성을 지닌 개성 있는 문학을 원한다는 것을 잊어서는 안 된다는 거죠. 그것만이 살아남을 진정한 예술이니까요.

서안나: "자리를 옮겨 놓으면 죽어 버리는 괴팍한 식물"이라는 말이 실감 나게 와 닿습니다. 몇 년 전 한국에서도 한 권의 번역소설을 두고 번역자들 간의 토론이 벌어졌던 적이 있습니다. 원전 해석에 있어 번역자의 과도한 개입 문제를 일간지에서 지상토론식의 논의를 붙였는데요. 이런 문제들이 번역가의 괴로움이 아닐까 싶은데요.

임혜신: 어차피 문학작품을 읽는다는 것은 작가의 언어에서 독자의 언어로의 번역입니다. 독자의 독자적인 해석이 개입되지 않으면 완성되지 않는 문학은 수동적 생물체이기도 합니다. 독자의 개입과 번역가의 개입으로 해서 그 생물체는 의미가 더해지기도 하고 빠지기도 하면서 독특한 생물체로서 살아나게 되는 거지요. 가능

한 한 원작의 뜻을 살리려 하지 않는 번역가는 없을 겁니다. 번역가의 언어능력과 문학적 소양이 중요한 것이겠지요.

3. 꽃, 생명력의 상징

서안나: 이야기를 나누다 보니 선생님의 섬세하고 예리한 직관력을 느낄 수 있습니다. 그러한 점이 선생님의 장점이자 시인에게 필요한 면모가 아닌가 생각합니다. 선생님께서 생각하시는 삶의 철학이나 비중 있게 두시는 가치가 있다면요? 그런 것들이 결국 선생님의 시세계에 어떤 영향을 미쳤는지에 대해서도 듣고 싶습니다.

임혜신: 잘 봐주셔서 감사합니다. (웃음) 상당히 보수적인 생각인 것도 같은데 저는 잘 살아야 잘 쓴다는 생각을 제 자신에게 늘 일깨웁니다. 평범한 생활철학이지요. 잘 산다는 것은 물론 세속적 성공을 말하는 것은 아니고 삶을 향한 각기 나름대로의 치열성과 진실성을 말하는 거지요. 시가 안 되는 날은 삶을 점검해 보기도 해요. 뜨겁지 않고 용감하지 않고 순수하지 않으면 답변은 오지 않거든요. 그리고 삶에, 대상에 가까이 갈수록 좋은 시를 낳을 수 있고, 이 세상 온갖 만물은 시가 될 수 있다고 생각합니다.

서안나: 가까이 두고 자주 접하는 시인의 작품이 있는지요?

임혜신: 미국에서도 문화의 오지인 플로리다에 살다 보니 한국의 좋은 시인들의 작품을 많이 접하지 못합니다. 간간 친구들이 보내주는 시집이나, 한국에 올 때마다 사가지고 가는 책들이 대부분

제가 접하는 전부입니다. 미국시들은 책방에 들러서 읽어보고 또 에세이를 써야 할 경우 인터넷이나 대학 도서관을 통해 리서치를 하지요. 개성이 독특한 시면 다 좋아합니다. 미국시인으로는 유머스런 빌리 컬린즈의 시를 좋아하고 시닉한 도날드 홀의 시도 좋아하고 13세기 루미의 시도 무척 좋아하고 게리슨 키일러가 편집한 '좋은 시'를 옆에 두고 들춰 보기도 좋아합니다.

한국 시인으로는 근래에 허수경, 김선우의 시집이 참 인상적이 었습니다. 현대적 불안과 존재의 파편성을 극단으로 보여주는 요즘 시가 내적 서정성을 완성했을 때, 그런 시를 만나는 기쁨도 큽니다. 물론 좋아하지 않는 시도 때때로 읽습니다. 모든 시는 모든 사물처럼 그 자신의 목소리라는 가치를 가지고 있으니까요. 의외의 만남에서 배우기도 하고 새로운 기쁨을 얻기도 하구요.

서안나: 본인이 아끼는 작품이 있으시다면 소개 좀 부탁드릴게요.

임혜신:. 최근에 쓴 「꽃들의 진화」를 좋아합니다. 식물적 자아, 언뜻 생각하면 수동적인 듯하지만 진정한 식물성에는 동물성을 의도적으로 포기한 진화의 더 깊은 뜻이 들어있기도 합니다. 그들은 움직이지 않으나 끊임없이 번식하고 성장합니다. 식물들의 상처 재생능력은 동물들은 감히 엄두도 못 내는 것이지요. 또 식물적 존재의 놀라움은 동물성을 잃은 최악의 환경에서도 살아남는다는 것이지요.

서안나: 저도 「꽃들의 진화」란 시에 대해서 이야기하고 싶었습니다. 방금 말씀하신 것처럼 시에서 "꽃이 지구의 가장 마지막 순간에도

남는 존재"로 시적 화자가 진술하고 있는데요. 선생님이 "꽃"에 관련된 식물적 상상력과, "꽃"에 부여하는 가치가 독특합니다.

임혜신: 이상하죠. 꽃이란 말만 들으면 나는 물먹은 식물처럼 살아나는 느낌이예요. (웃음) 실은 몇 년 전에 나는 절대불모와 같은 세상에 홀로 던져졌었지요. 형언할 수 없이 고통스런 그 자리에 꼼짝도 하지 않고 오래 오래 서 있었는데 어느 순간 나는 식물이 되는 꿈을 꾸었던 것입니다. 그리고 동물인 내가 동물성을 벗고 식물성을 회복하면서 생명존속이 가능해졌지요. 모든 동물적 희망과 욕망을 포기하자 나는 산을 덮어 오르는 또 다른 생명체가 되었던 것입니다. 「꽃들의 진화」는 희망 없이 닫힌 방에서, 외부와의 일체 소통이 끊어진 상태에서 대상없는 그리움의 팔을 열어 미래라는 시공의 산을 점령해 가던 내 자신의 내적 생태를 표현했기 때문에 애착이 가는 것 같아요.

시안나: 선생님 시에서 "꽃"은 페미니즘적 특성과 연결되면서 시적 특이성을 차지하고 있는데요. "꽃"을 통해 여성성의 어떠한 면을 부각시키고 싶으셨는지요.

임혜신: 나에게 있어 꽃은 여성성을 넘어서는 생명력의 상징입니다. 페미니즘 운동 또한 여성을 위해서라기보다 생명을 위한 것이기를 바랍니다. 물론 꽃을 생각하면 여성, 혹은 모성이란 말이 생각나고 자연적으로 페미니즘이 생각나고 섹시즘이 생각나고 메인소비니즘이 생각나고 성차별이 생각나고 여성이 겪은 역사적 사회적 문제들이 생각납니다. 그러나 그런 문제의 고발은 과도기

적 문제이고 진정한 여성성의 추구, 혹은 꽃의 추구는 생명의 추
구일 것입니다. 또 자아라는 권리의 회복이기도 하지요. 나는 무
엇이고 싶은가라는 진지한 성찰이 페미니즘을 더욱 성장하게 하
는 힘이라고 생각합니다. 꽃의 생태를 닮은 여성에게는 아름답고
좋은 것이 많이 있습니다. 거기엔 남성들이 배워도 좋을 것들도
많지요. 그러니 페미니즘과 메일쇼비니즘이라는 깃발을 내리고
이제는 생명의 공동문제에 귀 기울였으면 좋겠습니다. 페미니즘
운동을 남성들이 해주었으면 하는 바람도 깊지요. 진정한 꽃의
소유를 위해서 말입니다. 그렇게 말하면 메일쇼비니즘이나 섹시
즘을 여성이 이해해줘야 한다는 이야기도 나오게 될 것 같군요.
(웃음) 왜 아니겠습니까. 문제는 궁극적으로 내가 말하고자 하는
꽃이 여성이 아니란 것입니다. 나는 모성도 여성만의 것이 아니
라 생각합니다. 사람의 것이며 생명의 것이며 사물들의 것이며
우주적인 힘이기도 한 것이죠. 무슨 빛깔 무슨 모습이든, 온전한
모습이든 구겨진 모습이든, 스스로라는 존재의 물길을 길어 올려
세상이라는 진흙에서 피어난 모든 것이 바로 꽃이니까요.

서안나: 네. 남성과 여성의 문제를 생물학적인 성차를 통한 이분법적
파악이 아닌 "생명의 추구"로 파악하시는 면에 저도 같은 생각입
니다. 1990년대 여성시인들이 '몸'이나 '육체적 도발' 등을 전략
으로 내세우는 시를 많이 발표했는데요. 성차를 극복하고 진정한
모성성 내지 생명의 근원으로서의 여성성의 지향도 중요하게 남
겨진 과제라 생각됩니다.

선생님 작품 중에는 '죽음'이나 '노인'에 관련된 소재 또한 비
중 있게 다루어지고 있습니다. 특히 「마지막 사과」란 작품이나

「여든 여덟 살」 등의 작품에서 노인들이 등장하고 있는데요. 노인들을 죽음과 삶의 경계에 서 있으면서 죽음을 즐겁고 당당하게 맞이하는 존재로 나타나고 있습니다. 늙은 노인의 몸에서 파란 잎사귀들이 자라는 등의 생성과 소멸이 혼재된 노인의 몸과 그 몸에 내장된 소년 이미지들이 인상 깊었습니다. '노인'의 육체를 새로운 생명과 연결되는 공간감으로 그려내는 점이 선생님만의 신선한 해석으로 읽혀졌어요. 불교적인 '연기론' 혹은 '순환적 세계관'이 엿보입니다. 특히 「삼나무 숲」이란 작품에서도 죽음에 대한 개성적인 사유가 읽혀지는데요.

임혜신: 신선하게 읽어주니 고맙군요. (웃음) 그래요, 나는 시간과 공간 또 그것을 넘어서는 높은 차원의 우주가 하나의 생명체라고 생각하죠. 그것은 불교적이며 지극히 현대적 사고이기도 합니다. 작가의 이름을 그만 잊었는데 『양자물리학과 연꽃』이라는 책은 불교와 현대물리가 어떻게 일치하는기를 잘 설명하고 있지요. 모든 세 하나이니 삶과 죽음은 시로를 보완하는 하나의 수레바퀴일 수밖에요. 또 산다는 것은 죽음의 연습이기도 하지요. 우리가 겪는 상실과 실패와 이별이 다 그런 것이지요. 내 것이라 믿었던 것은 어느새 우리의 손가락을 빠져나가지요. 아름다운 순간은 곧 사라집니다. 그때마다 우리는 작은 죽음을 경험하지요. 그러나 한 순간이 죽고 또 한 순간이 태어나는 그 장소에서 우리는 영원이라는 신비의 열매를 보기도 하죠. 그렇게 노인과 소년을 태운 눈 먼 영원의 수레바퀴는 시작과 끝을 맞물리면서 크고 싱싱한 리듬으로 오래오래 굴러가고 있는 겁니다.

서안나: 선생님의 발표작 중에 「미술관에서」란 작품에서는 문명비판과 사회비판적인 시선들을 볼 수 있었습니다. 이 작품 이외의 여러 작품에서도 역시 사회 현안 문제에 대한 비판적인 시각을 많이 접할 수 있었는데요. 그래서 선생님이 시가 더욱 묵직한 무게감을 갖는다고 생각됩니다. 시사에도 많은 관심을 갖고 있으신 것 같아요. 특히 개인적으로 어떤 문제에 관심을 갖고 계시는지 궁금합니다.

임혜신: 특별히 관심을 갖는 것은 없습니다. 하지만 일부러 세상의 문제들을 보려 노력하지 않아도 날마다 들리는 것, 보이는 것이 차별의 문제지요. 불평등이 없다면 시도 없겠지요. (웃음) 우리가 사는 불평등한 세상에서 시인은 위를 넘보는 존재가 아니라 아래를 어루만지는 존재라고 생각합니다. 저 역시 소외된 낮은 것에 관심이 있을 수밖에요. 소외되고 깨어진 것을 보며 실상을 파헤치고 고발하는 것으로 만족할 수는 없어요. 시적 꼴라쥬에는 보이지 않는 목적이 있는 것입니다. 그것이 「미술관에서」란 작품에서는 만져지지 않으나 분명히 존재하는 부드러운 육신의 연인으로 나타나는 할로그램이지요. 일종의 구원입니다. 종교적 구원이 아니라 버려진 존재의 내부에서 찢어진 현실로 일으켜낸 구원이지요.

서안나: 네. "소외"와 "구원"이라는 단어가 가슴에 와 닿습니다. 같은 맥락으로 질문을 드린다면, 「언덕 위의 하얀 집」이란 작품에서는 실업의 문제와 관련해 빈곤층을 소재로 한 작품도 볼 수 있었는데요.

임혜신: 「언덕 위의 하얀 집」이란 시를 말씀하시니까 기분이 좋습니
다. 그 이유는 모든 이가 결국은 천국에 간다는 말을 무척이나
하고 싶었는데 이 시에서 해버렸기 때문이지요. (웃음) 이 시는
안나씨가 보신대로 빈곤층의 문제이며 그들의 영혼의 심원에 흐
르는 구원의 가능성에 대한 이야기입니다. 여기서 '나'는 겨울
언덕을 걸어오는 세상의 남자를 기다리는 우주 혹은 자연이라는
냉철한 모성으로서의 구원의 손길이기도 합니다. 소외된 사람들
은 천국을 꿈꾸며 혹은 의심하며 생이라는 힘든 언덕길을 오르고
있지요. 언덕 위에서 천국으로 대변되는 '나'라는 모성이 무감각
한 문을 환하게 열고 기다리고 있구요. 무감각하다는 것은 이 모
성이 핏줄로 이어진 끈끈한 모성이 아니라 모든 인간사의 희로애
락을 감싸줄 마지막 장소로서의 우주적 모성인 때문이지요. 그
모성은 내가 꿈꾸는, 혹은 제공하고 싶어 몸살을 앓기도 하는 기
묘한 평등론이기도 하지요. 기독교적인 천국은 아니고 인과를 벗
어난 영원한 죽음, 혹은 영원한 사라짐이라는 불교직 해탈에 더
가깝겠습니다.

4. 상생의 철학

서안나: "인과를 벗어난 영원한 죽음" 그리고 "우주적 모성"이 바로
선생님이 추구하는 시세계가 아닐까 잠시 생각해 보았습니다. 죽
음과 전쟁에 관련해서 선생님의 작품 중 "테러" 연작시들이 개인
적으로 기억에 남습니다. 작품의 정황상으로 볼 때, '9·11 테
러'를 소재로 하여 쓰여진 시 같았습니다. 이라크 전쟁과 관련하
여 그리고 지구상에 발발하는 전쟁에 관한 문제 등에 대해서도

각별한 관심이 있는 것 같습니다.

임혜신: 하루도 전쟁이나 테러라는 말을 듣지 않는 날이 없으니 관심이라기보다 차라리 일상이 되어 버렸습니다. 그 연작시들 중 몇 편은 9·11 특집 청탁을 받고 쓴 것입니다. 나머지는 테러리스트의 입장에서 쓴 것입니다. 아직도 이라크에서는 날마다 사람들이 죽어나가고 있습니다. 며칠 전에는 그루지아와 러시아가 무력분쟁을 시작했지 않습니까. 전쟁, 기아, 인종차별, 계층 간의 양극화 현상 등의 문제는 사실 날로 심각해져 갑니다. 생존불가능의 세상을 하루하루 살아가면서 테러 속에도 아이를 낳은 어머니, 죽음의 직전까지 꿈꾸는 영혼들, 사회의 차별 속에서도 열심히 살아가는 불법이민자들은 모두 나의 아이덴티티를 규정해주는 아주 중요한 요소이지요. 사회적 문제를 벗어난 아이덴티티는 자아를 벗어난 아이덴티티와 다를 바 없을 테니까요.

서안나: 최근 한국에서도 외국인 노동자들의 인권 등 다양한 문제들이 다문화사회로 진입하는데 있어서 해결해야 할 이슈로 부각되고 있습니다. 마이너리티들에 대한 배려와 껴안음이 곧 상생의 길이 아닐까 생각해 봅니다. 선생님의 시를 읽다보면 상생의 철학을 볼 수 있는데요. 특히 자주 등장하는 소재 중의 하나인 "꽃"을 통해서 잘 드러나고 있다고 봅니다. 앞에서도 언급되었지만, 어쩌면 제1시집을 관통하는 소재란 생각을 해보았습니다. 제1시집의 제일 처음에 실린 「하얀 난」에서도 "이 세상 모든 고뇌를 꽃이라 부르겠다"란 구절이 있는데요. 선생님에게 "꽃"은 커다란 의미를 지닌다는 생각을 해보았어요.

임혜신: 상생의 철학이라 참 귀에 향기로운 말입니다. 그러고 보니 이 세상 모든 고뇌를 꽃이라 부르는 것도 상생의 한 방식일지 모르겠네요. (웃음) 그러나 내게 있어 꽃은 모든 것을 딛고 일어서는 평이한 사랑의 목소리입니다. 온갖 불평등과 아픔과 싸움을 딛고 마침내 피어나는 자비이지요. 꽃 속에는 욕망과 유혹과 아픔과 후회와 죄와 속죄와 구원에의 갈망이 있습니다. 그 모든 복잡한 인간사를 뚫고 꽃은 피어남으로서 인간의 고통을 부드럽게 완성시킵니다. 지극히 세속적인 아름다움으로 꽃은 죽음 속에서도 피어나고 사막에서도 피어나고 썩은 물속에서도 몸을 일으켜 피어나지요. 스스로 아픔이며 슬픔이며 죄인 줄 알면서도 더러운 세상사 차별 없는 진흙탕의 손을 이끌어 끝끝내 꽃이 되고 말지요. 내게 꽃이 매혹적인 것은 그 안에 담긴 이러한 세속성 때문이며 그것을 절정으로 밀어올린 그 순도 높은 열정 때문이며 또 하릴없이 질 내일을 걱정하지 않는 도도함 때문이지요. 상생이란 목적은 없으나 이러한 꽃들이 바로 상생의 땅을 만들어가는 것이 아닌가 해요.

서안나: 아마도 마지막 질문이 될 듯합니다. 틀에 박힌 질문이지만 드리지 않을 수가 없네요. (웃음) 선생님께 시란 어떤 의미를 지니는지요?

임혜신: 어쩌면 시는 내 영혼의 몸입니다. 시를 쓰는 것은 나의 영혼에 몸을 부여하는 작업이지요. 그래서 누군가가 나를 보고 느낄 수 있게 하는 이도적 작업이지요.

서안나: 네. 선생님, 우문현답을 해주셔서 감사합니다. 선생님의 시 세계와 더불어 선생님의 삶과 세계관을 알 수 있는 자리였습니다. 인터뷰에 열중하느라 맛있는 커피가 다 식어 버렸네요. 그리고 바쁜 시간 중에 선뜻 사진 촬영을 도와준 박영민 시인에게도 고맙다는 말을 전합니다. 덕분에 대담자리에서 제가 미처 살피지 못한 선생님의 내면까지 포착한 멋진 사진들을 찍을 수 있었습니다. 디카를 살펴보니 사진들이 아주 잘 나왔는걸요. 짧고 촉박한 휴가 일정일텐데 함께 해서 너무 즐거웠습니다. 좋은 작품 많이 쓰시구요. 즐거운 여행길이 되길 바랍니다.

임혜신: 안나 씨, 영민 씨 감사합니다. 헤어지기 섭섭하군요. 미국에 돌아가면 그대들이 추천해준 한국영화 꼭 다운받아 보리다.

이야기를 마치고 있을 때도 창 밖에는 폭우가 계속 쏟아지고 있었다. 우리 일행은 근처의 맥주 집에서 세 종류의 맥주를 시켜서 한 잔씩 마시고는 헤어졌다. 미처 하지 못한 이야기들은 수차례의 메일을 주고받으며 원고를 완성시켰다.

동양적 사유와 응전의 시학

고명수

1. 시인을 만나다

금요일 오후, 시인과 만나기로 약속한 잠실로 갔다. 서촌호수 정면에 위치한 고급스런 한정식 집이었다. 봄밤의 정취를 느끼며 시인과 시에 관한 이야기를 나누기에 적당한 곳이었다. 식당 앞에는 화려하게 핀 벚꽃과 꽃 사이를 산책하는 사람들과 호수의 물빛이 아름답게 조화되어 봄날의 아련함을 느끼게 했다.

식당에 들어서니 잔잔한 가야금 산조가 울려 퍼지고 먼저 기다리던 고명수 시인이 반갑게 맞아주었다. 문학행사에서 만날 때가 종종 있었는데, 그때마다 직접적으로 이야기를 나눠본 것이 아니라 먼발치서 스쳐 지나곤 했다. 대담 자리에서 시에 관련된 진지한 대화를 나누어보니 비로소 시인을 조금은 알 것 같았다. 시인의 이미지는 한바니로 '단아함'이라고 표현할 수 있을 것 같다. 몇 년 전에 보았을 때보다 얼굴이 더 맑아진 듯했다. 그 말을 전하니 시인이 소년처럼 맑게 웃었다.

요즘 어떻게 지내시냐고 근황을 묻는 질문에, 양평으로 이사를 하여 새로운 출발을 도모한 것이 생활의 가장 큰 변화라고 대답했다. 자연과 가까이하면서 시작에 충실하고 싶어 양평으로 보금자리를 옮겼다고 한다. 계간『문학과 창작』에서 주관하는 〈올해의 작품상〉 수상을 축하한다는 말을 건네자 고명수 시인은 졸시를 뽑아준 분들에게 고맙다는 겸손한 인사로 답해 왔다.

이야기를 하는 중간에 고시인이 미리 예약해둔 맛깔스런 음식들이 차례대로 나왔다. 고시인의 이미지처럼 잔잔하면서도 맑게 퍼지는 가야금 산조소리가, 깊고 맑은 시인의 마음을 대신해주는 듯하였다. 봄 어스름한 저녁에 정성스럽게 차려져 나오는 음식들을 먹으면서 시인의 유년시절을 비롯한 최근의 근황까지 대화를 나누다 보니, 한 시인이 살아온 이야기를 듣는다는 것이 참 행복한 일임을 느꼈다.

고명수 시인은 경북 상주의 이천에서 태어났다. 그 후 중학을 졸업하고 서울로 올라와서 경험한 대학생활과, 다양한 이력들, 그리고 시를 쓰게 된 이야기까지 파노라마처럼 감칠맛나게 펼쳐놓았다. 독특한 시인의 경험담들이 한 편의 무용담을 떠올릴 만큼 흥미로웠다. 시인과 이야기를 나누다 보니 집안에서 장남의 가장 역할이 시인으로 하여금 좋은 시를 쓰게 하는 원동력으로 작용하고 있다는 생각이 들기도 했다.

2. 세일즈맨과 고시생과 국문학도

고명수 시인은 다채로운 인생 경험을 체험한 시인이다. 고향에서 중학교를 졸업하고 서울에 있는 고등학교로 진학을 시도하였으나 실패의 쓴 잔을 마시면서 고졸 학력 검정고시에 응시하여 합격한다. 그러나 대학 진로를 선택하는 과정에서 어머니가 권하는 대학을 마다하고, 중학시절에 희망하던 교사가 되기 위해 동국대학교 사범대학 국어교육과에 입학했다. 시인은 호기심과 도전정신이 강하여 국어교육과에 적을 두면서도 법학과의 강의를 청강하며 '고시'를 준비하는, 국문학과 법학을 동시에 공부하는 특이한 학생이었다. 2학년 1학기를 마치고 시인은 장교가 되고 싶어 ROTC에 지원하게 된다. 그러나 월반으로 인한 연령미달로 허가되지 않자, 학교를 휴학하고 다양한 사회생활을 체험하게 된다.

이때 시인이 처음으로 발을 들여놓고 석 달간 일했던 곳이 경기도 부천에 소재한 '소신종계원'이라는 곳이었다. 그곳에서 숙식을 하며 시인은 수백 마리의 닭떼를 사육하는 닭장을 관리하게 되었다. 종계원은 사회에서 주류의 흐름에 속하지 못한 밑바닥 인생들이 모여 있는 곳이었다. 그곳에서 시인은 다양한 삶의 방식을 지닌 이들과의 만남을 통해 특이한 체험을 하게 되고, 이러한 경험과 그곳에서의 생활이 시인에게 있어서 문학적 삶의 밑바탕을 이루는 계기가 되었다고 한다.

석 달 후에 그 곳을 나와서 세일즈맨으로 취업하게 된다. 1수일간 스파르타식의 세일즈맨 교육을 받고 현장에 투입되었는데, 결정하면 밀고나가는 추진력이 강한 성격 덕분에 고 시인은 과장으로까지 진급하는 성과를 올리게 되었다. 여러 명의 부하 직원들을 거느리고 세일즈맨으로 활동하다 사법시험을 공부해 보라는 주위 사람들의 권유를 받게 되었다. 그리고 그는 다시 학교로 돌아오게 된다.

험난한 사회생활을 거치고 다시 복학한 학교생활은 시인에게 있어서 새로운 삶의 계기를 제공하는 시간이 되었다. 그 후 시인은 동국대학교를 졸업하고 중·고등학교 국어 선생으로 재식하게 된다. 그러던 중 또다시 학문에의 갈증을 느끼게 되어 대학원에 진학하였고, 석·박사학위를 취득한 후, 지금은 대학에서 후학을 양성하며 학문에 정진하고 있다. 고명수 시인은 현재 세 권의 시집을 상재하고, 시 창작과 비평을 겸하는 활발한 활동을 하고 있다.

3. 나는 스승 복은 타고난 사람이오

사람들은 세상을 살아가면서 많은 스승들을 만나게 된다. 그런 만남은 한 사람의 일생을 뒤바꿔놓을 만큼 영향을 끼치는 법이다. 고명수 시인의 경우에도 시인의 일생을 인도하는 등대 같은 역할을 해준 세 사람의 스승이 계시다. 시의 매력과 시의 본질을 일깨워준 서정주 시인, 그리고 시인이 지녀야 할 고결한 삶의 태도와 진지한 자세를 가르쳐준 이형기 시인, 시 쓰기의 즐거움과 시의 진면목과 시 창작 방법론을 알게 해준 박제천 시인을 그는 시의 스승들로 꼽는다. 이 세 분은 고명수 시인에게 시의 뼈대와 시인의 자존과 시인이 갖추어야 할 덕목들을 몸소 가르쳐준 스승들이기도 하다. 그래서 그는 "나는 스승 복은 타고난 사람이오"라고 자신 있게 말한다.

대학생활에 관한 이야기를 풀어놓으면서, 고명수 시인은 학부 시절에 아마도 자신이 무애 양주동 선생의 강의를 들은 마지막 세대일 것이라고 말했다. 고시인은 무애 선생의 향가와 고려가요 강의, 미당 서정주 선생의 시 창작 강의, 조연현 선생의 한국현대문학사 강의, 장호 선생의 비교문학론 강의, 이병주 선생의 한문학 강의, 이동림 선생의 국어학 강의 등 명강의를 기억하면 지금도 그 감동을 잊을 수 없다고 하였다.

고학으로 학교를 다닌 탓에 그는 대학을 졸업하고 교사로 근무하던 1981년에 동아문화센터에 최초로 개설된 시 창작반에 등록하여 서정주, 황금찬, 정진규, 허영자 선생으로부터 강의를 듣고 창작에 입문하게 되었으니 출발이 비교적 늦은 편이라 하겠다. 그는 당시에 명동의 카페였던 〈설파〉에서 매달 있었던 시 낭송회에 가면서부터 〈숫돌〉 동인(후에 〈영혼과 형식〉으로 개명)으로 참가하여 앤솔로지를 내기도 하였으며, 김혜수·최창균·최종천·백태종·김윤자·심종록 시인 등과 명동 시절을 보낸다. 뒤에는 다시 아지트를 인사동으로 옮겨 한동안 인사동을 누비기도 하였다 한다.

한편 고명수 시인은 당시에 조향 시인이 주도하던 초현실주의 문학예술연구회인 〈오브제〉 동인으로 활동하며, 초현실주의를 비롯한 20세기 초 서구의 아방가르드에 심취하게 되어 그 영향으로 석사논문을 「한국에 있어서의 초현실주의문학 고찰」로 쓰게 된다. 그래서 그런지 시인의 시에서도 시적 테크닉은 모더니즘을 갖다 쓰면서도 시의 주제는 동양의 사상과 정신을 강조하는 시적 방법론을 보이고 있다.

그리고 시인은 박사과정을 밟고 있던 1990년대부터 도올 김용옥 선생이 지도하던 동양고전 세미나에 참석하면서 동양사상에 심취하게 된다. 따라서 폭넓은 동양사상과 초현실주의를 비롯한 서구의 모더니즘은 고 시인의 시 정신과 시적 방법론을 형성하는 데 있어서 커다란 영향을 끼쳤다고 할 수 있다. 고 시인은 1992년 2월 월간 『현대시』 2월호에 이형기, 김광림 선생의 추천으로 신인추천 작품상을 수상하면서 시단에 데뷔하게 된다. 이후 시인은 세 권의 시집과 다수의 평론집과 이론서 등을 발간했다.

4. 동양사상과의 조우

그의 시에서는 유달리 명상과 수련 그리고 동양적 사유가 강하게 드러나는 것을 목격할 수 있다. 시인의 시 한 편을 보자.

목숨의 팔만대장경 어디엔가
숨겨진 얼굴이 있다
문자에 가려져 잘 보이지 않는 얼굴,
사람에게는 보이지 않는 얼굴이 있다
행복한 순간에만 살짝 나타나는 얼굴이 있다

삶의 그늘, 찌든 계곡 속에 숨어 있다가,
해맑은 웃음 사이로 잠간 나타났다가는
가뭇없이 시간 속으로 사라지는 얼굴의 모습
사진관에 가서 여러 컷을 찍어 보아도
그 얼굴은 도무지 보이지 않는다

사진이란 사람을 온전히 보일 수가 없는 법,
찰나로 변해가는 어느 지점에 셔터를 누를 것인가
적중의 플래시를 터뜨릴 것인가
칠백만 화소는커녕
천만 화소를 잡아낸다는
최첨단 카메라로도 안 잡히는 얼굴,

사람의 참 얼굴은 어디에 숨어 있는 것인가
앨범 속 어느 갈피에선가
잠시 나타났다가 사라지는 얼굴,
흐린 눈으로는 도무지 잡히지 않는 얼굴,
초고속 디지털 카메라로도 잡을 수가 없는,
사람에게는 술래처럼 꽁꽁 숨은 얼굴이 있다

―「숨은 얼굴」 전문

이번 『문학과 창작』에서 〈올해의 작품상〉을 받게 된 시이기도 하다.
이 시에서 나타나는 것처럼 시적 화자는 "흐린 눈으로는 도무지 잡히
지 않는 얼굴,/초고속 디지털 카메라로도 잡을 수가 없는,/사람에게는

술래처럼 꽁꽁 숨은 얼굴이 있다"라고 진술하고 있다. 기계문명이나 물질문명으로는 그려내지 못하는 "목숨의 팔만대장경 어디엔가/숨겨진 얼굴"에 대해 이야기하고 있다. 그렇다면 시에서 나타나고 있는 "숨겨진 얼굴" 혹은 '잡히지 않는 얼굴' 의 정체는 무엇인가.

그의 이러한 성찰과 사유는 곧 근대성 비판 담론과 연결된다. 합리성과 효율성을 근간으로 하는 근대의 과학적이고 합리적인 사고가 초래한 폐해를 노래하고 있기 때문이다. 시각성에 근거한 근대의 과학적이고 합리주의적인 사고가 환경오염과 생태계 파괴, 인간소외, 소통의 부재 등을 우리에게 선사했다. 자연과의 조화나 상생보다는 자연을 정복의 대상이나 공격의 대상으로만 파악하는 근대의 물질문명과 자본주의의 비판에서 그의 사유가 시작되고 있음을 알 수 있다. "흐린 눈"은 자본의 논리에 물들어 '돈' 을 최우선으로 자리매김하는 가치의 전도현상으로 인해, 인간 내면의 아름다움을 중요시하지 않는 현대인들을 상징하고 있다. 초고속 디지털 카메라로는 감지할 수 없는 따뜻한 얼굴을 바라보는 선명한 눈을 통해 시적 화자는 시대의 부소리를 고발하고 있다. 이는 곧 시인이 말하는 시 정신과도 통한다. 적대적인 시각보다는 조화로움을 추구하는 그의 세계관과도 연결되는 주제이기 때문이다.

> 런던 히드로 공항에서
> 손톱 다듬기를 압수당했다
> 뾰족하다는 것이 이유다
> 뾰족한 것은 무조건 안 된단다
> (항상 뾰족한 것들이 문제다)
> 뾰쪽한 섯들은 언제나
> 마음을 아프게 한다
> 뾰족한 코를 한 놈들의

잔인한 살육을 기억한다
문명의 탈을 쓴 야만이
얼마나 많은 인디오를 죽였던가
록키산맥을 우러르며
평화로이 살던 그들,
그들은 이제 빅토리아 시의
박물관의 모형집 안에서 탄식하며
웅얼웅얼 영혼으로 살아있다
공항 검색대를 통과할 때마다
노트북이 폭탄이라도 되는 양 꺼내보란다
카메라가 수류탄이라도 되는 양 눌러보란다
이봉창 열사의 도시락 폭탄도
주먹밥 수류탄도 아닌데 말이다
이런 젠장, 몸을 한번 부르르 떤다
평화를 깨뜨리는
뾰족한 이데올로기들…
거만한 제국주의자들의 호들갑 서슬에
코털 깎던 작은 가위도 함께
커다란 자루에 던져졌다
자루 안이 그득하다
뾰족한 놈들 때문에
평화로운 나의 일상마저 일그러진다
뾰족한 자들의 횡포가
나에게까지 이르다니
내 이것들을 구부려보리라
금강망치로 두드려
모난 것들을 구부리면
원융무애한 세계가 올까마는,
나는 나의 모든 뾰족한 것들을 구부려
원융무애의 이데올로기를 만들어 본다

—「뾰족한 것들이 문제다」 전문

현대시와 숨도의 시학

이 시를 보면 알 수 있듯이 시적 화자는 뾰족한 것들로 상징되는 서구의 공격적 이데올로기에 대한 저항과 반성을 나타내고 있다. 곧 시적 화자는 저항과 반성에 대한 대안으로 동양적인 원융무애圓融無碍의 이데올로기를 제시하고 있다. 세상의 어떤 갈등과 이견이라도 받아들이고 녹여내서 걸림 없는 원융무애의 세계인 불교의 사상을 통해 백과 흑 또는 동지와 적 등의 이항대립을 해체하고 있다. 시적 화자는 동양사상이라는 창을 통해 근대에 대한 비판을 수행하고 나아가 새로운 해결책으로서 제시하고 있는 것이다. 시적 화자는 서양사상의 원류가 동양에 있다고 역설한다. 요즘 서양철학자들도 동양사상에서 그 출구를 찾고자 하는 학문의 세계적인 동향을 강조한다. 이는 그 자신이 오랜 시간 동안 동양사상서들을 탐독하고 세미나에 참가하면서 실천적으로 시를 쓰고 사유하며 활동해온 내공이 쌓인 시인이기 때문일 것이다.

쇼핑 카트를 밀며 간다
이제 막 구워낸 향긋한 빵 냄새,
종가집 김치의 풍성한 맛이며
맛있게 구워진 은행 알 노릇한 빛깔처럼
생활이 충만한 미로 속을 간다
카트 위에 어린 딸을 앉히고
화엄의 미로 속을 간다

자본이 미만해 있는 통로들엔
요염한 자태를 뽐내며 상품들이 손짓한다
두둑한 지갑만 있다면야
무슨 불행이 있으랴마는
밖으로 소비를 부추기는 미녀들과
안으로 번쩍이는 골드 카드의 유혹,
지본화엄이 아니라 화염이다
언제나 모자라는 현금의 고통이여

리비도는 폭발하여 열반하려 한다
경계를 부수고 환상적 소비를 해 볼까?
전자상가에 번쩍이는
현란한 디지털 화엄의 번뇌여!
오늘도 숨을 몰아쉬며 허덕이며
고달픈 자본의 언덕을 기어오른다
금강의 바위를 지나
반야의 언덕을 지나니 거기
열반화엄의 파노라마가 펼쳐진다
번뇌가 곧 열반이리라

극빈의 화엄풍요, 환상의 화엄극빈
조금 무거워진 쇼핑 카트를 밀며 황홀한 통로를 나온다
어린 딸과 함께 자본화엄 미로 속을 빠져나온다
언제나 내 번뇌의 뿌리인 자본의 궁핍
언젠가 내 기쁨의 화엄인 어린 딸아이가
거실에서 손바닥만한 화엄경을 가지고 놀았었지
선재동자인 양 착각했었지
화엄경은 내 어린 딸의 장난감이었지
화엄은 내 기쁨의 뿌리요,
자본은 내 번뇌의 뿌리요,
열반의 근거이다

—「자본과 화엄」 전문

이 시에서도 시인이 자본주의 사회에 대한 통렬한 비판의식과 더불어 고발의 목소리를 읽을 수 있다. 시적 화자는 어린 딸과 함께 쇼핑을 한다. 물질의 총화인 쇼핑센터는 곧 천국처럼 달콤하고 요란한 손길을 인간들에게 뻗어 욕망을 자극한다. 그러나 시적 화자는 이에 매몰되지 않고 그 세상이 곧 숨 가쁜 디지털의 화엄의 세상이라는 발견을 통해 욕망의 파노라마를 목격하게 된다. 시적 화자는 곧 "언제나 내 번뇌의 뿌

리인 자본의 궁핍"이란 인식에 도달하면서 자본주의의 모순을 날카롭
게 투시하고 있다.

> 폭풍한설에도
> 혼신의 힘을 다해 냉이는 자란다
> 낙엽과 지푸라기 아래 숨어 봄을 기다리는 냉이,
> 행여 들킬세라 등 돌리고 있는 냉이를
> 장모님은 귀신처럼 찾아내신다
> 검불을 뜯어내고 흙을 씻어내고
> 정갈하게 씻어 바구니에 담아 둔 냉이,
> 그 귀한 걸 몽땅 다 비닐주머니에 담아주신다
> 봄 내음이 나는 냉이국을 먹으며
> 낙엽과 지푸라기 속에서도 목숨을 지켜
> 마침내 싹을 틔워낸 냉이를 생각한다
> 겨울 냉이가 자신을 이기듯이
> 몰래 숨어 자란 냉이가
> 시원한 된장 국물이 되듯이
> 우리도 누구에겐가 시원한
> 국물이 되어보아야 하지 않겠는가?
> 온 시야를 앗아가는 강풍, 강설 속에서도,
> 청빙淸氷을 뚫고
> 겨울 냉이는 자란다
> 아니 자라야 한다

—「겨울 냉이」 전문

> 눈은 영혼이 드나드는 곳이니
> 두 영혼이 만나는 창이
> 눈이 아니고 무엇이리!

—「사랑은 영원하리」 부분

　　자본주의의 논리에 매몰되어가는 현대인들의 흐린 눈과 디지털 화

엄의 세상을 노래한 시적 화자는 곧 그 '팔만대장경 속의 얼굴'을 읽어
내는 '맑은 눈'에 대한 사유를 통해 아름다운 사랑을 만나게 되고, 디
지털 카메라로는 볼 수 없고 찍혀지지 않는 인간의 맨얼굴, 살아 있는
얼굴을 만나게 된다. 그 공간이 바로 '자연'이다. 그래서 시인의 시편
에서는 자연에서의 조그맣고 소박한 것들에서 거대한 삶의 지혜나 사
유를 발견하는 시들이 많이 등장하고 있다. 이러한 시인의 발견은 위
시에서도 장모님이 캐어서 건내준 '냉이'에 가 닿는다. 한겨울의 폭풍
한설을 뚫고 혼신의 힘을 다해 자란 생명체의 미덕과 아름다움을 통해
세상을 살아가는 존재의 의미를 깨닫게 되는 것이다. 이는 곧 자연과
의 조화를 통해 한겨울의 "폭풍한설" 같은 현실의 고통을 원융무애의
사유로 품어 안는 지혜를 통해서이다. 자연과의 조화로운 상생을 통해
소외와 단절과 소통 부재의 현대인들에게 새로운 사유의 발견은 중요
한 의미를 지니기 때문이다.

나는 죽어 가죽으로 태어나
그대의 추운 손을 감싸주고 싶어요

나의 눈은 그대를 오래도록 사랑하다가
증류되어 향기로운 화장품이 되고 싶어요
아름다운 그대가 더욱 아름다워지도록 말이예요

더운 여름날은 나를 잘 벗겨서 햇볕에 말리세요
오랜 뒤에 그걸 물에 넣고 달여서 드세요,
그대의 아픈 곳을 다 낫게 해 드릴께요

…(중략)…

곡우가 되거든 저의 팔뚝에 상처를 내어
뚝뚝 떨어지는 제 피를 마셔 보세요

그러면 그대 무병 장수할 거예요
귀한 손님이 오면 그걸로 접대하세요
잘 발효시키면 기막힌 술이 되지요
아무리 마셔도 한 시간이 지나면
깨끗하게 술이 깨는 명주죠
나는 오직 그대를 위해
나의 모든 것을 바치고 싶어요

—「자작나무 사랑」 전문

시인의 자연과의 조화 속에서 얻은 사랑의 눈은 곧 자신마저도 희생할 수 있는 '소멸의 미학'까지도 가능하게 하고 있다. 내가 죽어 소멸함으로써 누군가의 아픔을 감싸주는 보살행을 깨닫게 된다. 소멸하여 사라지는 것으로서의 '죽음'보다는 '내가 죽어서 너가 되는' 순환론적인 세계관을 통해, 나와 너의 경계가 없어지고, 삶과 죽음이 하나가 되고, '세상 천지에 내가 있다'는 금강경의 공사상과도 연결되는 것을 알 수 있다. 이처럼 불교의 순환론적인 세계관은 서구의 이분법적이고 흑백논리를 상요하는 선택의 논리에서 자유롭게 만든다. 만물과 내가 하나가 되는 불이不二, 불이不異 사상이 고명수 시인의 시를 더욱 단단하게 만들고 있는 것이다. 이러한 그의 사유는 자연에 대한 외경심과 더불어 곧 자연과의 조화를 꾀하는 생명사상과 연결되는 시편들도 많이 볼 수 있다. 제1시집의 「체질론」, 「섭생론」 등에서도 알 수 있듯이 상생의 조화를 강조하고 있음을 알 수 있다.

5. 날마다 파미르 고원을 향해 떠나는 순례자

타클라마칸 사막 지나
파미르고원을 너머

　나 오늘 너에게로 간다

—「旅路」 부분

　앞에서 살펴본 것처럼 시적 화자는 날마다 파미르 고원을 떠나는 낙타 혹은 순례자인지도 모른다. 그의 제1시집 자서에서처럼 시는 곧 "내면의 사유 여행"이라는 고백에서와 마찬가지로, 우리 주변에 산재해 있는 사물과 사건을 통해 시적 화자는 현상과 본질 그리고 우리 사회를 지탱하는 자본의 논리와 대결하는 사유를 기록하고 있다. 이러한 그의 응전의식은 서구의 그것처럼 날카롭거나 뾰족한 공격적인 대항이 아니라, 원융무애의 사상을 통한 깨달음의 경지에 이르게 하고 있다.

　위의 시에서도 알 수 있듯이 시적 화자는 날마다 어디론가 떠나간다. 그가 서 있는 곳은 언제나 열이 펄펄 끓는 고통의 사막이기 때문이다. 그는 온갖 상념과 번뇌가 끓어 넘치는 세상을 지나 순결무구한 공간인 파미르 고원으로 나아가려 한다. 유토피아로 상정되는 "파미르 고원", '그 곳'에는 바로 완전한 "너", 훼손되지 않는 "너"가 기다리고 있다. "너"는 곧 "나"의 다른 이름이며 새로운 "나"를 향해 떠나는 여행이기도 하다.

　이와 같이 고명수 시인의 작품들이 이 시대에 주목 받는 이유는 현실을 제거하거나 삭제시키지 않고 현실의 뜨거움을 온몸으로 느끼며 시의 사원을 향해 느린 발걸음으로 나아간다는 점이다. 그의 시가 감동적으로 다가오는 것도, 관념적이고 특수한 현실이 아니라 보편적이면서도 리얼리티가 살아 있는 현실이 밑그림으로 존재하기에 그의 시는 우리 삶의 아픈 곳을 부드럽게 감싸주는 영혼의 안식처로 자리매김되는 것이다.

푸른 내시경으로 시의 영혼을 찍다

고진하

1. 시인을 만나러 가는 길

오전 10시가 조금 넘은 시간 서둘러 원주행 버스에 오른다. 고진하 시인의 정신세계 안으로 푸른 내시경을 들이밀기 위해서 한 시인은 부산에서, 나는 서울에서 원주로 간다. 세 시인의 내공이 얽혀져 아름다운 한 편의 글이 짜여지리라는 기대감을 갖고 버스 창가로 흘러가는 풍경과 이정표를 본다. 원주라는 지명은 곧 고진하라는 이름과 동일한 가치로 나에게 다가오고 있다.

시인을 만나기 이전에 나는 그에 대한 시세계를 정리하느라 인터넷을 뒤지고, 잡지를 들추어 시인에 대한 정보를 수집했다. 그는 1987년 등단해 이미 4권의 시집을 냈으며 〈김달진 문학상〉을 수상한 저력 있는 시인이다. 그가 시인이면서 목사라는 특이한 이력 때문인지 "종교적 상상력"과 "생태적 사유"를 통해 신성에 대한 추구와, 유기적이고 풍요로운 생태적 사유를 결합하려는 시적 의지가 돋보인다는 내용의 평론을 읽을 수 있었다.

"종교적 상상력"과 "생태적 사유"라는 두 개의 단어로 읽혀지는 그의 시와 시인의 내면을 나는 어떻게 들여다보아야 할 것인가. 우선 시인의 시를 꼼꼼하게 읽어 내려갔다. 그의 시들을 차분하게 읽어가는 동안 기독교에 관해 아는 것이 없어 걱정하던 나의 우려는 안개가 걷히듯 사라지기 시작했다.

나의 우려와는 달리 시인의 시의 소재가 성직자 특유의 편향적 내용이 주류를 이루고 있지는 않았다. 「미완의 불상」이나, "라일락" 꽃과 잎새를 통해 천수관음보살을 형상화시킨 「라일락」이라는 작품에서처럼 불교에 관하여 다룬 내용이 시의 소재로 등장하는 경우도 있다. 그리고 종교의 경계를 넘어서서 우리 주위의 작은 사물들을 따뜻한 시선으로 포착하는 섬세한 시인의 영혼과 만나게 되면서 그의 시로 다가가는 길이 보이기 시작했다. 나는 서울을 떠나면서 푸른 내시경처럼 파란 불꽃을 번뜩거리며 그의 시 속으로 들어간다.

2. 시인을 만나다

원주시외버스터미널, 낯선 소읍의 첫 풍경은 서울과는 다른 한가로움으로 가득 차 있다. 신선하기까지 한 그 낯선 냄새가 고진하 시인에게서도 역시 풍겨 나온다. 고진하 시인의 첫인상은 그가 입고 있는 회색빛 개량한복처럼 편안하고 단아하다. 몸이 필터가 되어 고통을 스스로 삼켜 버릴 줄 아는 인간의 얼굴에 남는 최후의 빛. 그 은은한 얼굴빛으로 시인이 웃으며 악수를 청해 왔다.

고진하 시인과 시인의 아내 그리고 무거운 카메라를 어깨에 메고 손

에 든 김수우 시인과 함께 고진하 시인이 이끄는 시내의 밥집으로 향
했다. 약간은 차가운 듯한 첫 인상과는 달리 세심하게 먹거리를 챙겨
주는 시인이 참 따뜻해 보인다.

식사를 하고 근처 박경리 선생이 살던 자택을 공원으로 꾸며논 토지공
원을 찾았다. 공원의 조그만 연못에서는 동네 개구쟁이들이 모여 올챙이
와 물방게를 잡고 있었다. 시인이 아이들에게 올챙이를 놓아주라고 이야
기한다. 그 모습을 옆에서 보고 있자니 문득 그의 시 한 편이 떠오른다.

> 윙윙거리는 소리가 좀 이상해
> 보일러통이 있는 뒤꼍으로 돌아가
> 보일러통 옆, 진뜩한 거미줄에 걸려 있는
> 흰줄표범나비 한 마리를 보았다.
> 좀 더 가까이 다가가 보니
> 더듬이와 몸통은 거미에게 파먹혔는지 보이지 않고
> 찢긴 날개 끝 희고 붉은 표범가죽 무늬가 선명한
> 두 날개만 흔들흔들.
> 가여운 생각에
> 손끝으로 사뿐히 두 날개를 집어 올렸더니
> 거미줄 쳐진 나무기둥에는
> 깨알같이 잔뜩 쓸어놓은 노란 알들.
> 갑자기 난 숙연해진다.
> 죽음을 받아들이는 힘으로
> 푸른 햇살 아래 밀어 내놓은 신생新生의 꿈들!
>
> —「흰줄표범나비, 죽음을 받아들이는 힘으로」 전문

그의 시 「흰줄표범나비, 죽음을 받아들이는 힘으로」에서처럼 작은
생명체들과 사물을 따뜻하게 대하는 시선이 시인의 삶 속에 깃들어 있
음을 느낀나. 그 선량한 아름다움의 파장이 사람들을 감동시키는 힘이
아닐까 생각해 본다.

나는 시인에게 「犁化」라는 시가 기억에 오래 남는다고 말했다. 시인은 웃으면서 "아, 그 누렁개 이야기요." 하더니 "사람보다 짐승이 더 나을 때도 있지요."라며 웃는다.

이곳을 자주 찾느냐는 질문에 시인은 집에서 가깝고 조용해서 자주 산책을 오는 편이라고 말했다. 시상을 떠올리고 생각에 잠기기에 적당한 조용한 장소라고 했다. 나는 시인에게 요즘은 어떤 시를 많이 쓰느냐는 질문을 던진다. 이 말에 시인은 "시는 곧 삶이다"라는 생각을 자주 한다고 했다.

억지로 짜내는 시보다는 삶에서 자연스럽게 우러나오는 시가 좋다고 한다. 시를 쓰면서도 시인 자신이 무엇을 쓰는지 모르는, 재주만 가득한 시는 오히려 시인 자신을 힘들게만 할 뿐이라는 고백을 하기도 한다.

토지공원의 푸른 나무 그늘 아래에는 샘물처럼 차고 달콤한 바람이 살고 있었다. 그 바람이 시인의 얼굴을 스치고 지나갈 때, 나는 미리 준비했던 시인에 관한 메모나 질문들이 불필요하다는 생각을 해본다. 자연과 하나가 되어 흔들리는 시인을 보면서 내 머리 속에 문신처럼 새겨 놓았던 복잡한 질문들을 바람결에 풀어놓아 버린다.

문득 시인의 시 한 편이 떠오른다.

> 내 목숨이 그곳의 나무들과
> 구름과 바위와 물소리에 이어져 있음을
> 섬뜩하니 깨닫곤 한다
>
> ― 「대관령 수도원」 부분

3. 고귀한 정신과 영혼을 다듬는 손길

시인이 성직자여서 그런 것일까. 시인에게서는 엄격함과 절제를 생

활의 덕목으로 삼는 사람들에게서 느낄 수 있는 멈춤의 아름다움이 엿
보인다. 그가 말을 하기 시작하면 그의 안에 내장되었던 순결한 영혼들
과 언어가 맞물리고 울렁거리면서 몸 밖으로 쏟아져 나오는 것만 같다.

시인과 함께 요즘 근황에 대해 이야기하면서 시인의 집으로 발길을
향했다. 시인의 집은 조용하고 소박하다. 골목길을 돌아서 작고 단단
한 철대문을 열고 들어가면 난 화분과 야생화가 꽃을 피운 베란다가
보인다. 베란다 한 쪽의 현관문을 열면 특별히 꾸미지 않고 자연스러
움이 진득하게 배어 있는 거실이 나타난다.

시인의 자녀들이 학교를 다니느라 지금은 두 부부만 단출하게 살고
있다. 거실 한 켠에는 피아노가 있고, 피아노 옆 장식장에는 미대 조소
과를 다니는 자녀의 작품이 놓여 있다. 그리고 보기 좋게 깎여진 통나
무 책상 위에는 시집들이 가득 쌓여 있다. 시집들을 보다 눈을 돌리면
옆에 있는 방이 보인다. 그 방은 어머님이 기거하시던 방이라고 했다.

나는 시인이 거실에 앉아 베란다에서 일하시는 어머니의 뒷모습을
보며 「어머니의 聖所」라는 작품을 쓰는 상상을 해본다.

어제 말갛게 닦아놓은 항아리들을
어머니는 오늘도
닦고 또 닦으신다
지상의 어느 성소인들
저보다 깨끗할까
맑은 물이 뚝뚝 흐르는 행주를 쥔
주름투성이 손을
항아리에 얹고
세례를 베풀듯, 어머니는
어머니의 성소를 닦고 또 닦으신다

— 「어머니의 聖所」 전문

부엌 창가로 초여름의 햇살이 어른거리며 비쳐 들고 있었다. 시인의 아내는 따가운 초여름 햇살 때문에 얼굴이 달아오른 우리 일행을 위해 직접 담가놓았던 시원한 민들레 차를 내왔다. 차를 마시며 시인은 자연을 유난히 좋아해서 그런지 농사를 지으며 살 수 있는 정원과 텃밭이 딸린 전원주택에서 살고 싶다고 한다. 소비적인 인간이기보다는 욕망을 줄이고 미래의 환경에 대해서도 진지하게 생각해야 할 때라고 이야기한다.

나는 시인의 그 말을 받아 그의 시에 대한 평론가들이 평이 어떠냐고 짓궂은 질문을 던져 보았다. 그리고 그의 시를 생태주의 시로 읽어내는 평자들의 시선에 대해서도 물어본다. 시인은 자신이 특별히 생태주의 시를 쓰려는 의도는 없다고 한다. 어린 시절부터 자연스레 몸에 밴 일상들과 자연을 즐겨 찾는 마음이 시에 배어 나오고 있다고 겸손하게 이야기한다.

좋아하는 평론가가 있느냐는 질문에 시인은 유성호 평론가의 글을 좋아한다고 했다. 자신의 시를 자신보다 더 정확하게 읽어주는 것 같다고 말했다.

나는 다시 시인에게 새로운 시집이 나올 때가 되지 않았느냐는 조심스런 질문을 던졌다. 시인은 시집을 빨리 낸다는 것은 아무런 의미가 없다고 명쾌하게 답했다. 시집 한 권 분량의 넘는 시들을 갖고 있으며 시간이 날 때마다 시를 읽으며 다듬는다는 이야기를 한다. 나는 그때 시인의 눈동자에서 본다.

> 저 나지막한 함석집, 저녁밥을 짓는지 포르스름한 연기를
> 굳게 피워 올리며 하늘과 내통內通하는
> 굴뚝을 보고 내심 반가웠다
> …(중략)…

아 아직 멀었다 나는
저 우뚝한 굴뚝의 정신에 닿으려면!
괄게 지핀 욕망의 불 아궁이 속으로
지지지 타들어 가는,
본래 내 것 아닌 살, 하얀 뼈들

—「굴뚝의 정신」 부분

시 구절에서처럼 그가 시를 다듬고 있다기보다 자신 안의 고귀한 정신과 영혼을 다듬는 손길을.

4. 우주목 같은 시인

고진하 시인을 만나고 돌아오면서 문득 그가 나무 같다는 생각을 해본다. 엘리아데가 말한 "우주목"을 떠올렸다. 세계를 떠받들고 하늘과 인간의 소통의 교류를 담당하는 성스러운 나무. 엘리아데가 종교 자체의 독자성—순수성을 강조하기 위해 사용하는 '성스러운 것(the sacred)'. 그 용어처럼 시인은 기독교의 신 개념을 넘어 다종교의 신앙까지 포함하여, 우리 민족의 핏줄에 은은하게 담겨오는 토속적인 신앙까지 아우를 수 있는 우주목 같은 존재라고 생각해 보았다.

신의 목소리만을 인간에게 전달하는 매개자가 아니라 종교적인 상상력과 생태주의적 사유를 통해 성스러움과 세속의 세계를 한 편의 아름다운 시로 엮으려는 시적 의지를 실험하는 시인이라는 생각을 해본다.

푸른 내시경으로 본 그의 내면에는 종교를 초월해 성스러운 신의 세계와 인간의 근원적인 욕망까지도 꿰어 차려는 열정의 불길이 있었다. 새롭게 출간될 그의 시집에서 거대한 불꽃을 만나기를 기대하며 허술한 글을 맺는다.

서안나 약력

1990년 《문학과 비평》 겨울호 시부문 신인상 등단.

1991년 〈한라일보〉 신춘문예 소설부문 당선작 없는 가작.

한양대 국문학과 박사과정 수료.

계간 문예 《다층》 편집위원.

한양대, 홍익대, 협성대 출강.

한국시인협회 회원, 한국작가회의 회원.

시집 『푸른 수첩을 찢다』, 『플롯 속의 그녀들』.

현대시와 속도의 사유

인쇄 2010년 4월 20일 | 발행 2010년 4월 30일
지은이 · 서안나 | **펴낸이** · 한봉숙 | **펴낸곳** · 푸른사상사
등록 제2-2876호
주소 서울시 중구 을지로3가 296-10 장양B/D 7층
대표전화 02) 2268-8706(7) | **팩시밀리** 02) 2268-8708
메일 prun21c@yahoo.co.kr / prun21c@hanmail.net
홈페이지 www.prun21c.com
@ 2010, 서안나

ISBN 978-89-5640-719-7 93810

값 22,000원